Anne Tyler

Segeln mit den Sternen

Roman

Aus dem Amerikanischen
von Reinhard Kaiser

S. Fischer

Die amerikanische Originalausgabe
erschien 1974 unter dem Titel
›Celestial Navigation‹ bei Alfred A. Knopf, New York
1974 by Anne Tyler Modaressi
Deutsche Ausgabe:
1990 S. Fischer Verlag GmbH, Frankfurt am Main
Satz: Wagner GmbH, Nördlingen
Druck und Einband:
May + Co., Darmstadt
Printed in Germany 1990
ISBN 3-10-080011-7

Segeln mit
den Sternen

Inhalt

1. Herbst 1960: Amanda 9

2. Frühjahr 1961: Jeremy 49

3. Frühjahr und Sommer 1961: Mary 63

4. Sommer und Herbst 1961: Jeremy 94

5. Herbst 1968: Miss Vinton 135

6. Frühjahr 1971: Jeremy 162

7. Frühjahr und Sommer 1971: Mary 199

8. Frühjahr bis Herbst 1971: Olivia 234

9. Herbst 1971: Jeremy 259

10. Frühling 1973: Miss Vinton 285

1.

Herbst 1960: Amanda

Mein Bruder Jeremy ist achtunddreißig, unverheiratet und nie von zu Hause weggegangen. Besonders viel erwarten wir von ihm schon lange nicht mehr, aber immerhin ist er der letzte Mann in unserer Familie, und man sollte annehmen, daß er sich in schweren Zeiten mal zusammenreißt und wenigstens ein paar von den Dingen übernimmt, die erledigt werden müssen. Aber er hat es nicht getan. Er hat mich und meine Schwester in Richmond angerufen, wo wir zusammen ein kleines Apartment bewohnen. Wenn ich mich recht erinnere, war es das erste Mal in seinem Leben, daß er von sich aus bei uns angerufen hat – können Sie sich das vorstellen? Normalerweise telefonierten wir mit Mutter jeden Sonntagabend zum Mondscheintarif, und sie holte dann Jeremy zum Hallo-Sagen an den Apparat. Und mehr sagte er tatsächlich nicht: »Hallo« und »Gut, danke«, dann eine lange Verschnaufpause und schließlich: »Also, tschüs denn.« So kam es, daß ich an diesem Abend einen Augenblick lang nicht wußte, wohin mit seiner Stimme.
»Amanda?« fragte er, und ich sagte: »Ja? Wer spricht denn da?«
»Ich wollte mit dir über Mama sprechen«, sagte Jeremy.
So nennt er sie noch immer: Mama. Laura und ich sind zu Mutter übergegangen, als wir erwachsen wurden, aber Jeremy nicht.
Ich sagte: »Jeremy? Ist irgendwas?«
»Mama ist von uns gegangen«, erklärte er.
Und ich sagte: »Oh, lieber Gott im Himmel.«
Danach mußten Laura und ich alles am Telefon organisieren, lauter Ferngespräche, wir mußten den Arzt wegen des Totenscheins anrufen und den Pfarrer ausfindig machen und Jeremy helfen, ein Bestattungsinstitut zu finden. (Anscheinend hatte er nie gelernt, wie

man ein Branchentelefonbuch benutzt.) Mußten am nächsten Tag den Zug nach Baltimore nehmen und dort am Bahnhof erst noch ein Taxi auftreiben. Auf die Idee, daß wir an einem solchen Tag gern abgeholt worden wären, kam Jeremy einfach nicht. Aber *wie* hätte er uns auch abholen sollen? Autofahren kann er nicht. Manche Männer bekommen so etwas allerdings doch hin, auch wenn sie dazu mit dem Omnibus fahren müssen. Die bringen sogar den Bus für die Rückfahrt zum Halten, die sorgen auch dafür, daß ihre Schwestern Sitzplätze bekommen, und lassen obendrein das Gepäck nicht aus den Augen. Nicht so Jeremy. Als Laura und ich an einem regnerischen, kalten Novembertag gegen Mittag aus dem Bahnhof traten, erblickten wir kein bekanntes Gesicht, nicht mal einen Gepäckträger, und es wartete kein Taxi auf uns. Bibbernd, die Beine eng an den Körper gezogen, saßen wir auf unseren Koffern, die Hüte unter Plastikhäubchen wohlverwahrt. »O Amanda«, sagte Laura, »deine Erkältung wird dir noch auf die Brust schlagen.« Ich war nämlich schon seit zwei Wochen krank und kaum noch imstande, weiter zu unterrichten, aber ich halte nichts von Vertretungslehrern. Eigentlich hätte ich gar nicht draußen herumlaufen dürfen. Und jetzt machte auch Laura den Eindruck, als ob sie etwas ausbrüten würde. Immerzu faltete und wendete sie ein geblümtes Taschentuch, schneuzte hinein und betupfte sich die Nasenspitze damit. Sie trug ihr kastanienbraunes Strickkleid, das sie angeblich schlanker machte, was aber nicht stimmte. Unter dem Mantel konnte man sehen, wie rundlich sie war. Ich hatte mein gutes schwarzes Wollkleid mit den Rheinkieselknöpfen angezogen, dazu den Mantel mit dem Eichhörnchenkragen und den schicken grauen Hut, der so gut zu meinem Haar paßt. Aber ich hätte mir die Mühe sparen können. Die Plastikhaube und die Überschuhe machten die Wirkung zunichte. Sollte man nicht meinen, daß Jeremy wenigstens weiß, wie man ein Taxi bestellt, und dafür sorgt, daß es am Bahnhof wartet?

Als wir dann endlich einen Wagen gefunden hatten, war nicht klar, wohin wir eigentlich wollten. Laura meinte, direkt zum Bestattungsinstitut. Sie hatte Mutter immer näher gestanden als ich, sie hatte auf ihren Tod viel emotionaler reagiert, war fast die ganze letzte Nacht aufgeblieben und hatte geweint und konnte sich gar nicht fassen. Also, für mich war es weiß Gott auch ein Schock, aber ich bin die Älteste – sechsundvierzig, obwohl mir viele Leute sagen, ich sähe jünger aus –, und ich bin immer die Vernünftige gewesen. Ich sagte, wir müßten doch erst mal unsere Koffer irgendwo abstellen, nicht wahr? Und im Bestattungsinstitut werde sich Jeremy bestimmt um alles kümmern. *Das* werde er ja wohl noch schaffen, oder? Laura meinte: »Also ich weiß nicht, Amanda.« Am Ende schlug ich ihr vor, zuerst beim Haus vorbeizufahren, unsere Koffer dort abzustellen und nach Jeremy zu sehen, und dann gleich weiter zum Bestattungsinstitut. Der Fahrer sagte: »Könnte es jetzt vielleicht losgehen?« Dieser ungeduldige Kerl. Aber zumindest hielt er den Mund, sobald wir fuhren. Ich kann die wichtigtuerische Art nicht leiden, wie manche Taxifahrer immerfort reden und ihre Meinung über Politik und Lebenshaltungskosten und Straßenkriminalität und alle möglichen anderen Fragen zum besten geben, die mich nicht interessieren.

Das Haus unserer Mutter lag an einer engen, verkehrsreichen Straße mitten in der Stadt, eines dieser schmalen dunklen zweistökkigen Reihenhäuser, wie man sie in Baltimore häufig sieht. Bleiverglaste Fenster, wuchernder Efeu und graue Spitzengardinen, die hinter schwarzen Fliegengittern herunterhängen. Auf dem Gehweg zum Haus konnte man sich den Fuß verstauchen, und in den Mauerritzen sproß gelbbraunes Unkraut. Im Fenster des Wohnzimmers war ein schmuddeliges Pappschild mit der Aufschrift *Zimmer zu vermieten* angebracht. Es ging bergab mit diesem Stadtviertel, schon seit Jahren. Die meisten Häuser waren in Apartments aufgeteilt, an Farbige und Beatniks vermietet, manche waren sogar vernagelt, und auf den Türen klebten Anschlagzettel der Stadtverwaltung. Immer wieder hatte ich Mutter gesagt, sie solle anderswohin ziehen, aber nie brachte sie die Kraft dazu auf. Sie war nämlich *träge*. Ich sage es nicht gern, jetzt, wo sie tot ist, aber so war es. Sie bekam gar nicht mit, wie sich das Viertel verändert hatte. Sie ging kaum aus dem Haus. Und im Laufe der Jahre türmte sich ihr Krimskrams, der Nippes, die Fotos und die Schuhkartons voller Schnurreste, so hoch, daß sie bei einem Umzug drei Möbelwagen gebraucht hätte.

Als wir vor dem Haus anhielten, sah ich schon die ersten Ausläufer des allgemeinen Durcheinanders: den winzigen, unter Unkraut und Dornenbüschen völlig verschwundenen Vorgarten und mittendrin einen großen, nach allen Richtungen auswuchernden, längst abgestorbenen Rosenstrauch. Schon daran erkennt man, wie sie die Welt sah. Typisch Mutter. Es war nicht ihre Sache, in dieser Welt irgendwelche Veränderungen vorzunehmen. Dazu fehlte ihr der Mut. Wenn sie sah, wie sich ein Riß im Putz die Hauswand hinaufschlängelte oder daß der Gitterzaun sich langsam zur Seite neigte, dann dachte sie nur: Wie soll denn *ich* daran etwas ändern? Für solche Menschen fehlt mir jedes Verständnis.

Wir stiegen die Stufen zur Außentür hinauf und betraten den Vorplatz. In einem Blumentopf voll trockener Erde stand ein verwelkter Zweig. Ich konnte mich noch von unserem *letzten* Besuch zu Hause, am Ostersonntag, an ihn erinnern. Schon damals war er verwelkt gewesen. Wir klingelten, aber nichts rührte sich. Hinter der Tür, die ins Innere des Hauses führte, hallte es wie in einer Höhle, und mich überkam ein Frösteln. Ich sagte: »Jeremy ist offenbar ausgegangen«, und Laura meinte: »Ausgegangen? Aber wohin denn?«

»Na, zu dem Bestattungsinstitut, will ich doch hoffen.«

Also ließen wir unsere Koffer auf dem Vorplatz stehen – einen Hausschlüssel hatten wir nicht – und kehrten zum Taxi zurück. Ich nannte dem Fahrer den Namen des Bestattungsinstituts. Er sagte: »Oh, das kenne ich gut. Die haben meine Schwester beerdigt.« Mir gefiel der *Ton* nicht, in dem er das sagte. Was hatte uns Jeremy da wohl eingebrockt? »Die leisten gute Arbeit«, sagte der Taxifahrer. Laura und ich sahen einander nur an. Wortlos.

Als der Wagen dann hielt – wieder vor einem Reihenhaus, ungefähr zehn Blocks weiter – und jede von uns die Hälfte des Fahrpreises bezahlt hatte und wir uns zuletzt auch über die Höhe des Trinkgelds einig geworden waren, sah ich, daß meine Befürchtungen berechtigt gewesen waren. Das Neonschild im Vorgarten flackerte knisternd. Die Fenster waren rußig, und durch eine löchrige Markise tropfte uns Regenwasser in den Nacken, während wir uns bückten, um die Überschuhe auszuziehen. Und drinnen erst! So etwas Trübseliges habe ich noch nie gesehen. Es roch nach staubigen Heizkörpern. Von den hohen Decken blätterte die Farbe herunter, und die Wände hatten jenen Ton, den man aus Krankenhäusern kennt – entweder verblaßtes Gelb oder vergilbtes Weiß, es läßt sich nicht sagen. Der Teppich war völlig durchgetreten. Ein Türöffner in abgelaufenen Hausschuhen schlurfte auf uns zu. »Wir sind die Töchter von Mrs. Pauling«, sagte ich zu ihm. Er nickte, machte kehrt und führte uns einen Gang hinunter, vorbei an einer Reihe von Zimmern, in denen Leute herumstanden, so als wüßten sie nicht, was sie als nächstes tun sollten. Laura hängte sich bei mir ein. Ich spürte, daß sie zitterte. Na ja, ich war auch ziemlich zittrig, das gebe ich zu. Es kam mir so vor, als hätte sich Mutter noch eine Stufe tiefer sinken lassen, als wäre sie sogar nach ihrem Tod noch weiter abgestiegen und schließlich an einen Ort gelangt, der noch heruntergekommener war als ihr eigenes Haus. Einzig die Aussicht, daß Jeremy uns erwartete, hielt mich aufrecht – immerhin ein Mann, und unser letzter Blutsverwandter, jemand, mit dem wir unsere Betrübnis teilen konnten. Aber als wir das Ende des Korridors erreicht hatten, was fanden wir da? Ein leeres Zimmer, einen Sarg, um den sich niemand kümmerte. Kaltes, weißes Licht, das schräg durch ein Fenster ohne Vorhang fiel. »Wo ist –«, sagte ich. Aber der Türöffner war schon wieder verschwunden. Den Leuten in diesen Instituten fehlt einfach jedes Feingefühl.

Sie hatten Mutter in einem hölzernen Sarg mit Messinggriffen aufgebahrt. Mahagoni, glaube ich. Ihr Kopf ruhte auf einem Atlaskissen. Ihr Haar, das hellbraun geblieben, allerdings immer dünner und stumpfer geworden war, hatten sie in Löckchen gelegt, und ausnahmsweise trug sie einmal kein Netz darüber. Zu Lebzeiten hatte sie immer ein Netz getragen – ein hellbraunes Spinnengewebe, das ich ihr oft am liebsten vom Kopf gerissen hätte. Diese Spinnenweben und ein dünnes Kleid, das nichts Lebendiges mehr an sich hatte, dazu Chintz-Pantoffeln, die beim Gehen vor sich hin tuschelten. Und jetzt hatten sie ihr das dunkelblaue Wollkleid angezogen, das ich ihr zum letzten Geburtstag geschickt hatte. »Danke für das hübsche neue Kostüm«, schrieb sie mir daraufhin, »obwohl ich, wie du weißt, kaum ausgehe und wahrscheinlich keine Gelegenheit haben werde, es anzuziehen.« Auf ihrem Gesicht lag jetzt ein sanftes Lächeln, die welken Wangen waren nach unten auf das Kissen gesackt, und die Augenlider waren runzlig. Auf Beerdigungen hört man Leute manchmal sagen: »Wie natürlich sie aussieht! Als ob sie schläft.« Meistens ist es unwahr, aber in Mutters Fall stimmte es genau. Selbstverständlich sah sie natürlich aus; wie denn auch nicht, da sie doch wie eine Tote durchs Leben gegangen war? Sogar die Hände stimmten: auf der Brust gekreuzt, bläulich weiß, mit wachsweißen Fingerspitzen. Sie hatte immer eine schwache Durchblutung gehabt. Immer hielt sie ihre Hände auf diese unterwürfige, zurückhaltende Art gefaltet, spielte auch nicht mit ihnen herum; sie schienen ohne Knochen und kraftlos, wie bei einer schlaffen Stoffpuppe. An ihrer linken Hand steckte ein Ehering aus Weißgold, den eine Frau mit ein bißchen Sinn und Verstand schon vor Jahren weggeworfen hätte, aber natürlich nicht unsere Mutter. Sie trug ihn weiter. Trägheit. Wahrscheinlich hatte sie vergessen, daß er dort steckte. Nun starrte ich aus irgendeinem Grund auf diesen Ring, und daß Laura weinte, bemerkte ich erst, als sie laut schniefte. Ich wandte mich um und sah, wie sie das Gesicht verzog und Tränen über ihre Wangen liefen. »O Amanda«, sagte sie, »wie sollen wir das bloß schaffen, jetzt, wo Mutter nicht mehr ist.«

»Na ja, Laura. Also eigentlich –«

»Wir hätten sie nicht soviel allein lassen sollen. Nicht wahr? Wir hätten sie öfter besuchen und uns mehr um sie kümmern sollen.«

»Aber sie hing doch vor allem an *Jeremy*«, sagte ich, »und der war immer hier. Wir brauchen uns wirklich nichts vorzuwerfen.«

»Für Jeremy muß es eine Katastrophe sein«, sagte Laura. Sie betupfte sich die Augen mit ihrem kleinen geblümten Taschentuch, das schon vor Nässe triefte. »Du weißt, wie nah sie einander waren. Was wird er jetzt bloß machen? Wie soll er zurechtkommen?«

»Wo ist er überhaupt?« fragte ich, ließ Laura weinend am Sarg zurück und ging los, den Geschäftsführer suchen. Sein Büro lag gleich neben dem Eingang. Er saß an seinem Schreibtisch und trank Kaffee aus einem Pappbecher, den er verschwinden ließ, sobald er mich erblickte. »Jawohl!« sagte er. »Kann ich Ihnen behilflich sein?« »Ich bin Miss Pauling. Können Sie mir vielleicht sagen, wo mein Bruder ist?«

Er sah zu dem Türöffner hinüber, der an der Wand lehnte. »Bruder?« sagte der Mann.

»Das wäre dann also *Mister* Pauling«, sagte der Geschäftsführer. »Ach ja, also wir haben ihn natürlich gesehen, als wir ins Haus kamen, um – aber er schien, er schien nicht – beim Aussuchen der Kleider hat er uns dann allerdings geholfen. Uns ist es lieber, wenn ein Angehöriger das übernimmt, habe ich zu ihm gesagt, obwohl er zuerst nicht wollte. Die Angehörigen wissen, was das beste –«

»Aber wo ist er *jetzt*?« fragte ich.

»Also da bin ich überfragt.«

»War er denn nicht hier?«

Der Geschäftsführer sah noch einmal zu dem Türöffner hinüber, doch der schüttelte nur den Kopf.

»Bloß einige Damen«, erklärte er mir. »Von ihrer Gemeinde, sagten sie, glaube ich.«

»Ist er denn überhaupt nicht hier gewesen?«

»Soviel ich weiß, nicht.«

»Ach, du meine Güte!« sagte ich, drehte mich um und ging hinaus. Aber plötzlich löste sich auch der Türöffner von seiner Wand und eilte hinter mir her. »Oh, lassen Sie nur, kümmern Sie sich doch lieber um jemand anderen«, sagte ich zu ihm. »Wir sind doch bestimmt nicht die *einzige* Leiche im Haus.« Dann kehrte ich in das Zimmer zurück, wo Mutter lag und wo Laura ihr Taschentuch gerade nach einer trockenen Ecke absuchte. Ich gab ihr ein frisches aus meiner Handtasche. »Jeremy ist gar nicht hier gewesen«, sagte ich zu ihr.

»Das habe ich mir gedacht.«

»Hat man denn je von einem Sohn gehört, der bei der sterblichen Hülle seiner Mutter nicht Totenwache hält?«

»Na ja, du weißt ja, wie – ich hatte allerdings erwartet, daß wir ihn zu Hause treffen würden«, sagte Laura. »Hoffentlich ist ihm nichts zugestoßen.«

»Was soll ihm denn zustoßen?« fragte ich, und darauf wußte sie natürlich keine Antwort. Mit Jeremy gibt es nämlich keine Überraschungen. Eine Sauftour würde er nie unternehmen, und auch kein Verbrechen begehen, und nie würde man ihn in einer anderen Stadt unter falschem Namen ausfindig machen müssen. »Sehr wahrscheinlich hat er sich in seinem Atelier eingeschlossen«, sagte ich zu ihr. »Wir hätten länger klingeln sollen. Na, macht nichts.« Eigentlich war es mir ganz recht so. Es wäre eher lästig als hilfreich gewesen, wenn er hier herumgejammert hätte. Er hatte Mutter noch näher gestanden als Laura. Er und Mutter kannten sich so gut, daß sie kaum miteinander zu sprechen brauchten; sie verbrachten jeden Abend ihres Lebens gemeinsam in der Enge des kleinen abgedunkelten Wohnzimmers vor dem Fernseher und tranken Kakao. Ich habe nie verstanden, wie Menschen so leben können.

Den ganzen Nachmittag saßen wir auf dem kleinen Sofa draußen im Gang und empfingen die Trauergäste, soweit welche kamen. Mutters Freundeskreis hatte sich anscheinend beträchtlich verkleinert. Und die, die kamen, machten es ziemlich kurz. Einen Augenblick Schweigen am Sarg, ein Wort zu uns, eine Eintragung im Kondolenzbuch, dann gingen sie wieder. Eine reine Pflichtsache. Also, ich sage immer, es kostet nichts, wenn man bei der Erfüllung seiner Pflicht auch ein *freundliches* Gesicht macht, aber diese Leute dachten offenbar an irgend etwas ganz anderes, und ich konnte genau erkennen, daß sie nicht mit dem Herzen bei der Sache waren. Zwischen den Besuchen saßen Laura und ich, ohne ein Wort zu sagen, nebeneinander. Unsere Arme berührten sich; es ließ sich nicht vermeiden. Das Sofa war sehr schmal. Ich mag Berührungen nicht. Laura drehte die ganze Zeit an den Riemen ihrer Handtasche oder spielte an dem Verschluß, so daß sich ihr Ellbogen ständig mit einem filzigen Rascheln, das mich nervös machte, an meinem Ärmel rieb. »Sitz doch mal still!« sagte ich.
»O Amanda, ich komme mir hier so verloren vor.«
»Reiß dich zusammen«, sagte ich. Ihr Kinn begann zu beben. Ich griff nach ihrer Hand, drückte sie und sagte: »Nimm es dir nicht so zu Herzen, bald fahren wir nach Hause und trinken eine Tasse Tee. Du bist müde, das ist alles.«
»Ja, das bin ich«, sagte sie. Sie hat nie soviel Energie gehabt wie ich. Zwei Damen aus Mutters Kirchengemeinde kamen vorbei. Ich kannte sie vom Sehen, mußte aber überspielen, daß ich ihre Namen

vergessen hatte. Dann kam Mutters Pfarrer und danach Mrs. Jarrett, die seit vielen Jahren als Untermieterin im Haus lebt. Eine vornehme Frau, sehr zuvorkommend und elegant. Immer trägt sie einen Hut. Sie streckte mir eine Hand in einem Handschuh entgegen und sagte: »Ich werde oft an Ihre Mutter denken, Miss Pauling, und sie in meine Gebete einschließen. Sie war ein sehr lieber Mensch.« Warum konnten nicht alle Mieter so sein wie sie? Kaum war sie weg, da kam Miss Vinton, eine verwelkte, sehnige Person, die das hintere Zimmer nach Süden gemietet hat. Das kleinste Zimmer im Haus; Mutter nahm weniger dafür. »Es tut mir so leid, das mit Ihrer Mutter«, sagte Miss Vinton. Aber wenn es ihr so leid tat, dann hätte sie es auch durch ihre Kleidung bezeugen können, sollte man meinen. Statt dessen war sie angezogen wie immer, eine lavendelfarbene Strickjacke über einem eng anliegenden grauen Kleid, ein ausgebeulter Regenmantel, flache Slipper wie Ruderkähne an den großen, langen Füßen. Sie schüttelte mir die Hand wie ein Mann, knochige Hände mit gleichmäßig gerade geschnittenen Fingernägeln und Nikotinflecken. Erledigt alle Wege mit dem Fahrrad. Sie kennen die Sorte. »Wie nett, daß Sie daran gedacht haben zu kommen, Miss Vinton«, sagte ich, aber gleichzeitig ließ ich einen langen prüfenden Blick über ihren Aufzug gleiten, um zu zeigen, daß er mir nicht entgangen war. Falls sie es überhaupt bemerkte, machte sie sich jedenfalls nichts daraus. Lächelte mich einfach mit ihrem Pferdegebiß an. Vermutlich glaubte sie, wir hätten etwas gemeinsam, nämlich, daß wir beide alte Jungfern über vierzig sind, aber da hörte die Gemeinsamkeit auch schon auf, Gottseidank. *Ich habe immer Wert auf ein würdevolles Erscheinungsbild gelegt.*
Abends um sechs machten wir uns auf den Heimweg. Die Straßen waren schwarz und naß, nirgendwo ein Taxi zu sehen. Wir gingen die ganze Strecke zu Fuß, zehn Blocks weit. Laura weinte wieder. Ständig putzte sie sich die Nase und murmelte vor sich hin. Bei dem vorbeirauschenden Verkehr und wegen der knisternden Plastikhaube über meinem Hut konnte ich nichts verstehen, aber ich glaube nicht, daß mir viel entgangen ist. Statt zu antworten, marschierte ich einfach vorwärts, die Handtasche fest gepackt, und hielt Ausschau nach Pfützen. Trotzdem bespritzte ich mir die Strümpfe.

Der Regen hatte die Reihenhäuser dunkler gemacht, sie wirkten noch schäbiger und bösartiger als sonst.

Zuletzt stand dann auch Mutters Haus immer noch wie verlassen da. Nur im zweiten Stock brannte Licht hinter einem Fenster. Als wir klingelten, ertönte das gleiche Echo wie vorhin. Laura sagte: »Und wenn wir nun ausgesperrt sind? Wo kommen wir dann unter?«

»Das ist doch lächerlich«, sagte ich. »Dieses Haus wimmelt von Mietern, und du siehst ja, jemand war da und hat unsere Koffer hereingeholt.« Der Vorplatz war nämlich wieder leer. Bis auf den Blumentopf.

Ich setzte meinen Finger auf den Klingelknopf und nahm ihn nicht wieder herunter. Schließlich flammte in der Diele ein Licht auf, und dann sahen wir einen Schatten hinter dem Spitzenvorhang. Mr. Somerset, der sich die Hosenträger über die Schultern schob, während er auf uns zuschlurfte. Ich erkannte ihn an seinem Gang, an den eingeknickten Knien und den vorgebeugten Schultern. Mir war er so vertraut wie ein alter Onkel, allerdings ein Onkel, wie ich mir nie einen wünschen würde. »Also, was deine Mieter angeht«, habe ich mal zu meiner Mutter gesagt, »dieser alte Mr. Somerset – ich weiß gar nicht, warum du dir das so lange bieten läßt.« – »Ja, aber er hat doch nur seine Pension, der arme Kerl«, sagte sie. Sie meinte aber etwas anderes. Sie meinte: Wie soll ich ihm denn kündigen? Wie soll ich mich an jemand neuen gewöhnen? Können wir nicht einfach alles so lassen, wie es ist?

»Miss Pauling«, sagte Mr. Somerset. »Und Mrs. Bates. Sie kommen wegen Ihrer Mutter, nehme ich an.«

»Ja, natürlich«, sagte ich, »und wir waren den ganzen Nachmittag im Beerdigungsinstitut, aber von Jeremy haben wir nichts gesehen. Wo kann er denn sein, Mr. Somerset?«

»Er sitzt auf der Treppe«, sagte er.

»Wie bitte?«

»Auf der Treppe, da, wo Ihre Mutter gestorben ist. Er ist schon den ganzen Tag dort.«

»Wir waren schon einmal hier, Mr. Somerset. Um die Mittagszeit. Wir haben geklingelt.«

»Da muß ich gerade weg gewesen sein.«

»Aber mein *Bruder* war doch hier, wie Sie sagen.«

»Er geht nicht an die Tür«, sagte Mr. Somerset, »und von da oben geht er auch nicht weg. Sitzt da im Dunkeln.«

»Du lieber Himmel«, rief ich. »Jeremy?«

Aber dann ging Laura auf die Suche, stürmte nach oben, ohne vorher die Überschuhe auszuziehen. Ich hörte, wie sie einen Lichtschalter betätigte und weiter in den zweiten Stock hinaufstieg und wie sie rief: »Jeremy, Lieber!«

»Er ist heute nicht ganz *da*«, erklärte mir Mr. Somerset. Die Leute sagen das ziemlich oft von Jeremy, aber eigentlich meinen sie damit, daß er anders ist als andere Menschen. In Wirklichkeit ist er immer *da*. Das ist es ja gerade! Ich rief: »Jeremy, komm herunter, bitte! Laura und ich haben nach dir gesucht.«

»Der kommt nicht«, sagte Mr. Somerset. »Er sitzt auf der Stufe, wo –«

»Sie ist auf der *Treppe* gestorben?«

»Ja, Madam.«

»Ausgerechnet!«

»Also, soweit ich gehört habe, saß er neben ihr, bis Mrs. Jarrett nach Hause kam. *Stunden* vielleicht. Niemand weiß es. Mrs. Jarrett hat dann Ihre Nummer gewählt. Sonst hätte er es nie getan. Und dann hat sie ihn ins Bett geschickt, denn nach dem Trubel mit dem Beerdigungsinstitut und dem Doktor und so weiter kehrte er gleich wieder zu dieser Stufe da oben zurück, wollte wohl die Nacht dort verbringen. Mrs. Jarrett sagte: Mr. Pauling, ich glaube, Sie sollten sich jetzt in ein richtiges Bett legen, und das tat er dann auch. Aber heute morgen merke ich, daß er wieder auf der Treppe sitzt, den ganzen Tag lang. Ich habe es Miss Vinton erzählt. Sie sagte: Lassen Sie ihn doch. Ich habe sie gefragt, wie lange wir ihn denn noch lassen sollen? Das ist nicht natürlich, Miss Vinton, habe ich zu ihr gesagt, aber sie wollte nicht –«

»Na ja, *damit* ist jetzt Schluß«, sagte ich, zog meine Überschuhe aus, hängte meinen Mantel und den Hut in den Schrank und ging hinauf. Ich kreuzte den Flur im ersten Stock, wo es nach feuchten Handtüchern roch. Ich stieg in den zweiten Stock hinauf, wo Jeremy arbeitet und schläft, ganz allein, und wo er nur selten andere Leute hinaufläßt. Da kauerte er auf der obersten Stufe, und Laura hockte neben ihm. Sie war außer Atem; sie treibt ja auch nie Gymnastik. »Jeremy, Lieber, du glaubst nicht, was ich mir für Sorgen gemacht habe«, sagte sie gerade zu ihm. »Wir haben so oft geklingelt! Ich war mir sicher, daß du hier bist.«

»Ich habe auf der Treppe gesessen«, sagte Jeremy.

»Das habe ich schon gehört«, sagte ich und stieg so weit hinauf, bis mein Gesicht auf gleicher Höhe mit seinem war. »Zu*mindest* hätte ich erwartet, dich im Beerdigungsinstitut zu sehen.«

»Ach, nein.«

»Und jetzt mußt du hinunterkommen«, sagte ich zu ihm.

»Ich glaube, dazu habe ich jetzt keine Lust, Amanda.«

»Habe ich dich gefragt, ob du Lust dazu hast?«

Er spreizte die Finger und sah sich die abgekauten Nägel an, ohne zu antworten. Ein scharfes Wort zu Jeremy, und es verschlägt ihm die Sprache; er kann nichts vertragen. Man kommt weiter, wenn man freundlich zu ihm ist, aber es fällt mir immer erst zu spät ein. Er macht mich wütend. Ich verstehe nicht, wie er sich so gehenlassen kann und es so weit kommen lassen konnte. Nein, sich gehenlassen bedeutet ja, daß man vor irgendwo herkommt und erst einmal irgendwas gewesen ist, aber Jeremy ist nie etwas gewesen. Er ist so, wie er ist, auf die Welt gekommen. Er war und ist bleich und teigig und zu dick, birnenförmig, und hat breite Hüften. Beim Gehen setzt er die Fußspitzen nach außen. Sein Haar ist lockig, silbergolden, und oben dünn. Seine Augen sind fast farblos. (Ich bin schon gefragt worden, ob er ein Albino sei.) Kein Mensch weiß, wie er an die Kleider kommt, die er trägt: ausgebeulte Hosen, die ihm fast bis unter die Arme reichen; eine maulwurfgraue Strickjacke, die über dem Bauch spannt, nur in der Mitte geknöpft ist und oben und unten ein angegilbtes Netzunterhemd sehen läßt, dazu zierliche helle Schnürschuhe mit einem dunkel abgesetzten Mittelstück, das wie ein Sattel aussieht. Sind das vielleicht Schuhe für einen Mann? »Reiß dich zusammen, Jeremy«, sagte ich, und er blinzelte mir aus verquollenen Augen zu.

»Sie macht sich nur Sorgen um dich«, sagte Laura zu ihm.

20

»Ich mache mir um uns alle Sorgen«, sagte ich. »Wenn sich nun jeder einfach hinsetzen würde, sobald er keine Lust hat, sich zu bewegen?«

»Demnächst werde ich mich bewegen«, sagte Jeremy.

»In dem Beerdigungsinstitut hieß es, sie hätten dich dort noch gar nicht zu Gesicht bekommen.«

»Haben sie auch nicht.«

»Die sagten, du seist nicht mal vorbeigekommen, um dir anzusehen, wie sie aufgebahrt ist?«

»Ich habe es nicht fertiggebracht«, sagte Jeremy.

»*Wir* haben es fertiggebracht, nicht wahr?«

»Sie sah so friedlich aus«, sagte Laura. Sie hatte sich nach vorn gebeugt und hielt ihn bei den Schultern gefaßt. Wenn sie losgelassen hätte, wäre er langsam zur Seite gekippt, mit weit aufgerissenen, starren Augen. »Es war, als würde sie einfach schlafen«, sagte sie zu ihm.

»Beim Patiencelegen ist sie oft eingeschlafen«, sagte Jeremy.

»Sie sieht so nett aus wie auf ihrem Hochzeitsbild.«

Woher nahm Laura das nun schon wieder? Mutter sah überhaupt nicht aus wie auf ihrem Hochzeitsbild. Das wäre auch wirklich äußerst seltsam gewesen. Aber Jeremy fragte nur: »Wie auf dem im Album?«

»Genau.«

»Ihr Gesicht war ziemlich rund auf dem Bild«, sagte Jeremy.

»Jetzt ist ihr Gesicht auch rund.«

»Ich nehme an, sie haben da irgend so eine Methode.«

»Auch ihr Teint sieht gut aus.«

»Hat sie ein bißchen Farbe?«

»Sie haben Rouge aufgetragen, denke ich mir. Aber überhaupt nicht *aufdringlich*. Gerade genug, um – und ihr Haar haben sie in Wellen gelegt.«

»*Mama* hat das nie getan.«

»Ja, aber es sieht einfach hübsch aus, Jeremy. Und dieses Kleid, es bringt ihren Teint richtig zur Geltung. Hast *du* das Kleid ausgesucht? Das hast du wirklich gut gemacht. Ich glaube, ich hätte das geblümte, beige genommen, das sie immer zu Ostern trug, aber dieses ist auch hübsch, und die Farbe bringt ihren –«

»Der Beerdigungsmensch hat es vorgeschlagen«, sagte Jeremy.
»Ich denke, er kennt sich in solchen Sachen am besten aus.«
»Ich mußte in ihrem Schrank nach Kleidern suchen.«
»Also wirklich! Und wie sie sie aufgebahrt haben –«
»Mußte all die Bügel mit ihren Sachen dran im Schrank herum-
schieben.«
»O je.«
»Sie sagten, ich müßte das tun«, erklärte Jeremy. »Ich fragte, ob *sie*
es nicht machen könnten. Sie sagten, nein. Sie hätten Angst, daß
irgendwas schiefgehen könnte und man ihnen am Ende vorwerfen
würde, sie hätten das Falsche ausgesucht und vielleicht sogar etwas
gestohlen, wenn sich herausstellen sollte, daß etwas fehlt. Aber *ich*
würde das nie machen. Ich würde denen doch nichts vorwerfen.«
»Nein, natürlich nicht«, sagte Laura.
»All die Kleider im Schrank mußte ich durchgehen.«
»O je.«
»Und dann mußte ich ihre – ihre Unterwäsche suchen, in der Kommode. Ihre Kommode mußte ich öffnen.«
»Na ja, Jeremy.«
»In ihren Kommodenschubladen herumkramen und Sachen raus-
nehmen.«
»Jeremy, Lieber, komm, es ist ja gut. Na, komm!«
Jeremy war nämlich zu Laura hinübergesunken und hatte sich an sie
gelehnt, hatte seinen Kopf an ihren Busen, wie auf ein Kissen gebet-
tet. Und da saß Laura, tätschelte ihm den Rücken und schnalzte
zwischen den Zähnen. Immer hat sie diesen Jungen gehätschelt. Sie
war erst sieben, als er geboren wurde – in dem Alter sieht man in
einem kleinen Bruder noch eine ganz besonders tolle Puppe. Nie
hat sie bemerkt, daß er sie aus Mutters Zuneigung verdrängte. Ich
habe es natürlich gemerkt. Ich war die Älteste. Mir war das gleiche
schon Jahre zuvor passiert. Ich sah, daß Mutter immer nur Platz für
einen hatte, für das Jüngste und Kleinste und Schwächste. Ich sah,
wie sie sich, als Jeremy unterwegs war, immer mehr in sich zurückzog, bis sie am Ende nur noch eine Art runder Höhlung war, die
Nahrung aufnahm und um Wolldecken bat. Sonst war Mutter immer diejenige, die *nahm*, auch an ihre eigenen Töchter stellte sie

immer nur Forderungen und hegte Erwartungen, ohne je etwas zu geben, aber Jeremy verwöhnte sie vom Augenblick seiner Geburt an, und ich glaube, hier liegt die Wurzel all seiner Schwierigkeiten. Ein Muttersöhnchen. Sie zog ihn allen anderen vor. Sie gab ihm das Beste von ihrem Teller und schenkte ihm ihre ganze Aufmerksamkeit; er brauchte nur über ein bißchen Bauchweh zu klagen, und das tat er andauernd – schon ließ sie ihn wochenlang nicht in die Schule; sie las ihm stundenlang vor, während er in eine Steppdecke gehüllt dasaß – oh, ich sehe es noch vor mir! Jeremy auf dem Platz am Fenster, käsebleich und aufgedunsen, während Mutter ihm mit ihrer schwachen, flüsternden Stimme viktorianische Frauenromane vorlas, obwohl sie *nie* Lust oder Zeit hatte, uns Mädchen etwas vorzulesen. Zu dieser Zeit hatte uns unser Vater schon verlassen, aber ich glaube nicht, daß sie es wirklich bemerkt hat. Dazu war sie viel zu sehr mit Jeremy beschäftigt. Er war ihr ein und alles. Sie hielt ihn für ein Genie. (Ich selbst habe mich manchmal gefragt, ob er nicht ein bißchen zurückgeblieben ist. Ob er an einer sich nur auf bestimmten Gebieten auswirkenden, noch nicht genauer bekannten Entwicklungshemmung leidet, die bisher in keinem medizinischen Lehrbuch verzeichnet ist.) In Mathematik hat er versagt, im freien Vortrag hat er ebenfalls versagt (natürlich), die achte Klasse hat er wiederholt, aber er hatte eine künstlerische Ader, und deshalb hielt Mutter ihn für ein Genie. »Manche Menschen haben einfach keinen Sinn für Mathematik«, sagte sie, und sie zeigte uns sein Zeugnis – Kunst eins plus, Englisch eins, Betragen eins plus. (Was denn sonst? Er hatte keine Freunde, es gab einfach niemanden, mit dem er im Unterricht hätte schwätzen können.) Wir gingen damals schon aufs College, finanzierten uns mit Servieren das Lehrerstudium selbst, wohnten zu Hause und trugen Kleider aus dem Kaufhaus, während er noch die High School besuchte. Als er dann sein Abschlußzeugnis bekam – ein anderer mußte es für ihn abholen, er schützte Magenschmerzen vor, dabei scheute er sich einfach, allein über das Podium zu gehen und es selbst in Empfang zu nehmen –, was tat er da? Er besuchte die beste Kunstakademie von ganz Baltimore, und Mutter gab die Hälfte ihrer Mieteinnahmen dafür aus, ihm den Unterricht zu bezahlen. Dabei fühlte er sich dort von der ersten bis zur letzten Minute hundeelend. Er hielt den Druck nicht aus. Hatte Angst vor den anderen Schülern. Der Magen machte ihm zu schaffen. Ein ganzes Semester verlor er wegen einer Mononukleose (damals nannten wir es Drüsenfieber), aber vielleicht war es auch etwas anderes. Doch selbst wenn er gesund war, ging er selten zum Unterricht. Oft kam er im Laufe des Vormittags wieder nach Hause und verkroch sich ins Bett. Was soll man dazu sagen? Mutter jedenfalls sagte: »Diese Leute verlangen einfach zuviel von dir, Jeremy.« Und dann kochte sie ihm alle seine Lieblingsgerichte zum Mittag. (Sein Lieblingsnachtisch war Vanillepudding.) Aber seine Arbeiten gefielen ihnen anscheinend. Sie gaben ihm hervorragende Noten, und er bekam seinen Abschluß. Aber auch danach konnte er seinen Lebensunterhalt nicht selbst verdienen. Könnten Sie sich vorstellen, daß Jeremy eine Klasse unterrichtet? Schließlich raffte Mutter sich auf und setzte eine Daueranzeige in die Zeitung: *Ausgebildeter Künstler erteilt Privatunterricht in eigenem Atelier.* Sein Atelier war der ganze zweite Stock, den sie ihm kurzerhand überlassen hatte. Es gab dort ein Oberlicht. Hin und wieder klingelte nun irgendein verkrachter Schüler an der Tür – meistens waren es Mädchen, blutarme, langhaarige Dinger, vor denen er sich halb zu Tode ängstigte. Aber sie blieben nie lange. Anscheinend brauchten sie nur einmal die Luft in seinem Atelier zu schnuppern, und schon wußten sie, daß er ein noch viel größerer Versager war, als sie es je sein würden. Irgendwann blieben sie dann weg, und er war wieder da, wo er angefangen hatte: arbeitete allein vor sich hin, auf Mutters Kosten. Angewiesen auf ihre Versicherungsbeiträge und ihre Untermieter und ihre letzten Mieteinnahmen. Fairerweise muß ich hinzufügen, daß er ein paar Arbeiten auch wirklich verkauft hat, aber nicht viele. Ein Bekannter von der Kunstakademie war so klug, von der Malerei auf den Kunsthandel umzusatteln. Er eröffnete eine Art Galerie, für Jeremy ein Glück. Ich sage ihm oft, er könne froh sein, daß Brian ihn unterstützt, aber Jeremy glotzt mich bloß an. Er hält das alles für selbstverständlich. Was er fabriziert hat, schiebt er einfach in Brians Richtung und kümmert sich nicht mal darum, ob es auch sicher ankommt, sondern macht einfach weiter. Ich glaube, wir sollten dankbar dafür sein, daß er seine

24

Kunst nicht allzu ernst nimmt. Und dennoch – all das Geld, was er verbraucht! Ganz zu schweigen von der Zeitverschwendung. Glauben Sie vielleicht, Laura und ich, wir hätten uns so etwas bei Mutter herausnehmen dürfen? Nicht eine Minute. Immer hat sie von uns erwartet, daß wir unseren Weg in der Welt selbst finden. Seit fünfundzwanzig Jahren sorge ich ganz für mich allein, und Laura macht es genauso, seit sie verwitwet ist. Ist das vielleicht fair? Jeremy habe eben nicht soviel Kraft wie wir, sagt Laura immer. *Das* ist allerdings wahr. Laß ihm etwas Zeit, sagt Laura. Sie hat ihn nie so gesehen, wie er wirklich ist. Sie macht es genau wie Mutter, immer hat sie ihn verhätschelt und wie ein Kind behandelt. Und jetzt saß sie auf der Treppe, wiegte ihn mit beiden Armen und sagte: »Na komm, Jeremy«, während er ihr gutes Strickkleid vorn ganz verknitterte.

»Wie lange willst du denn noch hier rumsitzen?« fragte ich ihn. Er richtete sich auf, aber er antwortete nicht.

»Wir müssen jetzt verschiedene Dinge erledigen, weißt du«, sagte ich. »Zunächst einmal mußt du dich umziehen und zum Begräbnisinstitut gehen.«

Laura sagte: »Amanda –«

»Dann müssen wir Pläne für deine Zukunft machen. Ich weiß nicht, ob du schon mal darüber nachgedacht hast, was du jetzt tun wirst.«

»Tun?« fragte Jeremy.

»Ach, warum reden wir darüber nicht nach dem Essen?« meinte Laura. »Jetzt gehen wir erst mal nach unten, Jeremy. Ich weiß, du bist jetzt soweit und kannst mitkommen, nicht wahr?«

Es war offensichtlich, daß er daran überhaupt nicht gedacht hatte, aber er ließ sich von ihr kneten und ziehen, als wäre er aus Modellierton, bis er schließlich aufrecht stand. Dann führte sie ihn die Treppe hinunter. Ich ging hinter ihnen. Als ich unten ankam, sah ich, daß Mr. Somerset noch immer an der Eingangstür stand und Jeremy anglotzte. (Ich glaube, in diesem Haus bleibt jeder einfach stehen, wo es ihm gerade einfällt. Als wäre Mutters Trägheit ansteckend.) Ich sagte: »Mr. Somerset, haben Sie die Koffer in das Zimmer von meiner Mutter gestellt?«

»Was sagen Sie da?«

»Unsere Koffer. Haben Sie sie irgendwohin gestellt?«

»Ich habe keine Koffer gesehen.«

»Aber jemand hat sie genommen«, sagte ich. Ich schlängelte mich an Jeremy und Laura vorbei und betrat Mutters Schlafzimmer neben dem Eßzimmer. Dort waren keine Koffer. Nur ihr ungemachtes Bett, vor dem ich einen Moment lang stehen blieb. Dann warf ich die Türe hinter mir zu und sagte: »Jeremy? Ich will wissen, wo unsere Koffer sind.«

»Was denn für Koffer, Amanda?«

Ich ging durch alle Zimmer im Erdgeschoß, knipste das Licht in der Küche, in der Toilette, im Eßzimmer, im Wohnzimmer an. Keine Koffer. Und oben würden sie auch nicht sein; der ganze erste Stock gehörte den Mietern. »Mr. Somerset«, sagte ich, »jetzt denken Sie mal scharf nach. Wer ist noch hier gewesen, als wir unterwegs waren?«

»Na, niemand«, sagte Mr. Somerset. »Die beiden Damen sind den ganzen Tag weg, und Howard ist heute morgen um sieben gegangen und noch nicht zurückgekommen. Ich habe gehört, wie er ging. Ich habe ihn pfeifen hören, um sieben Uhr morgens, direkt vor meinem Schlafzimmer, kein bißchen Rücksichtnahme, und abends kommt er um elf, halb zwölf, manchmal um zwölf von einer Verabredung und pfeift immer noch, nie denkt er –«

»Jemand hat unsere Koffer gestohlen«, sagte ich zu Laura.

Sie half Jeremy gerade in einen Sessel im Wohnzimmer, als wäre er ein Invalide. Sie sah zu mir auf, mit den Gedanken ganz woanders, und sagte: »Ach nein, Amanda, die würde doch niemand –«

»Sie sind weg, oder? Und es ist niemand hier gewesen außer uns und Mr. Somerset, und er sagt, er hat niemanden gesehen.«

»Ganz recht, ganz recht«, sagte Mr. Somerset und trat den Rückzug die Treppe hinauf an, als könnte ich irgendeinen Vorwurf gegen ihn erheben. Kurz bevor er verschwand, beugte er sich noch einmal über das Geländer und sagte: »Sie können ja Howard noch mal fragen, wenn er kommt, obwohl, wie gesagt, ich glaube nicht, daß er – und vielleicht reden Sie mit ihm auch mal über den Lärm. Ich schlafe nämlich nicht besonders gut. Vielleicht erwähnen Sie es mal, wenn Sie mit ihm reden.«

»Man hat uns beraubt«, sagte ich zu Laura.

»Ach, die tauchen schon wieder auf. Ganz bestimmt.«

»Nein, sie sind weg«, sagte ich zu ihr. »Die sehen wir nicht wieder.«

Geht es nicht immer so? Da denkt man, in Unglückszeiten würden wenigstens die alltäglichen Dinge mal von selbst gehen, aber das tun sie nie.

Ich setzte mich in einen Lehnsessel, schrumpfte einfach darin zusammen. »Überleg dir das mal!« sagte ich. »Ein Haus ausrauben, in dem getrauert wird. Oh, so etwas habe ich schon gehört. Diebe, die sich jeden Tag die Todesanzeigen ansehen, die wissen, daß die Hinterbliebenen durcheinander sind und nicht richtig aufpassen. Ist das nicht eine Schande?«

»Oh, *das* haben sie bestimmt nicht getan.«

»Was dann?«

»Wir könnten die Polizei anrufen«, meinte Laura.

»Das würde nichts helfen. Die werden dafür bezahlt, daß sie die Augen zudrücken.«

»Also, mir macht bloß eine Frage Kummer: was nehme ich als Nachthemd?« sagte Laura. »Und als Trauerkleid. Ob dieses geht?«
Sie schlug ihren Mantel weiter auseinander und ließ das kastanienbraune Kleid sehen. Es war vorn ganz verknittert. »Du hast Glück«, sagte sie zu mir. »Du hast dein schwarzes schon für die Bahnfahrt angezogen.«

Immer reden die Leute von Glück, wenn jemand sich vernünftiger verhalten hat als sie selbst.

Ich sagte: »So etwas wäre früher nicht passiert. Es gab mal eine Zeit, da war unser Viertel so sicher, daß man nachts unbesorgt draußen herumlaufen konnte, aber heutzutage! Ich weiß nicht, wie oft ich Mutter gesagt habe, sie solle umziehen.«

»Zumindest«, sagte Laura, »hatten wir keine Wertsachen in den Koffern.«

»Das meinst aber auch nur du«, erwiderte ich. »Wertsachen gibt es solche und solche. *Meinen* Koffer hat mir Mutter zum Abitur geschenkt. Das einzige nützliche Geschenk, das ich je von ihr bekommen habe.«

»Reden wir lieber über etwas, das uns aufmuntert«, sagte Laura.
»Sonst waren es immer Riechkissen und Duftkugeln und Lesezeichen fürs Gebetbuch, aber dieser Koffer war aus Rindsleder, Spitzenqualität.«

»Schluß jetzt«, sagte Laura. »Soll ich uns ein bißchen was zu essen machen? Irgend etwas ist bestimmt im Eisschrank. Hat jemand Lust auf ein Omelett?«

Und schon war sie, immer noch in Überschuhen, ihren Mantel um sich raffend, verschwunden. Sie ist die Köchin in der Familie – man braucht sich bloß ihre Figur anzusehen. Ich selbst hätte in diesem Augenblick keinen Bissen heruntergebracht. Ich fühlte mich todunglücklich. Ich stellte einen Fuß auf einen Handarbeitsschemel und sagte: »Mir wäre es am liebsten, ich könnte mich jetzt mal richtig ausschlafen. Ich bin heute viel zuviel gelaufen.« Ich sprach zu Jeremy, aber er reagierte überhaupt nicht. »Siehst du meine Füße?« fragte ich ihn. »Wie geschwollen die sind?«

Er antwortete nicht.

»Von dem Begräbnisinstitut bis hierher konnten wir kein Taxi bekommen. Es war schon schwer genug, am Bahnhof eins zu finden; und uns abzuholen, daran hat ja offenbar niemand gedacht.«

Jeremy legte nur ganz sacht die Hände auf seine Knie, als würden sie sonst zerbrechen.

Ich saß aufrecht in Mutters Ohrensessel und sah mich um. Dieses Wohnzimmer schien vollgestopft mit allem erdenklichen Plunder. Angeschlagene Porzellanfiguren, ein Barometer, eine Tischuhr, die ging, und eine Standuhr, die nicht ging, ein ganzes Regal mit Büchern von Khalil Gibran, ein schiefer Turm aus lauter Strickzeitschriften, Pfauenfedern, die hinter einem Spiegel steckten. Beschlagene Trinkgläser, zur Hälfte mit abgestandenem Wasser gefüllt, ein Scrabble-Spiel, ein Zerstäuber, eine Haarbürste, die sich mit hellbraunen Haaren vollgesetzt hatte, ein Stickrahmen, ein Taschenbuch über Astrologie, ein Kopftuch mit Stockflecken, Zierdeckchen über Zierdeckchen, Versandhauskataloge, alte wattierte Fotoalben, ein gläserner Schwan voller verstaubter bunter Murmeln, Pflanzen, die sich aus ihren Töpfen davonmachten und die Fensterbank entlangkrochen. Auf dem Tisch neben mir eine Flasche mit

Jergens Lotion, ein Vergrößerungsglas und eine Patentheftklammer für Zeitungsausschnitte. (Wie gern sie immer Zeitungsartikel ausschnitt! Die Umschläge ihrer Briefe stopfte sie voll damit, und jahrelang faltete ich sie einen nach dem anderen auseinander und versuchte herauszufinden, was sie mit mir zu tun hatten. Gelungen ist es mir nie. Hundewelpen aus der Kanalisation gerettet, verwaiste Kaninchen von Katzen gesäugt, Kinder planschen in einem Planschbecken am ersten Sommertag in Baltimore. Nichts von Bedeutung. Später warf ich sie weg, ohne sie anzusehen, als wären sie nur eine Art Polsterung für die spärlich knappen Mitteilungen.) Von unten stemmten sich, sofern man so tief überhaupt sehen konnte, diesem Wirrwarr verschnörkelte, splittrige Möbel auf so dürren Beinen entgegen, daß man sich fragte, wie sie der Belastung überhaupt standhielten. Beim bloßen Hinsehen wurde mir angst und bange. Ich legte die Fingerspitzen an die Stirn, um einen meiner Anfälle von Kopfschmerz abzuwehren. »Also, Jeremy«, sagte ich, »ich finde, ich sollte jetzt mal erfahren, wie die ganze Sache passiert ist.«

Jeremy sah hoch, aber nicht zu mir, sondern nach einem Punkt an der Wand.

»Wie Mutter gestorben ist.«

»Oh, das – ich – es ist einfach passiert.«

»Du brauchst keine lange Geschichte daraus zu machen, aber erzähl einfach mal«, sagte ich. Ich weiß, daß ich ihn nicht so anfahren sollte.

»Ich hatte ein neues Objekt gemacht«, sagte Jeremy.

»Was?«

»Objekt. Ein neues Objekt in meinem Atelier.«

»Ach so, ja.«

So nennt er sie: Objekte. Er klebt sie zusammen und nennt sie Objekte. Also, *Bilder* sind es ganz bestimmt nicht. Nicht mal richtige Collagen – so kleinteilig und mosaikartig, wie er arbeitet. Diesen Drang, Sachen zusammenzukleben, hatte er, seit er alt genug war, mit Schere und Leimtopf umzugehen. Neben Mutter auf dem Fußboden sitzend, hat er angefangen, Ausschneidepuppen anzuziehen, und in der Grundschule kamen dann die Einklebebücher. Andere Jungen spielen Baseball; er hatte seine Einklebebücher. Eins für berühmte Leute und ein anderes für ausländische Städte und noch eins für Postkarten. (Aufnahmen von Hotels, meistens mit einem X auf einem winzigen Fenster hoch oben im zwölften Stock – »Hier ist mein Zimmer!« –, die eine Cousine an Mutter geschickt hatte.) Dann begann er mit seinen Objekten. Mutter fand sie wunderschön, natürlich, aber soviel ich sehen konnte, waren sie einander alle ziemlich gleich. Immer dasselbe Schnibbeln und Kleben. Dreiecke aus Einwickelpapier und Rauten aus Seide zu Männchen zusammengeklebt. Ohne feste Umrisse. Ähnlich wie die Rätsel in Kinderzeitschriften – in den Zweigen dieses Strauchs sind sieben Tiere versteckt. Ich verstand nicht, was er damit sagen wollte. »Ja, und?« fragte ich.

»Ich wollte, daß sie sich mein Objekt ansieht. Ich ging nach unten und brachte sie hinauf, und oben, auf der Treppe, fiel sie einfach um, sie fiel um, und ich sah, daß sie tot war.«

Einen Sinn für Einzelheiten hat er nur, wenn es ums Schnibbeln und Kleben geht. Für das wirkliche Leben bleibt da nichts übrig. Was hatte Mutter auf der Treppe gesagt? Welches waren ihre letzten Worte? War sie außer Atem? Griff sie sich an die Brust? Hatte sie ihm irgendeinen Blick zugeworfen, als sie gestürzt war? (Vielleicht hatte sie ihn angesehen und gedacht: Du lieber Himmel! Sterbe ich nun *dafür*? Ein Papierdeckchen, hergestellt von einem erwachsenen Mann?)

»Weiter«, sagte ich.

Er sah ausdruckslos vor sich hin.

»Sag mal«, bohrte ich (schon erschöpft bei dem Gedanken, was ich ihn noch alles würde fragen müssen), »hat sie über irgendwelche Schmerzen in der Brust geklagt?«

»Oh, Mama hat sich nie beklagt.«

Das stimmte, aber ein anderer hätte die Zeichen dennoch zu deuten gewußt. Wenn sie Probleme mit ihrer Gesundheit hatte – Blähungen, Verdauungsstörungen, Magengrimmen –, verarztete sie sich immer selbst. Trank Kräutertee, nahm rezeptfreie Medikamente und weigerte sich, etwas zu essen. So manches Mal habe ich bei ihr zu Mittag gegessen, während sie mir gegenüber am Tisch saß, vor sich nur eine dampfende Tasse und eine Halbliterflasche Pepto-Bismol, und mit den Augen meinem Löffel folgte. »Ißt du denn gar nichts, Mutter?« – »Nein, Liebling, aber kümmer dich nicht drum. Mir geht's bestimmt bald wieder besser.« Und noch ein Schluck Kräutertee und dazu ein Eßlöffel Pepto-Bismol. Aber Jeremy (falls er überhaupt am Tisch saß und nicht weiter an seinen Sachen herumbosselte und sich das Essen auf einem Tablett nach oben bringen ließ) aß mit gesenktem Blick und merkte offenbar nie etwas. So sehr war er daran gewöhnt, selbst der Kränkelnde zu sein. Bestimmt hat er sich darin nicht geändert. Und wenn Mutter eine Digitalistablette nach der anderen geschluckt hätte, eine ganze Kette, quer über den Tisch bis zu seinem Platzdeckchen – er hätte nur gefragt, ob er noch ein Schüsselchen Vanillepudding bekommen könne.

Laura trat in die Tür zum Eßzimmer und sagte: »Ich habe ein kleines Abendessen gemacht. Wollt ihr?«

»Tut mir leid, ich glaube, ich kann nicht«, sagte ich.

»Ach, Amanda. Versuch's doch mal. Wir müssen bei Kräften bleiben.«

Also kam ich, aber während sich Laura und Jeremy niederließen, ging ich noch einmal hinaus und machte mir eine Tasse heiße Milch. Es war das einzige, worauf ich Lust hatte. Ich stand am Herd, umgeben von schmutzigen Tellern und lauter Dingen, die nicht dort waren, wo sie hingehörten, und hörte im Eßzimmer das gleichmäßige Klirren von Porzellan. Die beiden dort konnten in jeder Lebenslage essen. Als ich aus der Küche kam, sah ich, daß sich die Speisen auf ihren Tellern geradezu türmten, Omeletts und Brötchen und mehrere Kuchensorten. Ich sagte: »Also, beschwert euch nachher nicht, wenn ihr euch den Magen verdorben habt.« Worauf sie einen Augenblick lang innehielten, sich die Münder abwischten und zwei gleich dumme Gesichter machten. Aber dann wandten sie sich wieder ihren Tellern zu und beachteten mich nicht weiter. Bestrichen ein Brötchen nach dem anderen mit Butter, bewegten, nach einer neuen Geleesorte suchend, das Drehtablett auf dem Tisch. »Versuch doch mal Stachelbeere, Jeremy. Ich weiß, du hast keinen Appetit, aber –« Jeremy, der ein Leckermaul war, aß einen halben gestürzten Ananaskuchen. Ich habe es mit eigenen Augen gesehen. Und dann auch noch diese klebrige Sorte aus dem Laden; zum Backen hat sich Mutter nie aufgerafft. Und Laura servierte ihm, Stück für Stück, die vornehmsten kleinen Portionen, die man je gesehen hat, und er beäugte jedes ankommende Stück, als hätte es nichts mit ihm zu tun, aber als er zu Ende gegessen hatte, war der halbe Kuchen verschwunden. Laura aß den größten Teil der anderen Hälfte. Und tat dabei immer so etepetete! Nahm winzig kleine Stücke und legte zwischendurch die Gabel auf den Teller zurück. Jeremy kaute halbherzig vor sich hin, wie er es immer tat. Schob das Essen im Mund hin und her. Und dann sagte Laura auch noch: »Wenn das vorbei ist, muß ich mit meiner Diät weitermachen.« Als ob Mutters Ableben ein Picknick wäre! Eine Art Feiertag! Ein Anlaß zu einem Freßgelage! Aber bevor ich dazu etwas sagen konnte, kam Howard herein, der das vordere Zimmer auf der Südseite bewohnt. »Oh, Entschuldigung«, sagte er und stand wippend da. Er ist ein junger Mann mit spitzem Gesicht und Brille, ein Medizinstudent. Solange ich zurückdenken konnte, wohnten in seinem Zimmer immer Medizinstudenten. Einer gibt es an den anderen weiter, dazu ein Regal mit Lehrbüchern aus fünfter Hand und die auf die Tapete neben dem Telefon im Flur gekritzelte Nummer des Schwesternwohnheims. Es ist natürlich angenehm, zu wissen, daß dieses Zimmer stets einen Bewohner hat, aber die Studenten sind meistens laut und unordentlich, und sie kommen und gehen zu allen möglichen und unmöglichen Tages- und Nachtzeiten. An Mutters Stelle hätte ich schon lange auf sie verzichtet. Und erst ihre Manieren! Dieser Howard zum Beispiel hielt es nicht mal für nötig, uns sein Beileid auszusprechen. Er sagte bloß: »Ich sehe, es schmeckt.«

»Howard«, sagte ich, »wissen Sie vielleicht, wo unsere Koffer sind?«

»Ich? Nein, Madam.«

»Damit ist unsere letzte Hoffnung dahin«, sagte ich zu den anderen.

Laura sagte: »Wollen Sie nicht mitessen, Howard?«

»Ach, ich habe da was in der Küche«, sagte er. Einen Augenblick lang kratzte er sich am Kopf und ging dann hinaus. Ich konnte hören, wie er in der Besteckschublade kramte. Kein Wunder, daß die Küche in einem solchen Zustand war. Was kann man schon erwarten, wenn man die Leute so ein- und ausgehen läßt? Jahrelang habe ich meiner Mutter gesagt, sie solle ein paar einfache Regeln aufstellen. »Das ist hier keine richtige Pension«, habe ich zu ihr gesagt. »Es ist überhaupt nicht vereinbart, daß sie hier essen, eigentlich müßten sie im Restaurant essen.« – »Na ja«, sagte sie, »du hast schon recht, Amanda.« Aber nie hat sie irgend etwas unternommen, und was dabei herausgekommen ist, sieht man ja: Ameisen im ersten Stock, weil die Leute ihre Sandwiches mit hoch nehmen, Schaben in der Küche, fremde Leute, die die Töpfe schmutzig machen und Unrat auf der Anrichte liegen lassen und die Schränke mit ihren diversen Vorräten vollstopfen. Der Student vor Howard, wie hieß er doch gleich? der verwahrte im Eisschrank eine Blechdose für Kuchen, darauf hatte er mit Tesafilm ein Etikett geklebt: *Vorsicht. Bakterienkulturen. Nicht stören.* Eine glatte Finte natürlich; es war nur Kuchen drin. Und trotzdem war es jedesmal ein bißchen beängstigend, wenn man bei der Suche nach einem Ei oder einem bißchen Salat plötzlich auf diese Dose stieß, und mehr als einmal ist mir dabei der Appetit vergangen.

Der Gedanke an die Mieter brachte mich wieder darauf; ich setzte meine Milch ab und sagte: »Es gibt so vieles, was wir besprechen müssen, Jeremy.«

Er blickte erschreckt drein.

»Es stellt sich die Frage, wo du von jetzt an wohnen wirst.«

»Wohnen? Na, aber – werde ich denn nicht hier wohnen bleiben?«

»In diesem großen Haus? Unsinn. Ich schätze, du wirst zu uns ziehen müssen.«

»Aber ich dachte, also ich glaube nicht –«

Immer wenn Jeremy aufgeregt ist, zeigt sich bei ihm eine Sprachhemmung, kein direktes Stottern, aber er klingt dann so abgehackt, als würden die einzelnen Wörter von einer anderen, mächtigeren Schicht von Wörtern tief in seinem Inneren erst nach und nach losgebrochen. Offensichtlich war er auch jetzt aufgeregt, und ich konnte nicht anders, ich fühlte mich gekränkt. Du lieber Himmel, glaubte er vielleicht, ich *wollte* ihn bei uns haben? Daß er unser geordnetes Leben auf den Kopf stellte, seine Papierschnipsel auf unserem Teppich verstreute? Wir würden eine größere Wohnung nehmen und die alte aufgeben müssen, in der wir seit neunzehn Jahren lebten und an die wir uns so gewöhnt hatten. Aber man kann nicht immer, wie man will. »Wir werden das Haus einem Makler übergeben«, sagte ich. »Jemandem, der Verkaufstalent hat. Und weiß Gott, er wird es brauchen.«

»Oh, aber ich, also ich glaube, ich bleibe einfach hier, Amanda«, sagte Jeremy.

»Jeremy, wir wollen darüber nicht streiten«, sagte ich. Dann stand ich auf und ging in die Küche, um mir etwas Zucker für meine Milch zu holen und mich dabei ein wenig zu beruhigen. Aber das erwies sich als unmöglich, denn Howard stand am Spülbecken und aß direkt aus einer Eiscremeschachtel. Ich achtete nicht auf ihn. Ich kehrte durch die Schwingtür ins Eßzimmer zurück, und was sah ich da? Laura und Jeremy, die sich gleichzeitig über eine Kokosnußtorte hermachten, die Hände ausgestreckt, mit verschämten Gesichtern, als sie bemerkten, daß ich sie erwischt hatte. Immer werde ich in die Rolle der Aufpasserin gedrängt, auch wenn ich nicht in der Schule bin. Das ist nicht fair. Ich will das überhaupt nicht. »Macht nur weiter, *eßt*«, sagte ich zu ihnen und ließ mich wieder in meinen Sessel sinken, rührte in meiner Milch und tat so, als würde es mir nichts ausmachen. Aber ich spürte, daß die Grenze erreicht war. Die Kopfschmerzen waren weiter nach unten gerutscht, sie erfaßten nun auch Schläfen und Nacken. Ich bekomme oft furchtbare Kopfschmerzen. Wer sie nicht selbst gehabt hat, kann es sich nicht vorstellen. »Jeremy«, sagte ich, »du machst im Moment eine schwierige Zeit durch, und ich weiß, daß du nicht klar denken kannst. Wir werden die Erörterung über unsere Pläne auf später verschieben. Aber das möchte ich doch sagen: Ich erwarte von dir, daß du heute abend mit zum Bestattungsinstitut kommst. Es ist das *mindeste*, was du tun kannst. Du wirst doch nicht zulassen, daß deine Schwester und ich allein in der Dunkelheit herumlaufen.«

»Ach, Amanda, ich hatte gedacht, wir bleiben heute abend einfach zu Hause«, sagte Laura.

Was ich nun wirklich nicht erwartet hatte. Ich hatte geglaubt, ich würde sie vom Sarg geradezu wegreißen müssen. »Und was werden die Trauergäste, die Mutter besuchen, dazu sagen?« fragte ich sie.

»Vielleicht kommen gar keine Trauergäste mehr, und wenn doch, dann werden sie es bestimmt verstehen.«

»Du kannst von mir aus zu Hause bleiben«, sagte ich zu ihr. »Dann gehen Jeremy und ich eben allein.«

Jeremy sagte: »Also, aber –«

»Du kannst dich doch nicht weigern, deiner eigenen Mutter einen Besuch abzustatten, Jeremy.«

Und Laura sagte: »Warum bleiben wir nicht *alle* zu Hause?« Mit strahlendem, hoffnungsfrohen Gesicht – ganz Jeremys Beschützerin. Der saß zusammengesunken in seinem Sessel und zerdrückte Kuchenkrümel mit der Gabel. Die Lippen hatte er vorgestülpt. Manchmal frage ich mich, ob Jeremy eine Stärke besitzt, von der ich nie etwas geahnt habe, eine verdrehte, innere Kraft, die bewirkt, daß er unbeweglich wie ein Klumpen bleibt, obwohl wir ihn immer wieder anstoßen. Wäre es nicht einfacher, wenn er aufgäbe und sich so verhielte, wie man es von ihm erwartet? »Ich verstehe dich nicht, Jeremy«, sagte ich. »Auf der Treppe hast du sie doch auch gesehen. Da ist dir der Anblick doch auch nicht erspart geblieben. Und jetzt ist es sogar viel besser, jetzt, wo sie Mutter ganz –«

»Kannst du ihn nicht mal in Ruhe lassen?« sagte Laura.

Ich setzte meine Milch so sanft ab, wie ich konnte. Ein anderer hätte sie auf den Tisch geknallt. Ich sagte: »Ich verlasse mich darauf, daß du den Tisch abräumst, Laura. Du und Jeremy, ihr habt ja hier auch getafelt. Ich beziehe jetzt noch das Bett in Mutters Zimmer neu, und dann mache ich mich auf den Weg zum Bestattungsinstitut.« Ich stand auf und beherrschte mich mit aller Kraft. So gut ich konnte, versuchte ich das Pochen in meinen Schläfen zu ignorieren.

Wir würden in Mutters Zimmer übernachten müssen, weil alle anderen Zimmer von fremden Leuten belegt waren. Nur zu Weihnachten und zu Ostern, wenn Mrs. Jarrett ihre verheiratete Tochter in Kalifornien besuchte, bekamen wir unser früheres Zimmer einmal zu sehen. Und auch dann war es völlig verändert. Mrs. Jarretts

Hüte stapelten sich oben in unserem Wandschrank, und er war vollgestopft mit ihren Kleidern. Oh, über diesem Haus war es nach unserem Abschied wie Wasser zusammengeschlagen, und von uns war keine Spur geblieben. Früher hatte mich das nie gestört, aber an diesem Abend ärgerte ich mich darüber. In Mutters Zimmer, das überfüllt war mit angefleckten Kleidern, mit Zetteln voller Sprüche an den Wänden, mit leeren Kaffeetassen und Bildern von jungen Kätzchen, die sich in Wollknäulen verfangen haben, gab es kein einziges Foto von mir, keins von heute und keins von früher. Bloß Jeremy blickte verängstigt von ihrem Nachttisch herunter, elf Jahre alt, in einem Sonntagsanzug, der vorne nur knapp schloß. Daneben, in einem Rahmen aus Sterlingsilber, unser Vater. *Das* war mal wieder typisch Mutter. Unser Vater war Bauunternehmer gewesen, vor vierunddreißig Jahren hatte er uns verlassen – war eines Abends hinausgegangen, um ein bißchen Luft zu schnappen, und nie wiedergekommen. Hatte zwei Wochen später eine Postkarte aus New York geschickt: »Ich habe doch gesagt, daß ich *Luft* brauchte, oder?« – »Ja, das hat er gesagt, als er ging, daran erinnere ich mich«, sagte Mutter, dämlich wie immer. Sie ließ seine Bürsten auf der Kommode liegen und seine Rasierschale im Badezimmer, zog ihren Ring nie aus, vergoß, soviel ich weiß, nie eine Träne, nicht mal anderthalb Jahre nachher, als er bei einem Autounfall ums Leben kam und eine Versicherung uns in einem Brief Mitteilung davon machte. Und nun sehe sich einer ihren Nachttisch an! Da war er, groß und schneidig, mit einem altmodischen Kragen und einem dünnen Schurkenschnurrbart. Gut aussehend, würde mancher wohl sagen. (Als kleines Mädchen habe ich meinen Vater ziemlich bewundert, aber nachdem er weggegangen war, natürlich nicht mehr.) Und was hatte er in Mutter gesehen? Nun, unten auf seinem Foto steht es. »Für Wilma, in tiefster Hochachtung.« Sie stand eine Stufe über ihm, Tochter eines Ladenbesitzers, von jeher ausersehen, hübsch, zerbrechlich, nutzlos zu sein – und das ist sie gewesen, weiß Gott. Morgens klimperte sie bekannte Melodien auf dem Klavier, bis sie irgendwo auf halber Strecke steckenblieb, nachmittags malte sie Vergißmeinnicht auf Porzellanteller, und abends saß sie in der Schaukel auf der vorderen Veranda und stieß sich hin und wieder fast unmerklich mit der Schuhspitze ab. Aus einer gewissen Entfernung, denke ich mir, mochte ein Bauunternehmer sie wohl äußerst beeindruckend finden. Woher sollte er wissen, daß sie ihr Leben lang in der Haltung verharren würde, die sie beim Porzellanbemalen einnahm?

Ich zog das Bett ab und bezog es mit frischen Laken aus der Zedernholztruhe. Die alten Tücher faltete ich zusammen und stopfte sie in den Wäschekorb. Ich sammelte die Kleider auf, die Mutter überall liegengelassen hatte. Währenddessen konnte ich hören, wie Laura mit dem Geschirr klapperte und in einem fort redete – mit Jeremy, nahm ich an. Ohne Pause, nicht mal zum Luftholen. Sie hält sich für eine große Autorität, bloß weil sie früher mal verheiratet war und nun verwitwet ist. Fühlt sich berufen, über Fragen des Lebens zu sprechen. Dabei war sie nur ein Jahr lang verheiratet und hatte nie Kinder, und ihr Mann war auch bloß ein Jüngelchen. Ein Bluter. Starb, weil er sich beim Öffnen an einer Büchse mit Campbell's Soup geschnitten hatte. Wieso machte sie das so weltklug? Aber sie plapperte einfach drauflos und verkündete ihre tiefen Einsichten. Redeten sie etwa über mich?

Als Jeremy noch ein Baby war, zog Laura ihn oft in einem roten Holzwägelchen um den Block. Laufen lernte er erst, als er fast zwei war; so gut hatte sie ihn behütet. Er *brauchte* einfach nicht zu laufen. Nach dem Ausflug faßte sie ihn unter die Arme und schleifte ihn ins Haus, und dabei ächzten sie beide und wurden ganz rot im Gesicht. Dann zerdrückte Mutter eine kleine Banane für ihn, oder sie schälte ein paar Trauben – schälte sie! – und steckte sie ihm nacheinander in den Mund. »Du hast Jeremy lieber als mich«, habe ich einmal zu ihr gesagt. Ich sprach es ganz unumwunden aus. Und sie leugnete es nicht. »Tja, Liebling«, sagte sie, »du mußt bedenken, Jeremy ist ein Junge.« Damals glaubte ich zu wissen, was sie meinte, aber heute bin ich mir nicht mehr sicher. Ich *glaubte*, sie wolle damit sagen, Jungen seien liebenswerter, aber vielleicht meinte sie, sie brauchten mehr Zuwendung. Sie seien schwächer, oder ihnen würde leichter etwas zustoßen oder eher ein Fehler unterlaufen. Wer weiß? Es kommt nicht darauf an, was sie meinte; Tatsache ist, daß sie ihn lieber hatte. Und nach ihm kam Laura. Die niedliche Laura, die damals nur ein bißchen dick war und wirklich und wahrhaftig goldenes Haar hatte. Ich kam zuletzt. Na ja, *heute* ist mir das natürlich völlig gleichgültig. Keinen Gedanken wert. Aber früher war das anders.

Immer wieder trat ich mit einem ganzen Armvoll von Mutters Kleidern an ihren Schrank und hängte sie hinein, neben andere, die dort vor ewigen Zeiten einfach hineingestopft worden waren, die Ärmel falsch herum und der Saum ausgerissen. Ihr Geruch war vertraut, süß und kränklich. Manche Kleider hatte sie vierzig Jahre lang aufgehoben, in der Hoffnung, sie würden irgendwann wieder modern werden; sie glaubte, der Rest der Welt sei genauso träge wie sie selbst. »Siehst du«, sagte sie manchmal, während sie in irgendeinem hauchdünnen, abgetragenen Vorkriegskleid dicht vor dem Garderobenspiegel stand, »man *trägt* das jetzt wieder. Erst gestern habe ich im Park Röcke gesehen, die genau diese Länge hatten.« Nur Schuhe kaufte sie sich neu, ganze Regale voll, beste Qualität. Sie meinte, es sei gut für die Form ihrer Füße, wenn sie häufig das Schuhwerk wechselte. Als hätte sie noch immer weiche, geschmeidige Knochen, als wäre sie noch immer ein Kind. Und in gewissem Sinne war sie es ja auch.

Von der Kommode räumte ich mehrere Handvoll Papiertaschentücher ab, die von einem rosagrauen Puder bedeckt waren. Vom Boden las ich Haarnadeln auf und sammelte auf den Sesseln getragene Strümpfe ein. Ihre Kameebrosche fand ich unter einer Ecke der Tagesdecke. Ich hielt sie gegen das Licht und fragte mich, was mit ihr geschehen sollte. Vielleicht gefiel sie Laura. Es war eher ihr Stil. Dann fiel mir Mutters Testament ein, das sogenannte Testament – ein Blatt Papier, das sie immer in ihrer Schmuckkassette aufbewahrte und auf dem stand, was von ihrer persönlichen Habe an wen fallen sollte. Sie veränderte es von Jahr zu Jahr und suchte immer wieder neue Verstecke für ihre Kassette. Ich mußte eine Zeitlang suchen – ich fand sie schließlich im untersten Fach des verglasten Bücherschranks –, und da war auch das Blatt, zu einem winzigen Quadrat gefaltet, unter Mutters Perlenkette und ihrem kleinen Armreif und dem Handschuhknöpfer von Großmutter

Amory. Ein Blatt ihres bevorzugten Briefpapiers, cremefarben, oben mit einer Girlande welk aussehender Wildblumen verziert.

Meine lieben, geliebten Mädchen,

Wenn ich also sterbe, will ich nicht betrauert und beweint werden. Ich will, daß meine süßen Kinder so weitermachen wie immer. Mir gefällt das Lied »Sei ruhig, meine Seele«, falls die Frage auftaucht, was man bei der Feier nehmen soll.

Ich finde, Laura soll meinen Schmuck haben, außer dem kleinen Amethystring, der für Mrs. Pruitt von der Gemeinde bestimmt ist, und Papas Sprungdeckeluhr, die Jeremy bekommen soll, und einem kleinen Andenken, ich weiß nicht, was ich nehmen soll, für Mrs. Vinton. Vielleicht kann Laura etwas aussuchen. Amanda kann das englische Porzellan nehmen und das Silber, außer meiner Teelöffel-Sammlung, die, wie ich finde, Mrs. Jarrett bekommen sollte. Sie kann auch das Holzregal bekommen, um sie darin aufzuheben.

Meine Kleider könnte man vielleicht den Armen spenden.

Ich hoffe, meine süßen Mädchen fühlen sich nicht zurückgesetzt, aber ich denke doch, Jeremy würde gerne das Haus und die Möbel haben, und ich habe den Anwalt gebeten, das in einem richtigen Testament festzuhalten. Auch irgendwelche Einnahmen sollen an ihn gehen. Es sieht vielleicht ungerecht aus, aber ich denke, ihr versteht das, denn ihr beide seid immer so gut zurechtgekommen, während Jeremy seine Kunst und diese Sachen im Kopf hat.

Bitte kümmert euch um ihn.

Bitte sorgt dafür, daß er nicht daran zerbricht.

Ich habe lange darüber nachgedacht, was er tun soll, und habe mir überlegt, ob er vielleicht zu euch Mädchen ziehen sollte, aber ich glaube nicht, daß er das tut. Er will diesen Block noch immer nicht verlassen, wißt ihr. Letztes Jahr im Juli habe ich ihn soweit gebracht, mit mir zwei Straßen weiter zu Mrs. Pruitt zu kommen, aber es war das erste Mal seit der Kunstakademie, daß er so etwas getan hat, und es hat nicht funktioniert. Deshalb wird er vielleicht einfach in diesem Haus wohnen bleiben wollen.

Bitte gebt acht, daß ihm nichts zustößt.

In Liebe
Mutter.

Ich nahm den Brief und marschierte aus dem Schlafzimmer an Jeremy vorbei, der in einen Sessel im Wohnzimmer gesunken war und vor sich hinstarrte, direkt in die Küche, wo Laura das Geschirr abwusch. Sie hatte eine von Mutters altmodischen geblümten Schürzen vorgebunden und redete mit Howard. Er trocknete die Teller ab, man stelle sich das vor. Gerade sagte er: »*Nächstes* Jahr, wenn ich mehr Freiheit habe –«

»Sieh dir das an«, sagte ich zu Laura und reichte ihr den Brief. Sie trocknete sich die Hände, begann zu lesen, und sofort liefen ihr die Augen über. Ich wußte, daß es passieren würde. »Sieh doch nur«, sagte sie, »sie hat an alle gedacht. Sogar an Miss Vinton. Und auch an die arme alte Mrs. Pruitt von der Gemeinde.«

»Nicht *den* Teil.«

Sie las weiter.

»Was, das Haus und die Möbel?« fragte sie. »Also, ich finde das fair, Amanda. Wir hatten schließlich immer –«

»Nein, nein. *Jeremy.*«

Sie blickte auf.

»Hast du gesehen, was sie über Jeremy schreibt? Wo sie schreibt, daß er den Block nie verläßt?«

»Ja.«

»Hast *du* das gewußt?«

»Ja, selbstverständlich«, sagte Laura.

»Aber seit der Akademie, schreibt sie. Das ist doch schon *Jahre* her!« Aber Laura las jetzt noch einmal den Anfang des Briefes. Sie wirkte überhaupt nicht betroffen. Ich wendete mich Howard zu, der nicht so taktvoll gewesen war, das Zimmer zu verlassen. »Wußten *Sie* das?« fragte ich ihn.

»Klar doch!«

Sogar Fremde wußten Bescheid. Wie hatte mir so etwas bloß entgehen können? Deshalb, weil Jeremy es nie direkt, nie grundsätzlich aussprach, daran lag es. Er gab einzelne Entschuldigungen, nie zweimal die gleiche, wenn wir ihn einluden, irgendwohin mitzukommen. In den Park, frische Luft schnappen: »Danke, aber ich arbeite gerade an einem Objekt.« Zu einem Einkaufsbummel in ein Warenhaus: »Ach, ich glaube, ich brüte da gerade eine Erkältung aus.« Nie haben sie uns in Richmond besucht, weil es Mutter immer schlecht wurde, wenn sie irgendwelche Verkehrsmittel benutzte. Das behauptete sie jedenfalls. Und nahm damit auch ihn in Schutz. Kann man denn sein ganzes Leben in einem einzigen Block verbringen? Ich überlegte, was es in diesem Häuserblock alles gab – ein Café, einen Lebensmittelladen an der Ecke und einen Schuster. Die Kirche lag schon jenseits der Grenze. Ebenso die Kinos, die Apotheken, die Friseurläden, die Modegeschäfte. Und die Bestattungsinstitute. »Woher bekommt er denn, was er so braucht?« fragte ich.

Laura sah mit völlig verglasten Augen von dem Brief auf.

»Na, von Versandhäusern zum Beispiel«, sagte Howard. »Und Ihre Mutter ging hin und wieder ein paar Blocks weiter.«

»Ist er denn jemals in seinem Leben aus Baltimore herausgekommen?«

»Nicht, seit ich hier wohne«, sagte Howard.

Und gewiß auch nicht in der Zeit, in der *ich* hier gewohnt habe. Unser Vater nahm den Wagen mit, als er wegging.

Ich schnappte nach Mutters Brief, den Laura gerade zum vierten Mal hintereinander zu lesen begonnen hatte. »Jetzt hör mal, Laura«, sagte ich. »Das ist doch einfach nicht *normal*.«

»Amanda, bitte! Er hört dich.«

»Es ist mir egal, ob er mich hört oder nicht«, sagte ich, dabei sprach ich in Wirklichkeit fast im Flüsterton. Laura glaubt immer, ich würde schreien, wenn ihr nicht gefällt, was ich zu sagen habe. »Du nimmst das so ruhig hin«, sagte ich. »Du läßt es einfach laufen, weil es so bequemer ist, aber immerhin – immerhin ist er unser *Bruder*! Rührt sich nicht von der Stelle, wie ein Sack. Howard, Sie studieren Medizin. Wäre es nicht in seinem eigenen Interesse, wenn man ihn dazu brächte, damit aufzuhören, bevor es noch schlimmer wird?«

»Tja, also ich weiß nicht –«

»Das kann doch nicht endlos so weitergehen.«

»Na ja, aber er tut doch keinem was.«

»Nie werde ich diese Welt begreifen«, sagte ich. »Die Leute nehmen jeden Tag mehr hin. Ohne mit der Wimper zu zucken.«

Ich ging hinaus, durchquerte das Wohnzimmer und kam an Jeremy vorbei, der immer noch dasaß und ins Leere starrte. Hör mal! wollte ich zu ihm sagen. Komm doch einfach mal da heraus! Ein Klimmzug, und du hast es geschafft, es ist bloß eine Willensfrage. Glaubst du vielleicht, außer dir hätte niemand solche Tage, an denen man einfach nicht mehr mag?

Ich kehrte in Mutters Zimmer zurück, stopfte den Brief in die Schmuckkassette zurück und schlug den Deckel zu. Dein englisches Porzellan kannst du behalten. Ich zog den Teppich gerade und faltete eine Wolldecke zusammen, ich schüttelte Mutters unförmigen Gabardinemantel aus, trug ihn hinüber zum Garderobenschrank und hängte ihn hinein. Und dann, gerade als ich die Schranktür wieder schließen wollte, sah ich zufällig noch einmal zu Jeremy hinüber. Er saß da, die Hände zwischen den Knien flach gegeneinandergepreßt, als ob ihm kalt wäre. Seine Augen blickten ins Leere. Ein Mann ohne Merkmale, von den unvermeidlichen abgesehen, daß er geboren war und sterben würde. Man konnte sich vorstellen, daß er in diesem Wohnzimmersessel saß und auf nichts anderes wartete als das Sterben, weil anscheinend nichts anderes mehr vor ihm lag.

Ich nahm meinen Mantel aus dem Schrank und zwängte mich hinein, ging hinüber zu Jeremy und klopfte ihm auf die Schulter. »Komm«, sagte ich.

Er hob den Kopf. »Hmm?« Als er sah, daß ich meinen Mantel zuknöpfte, wandte er sich ab und machte ein verschrecktes Gesicht.

»Ich möchte bloß, daß du einen Augenblick mit nach draußen kommst«, sagte ich.

»Ehm, also ich glaube –«

»Aber *davor* wirst du doch keine Angst haben.«

Er erhob sich und stand neben dem Sessel, die Knie ein wenig krumm, wie Mr. Somerset. Ich nahm seine Hand, um ihn zur Haustür zu führen. Als wir am Schrank vorbeikamen, überlegte ich, ob ich seinen Mantel herausnehmen sollte, aber das hätte seinen Argwohn geweckt. Wir traten hinaus auf den Absatz vor der Haustür. »Ah«, sagte ich, »ich glaube, jetzt hellt es sich endlich auf. Meinst du nicht? Riech mal die Luft. Vielleicht bekommen wir zu Mutters Begräbnis doch noch gutes Wetter.« In Wirklichkeit war es noch immer ein bißchen feucht – Nebelnässe auf unseren Gesichtern, die Straßenlampen im Dunst –, aber ich redete einfach drauflos. Und Jeremy hörte ganz bestimmt nicht zu. »Hat es in diesem Herbst eigentlich besonders viel geregnet?« fragte ich ihn, und er sagte: »Hm? Nein, ehm – nein«, und sah sich dabei nervös um, zuerst nach dem Haus, dann nach der Straße und nach mir.

»Wir hatten *ausgesprochen* schönes Wetter in Richmond«, sagte ich. Ich hörte, wie die Haustür hinter uns ins Schloß fiel. Jeremy hörte es ebenfalls und sagte: »Amanda –«

»Komm, sieh dir mal Mutters bedauernswerten Rosenstrauch an«, sagte ich und lenkte ihn den Weg vom Haus entlang zum Bürgersteig. »Glaubst du, es ist noch Leben in ihm? Vielleicht, wenn man ihn beschneidet –«

»Ja, beschneiden, könnte sein«, sagte er. Er war ganz versessen darauf, mir zuzustimmen, und so froh, daß wir nur Mutters Rosenstrauch ansehen wollten. Ich konnte spüren, wie das Gewicht seines schwerfälligen Körpers sich mir widersetzte, wie es zurückblieb, obwohl wir beide so taten, als ob nichts wäre. Wir kamen jetzt zum Vorgarten des Nachbarhauses. »Wem gehört das?« fragte ich ihn.

»Wie?«

»Wer wohnt jetzt hier?«

»Es ist, glaube ich, in Wohnungen aufgeteilt worden.« Er hob die andere Hand, um seinen Arm aus meinem Griff zu befreien. Ich gab dem Druck nach und ließ los, aber als er sich anschickte, zum Haus umzukehren, packte ich ihn wieder. »Es ist eine Schande, wie diese alten Häuser verkommen«, sagte ich. »Ich kann mich noch an die Zeit erinnern, als die beiden da vorn einer einzigen Familie gehörten. Den Edwards, weißt du noch? Sie hatten so viele Kinder, daß sie zwei Häuser brauchten, um alle unterzubringen. Katholiken. Und sieh sie dir jetzt an. Ich möchte wetten, die sind auch in Wohnungen aufgeteilt. Oder?«

»Wie? Ach so, ja.«

Wir hatten das Ende des Häuserblocks erreicht und mußten an einer Ampel warten. Jeremy klapperte mit den Zähnen, und ich bedauerte inzwischen, daß ich seinen Mantel nicht mitgenommen hatte. Aber *so* kalt war es nun auch wieder nicht. Und er hatte ja seine

Strickjacke an, seine weiche graue Strickjacke, an der nur ein einziger Knopf geschlossen war. Ich streckte die Hand aus und knöpfte auch die anderen zu. Jeremy wich zurück und sagte: »Ich glaube wirklich, ich sollte jetzt wieder nach Hause gehen.«

»Ach, jetzt haben wir es schon so weit geschafft«, sagte ich, »willst du nicht das letzte Stück auch noch mitkommen?«

Ich nahm ihn fester beim Arm und führte ihn über die Straße. Die Ampel stand noch auf Rot, aber es kamen keine Autos, und ich wollte nicht länger warten. Sein Widerstand wuchs jetzt, aber er bewegte sich noch vorwärts. »Du hast doch nicht etwa *Angst*, mitzukommen«, sagte ich.

Er antwortete nicht. Ich sah zu ihm hinüber. »So ein großer, erwachsener Mann wie du!« neckte ich ihn. Da lächelte er, aber es war nur ein kurzes, zaghaftes, unglückliches Lächeln auf die Füße hinab. Der arme Kerl! Er wirkte so *geduldig*. Ohne zu murren, trottete er vorwärts, und seine zierlichen, zweifarbigen Schnürschuhe platschten durch die Pfützen. »Ich tue das dir zuliebe«, sagte ich zu ihm. »Weil ich mir Sorgen um dich mache. Das weißt du doch, oder?« Ich konnte spüren, wie meine Kraft aus meiner Hand in seinen Arm strömte. Das hätte schon längst einmal jemand tun sollen, dachte ich – ein bißchen Zeit und Energie aufbringen, mehr war gar nicht nötig, um ihn aus seinem Kokon herauszuholen.

Wir hatten die Mitte des zweiten Blocks erreicht. Jeremy klapperte so laut mit den Zähnen, daß ich es hören konnte, und es war, als hätte das Zittern seinen ganzen Körper gepackt. Ich hatte nicht gewußt, daß er so empfindlich gegen Kälte war. Ich sagte: »Ein Glück, daß das Bestattungsinstitut überheizt ist. Wenn wir dort sind, wird es dir besser gehen.«

»Wie, wie weit noch?« fragte er.

»Ach, bloß noch ein paar Blocks. Komm, Jeremy. Bitte, komm weiter.«

Denn er war stehengeblieben. Ich zerrte an seinem Arm, konnte ihn aber keinen Zentimeter mehr vorwärtsbewegen. »Ich denke, ich gehe besser, ich denke, ich –«, sagte er. Zumindest *glaube* ich, daß er dies sagte. Es kam alles so zögernd heraus und durch das Zähneklappern so abgehackt. Mit einem Schlag war die Sympathie, die ich für ihn zu entwickeln begonnen hatte, wie weggeblasen. »Jeremy«, sagte ich, »das wird jetzt aber wirklich albern.«

Dann tippte ich ihn in die Seite, bloß damit er weiterging, aber er brach zusammen. Er brach einfach zusammen, sackte auf den Gehsteig und saß dort wie ein großer Haufen Elend, am ganzen Leibe zitternd. Aber ich schwöre es, ich habe ihn nur ganz leicht berührt. Es war kein *Stoß* oder so etwas. »Jeremy?« sagte ich. »Was ist denn los mit dir? *Jeremy*!« Denn er sah seltsam aus, so hatte ich ihn noch nie gesehen; ich kann es gar nicht beschreiben. Sein Gesicht war gelblich, und der Mund stand offen. Er ließ den Kopf auf die krummen Knie sinken und rührte sich nicht mehr, unförmig, als hätte er keine Knochen im Leib, und ich konnte nur noch um Hilfe rufen. »Hilfe! Zu Hilfe! Warum hält denn keiner an?« Autos schossen vorüber, aber sie achteten nicht auf uns. Dann hörte ich hinter mir das Getrappel von Schritten. »Hilfe!« rief ich und drehte mich um. Ich sah Laura auf uns zu rennen, die weißen Blumen ihrer Schürze blitzten in der Dunkelheit. Und einen halben Block dahinter folgte Howard mit heraushängendem Hemd. »Amanda Pauling, das werde ich dir nie verzeihen«, keuchte Laura.

»Aber was ist denn mit ihm?«

Laura kniete sich hin und hob Jeremys Kopf mit beiden Händen. Er starrte sie nur an. Sie fischte ein Taschentuch aus der Schürzentasche und wischte ihm über den Mund, und in diesem Augenblick kam auch Howard ganz außer Atem hinzu und hockte sich nieder, um in Jeremys Gesicht zu sehen.

»Ich verstehe nicht«, sagte ich.

Das einzige, was ich hörte, waren Jeremys klappernde Zähne.

»Ich begreife nicht, was hier vorgeht. Ist er krank?«

»Du hast kein Herz«, sagte Laura zu mir. »Das habe ich schon immer geahnt, jetzt weiß ich es.«

»O Laura! Wie kannst du so etwas sagen?«

Laura zerrte an Jeremy herum, aber er kam nicht hoch. Howard mußte ihm von hinten unter die Arme greifen und mithelfen. »Ist ja schon gut, Kumpel«, sagte er. »Komm jetzt.«

»Was habe ich denn gemacht?« fragte ich Howard.

Aber auch Howard antwortete nicht. Seine ganze Aufmerksamkeit

45

galt Jeremy; er stellte ihn auf die Füße und drehte ihn in Richtung Heimweg, und dann nahm Laura Jeremys anderen Ellbogen. »Laura?« fragte ich.

»Mit dir rede ich jetzt nicht«, sagte Laura.

Jeremy machte einen zögernden Schritt vorwärts. Sein Kopf wakkelte. Vor dem Hintergrund der Straßenlampen sah ich ihn ruckartig nicken, als wäre er außer Kontrolle geraten.

Ich wußte das nicht. Ich bin nicht *grausam*, noch nie in meinem Leben habe ich jemandem absichtlich wehgetan. Ich sagte: »Laura, ich habe das nicht *gewußt*.« Aber Laura hielt Jeremy eng an sich gedrückt und ging neben ihm her einfach weiter, und ich mußte ihnen folgen. Niemand schien sich darum zu kümmern, ob ich mitkam oder nicht. Ich ging sechs Schritte hinter ihnen, ganz allein. Nun, es gibt Schlimmeres, als allein eine Straße entlangzugehen. Man brauchte sich nur Jeremy anzusehen, von zwei Seiten gestützt, der geliebte Sohn von Wilma Pauling. Wenn einen die Liebe dahin bringt, kann es dann nicht sein, daß ich die Glücklichste von uns allen bin?

Sobald wir das Haus erreicht hatten, kam natürlich alles wieder ins Lot. Laura und Howard brachten Jeremy zu Bett, während ich das Haus abschloß, einen Zettel für den Milchmann schrieb und die Rollos herunterließ. Soweit ich konnte, räumte ich noch das Durcheinander im Wohnzimmer auf und machte uns dann zwei Wärmflaschen zurecht, und als ich ins Schlafzimmer kam, zog sich Laura gerade ihr Kleid aus. »Paß auf, daß es nicht knautscht«, sagte ich zu ihr. (Sie ist ein bißchen nachlässig in solchen Dingen.) »Ich glaube, wir müssen in unseren Unterröcken schlafen und sehen, wie wir zurechtkommen«, sagte ich voller Tatkraft. Nun zog ich auch mein Kleid aus und hängte es ordentlich auf. Aber da, gerade als ich mich auf die Bettkante setzte, um die Strümpfe herunterzurollen – oh, ich weiß nicht, was da plötzlich über mich kam. Eine solche Schwermut, ein Gefühl der Erschöpfung. Als ob jede weitere Bewegung sinnlos wäre. Ich betrachtete meine schmutzigen, nassen Strümpfe und dachte: Die muß ich morgen wieder anziehen. Die muß ich auswaschen und morgen wieder anziehen, aber sie werden nie mehr so sein wie vorher, und außerdem sind sie nur aus Florgarn, nichts für die Kirche. Und das ganz neue Paar hatte ich in den Koffer gesteckt! Sie waren sogar noch in Zellophan verpackt! Qualitätsstrümpfe mit dezenten Nähten. (Wir sind in dem Glauben aufgewachsen, daß eine richtige Dame keine nahtlosen Strümpfe trägt; die Leute heutzutage scheinen allerdings nicht mehr dieser Meinung zu sein.) Im Augenblick probierte wahrscheinlich irgendeine Diebsbraut meine Nylonstrümpfe an. Ich malte mir aus, wie sie sich auf einem Messingbett in einem roten Spitzenunterrock rekelte, ein Bein in der Luft, und den Strumpf an ihrem Schenkel glatt strich, während der Dieb mit einer dicken Zigarre in einem Sessel saß und zusah. »Wem haben die denn mal gehört?« – »Ach, irgend so 'ner alten Schnepfe.«

Ich weiß, was ich bin. Ich bin nicht blind. Mir hat nie jemand einen Heiratsantrag gemacht, ich hatte nie ein Verhältnis und nie ein Abenteuer, und ich habe nie etwas Interessanteres erlebt, als in meiner Lateinklasse zwischen den Bänken zu patrouillieren und nach Spickzetteln und Miniaturwörterbüchern Ausschau zu halten – eine alte Jungfer. Es gibt tausend Witze über Frauen wie mich. Aber lustig ist keiner. Ich habe erlebt, daß mir Leute einen prüfenden Blick zuwarfen und mich gleich abschrieben, während ich noch mit ihnen sprach, als würde das, was ich bin, deutlicher zu ihnen durchdringen als das, was ich ihnen vielleicht zu sagen hatte. Ich sehe, wie sie ihre Augen plötzlich unscharf stellen und anderswo hinblicken. Glauben die etwa, ich würde das nicht merken? Ich hatte schon lange den Verdacht, daß ich nie bekommen würde, was den anderen so leicht zufällt. Ich bin übergangen worden, irgend etwas hat man mir vorenthalten. Und das Schlimmste daran ist, daß ich es weiß.

Und auch diese Habseligkeiten waren in dem Koffer: mein braunes Wollkleid, das zu jeder Gelegenheit paßt, meine Bluse mit dem Kragen aus irischer Spitze, die Unterwäschekombination, die mir Laura zum Geburtstag geschenkt hat. Außerdem mein zusammenklappbarer Reisewecker. Mrs. Evans hatte ihn mir in dem Sommer geschenkt, in dem ich ihre Zwillinge auf einer Tour in den Yosemite-Nationalpark begleitete. *Der* war nun weg. Und mein geblümter Staubmantel, der sich so gut zusammenfalten ließ, und mein wärmstes Nachthemd und die mit Schaffell gefütterten Pantoffeln, die immer so angenehm waren, wenn ich nach einem langen Tag in der Schule müde nach Hause kam. Solche Sachen lassen sich nicht ersetzen. Auch der Koffer läßt sich nicht ersetzen. Mutter hatte ihn ganz allein ausgesucht und an einem sehr warmen Frühlingstag vor einem Vierteljahrhundert den weiten Weg bis zu meiner Abschlußfeier an der High School geschleppt. Er hatte Gurte mit Messingschnallen und ein doppelt verschließbares Schloß; ein haltbares Stück. Der Griff war gepolstert, damit man ihn leichter tragen konnte. Ach, bei dem Gedanken an diesen Koffer tat mir alles weh. Ich fühlte mich so gekränkt, als ob Mutter ihn plötzlich zurückverlangt hätte. Wie sollte ich je wieder einen so schönen Koffer finden?

Ich war müde, das war alles. Bloß müde, und außerdem war mir kalt. Am nächsten Morgen war ich wieder fidel und munter und kümmerte mich um alles, um alle Einzelheiten. Aber an diesem einen Abend muß ich einen Tiefpunkt erreicht haben, und noch lange, nachdem Laura längst eingeschlafen war, lag ich wach und rief mir all die Gegenstände in Erinnerung, die ich irgendwann einmal verloren hatte, während sich mir ein harter, kalter Schmerz auf die Brust legte und nicht mehr wich.

2.

Frühjahr 1961: Jeremy

Jeremy Pauling sah das Leben in einer Folge von Blitzlichtaufnahmen, überwältigenden Momenten, die so kurz waren, daß in ihnen alle Bewegung jäh zum Stillstand kam. Wie Fotos wurden sie ihm in unerwarteten Augenblicken ausgehändigt, und eine sachliche Stimme erklärte dazu: Sie befinden sich jetzt *hier*. Sehen Sie es sich an. Zwischen den einzelnen Blitzbildern versank er in Dunkelheit, geriet über der Beschäftigung mit dem, was er gesehen hatte, in eine Betäubung. Fragte sich dann, ob er es überhaupt gesehen hatte. Vergaß schließlich, was er sich eigentlich gefragt hatte, und entschwebte wieder in Benommenheit.

Hier steigt gerade seine Schülerin Lisa McCauley die Treppe zu seinem Atelier hinauf. Jeremy geht hinter ihr. Auf ihr Klingeln ist er heruntergekommen, hat die Tür geöffnet, hat sie begrüßt, ohne sich dessen, was er tut, wirklich bewußt zu sein. Er hat vergessen, wie er hierhergekommen ist. In seinen Gedanken ist er bei einem kreisrunden Stück blauen Papiers, das er oben auf seinem Arbeitstisch zurückgelassen hat. Ist es zu grell? Ist es zu glatt? Nein, das Problem liegt in der Form. Ein Kreis – schwer zu verarbeiten. Er wird ihn in einzelne Segmente zerschneiden müssen.

»Es ist Frühling«, sagt Lisa McCauley.

Dann der Blitz, der ihn erstarren läßt. Mit offenem Mund steht er da und sieht vor sich Lisa McCauleys Beine unter Nylon schimmern. Wollte er das Geräusch des Nylons sichtbar machen, so würde daraus ein silberner Reißverschluß, zwischen dessen feinen Zähnen sich die Schwärze hinter seinen Augenlidern auftäte. Wenn er das goldene Fußkettchen berühren würde, das da unter dem

Strumpf blinkt, würde es sich porös anfühlen; noch lange Zeit später würde er den Nachklang davon zwischen den Fingerspitzen zu erspüren versuchen. Lisa McCauleys Leibhaftigkeit ist überwältigend. Die feinen Linien ihres Körpers könnten ihm den Atem verschlagen. Es ist, als würde Lisas Stimme die Luft um ihren Körper herum verdrängen, als würde sie diese Luft entzweischneiden und sich selbst dann abflachen, um zwischen die beiden Hälften zu gleiten und sie voneinander zu trennen: »Ich wollte nicht zu spät kommen, ich dachte, diesmal würde ich ausnahmsweise pünktlich sein, ich habe es mir fest vorgenommen, als ich heute morgen aufgestanden bin, ich –«

Der Blitz verlöscht. Dunkelheit senkt sich in winzigen Teilchen um seinen Kopf. Er steht schweigend da und starrt auf den Staub des Treppengeländers an seinen Fingern, bis Lisa McCauley ihn antippt und er den nächsten Fuß auf die nächste Stufe setzt.

»Purpur ist meine Lieblingsfarbe«, sagte Lisa McCauley. »Bei diesem Bild will ich jetzt ganz ohne sie auskommen, einfach zur Übung.« Sie hob den Kopf und schüttelte langes blondes Haar von ihren Schultern. »Mr. Pauling? Hören Sie mir zu?«

»Ehm –«

»Ich habe gesagt, daß ich diesmal ohne Purpur arbeite.«

»Aber benutzen Sie denn da nicht gerade Purpur?«

»Das ist Magentarot.«

»Aha.«

Er setzte sich auf den Hocker neben der Staffelei, den blauen Kreis hielt er in der Hand. Sein Daumen glitt auf der Oberfläche herum. Nachher wollte er ihn in einzelne Segmente schneiden, aber im Augenblick wurde etwas anderes von ihm erwartet. Was bloß?

»Gibt es denn über meine Arbeit gar nichts zu sagen?« fragte Lisa. Sie malte einen traurigen Clown. Weiße Tränen liefen ihm in senkrechten Streifen an den magentaroten Wangen hinunter. Dieser Anblick tat Jeremy so weh, daß sein Blick immer wieder abglitt, hinab zu den Schnallen von Lisas Schuhen, dabei war ihm bewußt, daß sie ihn ansah und eine Antwort erwartete. »Was halten Sie davon?« fragte sie.

Jeremy sagte: »Nun ja.«

Ihre Schuhe waren sehr blank geputzt, aber von den Schnallen blätterte die Vergoldung ab. Goldstäubchen hatten sich wie Haarschuppen über ihre Schuhspitzen verteilt.

Als Jeremy sieben gewesen war, hatte er das Wohnzimmer seiner Mutter gezeichnet. Lange, schwungvolle Striche hatten die Wände und die Decke angedeutet, schnörkelige Linien die Möbel, eine einzelne hingekritzelte Rose bezeichnete das Tapetenmuster. Und an der Fußleiste hatte er eine winzige Steckdose gezeichnet, die rechtwinkligen Kanten deutlich und präzise, die Schraubenköpfe darin säuberlich durch mikroskopisch kleine Schlitze geteilt. Es war das Lieblingsbild seiner Schwester Laura gewesen. Jahrelang hatte sie es aufgehoben und jedesmal gelacht, wenn sie es betrachtete, aber er hatte es nicht als Witz gemeint. So funktionierte sein Gesichtssinn: nur im Detail. Eins nach dem anderen. Er hatte versucht, Dinge als Ganzes zu sehen, aber es gelang ihm nie. Jetzt versuchte er es wieder, riß die Augen auf, um die kühle weiße Luft unter dem Oberlicht, den gelben Putz an den kahlen Wänden und die splittrigen Bodendielen in sich aufzunehmen. Die Wände stürzten einander entgegen und prallten aufeinander. Über ihm hing ein riesiger Hohlraum, bedrohlich, von Echo erfüllt. Die Helligkeit schmerzte an seinen Lidern.

»Ich sage es Ihnen nicht gern«, erklärte Lisa, »aber ich glaube nicht, daß ich noch mal wiederkomme.«

Jeremy sagte nichts.

»Mr. Pauling?«

»Ja bitte«, sagte er.

»Haben Sie gehört, was ich gerade gesagt habe?«

»Sie wollten, Sie werden nicht –«

»Meine Tante nimmt mich mit nach Europa, ich höre auf mit den Stunden.«

»Ja. Ich verstehe.«

»Wir machen eine Tour durch alle Museen. Genau das *brauche* ich doch, nicht? Die alten Meister studieren. Ihre Technik erlernen, ihre Pinselführung, ihre Farbgebung –«

Ziellos quirlte sie mit dem Pinsel in einem Klecks Magenta auf ihrer

Palette herum und wich seinem Blick aus. Sagte ihm, daß sie ihn nicht kränken wolle. Jeremy hatte ihr in Maltechnik und Pinselführung überhaupt nichts beigebracht. Sein ganzes Interesse galt der *Linie*. Mit der Malerei hatte er schon vor Jahren Schluß gemacht, besaß nicht mal mehr Ölfarben, und wenn doch, dann waren sie längst irgendwo ganz hinten in einem Schrank eingetrocknet. Wenn Lisa die eigenen Farbkleckse außer Kontrolle gerieten, konnte er nur teilnahmslos zusehen und an etwas anderes denken. Vielleicht hatte er tatsächlich nie eine kritische Bemerkung zu ihren Arbeiten gemacht. Aber wozu auch?

Jetzt blickte sie auf die Uhr, streifte ihren fleckenlosen Kittel ab und legte ihn sorgfältig zusammen. »In Paris geht es los«, sagte sie. »Waren Sie schon mal dort?«

»Paris. Nein.«

»Da muß man einfach hin, sagt Tante Dorrie.«

Sie ging in die Hocke, um die Farbtuben in den neuen Kasten aus rohem Holz einzuräumen, in dem sie sie gekauft hatte. Sie legte ihren Pinsel unausgewaschen dazu, richtete sich auf und sah sich im Atelier um, ob sie noch etwas vergessen hatte. Jeremy blieb, wo er war. Er hatte das schon mehrmals über sich ergehen lassen. Früher oder später verließen ihn alle seine Schüler. Sie gingen aufs College oder heirateten oder zogen nach New York oder suchten sich einen anderen Lehrer. Es gab Schüler, die blieben nur eine Stunde. Manche machten sich nicht mal die Mühe, es ihm zu sagen – ließen sich einfach nicht mehr blicken, ließen ihn vergeblich auf seinem Schemel warten, bis ihm irgendwann im Laufe des Vormittags auffiel, daß irgend etwas nicht so ablief, wie es ablaufen sollte. Er kam sich vor wie eine Statue in einem Brunnen, die für immer reglos dasitzt, während die Leute vorbeikommen, hoffnungsfroh ihre Münzen hineinwerfen und wieder davongehen.

»Ich kann das Bild nicht mitnehmen, ich würde mir meine Sachen schmutzig machen«, sagte Lisa.

»Das –«

»Das *Bild*. Was soll ich damit tun? Soll ich es hierlassen?«

»Ja, schön. Das geht doch.«

»Ja, also, ich glaube, ich mache mich dann auf den Weg. Noch mal ganz herzlichen Dank. Ich weiß, ich bin kein *Profi* oder so, und ich fand es sehr gut, wie Sie versucht haben, mir zu helfen.«

»Gern geschehen«, sagte Jeremy. »Und – es hat mich gefreut, daß ich Sie dabei außerdem auch persönlich kennengelernt habe.«

»Wenn ich zurückkomme«, sagte Lisa, »*falls* ich überhaupt zurückkomme und noch nicht geheiratet habe oder so, dann nimmt mich vielleicht doch mal eine von diesen überheblichen Kunstakademien. Ich meine, nach dieser Reise bin ich bestimmt besser, meinen Sie nicht? Die können mich doch nicht *ewig* ablehnen, oder?«

Sie streckte die Hand aus, ein kleines, festes Fingerbündel. Jeremy starrte es an. Ihm fiel auf, wie dick die Luft war. Sie drückte auf seine Schläfen und die Augäpfel. Wenn er sich bewegte, würde es sein, als schwämme er durch Eiweiß.

»Also tschüs«, sagte Lisa.

Augenblicke später, emporgezogen vom verhallenden Geräusch ihrer Stöckelschuhe, erhob sich Jeremy von seinem Schemel. Er blinzelte, als die Haustür ins Schloß fiel. Die Erinnerung an irgendeine Pflicht nötigte ihn, die Hand auszustrecken, er umschloß mit ihr nichts und sah einen Moment lang auf sie herab, bevor er sie wieder neben sich fallen ließ.

Seine Untermieter waren beruhigende, vertraute Stimmen, die um ihn wogten und ihm ganz von selbst den Platz ließen, den er ausfüllte, wenn er mitten in der Küche stand. »Hat irgend jemand mein Brot gesehen?« fragte Mrs. Jarrett. »Ich hab schon überall danach gesucht. Ich hatte es in den Eisschrank gelegt, damit es nicht schimmelt.« Aber der offenstehende Kühlschrank schien gar nichts anderes zu enthalten als Schimmel, ganze Reihen von Fläschchen und Schälchen mit Resten, aus denen grüner Pelz hervorwuchs, hart gewordene Käsestücke, winzige Konserven und Gläser mit Portionen für eine Person und doch nie zu Ende gegessen. »Letzte Woche«, sagte Mrs. Jarrett, »habe ich das Spülbecken mit Bleiche desinfiziert und eigenhändig alle Teller abgewaschen, und jetzt seht euch das an! Ich frage mich, ob man sich nicht eine Putzfrau leisten könnte?« Jeremy sagte nichts. Seine Augen hatten sich an Miss Vintons lavendelfarbene Strickjacke geheftet, eine erholsame Farbe.

Als Miss Vinton dann zum Tisch hinüberging, kratzte er sich am Kopf und suchte nach einer Antwort, die, wie er wohl wußte, von ihm erwartet wurde. Es fiel ihm nichts ein.

Mr. Somerset stand mit einem zusammengerollten Exemplar von *Playboy* unter dem Arm am Herd. Er zündete die Flamme unter einer Pfanne mit weißem Fett an; mit der Ecke seines Pfannenhebers schnippte er eine ertrunkene Schabe heraus und machte sich daran, Speckstreifen auszubreiten, aber, wie es schien, redete er währenddessen über Toast. »Wißt ihr, was ich habe? Das Tee-und-Toast-Syndrom. *Howard* wird es kennen. Ich war neulich beim Arzt und habe zu ihm gesagt: Also, Doc, weiß nicht, wie ich's Ihnen erklären soll, aber irgendwie komme ich morgens anscheinend anders gar nicht mehr aus dem Bett. Tee-und-Toast-Syndrom, sagt der zu mir. Bei älteren Leuten wie uns weit verbreitet. Nehmen Sie mehr Eiweiß zu sich. Jetzt muß ich zu jeder Mahlzeit Fleisch essen, gar nicht so einfach für einen Mann mit meinem Einkommen, und zweimal die Woche Leber, die ich überhaupt nicht mag. Und obendrein schmeckt alles nicht mehr so wie früher, wißt ihr. Das liegt an diesen Zusätzen.«

»Es liegt am Alter«, sagte Mrs. Jarrett.

»Es liegt an den Zusätzen.«

»Es liegt am Alter. Ihnen vertrocknen die Geschmacksknospen, Mr. Somerset.«

»Und zu allem Überfluß scheint es inzwischen auch nicht mehr möglich zu sein, in diesem Haus die Art von Ruhe zu finden, die ich brauche. Wir alle wissen, woran das liegt. Ich wollte, Howard wäre hier und ich könnte ihm mal ordentlich die Meinung sagen. Gestern nacht kam er um halb eins nach Hause, sogar für ihn reichlich spät. Und mit meinem Schlaf ist das ja eine heikle Sache, damit ist nicht zu spaßen. *Er* schläft wie ein Murmeltier. Um sechs war er schon wieder auf und hat im Bad vor sich hingepfiffen. Beim Rasieren rasselt er sämtliche Teile der menschlichen Anatomie herunter. Zählt dem Spiegel all diese winzigen Fußknochen auf. Ich möchte nur eines feststellen, Jeremy: das hier ist ein Haus für *ältere* Menschen. Verstehen Sie, was ich meine? Es ist nicht unsere Sache, Medizinstudenten unterzubringen.«

Jeremy sah zu, wie der Speck langsam Runzeln bekam. Er sah, wie graue Rauchfetzen zur Decke stiegen, hinter denen die Küche verschwamm. Wie lange stand er schon hier? War es jetzt Zeit zum Mittag- oder zum Abendessen? Hatte er schon gegessen?

Die rundliche, beringte Hand von Mrs. Jarrett erschien mit einem Teller. »Wie wär's mit einem Erdbeertörtchen, Jeremy?« sagte sie. »Es ist zwar nur aus dem Laden...« Sie trug den Teller auf den Fingerspitzen und lächelte, rechtzeitig festgehalten von einem plötzlichen Blitzlicht, als Negativ seinen Augenlidern aufgeprägt.

Hier steht Mrs. Jarrett, im Glanz von Perlen und feinen Manieren. Wie zart sich die Flächen ihres Gesichts zueinanderfügen, wie sorgfältig die Falten und Säckchen, an denen sie zusammenstoßen, gepudert sind! Wie vollkommen ihr Haar gewellt ist, und wie adrett ihr blumengeschmückter Hut daraufsitzt! Immer trägt sie einen Hut, vielleicht auch im Bett. Selbst hier in der Küche bewahrt sie sich ihre Munterkeit, sogar während sie über diesen schmutzigen, klebrigen Fußboden schreitet, der ihr die Lacklederpumps von den Füßen zu saugen versucht. Mr. Somerset wendet einen Speckstreifen und seufzt. Miss Vinton dreht über einem Turm von Marmeladengläsern im Spülbecken den Wasserhahn an. Mrs. Jarrett sagt: »Eine Mahlzeit ohne Nachtisch ist keine Mahlzeit«, und Jeremy nimmt den ganzen Teller, so daß ihre anmutig gehobenen Hände mit den nach oben gewendeten Innenflächen zwischen ihm und ihr schweben. »Oh, danke«, sagt er. »Danke, daß Sie mir das anbieten. Ich wollte gerade sagen –«, bevor das Licht wieder verlöscht und die Erstarrung sich wieder herabsenkt wie ein Rollo und er nur dasteht, irgendein schweres, kaltes, fremdartiges Ding haltend, das seine Augen einfach nicht in den Blick nehmen wollen.

Eben hat er das Zimmer seiner Mutter irgendwelchen fremden Leuten gezeigt, die an der Tür geläutet haben müssen, obwohl er sich nicht erinnern kann, geöffnet zu haben. Ein Mann, eine sehr große Frau und ein kleines Mädchen. »Es ist nicht groß genug für eine Familie, ich denke nicht«, sagte er.

»Das haben Sie schon gesagt«, sagte der Mann. »Das *hatten* wir schon.«

»John«, sagte die Frau. Sie wandte sich an Jeremy. Er spürte die Bewegung, obwohl er gerade nach den Spitzengardinen seiner Mutter sah. Sie sagte: »Mr. Harris ist bloß ein Freund. Dieses Zimmer wäre für mich und meine Tochter.«

»Ah, ja.«

»Gibt es hier unten ein Badezimmer?«

Irgendwie schaffte er es nicht, sich auf ihre Worte zu konzentrieren.

»Mr. Pauling?«

Seine Schwestern hatten das Zimmer seiner Mutter geputzt, aber es war ihnen nicht gelungen, ihren Geruch zu vertreiben. Er hing über allem – süß, klamm und staubig. Sogar das Sonnenlicht, das durch die Vorhänge sickerte, hatte etwas von ihr an sich. Sie war immer durchscheinend, dünnhäutig gewesen, mattiert, wie die zitternden Netzmuster aus Licht auf dem alten geblümten Teppich. Sie hatte etwas Körperloses an sich gehabt, das ihn schon als Kind beunruhigt hatte, und bei jedem Anzeichen von Schwäche oder Krankheit bei ihr war seine Unruhe so groß geworden, daß sie in Gereiztheit umschlug. (»Jeremy!« hatte sie gerufen, während sie die Treppe hinaufstieg, und sie hatte sich mit der geäderten, zitternden Hand an die Brust gefaßt, während Jeremy mit pochendem Herzen weiter vor ihr herging, erschreckt und aufgebracht, und so tat, als hätte er nichts bemerkt. Als sie fiel, klang es weich, wie wenn man alte Kleider fallen läßt. Sie war nicht so schwer, daß sie auf den Stufen abwärtsgerutscht wäre; sie blieb dort liegen, wo sie zusammengesackt war. Jeremy ging in sein Atelier und trat ans Fenster, wo er schwitzend und zitternd sehr lange stehen blieb. Mit dem Fingernagel bohrte er an der Fensterbank herum und kratzte die Farbe ab. Dann wischte er sich mit dem Handrücken über die Stirn, kehrte zur Treppe zurück und setzte sich neben sie, um sie an den Schultern hochzuheben.)

»In den Schränken ist viel Platz«, sagte die Frau. »Sieh mal, John.«

»Sieh du nur, Mary. Sag mir einfach, ob es dir gefällt.«

56

Kleiderbügel glitten an einer Stange entlang. Das Mädchen folgte seiner Mutter, hielt ihren Rock mit einer Hand gepackt. Jeremy hatte Kinder gern, und er hätte sich auch dieses gern angesehen, aber es stand immer zu nah bei seiner Mutter. Die Mutter war sehr schön; keine Person, der er in die Augen sehen mochte. Schöne Frauen machten ihn verlegen. Er gewann seine Eindrücke aus Seitenblicken – braunes Haar, zu einem Knoten geschlungen, ein ovales Gesicht, ein Kleid mit einem tiefen runden Ausschnitt –, und das Bild, das er sich dabei machte, glich einer Illustration in einem altmodischen Roman. Der Mann hatte eckige Backenknochen und sah gut aus, wie aus einer Zigarettenreklame. Nur solche Männer können mit schönen Frauen umgehen.

»Wird die Wäsche von Ihnen gestellt?« fragte sie.

Er dachte an einen Wäscheschrank aus dem 19. Jahrhundert – elfenbeinfarbene, sauber gestapelte Laken, Kernseifenriegel, ein Sträußchen Lavendel, an einem Nagel baumelnd.

»Mr. Pauling? Stellen Sie die Wäsche?«

»Wäsche. Ja.«

»Also, ich glaube, wir sollten es nehmen«, sagte sie.

Sie kramte in einer Art Brieftasche. Jeremy starrte auf den Nachttisch. Er sah dort ein Foto in einem schmalen Silberrahmen, aus dem ihm sein Vater entgegenlachte. Er sah seinen Vater, wie er sich auf der vorderen Veranda rekelte und den schreckhaften schwarzen Männern, die für ihn arbeiteten, herrische Befehle zurief. Eine Hand berührte seinen Arm. Zerknitterte Dollarscheine wurden ihm einer nach dem anderen ausgehändigt, als wären sie die letzten Reste eines Schatzes. Er blickte zu Boden und versuchte herauszufinden, was man von ihm erwartete. »Aber das Zimmer«, sagte er.

Alle schienen darauf zu warten, daß er etwas sagte, sogar die kleinste Person in der linken Ecke seines Blickfelds.

»Es ist nicht groß genug für eine Familie, ich denke nicht«, sagte er. Der Mann machte eine ungeduldige Bewegung und wandte sich abrupt ab. Die Frau sagte: »Aber es ist Ihnen doch recht, wenn nur ich und das Kind hierbleiben, nicht wahr?«

»Kind?« sagte er. Er sah sich nach dem Foto seines Vaters um. Er versuchte sich vorzustellen, wie die Stimme seines Vaters geklungen hatte, aber es dauerte lange, bis er sich darauf besann, und als er wieder aufblickte, stellte er fest, daß die fremden Leute verschwunden waren.

Hier ist das Vorsatzpapier eines Buches aus der Bibliothek, das Mrs. Jarrett unvorsichtigerweise auf dem Tisch im Eßzimmer liegengelassen hat. Auf dem Papier ein verwickeltes, vielfarbiges Muster, das ihm sofort aufgefallen ist; eine Kante des Blattes ist ein bißchen verkrümmt, dort, wo er es mit der Küchenschere hastig aus dem Einband herausgetrennt hat. Ob sie was merkt? Mit diesem Papier geht er in seinem Atelier auf und ab und bleibt mit seinen gehäkelten Pantoffeln immer wieder an den splittrigen Dielen hängen. Das Papier knistert zwischen seinen Fingern. Mit den Augen tastet er sich an den kastanienbraunen, den blauen und den dunkelbraunen Tönen entlang, dort ein wäßriges Gelb, hier ein Tupfer Orange, alles von einem glimmenden Glanz umflutet, der in ihm versickert, mit dem er sich vollsaugt. Flammen und Spitzen und gezackte Blätter und weiße Stromschnellen schießen um einen lanzenförmigen Felsen herum. Federn irgendeines prachtvollen, exotischen Vogels. Er sieht, wie der Vogel der Sonne entgegensteigt; er sieht, wie das Sonnenlicht auf den Flügeln liegt und den Kopf vergoldet. Unten murmeln immerfort Stimmen, ein Radio läuft, eine Uhr schlägt. Hier oben spürt Jeremy, wie eine glitzernde Freude jede Spalte seines Verstandes erhellt, er lächelt und öffnet sich ihr, schmilzt dahin und läßt hinter sich keine Spur.

Jetzt saß Jeremy im Schaukelstuhl seiner Mutter und wiegte sich sanft in einer Ecke des Eßzimmers. Die Rückenlehne war mit einem gesteppten, an den Rändern gekräuselten Stoff bezogen, und wenn er mit den Schultern diese Rüschen streifte, gaben sie ein leises Rascheln von sich. Links neben ihm stand eine Stehlampe, deren gefältelter Schirm mit einem Stich von Mount Vernon Place, dem vornehmen Viertel von Baltimore, bedruckt war. Sie war die einzige Lichtquelle im Zimmer. Die übrigen Untermieter saßen im Dunkeln, die Gesichter in das flackernde Blau des Fernsehers getaucht, der in der gegenüberliegenden Ecke stand. Ein sehr alter Apparat, ein richtiges Möbel mit einem winzigen Bildschirm. Ein Held mit Stetsonhut tastete sich gerade Zentimeter für Zentimeter von einem Fenster zum anderen und spähte hinter einem entsicherten Revolver hervor. »Man merkt, daß draußen Feinde sind«, sagte Mr. Somerset, »sonst würden sie das Vogelgezwitscher und das Froschquaken nicht bringen. Wetten?«

Mr. Somerset saß am Tisch, vor sich die Reste seines Abendbrots, ein abgegessener Teller und ein Glas, das von dem Bourbon, der darin gewesen war, ölig schillerte. Neben ihm saß Miss Vinton mit sehnigem Nacken, weil sie wegen ihrer Kurzsichtigkeit den Hals immer nach dem Fernseher reckte; die neue Mieterin warf hin und wieder einen Blick nach ihrem Zimmer hinüber, falls das Kind aufwachen würde; Howard war zum Ausgehen gekleidet und lehnte mit dem Rücken an der Wand. Mrs. Jarrett saß in dem zweiten Schaukelstuhl. Ihre Hände fuhren in der Dunkelheit hin und her – wahrscheinlich strickte sie, aber Jeremy kamen ihre Bewegungen leer vor, so als würde sie aus der Dunkelheit selbst irgend etwas Weiches, ein Gespinst heraushaspeln. Er bemerkte Dunkelteilchen, die zwischen den Menschen schwebten, eine dickflüssige Substanz, in der sie alle mit hochgerecktem Kinn schwammen, immer darauf bedacht, nicht unterzugehen.

Draußen knackte ein Zweig, der Held hob seinen Revolver. Ein Ruck durchfuhr ihn. Sein Gesicht spannte sich, die Augen glitten über den im Sonnenlicht daliegenden Wald. Manche Leute bekommen in jedem Augenblick ihres Lebens alles mit, was irgendwo vor sich geht.

In einer aufgeschlagenen khakifarbenen Mappe auf Jeremys Schoß lag ein Bündel Papiere – der Grund, warum seine Lampe brannte. Er wollte versuchen, ein bißchen Geld zu verdienen. Die Mappe enthielt Deckel von Pappschachteln, Gutscheine, Anzeigen mit Mietgesuchen, Etiketten von Suppendosen, aus Zeitschriften herausgerissene Seiten, Formulare aus dem Prospektständer im Lebensmittelladen. »Wie heißt unsere neueste Rosenzüchtung? Preise noch und noch! Sagen Sie uns, warum Sie unser Scheuerpulver allen anderen vorziehen. Vollkommen unverbindlich. Sind Sie schon auf der Gewinnerstraße?« Jeremy war fast immer auf der Gewinnerstraße. Das war eine seiner Eigentümlichkeiten – ein Talent, das einem mit in die Wiege gelegt wird oder nicht, wie seine Mutter zu sagen pflegte. Und konnte er nicht von Glück sagen, daß er etwas gefunden hatte, was er zu Hause tun konnte? Aber eigentlich hatte er sich noch nie glücklich *gefühlt*, und anscheinend gewann er nie etwas, das sie wirklich brauchen konnten. Immer den zehnten Preis: einen Fön, ein Set mit Haarbürste und Kamm, eine Schmalfilmkamera, die unter Garantie »auch Ihre schnellsten Action-Szenen bewältigt«. Im Keller lagerte Katzenfutter für ein ganzes Jahr. (Jeremy hatte keine Katzen.) Er war Besitzer einer Nähmaschine, die weniger wert war, als der Wartungsvertrag über zehn Jahre kostete, den er für sie hatte abschließen müssen. Konnte man denn nirgendwo mehr Bargeld gewinnen? Die Gasrechnung war fällig, die Telefongesellschaft hatte die zweite Mahnung geschickt, und wenn er die Rechnung der Zeitung nicht bald bezahlte, würden sie seine Kleinanzeige stoppen, und er würde überhaupt keine Schüler mehr bekommen. Auf dem Tisch im Flur lag ein ganzer Stapel rückgängig gemachter Bestellungen bei Versandhäusern, die seine Mutter mit aktuellen Salz- und Pfefferstreuern beliefert hatten, mit patentierten Hühneraugenpflastern, Bayrischen Wetterhäuschen, abwaschbaren Zierdeckchen, Schrankteilern aus Plastik und wundersamen Pflanzen, die weder Erde noch Wasser benötigten; und das einzige, was man ihm schenken wollte, waren Winterreifen und ein Damenrasierer. »Hauptgewinn! Eine Reise nach Hawaii für zwei Personen!!« Was sollte er in Hawaii? Was glaubten die, wer mit ihm führe?

Er starrte auf die leeren Felder, die er ausfüllen sollte, seine Hände lagen locker auf den Lehnen des Schaukelstuhls, die Knie hatte er gespreizt. Es war, als würde schlammiges Wasser seine Gedanken trüben. Als er sich schließlich regte und einen Gutschein in die Hand nahm, deprimierte ihn die eingerissene Kante, er ließ ihn wieder fallen und schaukelte weiter.

Im Fernsehen verhallte ein Schuß. »Ein dolles Ding!« sagte Mr. Somerset. Er saß weit vorgebeugt da, aber im nächsten Augenblick wurde das Ausschau haltende Gesicht des Helden von einem ausgewachsenen Schäferhund verdrängt, der auf einen Napf mit erstklassigen Rindfleischhappen zusprang. »Weiter!« sagte Mr. Somerset. »Also so was!«

Jeremy legte die Mappe mit den Papieren auf den Boden, erhob sich und ging ans Telefon im Flur. Eine Hand auf dem Hörer, hielt er inne. Was wollte er hier? Das Telefon klingelte, es klang verärgert, und ihm wurde klar, daß es schon ein paarmal geklingelt hatte. Er nahm ab und sagte: »Hallo?«

»Mary Tell, bitte«, sagte ein Mann.

Jeremy wartete und überlegte angestrengt.

»Sind Sie noch dran? Ich möchte Mary Tell sprechen. Ihre neue Mieterin.«

»Ach so, ja.« Jetzt erkannte er die Stimme. Der Mann aus der Zigarettenreklame, er klang so schneidig, wie er aussah. Jeremy legte den Hörer hin, kehrte ins Eßzimmer zurück und ließ sich wieder bedächtig in seinen Schaukelstuhl sinken. Mit gerunzelter Stirn betrachtete er seine Knie. Dann fragte Mrs. Jarrett: »Für wen war der Anruf?«

Er sah hoch. »Der Anruf, ja«, sagte er. »Für Mrs. Tell.«

»Oh, danke«, sagte Mary Tell. Sie stand auf und ging aus dem Zimmer. Ihre Schuhe hatten irgend etwas Besonderes an sich, sie machten keine Geräusche, aber vielleicht hatte er auch nur vergessen hinzuhören.

Ein Streifschuß traf den Helden am Arm. Er zuckte zusammen und ließ seinen Revolver fallen. »Der arme Kerl«, sagte Mrs. Jarrett und hantierte weiter mit heiterer Miene im Dunkeln. Miss Vinton seufzte. Mary Tell kam zurück, schwebte anmutig durch den Raum und blieb einen Augenblick stehen, um nach ihrem Kind zu hören, bevor sie sich wieder setzte. Jeremy hob den Kopf. Er sah zu ihr auf und blinzelte, betäubt von einem Blitz, der aus dem Nichts kam und ihr Bild auf seine Augen heftete.

Hier ist Mary Tell, das vollkommene Oval ihres Gesichts ausdruckslos, der schöne gerade Rücken, die glatten Hände im Schoß zusammengelegt. Sie kann dasitzen, ohne einen Muskel zu bewegen; nie fuchtelt sie mit den Händen. Ihr Mund ist weit geschwungen, und ihre Augen sind sehr groß und braun und waagerecht. Tränen laufen ihr in Silberlinien über das Gesicht. Während Jeremy hinübersieht, werden ihre Wangen naß und beginnen zu glänzen, aber sie blickt weiterhin starr auf den Fernseher, und einen Augenblick später, als sein privates Blitzlicht verloschen ist, sagt sich Jeremy, daß er sich das alles nur eingebildet hat, und betrachtet wieder seine Knie.

3.

Frühjahr und Sommer 1961: Mary

Man sollte meinen, da er mich nun einmal hierher gebracht hat,
fühlt er sich auch irgendwie verantwortlich. Ich will ja nicht zuviel
von ihm verlangen, aber mich nach Baltimore zu holen war schließlich seine Idee, und auf jeden meiner Einwände hatte er irgendeine
einleuchtende Antwort. »Na ja, es ist einfach – ich bin eben ein
seßhafter Mensch«, habe ich zu ihm gesagt. »So was paßt einfach
nicht zu mir.« Und er sagte: »Tust du immer nur Dinge, die genau
zu dir passen?« Na, er wußte, wie er mich herumbekommen
konnte. Er strich meiner Tochter über den Kopf und fragte: »Tut
sie das, Darcy?«, und Darcy lächelte zu ihm hoch, voller Vertrauen
und Zuversicht. Also zwängten wir uns eines Tages in sein rotes
Cabrio und fuhren nach Baltimore. Darcy saß zwischen uns geku-
schelt, und Johns Arm lag die ganze Zeit auf der Rücklehne der
Sitzbank an meiner Schulter. Wir redeten ununterbrochen und
machten Pläne. Seine Scheidung lief, und meine, so sagte er, würde
absolut kein Problem sein; Guy könne mich wegen böswilligen
Verlassens verklagen. Wir sprachen darüber, wo wir leben würden
und wie unser Leben aussehen sollte und wie viele Kinder wir
haben wollten. Unsere Worte sprudelten nur so heraus, sie stolperten geradezu übereinander, so viel hatten wir uns zu sagen. Ich hätte
damals nicht gedacht, daß er mir nachher nie wieder so viel Zeit an
einem Stück widmen würde.
Jetzt sehe ich ihn kaum noch. Darcy und ich sind in einer schäbigen
Pension untergekommen; eine andere, die Kinder aufgenommen
hätte, haben wir gar nicht gefunden. Wir bewohnen ein Zimmer im
Erdgeschoß. Inzwischen kenne ich jeden Riß und jede Ritze in diesem Zimmer, die Flecken auf der Tapete und den Geruch nach

Alter Dame und die Rosengirlanden auf dem Teppich. Ganze Nachmittage habe ich auf eine wellige Unebenheit in der Fensterscheibe gestarrt und darauf gewartet, daß Darcy von ihrem Mittagsschlaf aufwacht. Ich habe die Möbel so blank gewischt, daß sie mir unter den Händen fast geschmolzen sind – nicht weil ich so eine gute Hausfrau wäre, das war ich nie, sondern weil ich nichts anderes zu tun hatte. Fein säuberlich angezogen sitzen wir stundenlang auf der Bettkante und unterhalten uns mit gedämpfter Stimme, wie Gäste, die zu früh aufgestanden sind. Ich bin oft gereizt und weine viel, ohne richtigen Grund. Wenn Darcy anfängt zu quengeln oder herumtobt, schimpfe ich mit ihr. Früher habe ich das nie getan. Da habe ich höchstens mal gerufen: »He, hör auf damit!«, aber hier ist alles so öde und abgestorben, und ständig müssen wir uns von unserer besten Seite zeigen, da fahre ich sie dann leise zischend an, damit es sonst niemand hört, und drohe ihr mit zusammengebissenen Zähnen. Einmal habe ich ihr sogar eine Ohrfeige gegeben, was eigentlich überhaupt nicht zu mir paßt, so daß ich mich gleich nachher gefragt habe, ob ich langsam den Verstand verliere. Sie hatte an den Knöpfen der Kommode herumgespielt und plötzlich einen von ihnen in der Hand gehabt. Ich sagte: »Darcy Tell, wenn du jetzt nicht sofort mit diesem Gefummel aufhörst, schreie ich. Komm her und setz dich.« Sie sagte: »Ich will mich nicht setzen, ich will raus. Wann kommt John uns abholen? Er hat *gesagt*, er würde kommen.« Ihre hohe Stimme überschlug sich; es ging mir auf die Nerven. Ich kann es nicht beschreiben. Ich holte aus und schlug zu, und sie starrte mich einen Augenblick mit offenem Mund an, bevor sie anfing zu brüllen. Ich packte sie an den Schultern, schüttelte sie und sagte: »Hör auf! Hör sofort auf!« Da hörte sie auf, aber sie zitterte am ganzen Leib und ich auch. Ich habe Angst, daß sie diesen Tag nie mehr vergißt. Nachts lasse ich mir alles immer wieder durch den Kopf gehen. Oh, laß Darcy es wieder vergessen, bitte. Daß dieser ganze Lebensabschnitt einfach verblaßt und in Vergessenheit gerät, es *ist* doch bloß ein Abschnitt, oder? Es wird doch bestimmt bald besser, nicht wahr?

Wir bleiben soviel zu Hause, weil ich immer auf einen Anruf warte. Wie in alten Zeiten als Teenager. Dabei hatte ich immer geglaubt, ich hätte diese Zeit ein für allemal glücklich hinter mir; aber ich verbringe mein Leben damit, auf Dinge zu hoffen, die nur ein anderer bewirken kann. An manchen Tagen ruft er an und sagt: »Heute abend klappt es bei mir. Sieh zu, daß du so gegen sieben fertig bist.« Dann schwebe ich singend durch den Morgen. Ich gehe mit Darcy spazieren und lächele sie dauernd an, obwohl ich oft nicht mitbekomme, was sie mir erzählt, und dann bade ich viel zu früh am Nachmittag und überlege mir, welches Kleid ich anziehen soll. Ich habe nur drei: das, in dem ich gekommen bin, und zwei, die mir John inzwischen gekauft hat. Wir werden noch mehr kaufen, aber im Augenblick bin ich fast ohne jeden Besitz – ein komisches Gefühl. Gelegentlich ertappe ich mich dabei, wie ich in einer Schublade krame – »Wo ist denn bloß die goldene Haarspange, die ich immer hatte? Wo ist meine dunkelblaue Strickjacke?« –, bis mir einfällt, daß sie nicht da sind. Ich habe sie zurückgelassen. Ich bin frei.

Wenn wir abends ausgehen, bringe ich Darcy früh ins Bett und bitte Mrs. Jarrett, auf sie achtzugeben. Dann gehen John und ich irgendwo essen, und wir unterhalten uns, obwohl ich in Gedanken natürlich immer halb bei Darcy bin. Das ist das Schlimmste an diesem neuen Leben. Die Menschen, die ich liebe, leben zerstreut, sind nicht unter den einen Hut zu bringen, unter dem wir es uns gemütlich machen könnten und wo ich sie alle beieinander hätte. Wenn ich mit Darcy zusammen bin, denke ich an John; bei John denke ich an Darcy. Ständig mache ich mir Gedanken wegen meiner Freundinnen, meiner Nachbarn, meiner Schwiegermutter. Ob sie mich alle jetzt nicht mehr leiden können? Ich möchte wissen, ob Guy sehr wütend ist und wie er anderen Leuten die Situation erklärt. »He, du«, sagt John. Er beugt sich über den Tisch und läßt eine Hand an meinen Augen vorübergleiten. »Bist du da?« – »Natürlich«, sage ich. Ich lächele ihn an.

Nirgendwo können wir allein sein. Seine Frau ist zwar schon ausgezogen, bevor wir uns überhaupt kennengelernt haben, aber er hat Angst, wenn er mich mit nach Hause nimmt, könnten die Nachbarn etwas mitbekommen, und das könnte das Scheidungsverfahren durcheinanderbringen. Manchmal sage ich: »Sollen sie es doch mitbekommen! Wie kann denn eine Scheidung noch mehr durch-einandergeraten, als sie sowieso schon ist?« Aber ich weiß, daß er recht hat. Ein Haus für uns kann er sich nicht leisten, und er kennt so viele Leute, daß auch ein Hotelzimmer nicht sicher ist. Er fährt mit mir in seinem Cabrio auf dunkle Parkplätze – auch eine von den Sachen, die ich ein für allemal hinter mir zu haben glaubte. Aber wenn dann kein Telefon in der Nähe ist, werde ich nervös und sage nach kurzer Zeit: »Ach, bitte, laß uns zurückfahren. Ich weiß nicht, was Darcy denkt, wenn sie aufwacht und merkt, daß ich nicht da bin.« Mißmutig läßt er dann den Wagen an, fährt mich nach Hause, läßt mich an der Haustür aussteigen, und wenn ich hereinkomme, liegt Darcy friedlich schlafend da, und ich bedaure, daß ich so früh zurückgekehrt bin, stehe noch lange am Fenster und starre durch die wellige Unebenheit der Scheibe ins Dunkle.

Manchmal ruft er auch gar nicht an, den ganzen Tag nicht, oder er ruft an und sagt, heute schaffe er es nicht. Druck im Geschäft, eine Reise, die ansteht, oder seine Frau will vorbeikommen, um noch ein paar Sachen zu holen. Seine Frau habe ich nie gesehen. Ich nehme an, sie ist sehr hübsch, denn sie arbeitet als Modell für ein großes Kaufhaus. Zu Beginn ihrer Ehe, erzählt John, war sie ein sehr häus-licher Typ. Nähte alle Vorhänge selbst und kochte und hielt das Haus in Schuß, aber dann kam eine Unruhe über sie. Sie nahm an einem von diesen Kursen teil, die man immer in der Zeitung ange-zeigt sieht, und wurde Modell, und danach war sie dann überhaupt nie mehr zu Hause, fand einen ganz neuen Freundeskreis, und sogar ihre Persönlichkeit schien sich verändert zu haben. »Irgendwie spröde«, sagte er mir einmal. »Ganz anders als die Person, die ich geheiratet hatte. Ich wollte eine zutrauliche Frau, eine warmherzige und liebevolle, die nach Zimt duftet.« Das machte mich immer glücklich, denn von *mir* sagte er, ich würde nach Zimt duften. Aber manchmal, in Augenblicken der Niedergeschlagenheit betrachte ich mich im Spiegel und erkenne, wie ungeheuer groß ich bin und was für einen großen Busen ich seit dem Kind habe und daß ich, auch wenn ich abnehmen würde, niemals eine so zierliche Figur wie ein Modell haben würde. Ich bin einfach völlig anders gebaut. Und dann denke ich: Ob es John inzwischen leid tut, daß er sich mit mir

eingelassen hat? Wäre es ihm lieber, wenn ich ein Typ wie Carol wäre? Immerhin hat er sie ja geheiratet. Ich öffne meinen Knoten, schlage das Haar am Nacken ein und prüfe, wie ich aussähe, wenn ich es abschneiden würde. Ich stelle mich seitwärts vor den Spiegel und ziehe den Bauch ein. Das alles tue ich an den Tagen, wenn ich weiß, daß ich ihn nicht treffen werde. Ich habe ja sonst nichts zu tun. Ich feile mir die Fingernägel oder nähe einen Knopf an, und wenn Darcy ihren Mittagsschlaf macht, schlage ich ein Buch aus der Bibliothek auf und kann mich doch nicht darauf konzentrieren, oder ich blättere in Zeitschriften, die schon ganz zerfleddert sind. Wenn sie aufwacht, machen wir lange Spaziergänge. Ich kenne die Straße schon genausogut wie das Zimmer: jede Vertiefung im Gehweg, jeden dürren Baum, jedes Türmchen und jeden Giebel und jedes bleiverglaste Fenster an diesen endlosen, gräßlichen Reihenhäusern. Wir nehmen die Krusten von Mr. Somersets Toast mit und füttern die Tauben. Wir gehen in die Bibliothek, wo Darcy eine Ewigkeit lang in der Kinderabteilung herumtrödelt, Bücher aussucht, es sich noch einmal anders überlegt und sie wieder zurückstellt. Ich dränge sie nie. Was sollte ich mit der gewonnenen Zeit auch anfangen? Wir haben so viel Zeit. Wenn Darcy entschieden hat, welche Bücher sie nehmen will, machen wir uns allmählich auf den Heimweg, und dann lese ich sie ihr vor, immer wieder, bis mir der Mund trocken ist und der Hals ganz wehtut von dem vielen Mäusequietschen und Bärengebrumm, das ich nachahmen muß. Darcy kuschelt sich unter meinen Arm und folgt mit großen blauen Augen den Bildern. Sie hat wieder angefangen, am Daumen zu lutschen. Mit viereinhalb sei sie zu alt dafür, sage ich ihr, aber ich versuche nie, sie wirklich davon abzubringen. Eigentlich finde ich, sie soll sich ihren Trost holen, wo sie ihn kriegen kann.
Durch Darcy bin ich mit John überhaupt zusammengekommen. Eines Morgens sah ich hoch, da hockte er neben ihr, unterhielt sich mit ihr und fragte sie, ob sie denn wisse, wie hübsch sie aussehe. »Du hast den Mund von deiner Mutter«, sagte er. Die meisten Leute erkennen in ihr nur Guy wieder. »Und klug ist sie«, sagte er zu mir. Dann stand er auf und gab mir die Hand. Wir waren uns schon ein paarmal begegnet, aber an diesem Tag hatte er zum er-

stenmal Darcy bemerkt. Danach unterhielt er sich jedesmal, wenn er vorbeikam, mit ihr, und oft brachte er ihr etwas mit – ein Hüpfseil oder einen Satz Damesteine und einmal ein Anziehpüppchen, für das man noch viele Kleider zusätzlich bekommen konnte. Die brachte er ihr nach und nach mit; am Ende hatte sie, glaube ich, alle. Und währenddessen lernten auch wir uns natürlich besser kennen. Aber Darcy war der Ausgangspunkt. Ich kann mich noch erinnern, wie ich zum erstenmal ernsthaft über John nachgedacht habe. Es war ein paar Monate nachdem wir uns zum erstenmal begegnet waren. Er sagte: »Wo du schon dieses *eine* schöne Mädchen hast, willst du dir da nicht einen ganzen Schwarm zulegen?« – »Ach, nein«, sagte ich, »Guy sagt, eins sei mehr als genug.« – »Er ist ein Dummkopf«, sagte John und sah mir lange ins Gesicht, dann wandte er sich ab und ging. Ich weiß nicht, warum sich mir das so tief eingeprägt hat. Aber ich erinnere mich noch, daß ich ins Haus zurückging und anfing, Geschirr abzuwaschen, und plötzlich, die Hände im Spülwasser, stand ich da und spürte dieses seltsame Hüpfen in der Magengegend. So hat es angefangen.

Der Mann, dem diese Pension gehört, ist sehr sonderbar, und zuerst hatte ich Angst vor ihm. Irgendwie erinnerte er mich an einen Sittenstrolch. Ständig sieht man solche Leute in der Zeitung, weil sie Kinder belästigt oder sich auf Picknickplätzen entblößt oder in eine Menschenmenge gefeuert haben; sie haben so was Verdrehtes, Lebloses und Unnahbares an sich. Aber mit der Zeit merkte ich, daß er keiner Fliege etwas zuleide tun könnte, und jetzt lasse ich sogar zu, daß er sich mit Darcy unterhält, wenn ich gar nicht dabei bin. Man merkt, daß er Kinder gern hat. Er weiß nicht, was er ihnen sagen soll, aber er gibt sich große Mühe, und oft nimmt er Darcy mit nach oben in sein Atelier und läßt sie dort Sachen ausschneiden und kleben. Es tut ihr gut, mal ein Weilchen ohne mich zu sein. Wenn ich glaube, daß es ihm vielleicht zuviel wird, gehe ich rauf, um sie abzuholen, und finde die beiden, wie sie über zwei getrennte Tische gebeugt dasitzen, Darcy in einem fort plappernd und überall mit Klebstoff bekleckert, während Mr. Pauling an diesen kaleidoskopartigen Sachen arbeitet, die ihm anscheinend so gut gefallen. »Ich nehme sie wieder mit nach unten«, sage ich, und er meint: »Na ja, ach, nein, nur keine Eile, wir sind gerade – wir wollten gerade –« Und dann steht er händeringend da, der erste Mensch, den ich je wirklich seine Hände ringen sah. Anscheinend bin ich ihm nicht besonders sympathisch, aber vielleicht liegt es auch an seiner Art. Bei ihm komme ich mir immer zu groß und zu laut und zu stark vor. Ich weiß nie, wie ich mit ihm umgehen soll. Abends, beim Fernsehen, der einzigen Gelegenheit, bei der wir Untermieter alle beisammen sind, ist er so verwirrt, und manches von dem, was er sagt, ist so fehl am Platz – er redet wie ein Tauber, der die Beziehung zur Welt völlig verloren hat –, daß ich ein Lachen unterdrücken muß. Die anderen sind sehr freundlich zu ihm. *Sie* lachen nie. Sie haben sich angewöhnt, den Kopf auf die Seite zu legen, wenn sie ihm zuhören, und ihn schließlich wieder aufzurichten, um darüber zu grübeln, was er wohl gemeint hat, und auch wenn es ganz und gar unverständlich ist, geben sie ihm eine ernste, höfliche Antwort. Deswegen kommen die Gespräche nur langsam voran, mit langen Pausen, und verlaufen irgendwie im Kreis, in einem Kreis, der ihn schützen soll. Kein Wunder, daß dereinst die Sanftmütigen das Erdreich besitzen werden.

Darcys Augen sind blau wie die von Guy, und sie hat auch sein dünnes, weißblondes Haar und trägt es nicht viel länger als er – Guy hatte immer langes Haar. Ich kann mich noch erinnern, wie ich ihn zum erstenmal gesehen habe, er schwamm im Dewbridge Lake, und jedesmal, wenn er zum Luftholen hochkam, mußte er sich mit einer ruckartigen Kopfbewegung das Haar aus dem Gesicht schleudern. Naß reichte es ihm fast bis ans Kinn. Wenn es nach hinten flog, stoben glitzernde Wassertropfen wie Edelsteine um ihn. Dann kletterte er auf den alten umgestürzten Baum, den alle als Sprungbrett benutzten. Alle *außer mir*; denn ich durfte nicht, wegen der Splitter und wegen versteckter Äste unter Wasser. Ich durfte damals überhaupt nichts. Ich war fünfzehn, ein nettes, stilles Mädchen, das nicht einmal Lippenstift benutzte. Ich war mit meinen Eltern gekommen, und wir saßen auf einem Wachstuch und hatten ein Picknick dabei, mit dem man ein ganzes Altersheim hätte verköstigen können, und gewaltige Mengen Insektenmittel und Sonnenschutzcreme und in Zellophan eingepackte Regenmäntel, falls es einen Wolkenbruch gab. Dieser Junge mit dem langen glatten Haar (ich kannte damals seinen Namen noch nicht) hatte, wie es schien, außer sich selbst gar nichts mitgebracht, notdürftig bedeckt von einer dieser engen Satinbadehosen, die mir immer so angeberisch vorkamen. Er stand auf dem äußersten Ast, der sein Gewicht gerade noch trug, stieß dann hoch und weit hinaus, tauchte messerscharf ein, kam wieder hoch und warf lachend den Kopf herum. Ich sah ihm einfach zu und fand ihn faszinierend. Ich will damit nicht sagen, daß es Liebe auf den ersten Blick war oder so etwas – woher denn? Er erschreckte mich halb zu Tode! er und all seine Freunde mit ihren wilden Späßen und den großen, spritzenden Butterfly-Schlägen und dem Wolfsgeheul, das sie nach den Mädchen draußen an der Tonnenbarriere ausstießen. Mit *mir* machten sie das nicht. Ich saß einfach im Schatten bei meinen Eltern, wartete aufs Braunwerden und machte mich klein, wenn einer von ihnen in unsere Nähe kam. Und als meine Mutter sagt: »Ohne das rauhe Element wäre dieser See wirklich schön«, da erwiderte ich: »Ja, Mutter«, und meinte es auch so. Aber deswegen hörte ich nicht auf, nach Guy Tell zu schauen.

Mein Vater war Rektor der Partha High School in Partha, Virginia, meine Mutter Englischlehrerin. Sie waren nicht mehr jung, als sie mich bekamen, und ich war ihr einziges Kind, deshalb haben sie mich wohl auch so behütet – und auch, weil sie religiös waren. Sie waren Baptisten. Sonntagmorgens ging mein Vater mit dem Klingelbeutel herum. Eine Zeitlang war auch ich religiös und wollte Missionarin werden, wenn ich groß war, und schließlich als Märtyrerin sterben, aber das alles verging rechtzeitig. Ich weiß nicht, warum. Es stellte sich wohl einfach heraus, daß ich kein gläubiger Mensch war. Aber ich ging weiter mit meinen Eltern in die Kirche. Ich saß da, faltete aus meinem Liederzettel einen Fächer und spürte in mir einen Groll, der sich sogar auf den Geruch nach Wäschestärke am Sonntagskleid meiner Mutter und auf die Art ausdehnte, wie mein Vater immerzu an seinen Manschetten zupfte, obwohl es überhaupt nicht nötig war. Aber ich liebte sie. Ich war ihnen sehr nah, vor allem meiner Mutter. Nicht meine Eltern oder ihre Lebensweise störten mich, sondern daß es so schien, als müßte ich den gleichen Weg einschlagen, den sie gegangen waren. Ich würde selbstverständlich größer werden und aufs College gehen und heiraten und Kinder bekommen, dadurch veränderte sich nichts, es kam nur etwas hinzu. Ich würde ihr einsames, enges Leben einfach fortsetzen. Auf etwas anderes konnte ich nicht hoffen. Jedenfalls nicht, bevor wir an den Dewbridge Lake kamen.

Ob es den See noch gibt? Also, geben muß es ihn ja wohl noch. Aber nach diesem einen Sommer bin ich nie wieder dort gewesen. Als ob der See seinen Zweck erfüllt hätte und nachher von der Erdoberfläche verschwunden wäre. Den modrigen Holzpavillon hatte man anscheinend von einem auf den anderen Tag ganz allein für mich gebaut, damit ich und meine Freundinnen dort »Bunnyhop« tanzen konnten, den einzigen Tanz, bei dem ich mitmachen durfte. Die Musicbox in sämtlichen Regenbogenfarben war extra für mich mit Songs von Pat Boone gefüllt, damit eines Tages nach einem Bunnyhop Guy Tell auf mich zukommen und sagen konnte: »Das ist jetzt unser Tanz, für mich und für *dich*, Darling«, um dann einen ganz langen Arm um mich zu legen, denn ich war so verschreckt, daß ich nicht nein sagen konnte. Der Kiefernwald mit dem schimmernden warmen Boden war eigens gewachsen, damit wir uns in ihm verstecken und an einen Stamm lehnen konnten, wo mir Guy immer wieder einen Badeanzugträger von der Schulter streifte, den ich immer wieder hinaufschob. Seine Küsse schmeckten nach Tabak. Ich hatte noch nie geküßt und fand es anstrengend; der Nacken tat mir weh, und mein Mund fühlte sich gequetscht an. Wenn er sich zurücklehnte, lächelte er mich unter halbgesenkten Augenlidern an, als hätte er in einem Wettkampf gewonnen. Ich war die Verliererin, und dabei wußte ich gar nicht, daß ich an einem Wettkampf teilnahm. Dann gingen wir auseinander, und ich kehrte, die schimmernden Kiefern hinter mir lassend, zu meinen Eltern zurück. Jetzt stelle ich mir vor, daß der ganze Wald lautlos umgestürzt ist, wie dieser Baum, von dem immer im Biologieunterricht die Rede war. Übriggeblieben ist nur ein wenig golden blinkender Staub, der im Sonnenlicht aufwärts schwebt. Aber im Kaufhaus gibt es einen Lippenstift mit Erdbeergeschmack für neununddreißig Cent, dessen Duft mich noch heute in die Damenumkleidekabinen am Dewbridge Lake versetzen kann. Warme Kiefernnadeln werden für mich immer mit Gefahrenkitzel und dem Gefühl verbunden sein, den Boden unter den Füßen zu verlieren. Der ordinäre Geschmack von Orange-Nehi flößt mir noch heute die Sehnsucht ein, mich loszureißen, in fremde Gegenden zu reisen und Abenteuer zu erleben, von denen sich mein Vater in seiner schlotternden karierten Badehose und meine Mutter in ihrem schwarzen Badeanzug aus Kunstseide mit dem Faltenröckchen nichts träumen ließen. Oh, ich würde alles noch einmal so machen, wenn ich wieder fünfzehn wäre. Auch wenn ich wüßte, wie es ausgeht, würde ich weiter über die splittrige Tanzfläche gleiten, während Guy Tells Hand meinen Nacken umfaßt hält.

Er war zweiundzwanzig – älter, als mir je wieder irgend jemand vorkommen wird. Erst im Dezember würde ich sechzehn werden. (Dann erst wollten mir meine Eltern erlauben, mich mit Jungen zu verabreden. Natürlich nur mit Jungen meines Alters. Nur mit Jungen aus guten Familien. Nur in Gruppen.) Den ganzen Herbst über, als der Pavillon am Dewbridge Lake schon längst wieder verbarrikadiert war und die Schule wieder angefangen hatte, traf ich mich weiter mit Guy, ohne daß jemand etwas davon wußte. Ich sagte, ich würde in die Bücherei oder zu einer Freundin gehen. Dann wartete ich an einer Ecke der Main Street, bis Guy mich in einem Abschleppwagen holte, und während er an der Zapfsäule stand, saß ich in der Tankstelle und las in seinen Motorsportmagazinen. Er arbeitete abends. Tagsüber hatte er frei. Nachmittags, wenn ich von der Schule nach Hause ging, stoppte er in seinem verbeulten Pontiac plötzlich neben mir, entriß mich meinen Freundinnen und fuhr mit mir zu irgendeiner Landstraße außerhalb der Stadt. Während wir unseren Wettkampf fortsetzten – er öffnete einen Blusenknopf, ich schloß ihn wieder –, kam ich mir verloren und unsicher vor und wäre lieber zu Hause gewesen, aber sobald er fort war, vergaß ich dieses Gefühl und wollte wieder bei ihm sein. Ich dachte an die Dinge, die mich berührt hatten: an den aufmerksamen Blick, mit dem er zuhörte, wenn ich etwas erzählte; an die Art, wie er die

Wiederkehr des Tages, an dem wir uns kennengelernt hatten, jede Woche und jeden Monat mit einem kleinen, unbeholfenen Geschenk feierte, einer goldglänzenden Puderdose oder einem Kreuz an einem Kettchen; an die schrille Art, wie er sich kleidete, und an den tätowierten Adler auf seinem Unterarm und an die militärische Kennmarke, die immer so warm auf seiner Brust lag. Sonntagmorgens in der Kirche dachte ich an seine Küsse, die mir aus diesem sicheren Abstand in so schwindelerregender Weise den Atem raubten, daß ich glaubte, es sei vielleicht Liebe. Meine Mutter saß neben mir und nickte mit verklärter Miene zu der Lesung aus Hiob. Mein Vater reckte den langen Stiel seines Klingelbeutels in die Sitzreihen. Ich dachte, ich werde nie so sein wie sie, ich habe mich schon losgerissen. Ich dachte: Warum geben sie nicht besser auf mich acht?

Am siebten Dezember wurde ich sechzehn. Meine Mutter sagte: »Also, ich glaube, du kannst jetzt schon mal ein bißchen ausgehen, Mary.« – »Ja, Mutter«, sagte ich. Ich ging zur Main Street und wartete auf Guy, und er brachte mir ein Amulettarmband mit, an dem lauter kleine Plastikschallplatten hingen, zur Erinnerung an unseren ersten Tanz. Dann sagte er: »Ich schätze, wir könnten jetzt heiraten, wenn du willst. Sieht nicht so aus, als würde ich dich so bald satt haben.« Und zehn Tage später sind wir dann ausgerissen. Ich erwartete die ganze Zeit, meine Eltern würden mich ausfindig machen und zurückholen, aber das taten sie nicht. Ich mußte ihnen in einem Telegramm mitteilen, daß ich verheiratet war. Und als ich in dem Motelzimmer weinte, sagte Guy: »Nun stell dich nicht so an, du raubst mir den letzten Nerv. Soll ich heute nacht einfach in dem anderen Bett schlafen?« – »Ich weine nicht *deswegen*«, sagte ich. »Weshalb denn dann?« Ich weinte, weil ich nun hier saß und verheiratet war, aber kein einziges Mal war ich richtig *verabredet* gewesen. Aber darüber konnte man mit ihm anscheinend nicht reden.

Letzte Woche habe ich ein Postfach eingerichtet, dann habe ich an Guy geschrieben und die Scheidung verlangt. Das Postfach war Johns Idee. »Du willst doch nicht, daß er hinter dir herkommt«, sagte er, »dich in deiner Pension aufspürt und dir eine Szene macht.« Er ging mit mir zum Postamt, und nachher waren wir mit Darcy im Kinderzoo. Für mich war es der schönste Tag seit langem. Darcy spielte im Sand, ich saß mit John auf einer Bank in der Sonne, und wir redeten über unsere Pläne. John erzählte, jemand habe uns zusammen in einem Restaurant gesehen und seiner Frau davon erzählt. »Ich glaube, es hat sie eifersüchtig gemacht«, sagte er. »Du weißt ja, wie sie ist.« (Nichts wußte ich.) »Sie will nicht bloß ihren Kuchen, sondern immer auch noch ein Stück in Reserve. Kaum hatte sie es gehört, da kam sie schon herüber, feingemacht und die Liebenswürdigkeit in Person, und fing an, mich auszufragen.«

»Es ist doch nicht verboten, daß du mit jemandem essen gehst«, sagte ich.

»Das habe ich ihr auch gesagt.«

»*Sie* geht doch auch mit anderen Leuten aus. Andauernd, hast du erzählt.«

»Reden wir nicht von ihr«, sagte er. »An *so* einem schönen Tag.« Das gleiche Gefühl habe ich, wenn er über Guy spricht. Ich mag Guy nicht mit den Augen eines anderen sehen. Seine Lederjacke und seine gepunzten Stiefel wirken auf einmal lächerlich, mir wird klar, wie seine Sprache mit all den Fehlern, die er macht, für einen Außenstehenden klingen muß, und ich fühle mich an seiner Stelle gekränkt und möchte ihn in Schutz nehmen. Auch *ich* fühle mich dadurch beleidigt – immerhin sind sechs Jahre meines Lebens mit Guy verbunden. Ich wechselte das Thema und sagte: »Warum hast du deine Kamera mitgebracht?«

»Ich wollte ein paar Aufnahmen von Darcy machen.«

An den Tagen, an denen John nicht kommen kann, fange ich an, ihn zu hassen, obwohl ich weiß, daß es nicht seine Schuld ist; aber wenn ich ihn dann wiedersehe, tut er so etwas, kommt auf die Idee, einen Ausflug zu machen, und fotografiert Darcy, und ich weiß wieder, warum ich mit ihm weggegangen bin. *Guy* hätte so etwas nie getan. Ach, auch Guy hat Bilder von ihr gemacht – mit einer Kamera, die er für den Weiterverkauf von ein paar Motorradersatzteilen bekommen hat –, aber er wollte Darcy immer erst in dieses Rüschenkleidchen aus rosa Organdy stecken und ihr Haar in kunstvolle Löckchen legen, und dann sollte sie auf dem besten Möbel-stück sitzen. Er nannte sie seine Prinzessin. Sein Püppchen. Aber Darcy ist kein Püppchen. Sie denkt über alles nach – ich *sehe*, wie sie nachdenkt –, und wenn es irgendwo hoch hergeht, steckt sie sofort mittendrin, und sie gibt keine Sekunde Ruhe. Ich glaube, Guy hat das alles nicht mal mitbekommen. Gekümmert hat er sich um sie nur, wenn seine Freunde vorbeikamen und er ihnen Darcy vorfüh-ren konnte wie ein frisiertes Auto. Dann hat er sie hochgehoben und irgendwo hingesetzt und an ihrem Röckchen herumgezupft. »Ist sie nicht ein süßes Püppchen? Habt ihr schon mal so was Nied-liches gesehen?« John kniet sich jetzt in den Sand und richtet das Objektiv auf Darcy, die mit Sand überzuckert ist wie ein Berliner. Ein Träger ihres Spielanzugs baumelt in einen Eimer. »Halt still«, rufe ich ihr zu, aber er sagt: »Nein, nein, laß sie nur.« Er hält einen Belichtungsmesser hoch, hantiert an geheimnisvollen Knöpfen. Er ist von Beruf Fotograf. Er hat ein kleines Atelier, mit dem er sich erst einmal durchsetzen muß, deshalb nimmt es so viel Zeit in Anspruch. Ehe er Fotografie studiert hat, ist er aufs College gegan-gen. Er ist ruhig und bedächtig und überlegt sich alles dreimal. Einen größeren Gegensatz zu Guy kann man sich gar nicht vorstel-len. Was wäre geschehen, wenn ich John vor Guy kennengelernt hätte?

Ich lernte John kennen, als er ein Motorrad kaufen wollte. Er hatte gerade angefangen, sich für Motorräder zu interessieren. Da lief er bei einer Rallye irgendwo außerhalb von Baltimore Guy über den Weg, und in der Woche darauf kam er die ganze Strecke bis nach Partha, um sich anzusehen, was Guy am Lager hatte. Ich muß vielleicht erklären, daß Guy damals die Leitung der Tankstelle übernommen hatte, aber außerdem hatte er sein Geschäft ein biß-chen erweitert und handelte nun auch mit Motorrädern. Wir wohn-ten im ersten Stock des Hauses nebenan. Zwischen dem Haus und der Tankstelle lag ein Schuppen, in dem Guy Ersatzteile und ge-brauchte Motorräder hortete, die Freunde von ihm verkaufen oder tauschen wollten. Als John kam, war ich gerade draußen im Garten und hängte Wäsche auf. »Hier ist ein Freund von mir, den du kennenlernen solltest«, sagte Guy. »John Harris. Er überlegt, ob er

sich eine Maschine kaufen soll.« *Überlegen* war das richtige Wort. Er war der überlegteste Mensch, der mir je begegnet ist. Volle vier Wochen probierte er verschiedene Modelle aus, studierte Prospekte, stellte Fragen, suchte verschiedene Händler auf, kam wieder zu Guy, um zu sehen, ob er etwas Neues dahatte. Und schließlich kaufte er tatsächlich eine Maschine, aber nicht bei Guy, sondern bei jemandem in Baltimore. Aber da hatte er sich mit Guy schon angefreundet. *Eng* befreundet waren sie allerdings nicht; Motorräder waren das einzige, was sie verband. Aber sie sind oft zusammen Moto-Crossrennen gefahren, und manchmal brachte Guy nach einer Rallye John mit nach Hause. Guy kam immer ganz aufgeregt herein und schimpfte über irgendeinen Idioten, der ihn abgedrängt hatte, oder er fluchte über einen Defekt an seiner Maschine (die er in einem spontanen Entschluß innerhalb von zwei Minuten gekauft hatte – mit Geld, das ihm nicht gehörte). Dann riß er eine Bierdose auf, die er in einem Zug kippte, während er in der Küche herumstampfte. Unterdessen stand John in der Tür, sagte, in meiner Küche würde es so gut riechen, und kramte in seinen Hosentaschen nach dem Geschenk für Darcy. Gekleidet wie jemand aus einer Sportzeitung, in Slacks und mit Polohemd. Verstehen Sie jetzt, warum ich sage, daß er ganz anders war als Guy?
Mir kommt es so vor, als müßte ich immer wieder verschiedene Leben ausprobieren, als wollte ich mich um das Prinzip, daß jeder nur ein Leben leben kann, einfach herummogeln. Ich hatte sechs Jahre mit »heißen Öfen« hinter mir und war bereit, mich auf etwas Neues einzulassen. Als würde ich mit meinem Leben würfeln, als würde ich es verspielen, vergeuden. Es hat mir immer Spaß gemacht, Sachen wegzuwerfen.

Darcy sagte: »Mach schon, John, ich muß aufs Klo.« John lachte und drückte auf den Auslöser. Dann stand er auf, klopfte sich den Sand von den Knien, und ich nahm Darcy mit auf die Toilette. Sie hatte Sand im Haar; von oben sah ich ihn auf ihrer Kopfhaut zwischen den blonden Haaren glitzern. »Wenn ich wiederkomme«, sagte sie, »möchte ich Karussell fahren, ja?« Ich sagte: »Gut, Kleine.« Ich blickte zu John zurück. Lächelnd sah er uns nach und drehte dabei an irgendeinem Knopf seiner Kamera, die er wie im Schlaf bedienen konnte. »Los komm, Ma«, sagte Darcy und griff nach meiner Hand. Ihre Finger waren kühl und sandig, sie roch nach Sonne und ließ es geschehen, daß ich mich zu ihr hinunterbeugte und genau eine Sekunde lang mein Gesicht in ihr Haar drückte, bevor sie sich losmachte und wieder davonhüpfte.

Zum Muttersein bin ich wie geschaffen, und Schwangerschaft ist mein Naturzustand. Davon bin ich überzeugt. So glücklich wie während der Zeit, als Darcy in meinem Bauch war, bin ich noch nie gewesen, und ich fühlte mich auch besser als je zuvor. Sah auch besser aus. Jedenfalls in meinen Augen. Ich glaube, Guy fand das nicht. Er war in diesen Dingen ziemlich komisch. Er wollte nie fühlen, wie sich das Baby bewegte, wollte mich in den letzten Monaten vor der Geburt überhaupt nicht mehr anrühren und tat immer ganz überrascht, wenn ich einkaufen gehen oder ins Kino wollte. »Macht es dir denn nichts aus, wenn dich die Leute anstarren?« fragte er. »Warum sollte es mir denn was ausmachen?« sagte ich. »Und weshalb sollten sie mich überhaupt anstarren?« *Ihm* machte es etwas aus. Er wollte an dem Abend, als sie auf die Welt kam, nicht einmal mit in den Wehenraum kommen; statt dessen kam meine Mutter mit. Sie war ein bißchen aufgetaut, seit ich schwanger geworden war, und blieb die ganze Zeit vor der Geburt bei mir, redete mit mir und hielt mich bei Laune, aber in Gedanken war ich meistens bei Guy. Ich dachte: Eigentlich könnte er mir hier doch wirklich mal Beistand leisten. Draußen im Warteraum, wo er nichts mitbekommt, ängstigt er sich bestimmt mehr als hier. Der Arzt war ganz bestürzt gewesen, als er hörte, wie alt ich war. Er hatte zu Guy gesagt, ich würde noch wachsen, ich sei viel zu jung, um selbst ein Kind zu bekommen. Und was wäre, wenn ich nun sterben würde? Konnte Guy nicht wenigstens meine Hand halten? Aber nein – »Ich habe Angst, ich könnte ohnmächtig werden oder so was«, sagte er und lachte und wurde ganz kantig und weiß im Gesicht. Dann flüsterte er: »Ich habe Angst, daß dich die Schmerzen wütend machen wegen dem, was ich dir angetan habe.« – »Oh, aber Guy –«, sagte ich. Und dann meinte meine Mutter: »Nur keine

Sorge, Liebling, Mama ist ja da.« Sie saß neben meinem Bett, massierte mir den Rücken, tupfte meine Stirn ab und las mir laut aus einer alten Zeitung vor – aufs Geratewohl, irgendwas, es war gleichgültig, ich verstand sowieso nichts. Als es dann soweit war und ich in den Entbindungsraum geschoben wurde, sagte sie: »Ich bleibe hier und bete für dich, Liebling, es wird alles gutgehen«, aber ich sah, daß sie sich Sorgen machte. Sie hatte sich das, was der Doktor gesagt hatte, wohl sehr zu Herzen genommen. Nun ja, auch Ärzte sind nicht allwissend. Dieses Baby auf die Welt zu bringen war ein Kinderspiel. Ich war zum Kinderkriegen einfach wie geschaffen. Mit dem Alter hat das gar nichts zu tun.

Wenn ich daran zurückdenke – an meine Mutter, die mir aus der Zeitung vorliest und das Haar aus der Stirn streicht –, kommt es mir so vor, als hätte ich von nun an in einer Welt gelebt, die nur aus Frauen bestand. Meine Mutter und die Mutter von Guy und auch die Frauen aus der Nachbarschaft, die mir alte Kindersachen schenkten und alle möglichen Ratschläge gaben – diese Frauen bildeten einen Kreis, der sich um mich schloß. Wahrscheinlich ist das gar nichts Besonderes, wenn erst mal Kinder da sind. Die Männer ziehen sich zurück, und die Frauen schotten sich ab. Ich dachte, das würde sich wieder ändern, wenn Darcy erst mal richtig zum Haushalt gehörte, aber da hielt sich Guy noch mehr fern – hatte Angst, sie auf den Arm zu nehmen, konnte ihr Geschrei nicht ertragen, wollte nicht mit nach einem Namen suchen. »Also, ich weiß nicht«, sagte er. »Guyette? Wäre doch niedlich, oder? Ach nein, ich schätze – also *ich* weiß es nicht. Such *du* einen Namen aus, du weißt da besser Bescheid.« Ich nannte sie Darcy, das ist mein Mädchenname. Ich versuchte, sie auf eine Decke in Guys Schoß zu setzen, drum herum überall Kissen, so daß er keine Angst zu haben brauchte, er könnte sie fallen lassen. Als sie dann schrie, sagte ich: »Ach, sie hat bloß Hunger, daran liegt es, Guy. Ich gebe ihr etwas, und *dann* wirst du sehen.« Aber ihre Mahlzeiten gehörten auch zu den Dingen, die er nicht ertragen konnte. Ich stillte, und er sagte, er habe immer so ein komisches Gefühl dabei. Jedesmal wenn ich die Bluse aufknöpfte, ging er aus dem Zimmer. »Andere Leute nehmen die Flasche«, sagte er zu mir. »Warum machst du das immer noch so, wenn sie inzwischen was Besseres erfunden haben?« Wenn ich von Darcys nächtlichen Mahlzeiten ganz erschöpft war, sagte er zu mir: »Stell sie um auf Babynahrung. Laß sie bei Ma, dann leihen wir uns ein bißchen Geld und fahren für ein paar Tage irgendwohin. Du brauchst Erholung.« Ich war damals empfindlich, auch erschöpft von den vielen schlaflosen Nächten, und machte mir Sorgen, ich hätte vielleicht nicht genug Milch. »Die beste Erholung«, sagte ich, »wäre, wenn du den Mund hältst und mich in Ruhe läßt, Guy Tell«, und dann brach ich in Tränen aus, das Baby schrie, und Gloria kam herein, scheuchte Guy aus dem Haus und brachte mich zu Bett. Gloria war Guys Mutter, mit der wir seit unserer Heirat zusammenwohnten. Eine Wasserstoffblondine, ewig in Shorts und dazu ein rückenfreies Oberteil. Ihr Mann war schon lange gestorben, ich weiß nicht mehr, woran, und sie hatte einen Freund, einen Lastwagenfahrer, der immer, wenn er in der Stadt war, mit einer Flasche »Southern Comfort« vorbeikam, die sie dann an einem einzigen Abend in der Küche verputzten. Ich weiß, es klingt deprimierend. Und wenn man es im Fernsehen sähe, *wäre* es auch deprimierend, aber Tatsache ist, daß Gloria einfach wunderbar zu mir war und daß ich sie wie eine Mutter liebte. Ich weiß wirklich nicht, was ich ohne sie gemacht hätte. Bevor das Baby da war, als Guy schon angefangen hatte, tagsüber zu arbeiten, und ich einfach nichts zu tun hatte (verheiratete Schülerinnen wurden an der Schule nicht geduldet), hatte ich es ganz allein Gloria zu verdanken, daß ich nicht vor Langeweile durchgedreht bin. Sie redete ununterbrochen, nahm mich mit zum Einkaufen, machte mir auf dutzenderlei Arten das Haar zurecht, brachte mich bei allen Seifenopern, die wir uns ansahen, auf den neuesten Stand und lieh mir ihre Lebensbeichte-Magazine. Bis dahin hatte ich mir nicht mal Seifenopern ansehen dürfen, und von den Lebensbeichte-Magazinen hatte ich höchstens mal heimlich eine Überschrift erspäht, wenn ich mit meiner Mutter am Zeitungskiosk vorbeihastete. Und als das Kind dann da war! Ich schäme mich fast zu sagen, wie sehr ich Gloria in Anspruch genommen habe. Sie drängte sich nicht auf und hat nie versucht, mich beiseite zu schieben, aber wenn ich mir verloren und viel zu jung vorkam, war sie da, gab mir heiße Milch zu trinken, redete ununterbrochen in dieser gespielt rauhen Art und tat so, als würde sie gar nicht merken, daß etwas nicht stimmte, und tröstete mich trotzdem. Würde ein Mann so etwas tun? Von denen, die *ich* kenne, keiner.

Ich weinte, als wir in das Haus neben der Tankstelle zogen. Damals hatte ich schon keine eigene Mutter mehr. Ich verlor meine beiden Eltern, als Darcy noch ein Baby war, innerhalb von sechs Monaten: Herzinfarkt. Es kam mir so vor, als wäre Gloria meine einzige Stütze, und nun sollte ich sie verlassen. »Herrgott noch mal, Darling«, sagte Guy, »die meisten Frauen wären heilfroh, wenn sie endlich eine Wohnung für sich bekämen.« Er sagte auch: »Wenn schon, dann müßte *ich* heulen, schließlich ist sie meine Mama.« Und schließlich: »*Willst* du denn nicht mit mir allein wohnen?« – »Doch, natürlich will ich«, sagte ich. Aber Gloria fehlte mir trotzdem. Ich besuchte sie weiter fast jeden Tag, bis ich dann nach Baltimore kam. Und auch jetzt denke ich manchmal an die Zeit zurück, als ich schwanger war und noch selbst Kind, statt Mutter eines anderen Menschen, und mich mit Gloria friedlich durch all die leeren Tage treiben ließ. Mir fallen die Bücher wieder ein, die mir Guy immer mitbrachte; seinen Freunden erzählte er gern, er habe eine Frau mit Köpfchen geheiratet, und fast jeden Tag brachte er mir ein Taschenbuch aus dem Drugstore mit. Kitschromane voll von romantischen Abenteuern, mit schönen Heldinnen in Angst und Schrecken. Mir gefielen sie. Ich schließe die Augen und sehe mich auf dem Kunstledersofa sitzen, ein Buch auf dem Bauch, neben mir läßt Gloria ihren Kaugummi knallen, aus dem Fernseher dringt Orgelmusik in Wogen herüber. Was Gloria wohl jetzt von mir denkt? Ob sie mich völlig abgeschrieben hat, jetzt, da ich ihren Sohn verlassen und ihm nur einen Zettel an die Kühlschranktür geklebt habe, sonst nichts?

Wenn es mit John nicht klappt, weiß ich nicht, wo ich hin soll. Heute habe ich zum erstenmal wirklich darüber nachgedacht. Ich bin so überstürzt weggegangen, habe mir die Schürze heruntergerissen, meinen Ehering an einen der Haken für die Keramikbecher gehängt, habe nicht ein einziges Mal zurückgeblickt nach meinem

Corning-Geschirr und meinen Topfpflanzen. Ich war wie betrunken vor Freude darüber, etwas so Unvernünftiges zu tun. Jetzt kann ich stunden- und tage- und wochenlang nachdenken: Ich bin vollkommen abhängig von einem Mann, den ich kaum kenne. Ich habe kein Geld, kein Zuhause, keine Angehörigen, zu denen ich zurückkehren könnte, nicht mal einen High-School-Abschluß, mit dem ich eine Stelle finden könnte, und ich wüßte nicht, wo ich Darcy lassen sollte, wenn ich einen Job *fände*. Ich weiß nicht mal, ob ich Anspruch auf Sozialhilfe habe. Was ist, wenn John mich nun auf einmal nicht mehr liebt? Oder wenn seine Frau zurückkäme – in diesem wiegenden Gang, wie Fotomodelle ihn haben, eine Nerzstola um die Schulter drapiert. (Na, im Juni wohl nicht, aber so stelle ich sie mir eben vor.) Dann wäre ich aufgeschmissen. Ich wäre vollkommen hilflos, ohne einen Funken Hoffnung.

Ich fasse jetzt folgenden Entschluß: wenn es so weit kommt, daß John und ich heiraten, dann werde ich eigenes Geld sparen, egal wie. Und wenn ich es stehlen muß; ich werde sparen und das Geld irgendwo verstecken, für den Fall, daß ich je wieder auf mich allein gestellt bin.

Aber ich werde nicht auf mich allein gestellt sein, nicht, wenn es nach mir geht. Nie wieder werde ich jemanden verlassen. Es ist viel zu schwer. Auf dieses zermürbende Gefühl tief in mir drin war ich nicht gefaßt. Ich habe nicht geahnt, daß ich derart durcheinandergeraten würde, so als wäre ich an mehreren Stellen gleichzeitig, aber nirgendwo ganz. Und an Darcy hatte ich überhaupt nicht gedacht: wie bestürzt sie sein würde und wie schwierig es werden könnte, für sie zu sorgen. Man sollte meinen, daß ich wenigstens daran gedacht hätte. Immerhin ist Darcy der Mittelpunkt meines Lebens! Ihr Haar hat sie von Guy, und die Augen auch; für immer werde ich etwas von Guy mit mir herumtragen. Daß ich fortgegangen bin, war eigentlich sinnlos. Ich kann das sagen, auch wenn ich John dabei ansehe, sogar wenn ich zu ihm hinübergehe, dorthin, wo er, die Kamera über der Schulter, im Sonnenlicht steht und Darcy und mir so ruhig und sicher entgegenlächelt: Ich liebe dich, John, aber wenn ich klüger gewesen wäre, dann wäre ich bei Guy geblieben.

Ich sehe jeden Tag im Postfach nach, aber von Guy kommt nichts. Immer wieder versuche ich, mir vorzustellen, wie ein Brief von ihm aussehen würde. Er hat mir noch nie geschrieben. Brauchte mir nie zu schreiben. Und wenn er mal an jemanden zu schreiben hatte – einen Geschäftsbrief oder so etwas –, dann bat er mich, es für ihn zu erledigen, und diktierte mir mit lauter Undsoweiter und »Ach, du weißt schon, schreib es so, wie du es am richtigsten findest«. Mit seiner Schulbildung war es nicht sehr weit her. Ich saß da, wartete mit gezücktem Kugelschreiber, bis Guy sich wieder eine Zeile überlegt hatte, und fragte mich, was meine Mutter sagen würde, wenn sie mich so sehen könnte. Ich galt immer als ungewöhnlich intelligent. Und nun das: »Sehr geehrter Herr. In Beziehung der gebrauchten Honda, für die ich eine Anzeige in der Ausgabe von Februar...«

Ich frage mich, ob er mir vielleicht einfach überhaupt nicht schreiben will. Ob er tot ist, oder vielleicht selbst von zu Hause weggezogen, oder ob er so wütend ist, daß er nach Baltimore kommt und neben dem Postfach wartet, bis ich auftauche, um nach Briefen zu schauen. Im selben Augenblick, in dem ich das Gebäude jetzt jeden Tag betrete, fliegen meine Augen hinüber in die Ecke, wo sich mein Postfach befindet. Kein Guy. Kein Brief. Ich nehme Darcy bei der Hand und mache erleichtert kehrt, aber all die nicht gesprochenen Worte stauen sich noch in meiner Kehle: »O Guy, wärst du doch nicht gekommen. Ich gehe nicht mit dir zurück, auf gar keinen Fall, du verschwendest bloß deine Zeit...«

Es stimmt, ich würde nicht zurückgehen. Ich kann einfach nicht. Auch wenn es mit John nicht klappt, auch wenn ich nirgendwo anders hin könnte. Ich kann nicht erklären, warum. Was hat mir Guy eigentlich getan? Er hat schwer gearbeitet, ein Zuhause geschaffen, gut für uns gesorgt. Aber ich habe aufgehört, ihn zu lieben. Ich weiß nicht, wozu man mehr Mut braucht: dazu, einen lebenslänglichen Verschleißtest durchzustehen, weil man einmal ein Versprechen gegeben hat, oder dazu, sich loszureißen und die eigene Welt zu zertrümmern. Für beides gibt es Argumente, ich weiß. Aber ich habe mich entschieden. »Komm mit mir fort«, sagte John. »Wir lieben uns, warum willst du hier dein Leben vertun? Wo ist deine Abenteuerlust geblieben?« Als er das zum erstenmal sagte, war das wie ein Schlag, der mir den Atem nahm. Beim zweiten Mal schien es schon eher möglich. Er hatte mir einen Gedanken eingepflanzt, und dieser Gedanke wuchs, wenn er nicht da war, und als er sich eine ganze Woche nicht hatte sehen lassen und danach wieder auftauchte, betete ich schon darum, er möge mir die Frage noch einmal stellen. Er schien sie vergessen zu haben. Den ganzen Morgen spielte er mit Darcy und sah mich kaum an. Kurz vor dem Mittagessen stand er auf, noch immer ohne mich anzusehen, und nahm nicht mal meine Hand. »Kommst du?« fragte er.

»Ja«, sagte ich.

Damit Darcy eine Zeitlang ruhig blieb, gab ich ihr eine Schere mit abgestumpften Enden und eine Zeitschrift. Ich setzte mich neben sie aufs Bett und schlug die Beine übereinander. Ich stellte mir vor, wir wären in einem Haus, das John für uns gebaut hat, er wäre beruflich unterwegs und käme bald zum Abendessen nach Hause. Ich überlegte mir sogar, was ich für ihn kochen würde – ich koche nämlich gern. In letzter Zeit haben wir aus Konservendosen gelebt, die ich in Mr. Paulings schäbiger Küche gewärmt habe, und ich sehne mich nach dem Duft von Kräutern und selbstgebackenem Brot. Ich plante die Mahlzeit allein nach den Gerüchen: warme Brötchen mit Dill, Roastbeef, ein frischer grüner Salat. John würde die Tür öffnen, die Düfte würden ihm entgegenwehen und ihn hereinziehen. Wir würden uns an einen Tisch mit einem weißen Leinentischtuch setzen, in einem Haus, das solide, ruhig, warm, sauber wäre, Schirm und Schutz fürs ganze Leben. Ich würde nie wieder auch nur daran denken, noch einmal wegzulaufen.

Ich schnitt Rechtecke aus Karton aus, um für Darcy daraus ein Puppenhaus zu bauen. Ich zeigte ihr, wie man sie mit Klebestreifen zusammenfügt. Ich schnitt einen ovalen Teppich aus und gab ihn ihr zum Bemalen, und dann machten wir Vorhänge aus dem Papier einer geblümten Einkaufstüte. Darcy saß vornübergebeugt, die Zungenspitze zwischen den Zähnen, und konzentrierte sich. Ihr Nacken war wie ein schmaler, gebogener Stamm, und immer wieder war ich versucht, die Hand auszustrecken und ihn zu streicheln, aber ich tat es nicht.

Man hört viel von jungverheirateten Frauen unter zwanzig und daß ihre Ehen meistens scheitern, aber niemand spricht von den Müttern unter zwanzig. Es sind die besten auf der ganzen Welt; davon bin ich überzeugt. Während die Frauen aus der Nachbarschaft ständig ihren Kindern in den Ohren lagen, sie sollten im Haus nichts schmutzig machen, saß ich auf dem Fußboden und spielte mit meiner Tochter. Ich trug sie huckepack, wohin sie wollte; wir verkleideten uns mit alten Sachen, ich las ihr meine Lieblingsmärchen vor, kochte Tee für ihre Puppen. Statt sie in den Kindergarten abzuschieben, lud ich andere Kinder ein, und manchmal hatte ich das Gefühl, selbst einen Kindergarten zu haben. Sechs oder sieben Kinder wuselten in meiner Küche herum, spielten Nachlaufen oder Verstecken, und ich mußte sie immer fangen. An Regentagen veranstalteten wir ein Picknick auf dem Fußboden im Eßzimmer. Gloria sagte: »Liebling, du verwöhnst das Kind zu sehr. Nachher, wenn sie noch Brüder und Schwestern bekommt, kann sie sich nicht allein beschäftigen.« Ich hatte ihr nie erzählt, daß Guy weitere Kinder nicht wollte. Ich gab die Hoffnung nicht auf, daß er es sich noch einmal anders überlegen würde. Aber er sagte: »Raubt dir das eine nicht schon deine ganze Zeit? Warum willst du dir unbedingt die Figur kaputtmachen?« Er sagte das jedesmal, wenn ich darauf zu sprechen kam. Er veränderte sich nie.

Manchmal stellte ich mich vor den Spiegel und sah, wie breit meine Hüften waren, wie ausladend und groß ich war, überlebensgroß, und *voller* Leben, aber es waren nicht genug Menschen da, an die ich es hätte verströmen können. Auch meine Welt hatte sich schließlich als eng erwiesen – sie war anders als die meiner Eltern, aber genauso eng. Ich sah aus dem Fenster und beobachtete die Leute, die vorübergingen, und wollte in jeden von ihnen hineinkriechen und mich ihm zu einem neuen, fremden Dasein forttragen lassen. Ich malte mir aus, wie ich mit kreisenden Armen und Beinen vom Himmel herabstieg, unsichtbar in ihren Köpfen versank und sie nach Hause begleitete, um zu erfahren, wie sie ihre Möbel aufgestellt hatten, wer ihre Freunde waren, worüber sie sich stritten, was sie zum Weinen brachte, wohin sie gingen, um sich zu amüsieren, was sie zum Frühstück aßen, wie sie abends einschliefen und wovon sie träumten. Und wenn ich es herausgefunden hätte, würde ich wieder weggehen, weiter zum nächsten. Ich wollte ein verrücktes Genie heiraten und danach einen Holzfäller und dann einen sehr reichen, kalten Mann und dann einen Dichter, der mir jedes seiner Worte widmen würde und einen Nervenzusammenbruch bekäme, wenn ich ihn verließe. Was ich selbstverständlich tun würde. Sobald ich in seiner Welt aufgegangen war, sobald sie nicht mehr fremd für mich war, weiter zum nächsten. Ich ahnte damals nicht, daß Weiterziehen so wehtut.

Was hätte Guy gesagt, wenn er von meinen Träumen gewußt hätte? Für ihn hieß Veränderung, sich am Samstagabend einen Film anzusehen. Sein größtes Vergnügen waren die Motorrad-Rallyes. Stundenlang auf irgendeiner heißen Kuhweide zubringen, wo ich dann versuchen durfte, die Staubwolke, in der Guy steckte, unter all den anderen Staubwolken herauszufinden. Als ich nicht länger mitkommen wollte, ging er allein. Manchmal war er über Nacht weg, das ganze Wochenende. »Mein Herr Sohn sollte wirklich mehr zu Hause bleiben«, pflegte Gloria zu sagen, aber ich machte mir nichts daraus. Es gehörte zu der Welt, in die ich hineingeheiratet hatte; die Männer der anderen Frauen blieben auch nicht zu Hause. Sie gingen zum Bowling oder zum Dragster-Rennen, oder sie spielten Billard. An manchen Sommerabenden nahmen wir all unsere Kinder und gingen zu Roy's Restaurant Hamburger essen, wir setzten uns an einen der Tische draußen – eine Doppelreihe Frauen und Kinder, kein einziger Mann darunter. Alle Frauen lachten und schimpften und wischten verschüttete Getränke auf, und es schien ihnen nichts zu fehlen. Wenn Guy dann nach Hause kam, war das Scharren seiner Stiefel im ganzen Haus zu hören, und seine Baßstimme überrumpelte mich, und wenn er Darcy aus ihren Puppen herausriß und auf den Arm nahm, wehrte sie sich und sah mich hilfesuchend an, als wäre er ein Fremder.

Der er ja auch mal gewesen war. Er war mir fremder gewesen als jeder andere Junge, den ich kannte. Es war nicht seine Schuld, daß wir uns schließlich kennenlernten.

Ich ging mit Darcy zum Postamt, und den ganzen Weg lang trödelten wir. Ich blieb zurück und suchte nach Ausreden, überhaupt nicht hinzugehen. Aber als wir schließlich dort waren, konnte man durch das Fensterchen ein schräg stehendes Papier sehen. Einer von meinen Umschlägen, blaßblau. Der Anblick traf mich wie ein Schlag. »Gehen wir jetzt in den Park?« fragte Darcy. »Nein, warte«, erwiderte ich. Wir hatten uns für die Mittagszeit mit John dort verabredet. Er sollte nicht sehen, wie ich diesen Brief las. Ich lehnte mich an ein Stehpult und riß den Umschlag auf. Der Brief selbst war mit Bleistift geschrieben, auf mehreren Blättern des weichen grauen Papiers, das ich immer für Darcy zum Malen aufgehoben hatte. Jedes Wort war verschmiert. Guy ist Linkshänder; wenn sich seine Hand über das Papier schiebt, wischt sie immer über das, was er gerade geschrieben hat. Ich sah ihn vor mir, wie er am Küchentisch saß und schrieb, das Haar vornüber hängend, die Schultern vor lauter Anstrengung hochgezogen.

Liebe Mary,

also ich habe dich ja noch nie verstanden, aber diesmal ist es schlimmer wie sonst.
Ich hab dich wirklich gut behandelt, dir immer jede Kleinigkeit gegeben, die du wolltest, eigenes Haus, Kleider, Baby, wo ich doch fand, wir sollten lieber noch warten. Ich dachte, du bist glücklich, aber jetzt höre ich, das warst du nicht. Komme den Abend nach Haus und da steht es an der Tür vom Eisschrank, du würdest weggehen und nicht wiederkommen und Entschuldigung, daß du mir wehgetan hast.
Du hast mir kein Scheißbißchen wehgetan, Mary, das kann ich dir sagen. Meinetwegen kannst du nach Kalifornien abhauen, würde mir kein Bißchen wehtun. Ich bin da verdammtnochmal viel zu sauer auf dich.
Wir sind jetzt sechs Jahre verheiratet, in denen hätte ich mich genausogut amüsieren können und schnelle Autos kaufen, statt Kochtöpfe, und ich hätte auch jede Menge andere Frauen haben können, das kann ich dir sagen, hab ich aber nie getan, weil ich dachte, du liebst mich. Ich habe mir allerhand gefallen lassen von dir, Mary. Zuerst mal habe ich dich doch eigentlich überhaupt großgezogen, du hattest doch keine Ahnung, als wir

geheiratet haben, und hast dich von meiner Mama jahrelang vorn und hinten bedienen lassen, zweitens hab ich mich drauf eingelassen, daß du meine Sprache und meine Manieren verbesserst und überhaupt so meine ganze Art, wo du ja nur drauf herabgeblickt hast, und habe all meine Freunde verjagt, weil sie dir nicht gut genug waren. Hast du meine Kumpels jemals zum Essen eingeladen, nein. Als deine Mama gestorben war, hast du so getan, als ob ich schuld wäre, und auch als deine Cousine von Washington gekommen ist, hast du mich nicht mal bekanntgemacht, sondern du bist zu ihr ins Motel zum Essen gegangen, und mir hast du ein Thunfischbrötchen hingestellt. Also, das konnte ich ja alles noch verkraften, aber eins konnte ich nicht verkraften, mein eigenes Töchterchen hast du von mir ferngehalten. Du hast sie nach deiner Familie genannt, und du hast sie aufgezogen, wie deine Mutter es tun würde, und ich durfte sie nicht mal halten, ohne daß du fünfzehn Kissen angeschleppt hast, oder sie füttern oder Spaß mit ihr machen, du und sie, ihr habt euch einfach abgekapselt und so getan, als wäre ich nicht da. Abserviert habt ihr mich. Glaubst du, ich hätte keine Gefühle? Was meinst du, was ich mir die ganzen Jahre gedacht habe?

Aber ich zähle ja nicht, ich bin ja bloß ein Mann. Bei dir muß ich an eine von diesen Spinnen denken, an eine Schwarze Witwe, sobald du dein Kind hast, ist der Mann dir egal. Jahrelang habe ich ein einsames Leben geführt und immer gehofft, du würdest dich ändern, aber das hast du nie.

NEIN die Scheidung kriegst du nicht. Wieso denn, hast du schon einen Mann kennengelernt, der zwanzig Kinder haben will? Dein Lebtag kriegst du die Scheidung nicht, und versuch bloß nicht, zurückzukommen, sonst bring ich dich um, wirklich, ich bring dich und Darcy um, ihr seid mir so was von egal. Ich mein es ernst, Mary, ich bin froh, daß du weg bist.

Schöne Grüße
Guy

Ich schob den Brief in den Umschlag zurück und steckte ihn in meine Handtasche. Ich nahm Darcy an der Hand. Sie sagte: »Mama, darf ich mir ein Eis am Stiel kaufen?« – »Vielleicht nachher, Schatz«, sagte ich. Ich führte sie die Stufen hinunter, in die

Sonne, die auf den Gehweg brannte, aber innerlich fühlte ich mich so kalt und hart und finster wie ein Stein. In einem Schaufenster sah ich mein Spiegelbild und dachte: Da geht eine Schwarze Witwe mit ihrer Tochter in den Park. Auf einmal sah die ganze Welt anders aus. Hatte sogar andere Farben und war viel größer und stumpfer. Als wir in den Park kamen, sah ich John auf einer Bank, und auch er wirkte verändert. Er trug einen dunklen Anzug und ein weißes Hemd; er war ganz in Schwarzweiß. Das Gras hinter ihm war von einem verschossenen Grün, ein kalter, weißer Nebelschleier hatte sich über alles gelegt. »Was ist denn?« fragte John. »Nichts«, antwortete ich. Ich streckte die Hand aus, um seinen Ärmel zu berühren. Ich dachte: Du bist meine einzige Stütze. Ich weiß genau, daß ich dich liebe. Mit *dir* wird es ganz bestimmt nicht schiefgehen. »Los, wer als erster an dem Baum drüben ist!« sagte John zu Darcy, und weg waren sie, wie zwei Vögel, die nicht stillsitzen können. Ich war das einzige in der Landschaft, was sich nicht bewegte. Reglos stand ich da und hielt meine Handtasche vor den Bauch gepreßt. Aber als die beiden angeschlagen hatten und wieder zu mir kamen und John zu mir sagte: »Darf ich euch zum Essen einladen?«, da konnte ich schon wieder lächeln wie immer. Ich sagte: »Ja, gern.« Wir gingen zu einem Delikatessen-Geschäft. John sagte, dort gebe es wunderbare Sandwiches. Es war mit Selbstbedienung – bei Darcy immer eine riskante Sache. Sie will nämlich immer alles, was sie sieht. Als wir an die Kasse kamen, quoll ihr Tablett fast über, und die Frau, die alles eintippte, sagte: »Da sind die Augen aber mal wieder größer als der Bauch, wie?« Dann zwinkerte sie mir zu. Was würde sie sagen, wenn ich ihre beiden Hände nähme und sie fragen würde, ob ich mit zu ihr nach Hause kommen dürfte?

Sobald wir dann saßen, gebärdete sich John ziemlich nervös, riß kleine Brotstücke von seinem Sandwich und drehte sie zu Kugeln. Ich fragte mich, ob er mir etwas angemerkt hatte. *Irgendwann* mußte ich es ihm ja sowieso erzählen. Ich beugte mich vor und sagte: »Ich habe heute eine Antwort auf den Brief bekommen.« John sagte: »Tatsächlich?«

»Er läßt sich nicht scheiden.«

John lächelte mit abwärtsgebogenen Mundwinkeln. »Sieht so aus, als kämen die Schwierigkeiten von überall«, sagte er.

»Von überall?«

»Carol ist wieder eingezogen.«

Ich sah zu Darcy hinüber. Sie nahm gerade ihr Sandwich auseinander, um an die Mayonnaise zu kommen. Ich wollte ihr sagen, sie solle nichts verkommen lassen und soviel essen, wie sie nur konnte, und den Rest in einer Tüte mit nach Hause nehmen - »für den Hund«; denn von nun an würden wir Hunger leiden. John sagte: »Na, ist doch nicht so schlimm. Du kennst ja Carol, die wird es bald wieder leid sein. Ich konnte sie doch nicht einfach vor die Tür setzen, oder?«

»Du könntest selbst ausziehen«, sagte ich.

»Ja, sicher. Ja. Das werde ich auch, aber da ist ja noch mein Atelier. Ich kann nicht einfach einpacken und mein Atelier im Stich lassen. Also ich rechne damit, daß sie es sich mit der Zeit anders überlegt. Sie zieht bestimmt wieder aus.«

»Woher weißt du das so genau?« fragte ich ihn.

»Sie läßt sich von plötzlichen Einfällen leiten, Mary. Eine Laune, mehr nicht. Das vergeht. Eben hat sie sich in den Kopf gesetzt, wieder das Hausmütterchen zu spielen. Sagt, sie wolle zur Ruhe kommen, Kinder haben, Gemüse anbauen. Bei Carol ist das lächerlich, ich hab ihr sofort gesagt –«

»Kinder?« sagte ich. »Ihr habt schon über *Kinder* gesprochen?«

»Ich habe gesagt, *Carol* hat es getan.«

»Du hast mir erzählt, sie könnte gar kein Kind bekommen.«

»Also, jetzt sagt sie, sie wolle zum Arzt und irgendwelche Tests machen. Ich soll mich auch testen lassen.«

»Wozu denn das?«

»Um festzustellen, ob es an mir liegt.«

»Das ist doch lächerlich«, sagte ich. »Es liegt fast nie am Mann.«

»In fünfzig Prozent der Fälle doch.«

Ich sah ihn verblüfft an.

»Na, sicher«, sagte er.

»Das wußte ich nicht.«

»Ich geh ja nicht hin, nur keine Sorge«, sagte er. Er legte seine Hand

auf meine. »Du wirst sehen, in einer Woche zieht sie wieder aus.«
»Und – was ist jetzt? Ich meine, wie habt ihr das denn arrangiert?
Wo schläft sie denn?«

»Mary. Hör mal. Du brauchst dich wirklich nicht aufzuregen. Hier
sitze ich und esse mit dir, oder nicht? Ich lasse dich doch nicht
hängen. Was auch passiert, ich fühle mich für dich verantwortlich.
Glaub mir.«

»Verantwortlich«, sagte ich.

»Ich habe dir zuliebe auch allerlei auf mich genommen, Mary. Ich
gefährde meine Scheidung, die Motorradrennen habe ich aufgegeben –«

»Na so was! Bist du dir sicher, daß ich das Opfer wert bin?«

»Sei doch vernünftig, bitte.«

Vernünftigkeit war der Grund, weshalb ich mit ihm weggegangen
bin. Er war so vernünftig und überlegt; das Leben würde mit ihm
ganz anders sein. Ich sagte: »Sag mir eins. Warum hast du mich
gebeten, mit dir zu kommen?«

»Also, Mary –«

»Nein, ich will es wissen. Warum hast du nicht gewartet, bis du die
Scheidung hast, wenn du so vernünftig bist?«

»Also, *du* weißt ganz genau warum. Ich habe gesagt, wir sollten
vielleicht warten, aber du hast nein gesagt, entweder jetzt oder gar
nicht. Du hast nicht mal eine Tasche gepackt. Sobald du dich entschieden hättest, wolltest du los, hast du gesagt. Du bist nicht der
Typ, der –«

»Ach, laß nur«, sagte ich. Ich wollte nicht hören, was für ein Typ
ich war. Ich wollte nichts mehr davon wissen, nie mehr, wie andere
Leute mich sahen.

Wir brachten Darcy zurück in die Pension, denn sie war quengelig
und müde. Nachdem ich sie zu Bett gebracht hatte, setzten wir uns
draußen ins Wohnzimmer – ich nahm einen Sessel, und John hockte
sich auf die Lehne. Immerfort streichelte er mich innen am Handgelenk. »Laß das«, sagte ich.

»Das sieht dir aber gar nicht ähnlich, Mary«, sagte er.

»Es sieht mir auch nicht ähnlich, mit jemandem auszugehen, dessen
Frau zu Hause auf ihn wartet.«

90

»Es dauert nicht lange«, sagte er, »dann ist das alles vorbei. Dann ist es, als wäre nichts gewesen, und du lachst darüber.«

»Vielleicht ist es eines Tages ja wirklich vorbei, so, als wäre nichts gewesen, aber lachen werde ich nie darüber. Mir ist, als würde ich überhaupt nie mehr lachen.« Dann sah ich ihm ins Gesicht und erkannte den Vorhang aus Verdruß und Ärger, der vor sein Gesicht gezogen war und der sich erst öffnete, als er merkte, daß ich ihn ansah. Zwei bittere Falten zogen seine Mundwinkel nach unten – *die* konnte er nicht verbergen. Ich sagte mir: Denk an das Klare, das er hat, seine Genauigkeit, seine Vernunft und Entschlossenheit. Sitzt du nicht ihretwegen hier mit ihm zusammen? Der Zeigefinger, mit dem er mein Handgelenk rieb, fühlte sich an wie Sandpapier, als wäre die Haut dort zurückgeschlagen und als streichelte er mir die freiliegenden Nerven. Plötzlich stand ich auf, tat so, als hätte ich ein Geräusch von Darcy gehört, und ging in unser Zimmer. Darcy schlief fest. Sie lag auf unserem Bett ausgestreckt, den Mund ein wenig geöffnet, den Haaransatz schweißnaß. Ich hörte, wie sich John von hinten näherte, und spürte seine Hand auf meiner Hüfte. »Sie schläft«, sagte er.

»Sie ist total erschöpft.«

»Wir sind ganz allein«, sagte er.

»Sind wir nicht. Bestimmt arbeitet Mr. Pauling noch oben in seinem Atelier.«

»Komm mit zur Couch.«

»Bist du verrückt?«

Ich schob seine Hand weg, aber er blieb dicht hinter mir stehen.

»Was kümmert uns denn Mr. Pauling?« sagte er.

»Du bist verrückt«, sagte ich zu ihm. »Ich finde, du solltest jetzt gehen. Geh jetzt nach Hause zu deiner Frau, ja?«

»Wie du willst«, sagte er.

Er blieb noch einen Augenblick stehen, aber ich drehte mich nicht um und sah ihn nicht an. Er sollte weggehen. Ich wollte Darcy nehmen und mich mit ihr in einen Schaukelstuhl setzen, bloß wir beide, und sonst niemand. Aber als er dann wirklich ging (mit ganz leisen Schritten, als würde auch ich schlafen), da war ich wütend auf ihn, weil er ging. Sobald ich die Haustür ins Schloß fallen hörte, fühlte ich mich wie ausgesetzt. Ich ließ mich auf das Bett nieder; ich nahm einen von Darcys in Strümpfen steckenden Füßen und hielt ihn wie zum Trost krampfhaft gepackt, während die Tränen hervorquollen und mir über das Gesicht strömten.

Viel später kam Mr. Pauling mit einem Teppichkehrer und einem schmutzigen grauen Staubtuch vorbei. Ich hörte, wie die Räder des Teppichkehrers durch die Türöffnung in mein Zimmer rollten und dann innehielten. »Oh«, sagte Mr. Pauling, »Entschuldigung, ich dachte –«
»Schon gut.«
»Ich dachte, Sie wären noch – dann komme ich ein andermal –«
»Nein, bitte. Machen Sie ruhig weiter. Lassen Sie sich durch mich nicht stören.«
Ich stand auf und grub in meiner Tasche nach einem Schnupftuch. Mr. Pauling blieb in der Tür stehen. Als ich mich an ihm vorbeischlängelte, konnte ich die Ivory-Seife auf seiner weißen, sehr weißen Haut riechen. Ich hielt die Augen niedergeschlagen und versuchte, meine Tränen zu verbergen, so daß ich von ihm nur die blasse, fleischige Brust über dem Netzunterhemd sah. »Bitte, könnte ich Ihnen irgendwie behilflich sein?« fragte er mich.
Diese eine freundliche Frage raubte mir alle Fassung. »Oh, Mr. Pauling«, sagte ich, trat einen Schritt auf ihn zu und legte mein Gesicht auf seine Schulter. Ich weiß nicht, warum. Ich spürte, wie ihn der Schock traf – ein kurzes Atemholen, der Griff des Teppichkehrers schlug gegen die Tür und fiel dann mit einem dumpfen Geräusch zu Boden. Er hatte beide Arme nach hinten gelegt, wie jemand, der überrumpelt wird. Es tat mir schon leid, daß ich ihn so geängstigt hatte. Ich dachte: Lieber Gott, ich möchte wissen, was ich als nächstes anstelle. Ich versuchte zu lächeln, damit ich zurücktreten, ihn ansehen und mich entschuldigen konnte, als ich spürte, wie eine seiner Hände an mir hinaufglitt und meinen Arm tätschelte. Leichte, sanfte Klapse mit fest geschlossenen Fingern. Kurze, warme Atemstöße hoben eine Strähne meines Haars. »Na, kommen Sie, bitte«, sagte er, »*bitte* nicht weinen, Mrs. Tell.« Ich drückte mein Gesicht in seine Halsbeuge. Ich legte ihm die Arme

um die Taille, die sich weich anfühlte und viel zu sehr nachgab. »Ich kann einfach nicht mit ansehen, daß Sie weinen«, sagte er. Seine Stimme schwankte, als würde er gleich selbst anfangen zu weinen. Traurige Menschen sind die einzigen wirklichen Menschen. Sie können einem sagen, wie es wirklich ist; sie haben immer gewußt, daß es niemanden gibt, auf den man sich für immer verlassen kann, und daß keine Veränderung im Leben, und sei sie noch so groß, einen davor bewahren kann, daß man am Ende wieder genau derselbe ist wie am Anfang: daß man verloren und einsam auf einem Wachstuch sitzt und zusieht, wie der Rest der Welt im Butterfly-Stil vorüberzieht.

4.

Sommer und Herbst 1961: Jeremy

Zu den Dingen, vor denen Jeremy Pauling Angst hatte, gehörten: telefonieren, die Haustür aufmachen, Briefe öffnen, das Haus verlassen, einkaufen. Außerdem: neue Kleider anziehen, auf freien Plätzen stehen, einem fremden Menschen in die Augen sehen, in Gegenwart anderer essen, Elektrogeräte einschalten. An manchen Tagen wachte er auf, stellte fest, daß das Wetter schön war und sein Befinden nicht schlecht und daß er mit seiner Arbeit gut vorankam; und trotzdem klaffte tief in seinem Inneren ein Loch aus quälendem Unbehagen, ein Riß quer durch sein Wohlbefinden, der sich immer weiter vorwärtsfraß und zusehends breiter wurde, bis Jeremy schließlich nicht einmal mehr den Kopf vom Kissen zu heben vermochte. Er mußte dann erst alle Möglichkeiten durchspielen. Lag es daran, daß etwas zu erledigen war? Mußte er irgendwo hingehen? War er mit jemandem verabredet? Bis ihm dann die Antwort einfiel: Ach ja, heute mußte er das Gaswerk wegen des Backofens anrufen. Eine Sache von zwei Minuten, nicht schlimm. Er wußte es. Er wußte es wirklich. Aber er blieb im Bett, niedergeschlagen und gelähmt, und es kam ihm vor, als bestände das Leben aus lauter Hürden, die ihn seit Jahrzehnten zum Straucheln brachten, ohne daß ein Ende abzusehen war.

Am Unabhängigkeitstag hatte er in einem Artikel über berühmte Amerikaner gelesen, ein Mensch könne seinen Charakter festigen, indem er an jedem Tag seines Lebens eine Sache erledigt, die ihm unangenehm ist. Hieß das, alle diese Hürden hatten einen höheren Wert? Jeremy notierte sich das Zitat auf einer Karteikarte und heftete sie an die Fensterbank neben seinem Bett. Er hoffte, die Karte werde ihm jedesmal die halbe Quälerei ersparen, indem sie ihn auf deren Zweckmäßigkeit hinwies – wie eine Mutter, die zu ihrem Kind sagt: »Glaub mir, das tut dir gut.« Aber eigentlich deprimierte ihn die Karte nur, denn sie führte ihm vor Augen, wie oft am Tag er sich gegen irgend etwas wappnen mußte. Zu neun Zehnteln bestand sein Leben aus Dingen, die ihm unangenehm waren! Selbst das Aufstehen am Morgen. Er hatte schon die erste Angst überstanden, bevor er sich angezogen hatte! Wenn dieses Zitat recht hatte, hätte er dann nicht den stärksten Charakter haben müssen, den man sich nur vorstellen konnte? Aber den besaß er nicht. Ihm war in letzter Zeit klargeworden, daß andere Menschen einen inneren Kern von Hartnäckigkeit besaßen, den sie für etwas Selbstverständliches hielten. Sie schienen ihn gar nicht wahrzunehmen; sie besaßen ihn von Natur aus. Jeremy war ohne ihn auf die Welt gekommen.

Wenn er seine schlimmsten Ängste niederzukämpfen versuchte – wenn er beispielsweise zu einem Spaziergang aufbrach, die Stricke mißachtend, die sich so schmerzhaft zwischen seinem Zuhause und dem Mittelstück seines Rückens spannten –, wurden ihm zuerst die Beine ganz schwer, so daß ihn jede Bewegung eine gewaltige, schmerzhafte Anstrengung kostete, dann bekam er Herzklopfen, sein Atem ging flach, und er empfand Brechreiz. Wenn es ihm trotz allem gelang, das, was er sich vorgenommen hatte, zu Ende zu bringen, stellte sich kein Erfolgsgefühl ein, sondern nur zitternde Schwäche, wie bei jemandem, der soeben mit knapper Not einer Gefahr entronnen ist, ein Nachklang von Übelkeit und das Gefühl tiefer Verzweiflung. Und nie machte er Fortschritte. Nie war es beim zweiten Mal leichter als beim ersten. Aber den ganzen Juli über, den heißesten und schwierigsten Monat des ganzen Jahres hindurch, nahm er Dinge in Angriff, an die er ein paar Wochen zuvor nicht einmal gedacht hätte. Er packte sie an wie ein Blinder, starr vor sich hinlächelnd, schwitzend, verbissen, und tat so, als würde er nicht bemerken, daß sich innerlich nichts geändert hatte. Dabei zehrte er von Kraftquellen, die nicht einmal seine eigenen waren. Und der Grund war natürlich Mary Tell.

Ob sie wußte, wieviel Mut ihn sein tägliches Guten Morgen kostete? Daß für ihn schon die Begegnung mit ihrem Blick einem

selbstmörderischen Sprung in ein unbekanntes Gewässer gleich-
kam? »Guten Morgen, Mrs. Tell«, sagte er. Mary Tell lächelte,
heiter und gütig, und ahnte nichts. Er hielt sich am Türrahmen fest,
die Knie geschlossen, damit sie nicht sah, wie sie zitterten. Wenn er
vor ihr stand, war ihm, als würde er plötzlich irgendwie kleiner.
Beharrlich mußte er sein Kinn recken. Und warum kam er sich so
durchsichtig vor? Mary Tells Lächeln erfaßte das ganze Zimmer –
das staubige Mobiliar, die Wachsfrüchte auf der Anrichte und Jeremy Pauling, alles gleichermaßen, nichts genoß einen Vorrang.
Ihre Augen waren sehr groß und sehr tief. Daß sie nicht funkelten,
verlieh ihr eine eigenartige Unabhängigkeit. Es war undenkbar, daß
sie jemals auf irgendwen angewiesen sein würde, und schon gar
nicht auf Jeremy.
Aber nachts lag er da und ließ immer wieder den Augenblick an
sich vorüberziehen, als sie ihn umarmt hatte. Damals hatte sie ihn
gebraucht, oder nicht? Wie eine Heldin aus einem der alten vikto-
rianischen Romane, die seine Mutter immer gelesen hatte, war sie
in der Not zu ihm gekommen, weil sie niemanden sonst hatte – und
er hatte vor lauter Erschütterung kaum reagiert und viel zu spät. Er
walkte seine Decke zwischen den Händen und wünschte sich diesen
Augenblick zurück, um es diesmal richtig zu machen. Er versuchte
sich an die kleinsten Einzelheiten zu erinnern. Er zergliederte jede
Bewegung, die sie gemacht hatte, jeden Druck ihrer Finger auf
seiner Brust, jeden Hauch an seiner Kehle. Er wendete alle denkba-
ren Bedeutungen und Nebenbedeutungen hin und her. Er fragte
sich, ob er irgendeine magische Bewegung gemacht hatte, die sie
veranlaßt hatte, in einem Augenblick der Bedrängnis an ihn zu
denken, und welche Bewegung dies gewesen war, und welche Bedrängnis? Was brachte Frauen denn heutzutage noch zum Weinen,
im wirklichen Leben?
Aber vor allem fragte er sich, ob es sich je wiederholen werde.
Flach ausgestreckt im Dunkeln liegend, schlaflos nach Tagen der
Untätigkeit, dachte er sich stundenlang Gründe aus, warum sie sich
an ihn wenden könnte. Er stellte sich Brände und Überschwem-
mungen vor. Für ihr kleines Mädchen erfand er ein plötzliches
Fieber. In panischer Angst würde Mary Tell, einen altertümlichen

Kerzenhalter aus Silber in der Hand, an seine Tür pochen. Für sie würde er ein Fels von Stärke sein. Ohne Zögern würde er den Arzt holen, gleichgültig, wie viele Blocks er sich dabei vom Haus entfernen mußte. Er würde neben dem Krankenbett wachen, ein Hort der Zuversicht, auf den sie sich verlassen konnte. Ihr Haar würde seine Wange streifen. Welche Farbe hatte ihr Haar? Welche Farbe hatten ihre Augen? Wenn er nicht bei ihr war, konnte er sich nie daran erinnern. Er sah sie in Schwarzweiß, wie auf einem Stahlstich, das Gesicht in feiner Kreuzschraffur angelegt, und undeutlich fiel ein reich verzierter Umhang von ihren Schultern herab. Der deutlichste Zug an ihr war die Stirn, ein bleiches Oval. In den Romanen, die ihm seine Mutter vorgelesen hatte, bedeutete eine elfenbeinfarbene Stirn Reinheit und Seelenruhe.

Wenn er doch nur ein Pferd besäße, um sie darauf mit sich fortzunehmen!

Mrs. Jarrett sagte: »Die arme Mrs. Tell, sie kommt nicht viel raus. Ihr Freund kommt auch kaum noch vorbei, ist Ihnen das aufgefallen?«

Jeremy, der mit den Untermietern vor dem Fernseher saß, weckte Mary Tell gerade aus einer Ohnmacht auf und hielt ihr ein Glas Brandy an die Lippen. Er antwortete nicht.

»Ich hatte eigentlich gehofft, er wäre *mehr* als ein Freund«, sagte Mrs. Jarrett.

»Von wem sprechen wir?« fragte Miss Vinton.

»Von dem Herrn, mit dem sich Mrs. Tell schon mal verabredet hat. Erinnern Sie sich. Er kommt jetzt kaum noch. Haben Sie ihn in letzter Zeit gesehen, Mr. Pauling?«

Jeremy sagte: »Tja...«

Nach einer Weile gaben sie es auf und warteten nicht länger auf den Rest seiner Antwort.

Seit einiger Zeit war er unzufrieden mit seinen Collagen. Er spürte, wie sich seine Augen verengten und zu schmerzen begannen, wenn er sie zu lange ansah. Er wünschte sich mehr Relief, Dinge, die deutlicher hervortraten. Er spürte einen Drang, etwas Festes zu schaffen. Nicht gerade eine Plastik. Er schreckte zurück vor allem, was hoch aufragte. Aber vielleicht konnte er seine Papierfetzen übereinanderschichten, sie stufenförmig ansteigen lassen, bis sie eine erhabene Form annahmen. Er stellte sich unregelmäßige Kegel vor, deren Seiten gefurcht waren wie die Gesteinsformationen an der Sohle eines Canyons. Er stellte sich das Rascheln vor, wenn man mit dem Fingernagel seitlich an ihnen entlangfuhr. Aber als er versuchte, seine Papier- und Kartonstücke übereinanderzuschichten, wurden daraus rundliche, schräg abfallende Wülste. Er nahm sie wieder auseinander. Er trat ans Fenster und blieb dort stehen, aber seine Unzufriedenheit wuchs und dehnte sich auf seine ganze Körperhaltung aus: sein Mondgesicht, das hinter den kleinen, beschlagenen Fensterscheiben hervorsah, die Hände, die schlaff an ihm herabhingen, die Finger ineinander verschlungen, die Füße so still und zwecklos, in keine bestimmte Richtung weisend.

Wie bewarben sich andere Leute um die Gunst einer Frau? Er konnte sich nur an seine Romane halten. Wenn er sich überlegte, wie er Mary Tell den Hof machen sollte, dann lud er sie im Geiste zu einer Fahrt in einer schwarzglänzenden Kutsche ein. Oder tanzte mit ihr durch einen spiegelblanken Ballsaal – dabei wußte er nicht einmal, welchen Arm man um die Partnerin legt. Aber es kam ihm vor, als würde irgendeine Anspannung ihn vorantreiben und ihn nötigen, Schritte zu tun, an die er unter gewöhnlichen Umständen nie gedacht hätte. Er stellte sich eine hohe Klippe vor, auf die er mit ausgebreiteten Armen zurannte, den Sturz herbeisehnend und ohne sich irgendwie gegen den Augenblick des Aufpralls zu wappnen. Vielleicht würde die Spannung dann von ihm weichen, und er konnte sich entkrampfen.

Er kehrte zu seiner Collage zurück. Unablässig schob er die farbigen Papiere auf seinem Bogen hin und her, wie ein Spiritist, der sich auf einer Alphabettafel Rat sucht. Geisterhafte Stimmen murmelten in seinem Ohr. Gesprächsfetzen wehten vorüber. Das kam oft vor, wenn er arbeitete. Manche Wendungen waren sein Leben lang immer wieder aufgetaucht, obwohl sie keine Bedeutung für ihn hatten. Eine Stimme sagte immer: »Schließlich ist er ein *freundlicher* Mann.« Er hatte keine Ahnung, warum. Selbstverständlich war er ein freundlicher Mann. Aber die Stimme hatte es immer wieder gesagt, jahrein, jahraus. Jetzt, während er sich zu konzentrieren versuchte und die Vorstellung, er werbe gerade in einer Opernloge um die Gunst von Mary Tell, beiseite schob, flüsterte er die Worte gedankenverloren vor sich hin: »Schließlich ist er ein –« Dann ertappte er sich dabei und reckte die Schultern. Andere Stimmen drängten sich hinzu. »Falls jemals, ungeachtet der gegenwärtigen Umstände –« – »Ich weiß nicht, wie, weiß nicht, wie, weiß nicht wie –« – »Falls jemals –«

Mary Tell saß neben ihm, duftete nach handgeklöppelten Spitzen und feiner Seife und hob das perlmuttbesetzte Opernglas, aber ihr Kleid stammte aus der Zeit von Jane Austen, und die Oper, die sie beäugte, war seit hundert Jahren nicht mehr gespielt worden.

Am Montagmorgen stand Jeremy früh auf, zog sich sehr sorgfältig an und ging hinüber zum Lebensmittelladen von Mr. und Mrs. Dowd, wo er ein Pfund Pralinen kaufte. Sie waren vom Valentinstag übriggeblieben – eine herzförmige, angestaubte Schachtel, aber Mrs. Dowd wischte sie mit einem Geschirrtuch für ihn ab. »Da hat sich wohl jemand einen Schatz angelacht«, sagte sie. Jeremy war noch ganz steif und verkrampft von der Qual des Einkaufens, lächelte nur schwach und hielt die Augen gesenkt. Auf dem Rückweg ging er durch die Gasse und stand deshalb plötzlich im Garten hinter seinem Haus. In einem Wirrwarr von schwarzbraunem Unkraut wippten blühende Wegwarten, und er ging in die Knie, um einen Strauß davon zu pflücken. Er hatte sich das in der letzten Nacht ausgedacht. Und in Gedanken hatte er es so gründlich einstudiert, daß es ihm jetzt vorkam, als pflücke er jede Blume zum zweiten Mal. An einer schattigen Stelle neben der Treppe fand er glänzende Blätter, die er zwischen die Wegwarten schob, so daß sich ein Muster aus Blau und Grün ergab. Dann stand er auf und ging, die Pralinenschachtel an die Brust drückend, ins Haus. Durch die Küche, durchs Eßzimmer, direkt zum Zimmer von Mary Tell, wo er augenblicklich klopfte. Wenn er sich jetzt Zeit zum Nachdenken ließ, würde es schiefgehen. Er würde davonlaufen und eine Spur verstreuter Blumen und Pralinen hinter sich zurücklassen. Als sie die Tür öffnete, trug sie einen Bademantel und hielt eine

Haarbürste in der Hand. Er erkannte sofort, daß die Bürste aus Holz war und Naturborsten hatte, was ihn irgendwie zufrieden stimmte. Wie gut das paßte! Er hatte schon immer gewußt, daß sie einfach nicht der Typ war, der eine Nylonbürste benutzte. Aber dieser Gedanke war ihm einfach nur so gekommen, mit ihm wollte er seine Verlegenheit niederkämpfen. Er hatte erwartet, sie fertig angekleidet zu treffen. Er hatte sich Tag und Uhrzeit genau überlegt und wußte, daß sie da war, während die anderen Untermieter entweder außer Haus oder im oberen Stock waren; und hier stand sie nun im Bademantel – rosa, aus leichtem Leinen. Aber das Haar hatte sie jedenfalls hochgesteckt. Er hatte sie nicht geweckt. Die Bürste galt anscheinend Darcy, die in einer gestreiften Schlafanzughose mit gekreuzten Beinen auf dem Bett saß. »Hallo, Mr. Pauling!« rief sie. Jeremy brachte kein Lächeln zustande. »Die sind für – hier, für das Zimmer«, sagte er. Dann hielt er Mary Tell den Strauß vor die Nase. Es war ein schrecklicher Anblick, wie seine Hände zitterten; alle Blumen nickten mit den Köpfen und flüsterten. »Ich habe sie neben den Mülleimern gefunden.«

»Oh, dankeschön«, sagte sie. Sie betrachtete die Blumen einen Augenblick lang und nahm sie dann. Jetzt erst fiel ihm die Vase wieder ein, zu spät. Letzte Nacht hatte er sich für den Zinnkrug seiner Mutter aus dem Eckschrank im Eßzimmer entschieden, aber heute morgen hatte er nicht mehr daran gedacht. »Warten Sie«, sagte er, »ich hole eine –«, aber sie sagte: »Lassen Sie nur, wir haben bestimmt etwas hier. Oh, was für ein schönes Blau.«

Das ist *Ihr* Blau, Marienblau, wollte er zu ihr sagen. Das Blau eines Madonnenmantels. Letzte Nacht war es ihm eingefallen, aber er hatte die ganze Zeit gewußt, daß er sich niemals getrauen würde, es zu sagen. Statt dessen sah er zu Darcy hinüber, die ihn nicht aus den Augen ließ – blühende Wegwarten auch sie. »Wieso bringen Sie die denn zu *uns*?« fragte Darcy.

»Also, ich dachte –«

»Lassen Sie nur, Mr. Pauling«, sagte Mary Tell. »Ich weiß, warum Sie gekommen sind.«

Jeremy stand reglos da, sein Atem ging unregelmäßig.

»Sie müssen das verstehen«, sagte sie. »Finanziell sieht es im Moment nicht so gut aus. Ich kann Sie bestimmt sehr bald bezahlen, aber –«

»Mich bezahlen?« sagte er. Glaubte sie denn, sie solle die Blumen *kaufen?*

»Ihnen Ihr Geld zahlen. Ich weiß, der Samstag ist vorbei, aber verstehen Sie, da Darcy noch nicht in die Schule geht, muß ich eine Arbeit finden, die ich zu Hause tun kann. Bis dahin, hatte ich gehofft, würde es Ihnen nichts ausmachen, wenn es mit der Miete ein bißchen –«

»Ach, die Miete«, sagte Jeremy. »Das geht in Ordnung.«

»Wirklich?«

»Aber selbstverständlich.«

Er hielt seinen Blick auf die Blumen gesenkt. Es war wichtig, daß sie wohlbehalten ins Wasser kamen. Und danach? Mußte er dann gehen? Höchstwahrscheinlich, da sie ja im Bademantel war. Das aber machte den Besuch zu kurz, und er wollte doch unbedingt alles tun, was von ihm erwartet wurde. Er sah ihr in die Augen und hoffte auf ein Stichwort. Ihr strahlendes Lächeln überwältigte ihn.

»Mr. Pauling, ich weiß gar nicht, wie ich Ihnen danken soll«, sagte sie.

»Ach, also –«

»Das ist wirklich sehr nett von Ihnen.«

»Ja, also ich glaube, die sollte man mal in Wasser stellen«, sagte er. Sie sah auf die Blumen und stieß ein kurzes Lachen aus, und auch er lachte. Er hatte nicht erwartet, daß schon beim allerersten Mal alles so gut gehen würde. Er sah zu, wie sie ein Glas mit abgestandenem Wasser vom Nachttisch holte und den Strauß hineinstellte, ohne auch nur eine Blume zu verstellen, ohne sein Arrangement durcheinanderzubringen. Als sie damit fertig war, wandte sie sich ihm wieder zu und lächelte. Offenbar wartete sie auf etwas. Er holte tief Luft. »Und jetzt möchte ich«, sagte er, »daß Sie Jeremy zu mir sagen.«

»Oh!« sagte sie. »Hm, also gut.«

Er verlagerte sein Gewicht auf den anderen Fuß.

»Und Sie können Mary zu mir sagen«, sagte sie nach einem kurzen Augenblick.

»Zu *mir* kannst du Darcy sagen«, sagte Darcy vom Bett aus.

Da hatten sie schon wieder etwas zu lachen, bloß, daß er am lautesten lachte und sich dann nur schwer beruhigen konnte. Mary hatte wieder das Lächeln von vorhin aufgesetzt. Es wirkte jetzt etwas angespannt und begann, von den Mundwinkeln her zu verblassen, und daran erkannte er, daß es Zeit war zu gehen. Er freute sich, daß es ihm gelungen war, das Signal zu erfassen. Er streckte die Hand aus und sagte: »Also, für diesmal auf Wiedersehen, Mrs. – Mary«, und sie sagte: »Auf Wiedersehen, Jeremy«. Ihre Hand war fester als seine und an den Fingerknöcheln erstaunlich breit. Während er sie hielt, sagte er: »Ehm, darf ich irgendwann wiederkommen?« – die letzte Hürde seines Besuchs. »Na ja, selbstverständlich«, sagte sie und lächelte noch einmal, während sie die Tür schloß.

Obwohl er noch nicht gefrühstückt hatte, kehrte er in sein Atelier zurück, denn es wäre ihm unangenehm gewesen, ihr jetzt in der Küche über den Weg zu laufen. Auf Zehenspitzen stieg er die Treppe hinauf und fühlte sich ganz schwerelos vor lauter Erleichterung. Nicht einmal die Entdeckung, daß er die Pralinen noch bei sich hatte – ein in Papier eingeschlagenes Herz aus Pappe, das an seiner Brust klebte –, konnte ihm den Tag verderben. Er errötete nur, setzte ein zu breites Lächeln auf und ließ sich auf seinem Bett nieder. Er konnte sie ihr ja bei einem anderen Besuch mitbringen, oder? Es würde noch viele andere Besuche geben. Aber während er sie plante, öffnete er gedankenverloren die Schachtel, nahm zuerst eine Praline heraus, dann noch eine und dann eine ganze Handvoll. Sie hatten angefangen zu schmelzen, klebten an den Papierchen, in die sie eingewickelt waren, und hinterließen Abdrücke in seiner Hand, aber sie schmeckten wunderbar, und die Süße drang in jeden Winkel seines Inneren und beruhigte seine angespannten, überanstrengten Nerven.

Er wußte, wie diese Dinge funktionierten. Zuerst knüpfte man ein Band zu der Frau, um die man warb; das hatte er soeben getan. Dann kam es darauf an, bestimmten Anforderungen gerecht zu werden – Händchenhalten, ein Kuß –, ehe man ihr einen Heiratsantrag machen konnte. Im Fernsehen gab es noch allerlei Beiwerk drumherum, Paare, die zusammen durch Wiesen liefen, die sich in Zoos, auf Rummelplätzen oder in Vergnügungsparks wie Kinder gebärdeten, aber er war klug genug, sich auf dergleichen gar nicht erst einzulassen. Es paßte nicht zu ihm. Und es paßte auch nicht zu *ihr*. Und bisher hatte er sich doch ganz gut geschlagen, oder etwa nicht? Er hatte den ersten Schritt ohne Probleme hinter sich gebracht und sah dem, was noch zu tun blieb, nun mit größerer Zuversicht entgegen.

Wie sich dann aber herausstellte, war es doch nicht so leicht. Denn als er am nächsten Morgen eine Kanne Filterkaffee gemacht hatte und bei ihr klopfte, öffnete sie die Tür nur einen Spalt weit, und sofort schien sich ein Schleier über ihr Gesicht zu legen. »Ja?« fragte sie.

Heute war sie angezogen. (Er hatte vorsorglich eine Viertelstunde länger gewartet als gestern.) Sogar Darcy war angezogen. Warum wirkte sie da so abweisend? »Ich habe gerade Kaffee gemacht und dachte – wie wäre es mit einer Tasse?« fragte er hastig.

»Nein, vielen Dank, ich trinke keinen Kaffee.«

An diese Möglichkeit hatte er überhaupt nicht gedacht. »Dann Tee?« fragte er.

»Nein, vielen Dank.«

»Und wie wäre es denn, wenn wir zusammen ein Glas Milch trinken.«

»Ich glaube nicht. Ich habe heute viel zu erledigen.«

Er durfte nicht aufgeben. Er hatte sich vorgenommen, durchzuhalten. »Bitte«, sagte er, »ich verstehe nicht. Habe ich irgend etwas falsch gemacht?«

Mary seufzte und blickte über die Schulter nach Darcy, die friedlich auf dem Teppich saß und Dominosteine auftürmte. Dann trat sie heraus und schloß die Tür hinter sich. Sie sagte: »Kommen Sie einen Augenblick ins Wohnzimmer, Mr. Pauling.«

Gestern hatte sie ihn Jeremy genannt. Er kam sich vor wie ein Blinder oder ein Tauber, der wegen irgendeiner Behinderung Andeutungen und Signale nicht mitbekam, die für alle anderen offenkundig waren. »Habe ich etwas Falsches gesagt?« fragte er, während er hinter ihr herstolperte. »Wissen Sie, ich habe nicht die geringste Ahnung …«

Sie führte ihn zu der Couch, und er setzte sich, während sie stehenblieb. Dann bemerkte er seinen Fehler und sprang wieder auf. »Oh, ich bitte um Verzeihung«, sagte er.

»Mr. Pauling«, sagte Mary, »mir ist klar, daß ich mit meiner Miete im Rückstand bin.«

»Ach, ich dachte, wir hätten –«

»Wir haben gestern darüber gesprochen. Sie haben gesagt, daß Sie deswegen nicht drängen würden. Aber ich hätte nicht gedacht, daß ein Hintergedanke dabei war.«

»Ein Hintergedanke?« sagte Jeremy.

»Ja, oder etwa nicht?«

»Ich verstehe nicht.«

Mary sah ihn an. Er hatte versucht, ihr in die Augen zu sehen, aber als er sie gefunden hatte, vermochte er ihrem Blick nicht standzuhalten. Mit zornigen Frauen wußte er nicht umzugehen. Nie hatte er sich Mary zornig vorgestellt. Er sagte: »Es ist irgendwie rätselhaft. Ich verstehe nicht –«

»Gestern«, sagte Mary, »als klar war, daß ich meine Miete nicht bezahlt hatte, sind Sie in mein Zimmer gekommen und haben mir Blumen gebracht. Zuerst habe ich mir nichts dabei gedacht, aber später habe ich – und dann heute! Da klopfen Sie schon wieder! Glauben Sie vielleicht, Sie hätten mich jetzt irgendwie in Ihrer Gewalt? Ich schulde Ihnen nichts außer *Geld*, Mr. Pauling, und ich werde es mir mit Freuden anderswo leihen, und dann werde ich Sie auf der Stelle bezahlen und Ihr Haus morgen verlassen. Ist das klar?«

»Ach, du meine Güte«, sagte Jeremy. Er sank zurück auf die Couch. Ein Grauen überzog seine Glieder mit einer dünnen Eisschicht, gefolgt von einem Hitzeschwall. Er spürte, wie er rot wurde. »Oh, Mary. Mrs. Tell«, stieß er hervor. »An so etwas habe ich *niemals* gedacht – also, ich wollte doch nur –« Plötzlich sah er genau vor sich, wie er tags zuvor auf Mary Tell gewirkt hatte. Er hörte das zaghafte Rumoren seiner Fingerknöchel an ihrer Tür, er sah sein süßliches, hoffnungsfrohes Lächeln, das von ihr alles erflehte, während er ihr seinen Blumenstrauß unter die Nase hielt. Nie mehr würde er davon loskommen, das wußte er. In tausend schlaflosen

Nächten würde er immer wieder daran denken, und alle diese Nächte würde er allein verbringen, denn eine Frau wie Mary Tell würde in einer Million Jahren nicht einen Gedanken an einen Mann wie ihn verschwenden. Das hätte er sich auch denken können. Er spürte, wie ihn ein Zittern packte, die tiefste Demütigung. »Mr. Pauling?« sagte Mary.

»Aber ich bin ein *anständiger* Mann«, sagte er. »Ich meine – also, ich wußte doch gar nicht, daß Sie mir etwas schulden! Ich führe doch nicht Buch über das Geld, die anderen legen es einfach in den Kekstopf.«

»In den Kekstopf?«

Wenn er jetzt weiterspräche, dann würde sie bemerken, wie seine Stimme bebte.

»Was für ein Kekstopf?«

»Er steht in der Küche. Da nehme ich es mir dann und kaufe ein, wenn –« Er schluckte, ein Geräusch, das sie auch in einem Abstand von einem Meter gehört haben mußte. Sie kam näher und beugte sich über ihn, aber er hielt den Kopf gesenkt. Es war der schlimmste Augenblick, den er je durchgemacht hatte. Er verstand nicht, warum dieser Augenblick einfach nicht zu Ende gehen wollte. Konnte sie denn nicht endlich gehen? Aber nein, jetzt spürte er, wie das Polster des Sofas weiter einsank, während sie sich neben ihm niederließ. Er sah den Saum ihres blauen Rocks, ein Blau, so ruhig und sanft, daß ihn eine Woge von Schmerz überkam, wegen der wenigen Tage, in denen er sie geliebt und gehofft hatte, daß sie auch ihn lieben würde. »Jeremy«, sagte sie. »Es tut mir ganz furchtbar leid. Bitte sag, daß du mir verzeihst. Ich habe einfach nicht nachgedacht. Ich mache gerade eine so schlimme Zeit durch, da habe ich – Jeremy?« Sie lehnte sich an ihn und nahm eine seiner Hände. »Sieh mich an«, sagte sie.

Warum nicht? Jetzt war es ihm gleichgültig. Er hob die Augen und fand das vollkommene Oval ihres Gesichts auf gleicher Höhe mit seinem eigenen. Besorgte Runzeln zeigten sich an den inneren Enden ihrer Augenbrauen. »Willst du meine Entschuldigung nicht annehmen?« sagte sie. Er mußte nicken. Dann lächelte er sogar, weil ihm endlich dämmerte, was da vor sich ging: Sie hatten ein

Problem erörtert, das so altmodisch war wie Mary Tell selbst, und jetzt saßen sie Händchen haltend nebeneinander, schon mitten in der zweiten Phase seiner Brautwerbung.

Beim Erwachen morgens war er jetzt voller Hoffnung, und das Aufstehen fiel ihm leichter. Er fing an, auf sein Äußeres zu achten. Er trug jetzt einen Kugelschreiber und einen Bleistift in der Hemdentasche – erblickte darin ein Zeichen von Tatkraft. Er übte, mit geschlossenem Mund zu lächeln und das dunkle Gezack seiner schlechten Zähne zu verstecken. Wenn er sich im Badezimmerspiegel betrachtete, hing der Gedanke an Mary wie ein Schleier zwischen ihm und seinem Spiegelbild. Ihre langen, kühlen Finger tasteten bis tief in seine Brust. Er nahm ihr Bild mit nach unten und trat auf der Treppe sehr vorsichtig auf, als könnte es splittern und wie Schneeflocken in einem Briefbeschwerer zerstieben. Wenn die anderen Mieter ihn begrüßten, reagierte er zuweilen gar nicht, aber das war auch früher schon vorgekommen, und niemand dachte sich etwas dabei.

Doch warum stellte sich sein Bild von Mary Tell immer wieder als falsch heraus? Oh, nicht falsch in irgendeinem konkreten Sinne. Ihre Nase und die Art, wie sie den Kopf hielt, und die Form ihres Mundes sah er durchaus richtig vor sich. Aber wenn sie dann in die Küche kam und sich, über Darcys Geplapper lächelnd, eine Schürze umband, war da immer ein kleiner Unterschied, der ihn enttäuschte und zugleich mit Scheu erfüllte. Ihre Haut wirkte dichter und die Flächen ihres Gesichtes flacher. Ihre Art, sich zu bewegen, war zielstrebiger. In seiner Vorstellung glitt sie dahin; im wirklichen Leben ging sie mit festen Schritten umher. Jede Nacht vergaß er das, und jeden Morgen mußte er es von neuem lernen.

Anfangs hatte sie immer Schinken und Eier zum Frühstück gemacht, aber jetzt hatte sich ihr Speiseplan geändert. Sie und Darcy stopften sich mit kalten Cornflakes voll. »Immer dasselbe«, murrte Darcy. »Ich weiß, Liebling«, entgegnete Mary, und dann sagte sie zu Jeremy: »Gestern habe ich von einer Stelle gehört: Briefumschläge adressieren. Meinst du, die lassen mich das auch zu Hause machen? Ich gehe heute hin und frage nach, und wenn sie ja sagen, dann essen wir nie wieder Cornflakes.« Aber aus dem Job wurde nichts, und aus dem nächsten und dem übernächsten auch nichts, und sie aßen weiter Cornflakes, während Jeremy mit ihnen am Tisch saß und krampfhaft nach Gesprächsthemen suchte. Vor sich hatte er ein Glas Orangensaft aufgebaut, aus dem er aber nie trank. (Er konnte einfach nicht schlucken, wenn Mary zusah.) Er probte hundert Sätze, um das bißchen Hilfe anzubieten, das er leisten konnte: »Soll ich dir aus dem Kekstopf etwas leihen? Dann vielleicht Eier? Einfach Eier?« Aber keinen von ihnen sagte er laut. Er hatte Angst davor. Wenn Mary ihren kleinen Stapel Teller abspülte, hantierte sie so energisch, als wolle sie ihm zu verstehen geben, er möge sie nur ja nicht bemitleiden. Anschließend sagte sie: »Also, Fräulein Trödelliese, fertig?«, und sie und Darcy machten sich auf den Weg zu ihrem Spaziergang. Auch das war jetzt anders: anfangs hatte Mary auf einen Anruf von ihrem Freund gewartet, bevor sie ausging. Jetzt ging sie sofort nach dem Frühstück, und wenn einmal der seltene Fall eintrat und das Telefon klingelte, war es nie für sie. »Geht ihr spazieren?« sagte Jeremy dann. »Also, viel Spaß auch!« Sie trabten durch das Haus, verabschiedeten sich lauthals von Mr. Somerset und schlugen die beiden Türen so fest hinter sich zu, daß die Luft noch lange nachzitterte. Aber dann senkte sich Stille über das Haus, und die Zimmer wirkten leer und tot. Man hörte nur das Knacken irgendeines alten trockenen Deckenbalkens. Ein hupendes Auto in der Ferne. Das Zischeln von Mr. Somersets dünnen Pantoffeln auf dem Eßzimmerboden.

Jeremy war wie ein Mann, den man auf einer einsamen Insel ausgesetzt hat. Warum hatte es so viele Jahre gedauert, bis er das erkannte? Auf vier Seiten war er von Straßen umgeben, die so eben und so breit waren, daß er glaubte, schon beim bloßen Überqueren könnte er in der Luft ertrinken. Aber siehe da – eine Vierjährige schaffte es, ohne die geringste Schwierigkeit! Wenn dieses Handicap nicht wäre, hätte er Mary Tell ins Kino einladen und sie anschließend wieder nach Haus bringen können, und vor ihrer Tür hätte er ihr einen Kuß geben können, wie er es im Fernsehen gesehen hatte, und dann wäre mit seinen krampfhaften Überlegungen und seinen Besorgnissen ein für allemal Schluß. Es wäre so einfach!

Dabei war jetzt schon August. Aber einem Kuß war er keinen Schritt nähergekommen, und langsam sah es so aus, als würde er es nie schaffen.

Da klingelte eines Morgens das Telefon, und außer Jeremy war niemand im Flur, der hätte abnehmen können. Schon bevor er nach dem Hörer griff, spürte er den Angstknoten in der Magengrube. »Hallo? Hallo?« sagte er, worauf ihm eine Stimme antwortete, die er seit Wochen nicht gehört hatte, aber sofort wiedererkannte. »Mary Tell, bitte«, sagte der Mann aus der Zigarettenreklame.

»Oh! Ja, ich verstehe«, sagte Jeremy.

Dann ging er ins Eßzimmer hinüber und klopfte an ihre Tür. »Es ist jemand am Telefon für dich«, rief er.

Es dauerte einen Augenblick, bis sie erschien. Sie war schon angezogen, hielt ihre Schürze in der Hand und machte ein erschrecktes Gesicht. »Für *mich*?« fragte sie. »Wer denn?«

»Also, ich glaube, es ist dein Freund, der junge Mann.«

Hinter ihr rief Darcy: »Darf ich mit ihm reden? Wenn es John ist, darf *ich* dann?«

»Nein, darfst du nicht«, sagte Mary. Jeremy hatte Mary noch nie in so scharfem Ton mit Darcy sprechen hören. Sie sagte: »Kümmere dich bitte einen Augenblick um sie, Jeremy, ja?« und ging hinaus zum Telefon. Darcy fragte Jeremy: »Warum darf ich denn nicht mit ihm reden?«

»Na, ja ... «, sagte Jeremy. Der Knoten in seiner Magengrube war größer geworden. Er kehrte ins Eßzimmer zurück und setzte sich auf einen Stuhl, erschlafft. »Wie geht es dir heute, Darcy?« fragte er. Sogar ihm kam seine Stimme albern vor. Mühsam brachte er ein Lächeln zustande. »Wann kommst du denn mal wieder in mein Atelier? Du bist die ganze Woche nicht da gewesen.«

Doch währenddessen lauschte er auf Mary draußen im Flur. Sie sagte: »Nein, nein, ich verstehe. Du brauchst *überhaupt* nicht anzurufen. Du bist zu gar nichts verpflichtet.«

»Aber sonst läßt sie *mich* immer als erste reden«, sagte Darcy.

»Vielleicht ein andermal«, sagte Jeremy. Er versuchte es mit einem anderen Lächeln. Mary sagte: »Hör zu. Mir geht es gut. *Nein*, ich brauche kein Geld.«

»Sollen wir Papierfiguren ausschneiden?« fragte Jeremy.

»Nein, jetzt nicht, Jeremy.«

»Du bist mir nichts schuldig, ich komme sehr gut zurecht. Mir geht es gut. Ich habe noch etwas von dem, was du mir geliehen hast«, sagte Mary. Und dann: »Was geht es dich an, wieviel noch da ist? Es war *geliehen*, das brauchst du gar nicht zu fragen. Du bekommst es zurück. Ich will es dir unbedingt zurückgeben. Sobald ich eine Arbeit gefunden habe.«

»Wenn ich rüberlaufe und in den Hörer schreie, redet John bestimmt mit mir«, sagte Darcy. »Er hat mich gern. Ich weiß es.«

»Nein, Darcy, laß –«

Aber sie war schon weg, schlidderte auf Strümpfen in den Flur, Jeremy ihr dicht auf den Fersen. Aus dieser Nähe konnten sie hören, wie Marys Freund redete oder protestierte oder Erklärungen abgab, ein dünnes, heftiges Schrillen. »– Darcy zuliebe«, sagte er, und Darcy hüpfte in die Höhe. »Hallo, John!« rief sie. »Hallo, John!« Mary hielt die Hand abwehrend in die Höhe, aber ihren Kopf hatte sie weiter dem Hörer zugewandt. »Also gut«, sagte sie, »einverstanden.«

»Kannst du mich hören, John?«

»He, Darcy«, sagte Jeremy.

»Gut«, sagte Mary, »aber es ist geliehen, und ich will, daß du das weißt. Ich will keine – Darcy! Hör zu, John, ich kann jetzt nicht weitersprechen –«

Darcy zerrte am Rock ihrer Mutter, und Jeremy hatte sich gebückt, um ihre Finger zu lösen. Das Schrillen im Telefon ließ nicht nach, auch das eine Art von Zerren. Marys Rock fühlte sich genauso kühl und körnig an wie ihre Hände damals, auf der Couch. Nun ja, schließlich war sie nur eine Ansammlung unterschiedlich beschaffener Oberflächen. Ihre Muskeln spannten sich genauso schräg über ihre Knochen, wie er es aus dem Anatomischen Zeichnen kannte; ihre Lippen waren wieder anders beschaffen, genauso wie ihre Finger und dieser Rockbausch in Darcys Fäusten. »Nein, es ist mir ernst«, sagte Mary. »Ich möchte, daß du es mit der Post schickst. Bring es nicht vorbei. Du bist zu nichts – John?«

Sehr langsam legte sie den Hörer wieder auf. »Oh, Ma, *ich* wollte doch noch reden«, sagte Darcy. Dann richtete sich Jeremy wieder auf und sah Mary an. Sie machte ein fröhliches Gesicht und lächelte sogar ein bißchen, aber Tränen liefen ihr über die Wangen. »Tut mir leid –«, sagte sie. Sie ging zurück zu ihrem Zimmer. Jeremy und Darcy stolperten übereinander, während sie ihr zu folgen versuchten. »Du denkst bestimmt, ich würde mir das jetzt angewöhnen«, sagte sie in der Tür. Dann drehte sie sich um, und Jeremy stand so dicht hinter ihr, daß er, noch bevor er einen Gedanken fassen konnte, die Kraft fand, sich auf den Zehenspitzen stehend vorwärtszubeugen und ihr einen Kuß auf den Mundwinkel zu geben. Dann trat er einen Schritt zurück, und sie blickte erst einen Moment lang in seine Richtung, bevor ihre Augen ihn wirklich erfaßt hatten. »Danke, Jeremy«, sagte sie. »Du bist ein sehr lieber Mann.«

Mit dem Handrücken wischte sie sich die Tränen ab und stieß dabei ein kurzes Lachen aus, als würde sie sich genieren. Sie schüttelte ihre Schürze aus und sagte: »Also, Fräulein Plappermaul, jetzt machen wir uns was zum Frühstück, ja?« Sie gingen in die Küche hinüber, während Jeremy stehenblieb und so heftig lächelte, daß er kaum noch etwas sah. Es kam ihm vor, als würde er immer größer und breiter, wie ein Luftballon auf einem Geburtstagsfest, und als flöge er zuletzt davon.

In den Illustriertenwitzen kniete der Freier beim Heiratsantrag immer vor der Angebeteten auf dem Boden. Aber spiegelte dies wahrheitsgetreu wider, wie sich so etwas tatsächlich zutrug? Er glaubte es nicht. Trotzdem sah er sich in Gedanken immer wieder vor Mary knien und zu ihr emporblicken und stellte fest, daß sie ihm aus diesem Blickwinkel noch mehr angst machte – ihre Sandalen waren das Größte an ihr, die Taille in Höhe seiner Augen, die nie zuvor gesehene Unterseite ihres Busens und das weiße Hautdreieck unter ihrem Kinn. »Viel Geld besitze ich nicht«, so würde er ihr sagen (eigentlich, so dachte er, war diese Ansprache für ihren Vater bestimmt, aber von ihrem Vater wußte er nichts). »Ein Leben auf großem Fuße könnte ich dir nicht bieten, aber es würde zumindest ein *bißchen* einfacher, ich habe meine Objekte und ein bißchen Geld von meiner Mutter, manchmal gewinne ich auch in einem Preisausschreiben, und zum Leben reicht es anscheinend immer.« Er bereitete sich innerlich auf die bedrohliche Nähe ihres Rocksaums vor und darauf, daß es schwierig sein würde, von so weit unten ihre Miene zu beurteilen. Aber jeden Abend ging er zu Bett, und es war nichts geklärt, und er fühlte sich überdehnt und aus der Form geraten, als wäre der Hoffnungsballon, zu dem er geworden war, zu lange und viel zu stark aufgeblasen gewesen. Er träumte, er würde irgendwelche Sachen verlieren – irgendwelche Dinge in kleinen Schachteln, das Dach seines Hauses, künstlerische Objekte, die er nicht noch einmal herstellen konnte. Schließlich wachte er ganz verzagt auf und las die Karteikarte, die er neben sich an die Fensterbank geheftet hatte, viele Male hintereinander.

Wenn er es sich vorstellte, machte er diesen Heiratsantrag immer irgendwo im Freien, obwohl das natürlich viel zu öffentlich gewesen wäre. Wie konnte er bloß an einen Park denken? Der nächste Park lag mehrere Blocks entfernt. Er verwarf diese Idee und versuchte morgens, wenn er mit seinem Orangensaft dasaß und sie Cornflakes verteilte, darüber nachzudenken, wie er das, was ihm vorschwebte, auf eine näherliegende Art und Weise erreichen konnte. Es gelang ihm nicht. Mary sprach über ihre Tochter und das Wetter und Bücher aus der Bibliothek, nichts Persönlicheres. »Darcy macht gerade wieder einen derartigen Schuß in die Höhe, daß ihr alle Kleider zu klein werden. Ich habe noch nie ein Kind so wachsen sehen. Ich hatte mir überlegt, sobald ich Arbeit gefunden habe, wollte ich Stoff kaufen und mir Mrs. Jarretts Nähmaschine ausleihen, aber Schneidern war nie meine Stärke, und ich bin mir nicht mal sicher, daß ich –« Wie sollte er in einer solchen Unterhaltung auf die Liebe zu sprechen kommen? Mary lieferte ihm keine Anknüpfungspunkte. Manchmal glaubte er, sie übermittele ihm eine lautlose Warnung, er möge auch die einfachsten Fragen, die ihm in den Sinn kamen, nicht stellen: Woher kommst du? Warum bist du hier? Wer war dein Mann? Was hast du vor?

»Zu Hause hat Darcy immer um Cornflakes *gebettelt*«, sagte Mary einmal. »Ich habe noch nie so ein eigensinniges Kind gesehen.«

»Wo war das?« fragte Jeremy sie.

»Was?«

»Wo warst du zu Hause?«

»Ach, na ja – und jetzt will sie unbedingt Schinken und Eier, begreifst du das? Ich glaube, sie denkt sich das bloß aus, um mich zu schikanieren.«

Jeremy drängte sie nicht. Er begnügte sich mit der Außenseite, die sie ihn sehen ließ, und nur in seinem Innern ging das Fragen weiter. Was ist mit deinem Mann geschehen? Warum hast du wegen diesem John geweint? Welche Bedeutung hat er?

Wirst du mich heiraten?

Jeden Morgen, wenn er es wieder nicht geschafft hatte, ihr einen Antrag zu machen, begleitete er die beiden an die Tür, stapfte hinter ihnen her und hoffte, irgendwo unterwegs – im Eßzimmer, im Flur, im Vorplatz – werde er den Mut vielleicht aufbringen. Er kam jetzt sogar mit auf die Stufen vor dem Haus und winkte ihnen nach. »Auf Wiedersehen! Auf Wiedersehen! Viel Spaß unterwegs!« Danach wieder umzukehren war schlimmer, als wenn er in der Küche zurückgeblieben wäre. Jedesmal bedrückte ihn die plötzliche finstere Kälte, wenn er wieder ins Haus trat. Er fing an, ein Stück des Weges mit ihnen zu gehen – bis zum zweiten Block, zum dritten. Vielleicht konnte er, wenn man ihm Zeit ließ, Mary folgen und seine Insel für immer verlassen. Allmählich – war dies nicht der Schlüssel zu allem? Wenn er an einen Gott glaubte, dann an den Gott der Allmählichkeit! Wenn die Leute ihn nur machen ließen, auf seine Art, Schritt für Schritt, und ohne diese plötzlichen Sprünge zu fordern, die draußen in der Welt offenbar vorkamen! Aber jeden Tag aufs neue wurde er von einer magnetischen Kraft überwältigt, die nur auf ihn einzuwirken schien. Mit einem Ruck in seinem Rückgrat zerrte sie ihn zurück; sie brachte ihn dazu, seine Schritte zu verlangsamen und schließlich stehenzubleiben, naß vor Erschöpfung. »Auf Wiedersehen! Auf Wiedersehen! Viel Spaß unterwegs!« Mary und Darcy winkten und wurden kleiner. Fröhlich traten sie auseinander, um wildfremde Menschen, die ihnen entgegenkamen, durchzulassen, sie unterhielten sich laut und ohne zu fürchten, daß jemand sie hören könnte, sie überquerten die breite Straße bei Rot. Zähnefletschende Hunde mit riesigen Schnauzen schnupperten an Marys Rock, und sie bemerkte es nicht einmal. Oh, er hatte sich zuviel vorgenommen. Bei einer solchen Frau konnte er niemals mithalten. Er machte kehrt und tappte, über Unebenheiten im Gehweg stolpernd, während er sich selbst ständig gut zuredete, nach Hause, aber bevor er sich an seine Arbeit machte, mußte er sich ein Weilchen auf die Couch in seinem Atelier legen, um Atem zu holen und seine zuckenden Beinmuskeln zu beruhigen.

Es schien ihm, als würden ihn seine Schwestern jetzt immerzu anrufen. »Was machst du so, Jeremy? Warum läßt du nichts von dir hören? Gehst du jetzt mehr aus? Ißt du auch richtig?« Sie telefonierten nicht mehr nur sonntags, sondern gelegentlich auch an den Wochentagen abends und am Samstag, wenn er gerade zu Mittag aß. Und eines Morgens riefen sie sogar an, während er noch mit Mary und Darcy in der Küche saß. »Jeremy, Lieber, hier spricht Laura«, vernahm er, und obwohl ihm Laura immer nahe gewesen war, spürte er, wie jetzt seine Finger den Hörer aus plötzlicher Ungeduld fester umspannten. In der Küche sagte Darcy gerade irgend etwas, und Mary lachte. Nicht auszudenken, was er da verpaßte. »Ist irgendwas? – worum geht es denn?« fragte er Laura.

»Worum es geht? Ich habe mir einfach Sorgen um dich gemacht, Lieber. Du hast unseren letzten Brief nicht beantwortet.«

»Aber ich glaube, ich habe diese Woche überhaupt keinen Brief bekommen«, entgegnete er. Da fiel ihm – zu spät – der geblümte Briefumschlag ein, den er neulich auf der Treppe geistesabwesend in seine Hemdentasche gestopft hatte. Er steckte jetzt wahrscheinlich in dem Wäschekorb im Badezimmer. »Er sagt, er hätte gar keinen Brief bekommen«, erklärte Laura, an Amanda gewandt. Und zu Jeremy sagte sie: »Also wirklich, nach Europa können sie fliegen – aber einen einfachen Brief von Richmond nach Baltimore, das schaffen sie nicht. Na, ich wußte doch, daß es eine Erklärung gibt. Und jetzt will dir Amanda noch etwas sagen. Amanda?«

»Wie kommst du denn zurecht, Jeremy?« sagte Amandas Stimme dicht an seinem Ohr.

»Oh, gut, danke.«

»Ich habe Laura gesagt, es sei nicht nötig anzurufen, aber sie meinte, sie hätte so ein komisches Gefühl, das hat sie in letzter Zeit öfter.

Dabei weiß doch jeder, daß man sich auf unsere Post nicht verlassen kann.«

Jeremy richtete sich auf. Immer wenn er telefonierte, fiel ihm irgendwann ein, daß er für die Leute am anderen Ende der Leitung unsichtbar war. Außer als dünner Stimmfaden existierte er nicht. »Jeremy!« sagte Amanda laut, worauf er sich selbst und ihr versicherte: »Ja, ich bin noch da –«

»Bis zum Tag der Arbeit ist es nicht mehr lang, Jeremy.«

»Ach, tatsächlich?«

»Wie wäre es, wenn du uns mal besuchst?«

»Also, Amanda ...«

»Du, ich möchte die drei Minuten hier nicht überschreiten, also ich schicke dir einen Plan mit den Fahrzeiten. Und bitte keine Ausreden, Jeremy. Dir wird die Fahrt bestimmt Spaß machen, wenn du dich erst mal darauf eingelassen hast. Du willst doch nicht dein Leben lang immer zu Hause sitzen, oder? Mutter hätte das überhaupt nicht gefallen, sie hätte gewollt, daß du herauskommst und ein bißchen Spaß am Leben hast.«

Er wußte, seine Schwestern waren das einzige, was von der Welt seiner Kindheit übriggeblieben war, seine letzte Verbindung zu den Eltern, aber manchmal, wenn Amanda über die Mutter sprach, schien es ihm, als würde er diese Person nicht einmal flüchtig kennen – als spräche sie von einer harten, strengen Frau, nicht von seiner eigenen Mutter mit dem lieben Gesicht und dem sanften, traurigen Lächeln. »Also, verstehst du«, sagte er, »ich versuche ja –«

»Ich muß aufhören, Jeremy. Bitte beantworte unsere Briefe, du weißt, Laura macht sich immer solche Sorgen.«

»Gut, Amanda.«

Vorsichtig legte er den Hörer auf den Apparat zurück. Wo seine Hand ihn gehalten hatte, war jetzt ein feuchter Fleck. Er kehrte in die Küche zurück und sah, daß Mary nach beendetem Frühstück Darcy gerade den Mund abwischte. Er hatte alles verpaßt. Bis morgen waren seine Chancen vertan. »Ich gehe einkaufen«, sagte Mary. »Brauchst du etwas?«

Seine Verzweiflung war so gewaltig, daß sie ihm Mut einflößte. Er sagte: »O ja, Verschiedenes. Vielleicht sollte ich mitkommen.«

Mary nickte nur. Sie runzelte die Stirn über einen Fleck an Darcys Kragen. »Oh, Darcy, sieh doch mal, dein letztes sauberes Kleid!«

»Der blöde Fleck ist mir egal.«

»Mir aber nicht. Also komm jetzt.«

In Jeremys Kopf schlossen sich Wörter zu immer neuen Verbindungen zusammen. Darf ich mir erlauben –? Könntest du dir vielleicht vorstellen –? Wäre es zuviel verlangt, wenn ich dich bitten würde, mich zu heiraten? Aber als sie dann die Stufen vor dem Haus hinabstiegen, trug er zur Unterhaltung nur ein übertriebenes Blinzeln in die Sonne bei, mit dem er eine Bemerkung über das Wetter machen wollte. Mary blickte gar nicht auf. Sie las ihren Einkaufszettel. »Ich bekomme eine Kaugummikugel«, sagte Darcy. »Bekomme ich eine Kaugummikugel, Ma? Ich bekomme einen Penny für den Kaugummiautomaten.«

»Ich wußte gar nicht, daß sie dort einen Kaugummiautomaten haben«, sagte Jeremy.

»O ja«, sagte Darcy. »Bei Perry's *schon*.«

Hieltest du es für voreilig von mir, wenn ich –?

Perry's? Aber Perry's war zwei Blocks weit entfernt; dort hatte seine Mutter immer Suppenknochen eingekauft. Und kaum war ihm das eingefallen, da waren sie auch schon bei Dowd's Feinkostladen und gingen vorüber, ohne daß Mary und Darcy hinsahen. Jeremy sah hin. Er warf einen sehnsüchtigen Blick auf die Kisten voller Apfelsinen, Pfirsiche und Birnen, die sich ihm hinter der mit Fliegendreck bekleckerten Schaufensterscheibe entgegenneigten. Das Seidenpapier, in das sie sich schmiegten, schien von einem besonders schönen Grün zu sein. Liebevoll dachte er daran, wie Mrs. Dowds schwielige Hände das Seidenpapier um die Früchte legten und dabei noch einen ins Rollen geratenen Pfirsich retteten und mit einem leichten, großmütterlichen Klaps an seinen Platz zurückschoben. Mary und Darcy gingen weiter. »Wartet!« rief er. »Ich meine – wart ihr schon mal bei Dowd's?«

»Da ist es teurer«, sagte Mary. In ihren Zettel vertieft, ging sie weiter. Darcy griff nach Jeremys Hand und schaukelte daran – mit einer Hand hielt sie seinen Zeigefinger gepackt, mit der anderen seinen kleinen Finger. Was sollte er machen? Verbissen setzte er einen Fuß vor den anderen. Jeder Schritt kostete ihn Überwindung. Für Mary Tell würde er auch mit Drachen kämpfen, aber wenn er sich ihre Achtung bewahren wollte, durfte sie nichts davon merken. Er wischte sich das Gesicht an seinem Ärmel ab. Sie hatten das Ende des Blocks erreicht und blieben vor einer roten Ampel stehen. Autos schossen hin und her, aber am meisten Angst hatte er vor der Straße selbst. Dann schaltete die Ampel auf Grün. »Wartet!« sagte er noch einmal. Mary blickte auf und steckte dabei den Einkaufszettel in ihre Handtasche.

»Könnten wir – also, ich glaube nicht, ich –«

»Los«, sagte Darcy, »sonst verpassen wir das Grün.«

Er trat vom Bordstein auf die Straße. Seine einzige Stütze war Darcy, die seine Hand gepackt hielt, aber jetzt sagte Mary: »Darcy, häng dich nicht immer so an die Leute. Wie oft soll ich dir das noch sagen?« Eine von Darcys Händen fiel herunter, nur sein Zeigefinger war noch in Sicherheit. Blindlings streckte er die Hand aus, fand Marys Arm, die Beuge ihres Ellbogens, und hielt ihn fest, wie er es im Fernsehen Männer hatte tun sehen. Ob sie bemerkte, daß sie *ihn* stützte und nicht umgekehrt? »Wenn die Tomaten bloß endlich billiger würden«, sagte Mary.

Jetzt hatten sie den anderen Bürgersteig erreicht. Die Luft in diesem Block war anders. Auch mit geschlossenen Augen hätte er das sofort bemerkt. Hier war es wärmer, ungeschützter, und das Türglockenspiel der alten Mrs. Carraway bimmelte nicht. Was war das da drüben für ein nichtssagender Betonklotz? Der Anblick gefiel ihm überhaupt nicht. Er sah, daß die Reihenhäuser hier immer nur Zweier- oder Dreiergruppen bildeten, was dem Block ein unruhiges Aussehen gab. Mit böser Miene beobachtete ihn eine Frau von der Veranda vor ihrem Haus. Er sah eine kleine Druckerei, deren golden-schwarzes Ladenschild schon vor vielen Jahren hier angebracht gewesen sein mußte, als er noch ein kleiner Junge war und auf dem Schulweg hier vorbeikam. Das plötzliche Auftauchen dieses Schildes in seiner Erinnerung berührte ihn seltsam. Er schlug die Augen nieder. Tu so, als ob es nur ein Flur wäre, der aus dem Vorplatz nach hinten führt. Tu so, als wäre es bloß ein besonders langes Zimmer. Noch ein Weilchen, und alles ist vorbei.

Dann kamen sie zu Perry's. »Da wären wir«, sagte Mary. Er blickte auf und sah, daß das Schaufenster angefüllt war mit leblosen, zu Pyramiden aufgestapelten Dingen – Gemüsekonserven, Nabisco-Schachteln, Papierhandtücher. Kein Obst. »Ich warte hier draußen«, sagte er.

»Draußen?«

»Ja, ich – ich gehe nachher noch zu Dowd's.«

Mary schien ihn noch irgend etwas fragen zu wollen, aber da sagte Darcy: »Kann ich jetzt meinen Penny haben?«

»Was für einen Penny?«

»Du hast gesagt, du würdest mir einen Penny geben, für den Kaugummiautomaten. Du hast es *gesagt*. Du hast –«

»Du lieber Himmel!« sagte Mary und öffnete ihr Portemonnaie. »Hier.« Dann ging sie hinein, und Jeremy suchte sich einen Platz draußen vor der Tür. Zuerst blickte er auf die Straße, aber die ungewohnten Häuser gegenüber machten alles noch schlimmer. Er drehte sich um, der Glastür zu, und sah, wie Darcy gerade mit einer Kaugummikugel wieder herauskam. »Sieh mal: pink«, sagte sie. »Meine Lieblingsfarbe.«

»Tatsächlich?« sagte Jeremy. Er war froh, sie zu sehen. Er drehte sich noch einmal nach außen, der Straße zu. Darcy stand neben ihm. »Sie haben auch Amulette und so was drin«, sagte sie. »Man kann sie sehen, aber sie kommen nie raus. Meinst du, ich bekomme irgendwann mal eins?«

»Vielleicht«, sagte Jeremy.

»Oder wollen sie die Leute damit nur reinlegen? Meinst du, *das* ist es? Meinst du, die wollen einem nur die Pennys herausleiern?«

Jeremy kam ein furchtbarer Gedanke. Er hatte das Gefühl, man könnte ihn neben Perry's Lebensmittelmarkt aussetzen. Wie würde er je wieder nach Hause gelangen? Er stellte sich vor, wie er eine Schuhspitze in die Straße tauchte und dann wieder herauszog und sich abwandte, unfähig, sie zu überqueren. »Tut mir leid, ich kann einfach nicht«, würde er sagen müssen. Er dachte an den Tag, an dem er in den Indischen Flieder im Garten hinter dem Haus geklettert war, mit drei Jahren. Er war nur bis in die erste Astgabel geklettert, aber dann hatte er gemerkt, daß er einfach nicht wieder herunterkonnte. Jedesmal, wenn er es versuchte, sträubten sich ihm die Haare, und die Fußsohlen fingen an zu kribbeln. »Laßt ihn dort«, sagte sein Vater. »Der kommt schon wieder herunter.« Abends dann, als er es noch immer nicht geschafft hatte, kam sein Vater mit drei langen Schritten auf den Baum zu, packte ihn um die Taille und hob ihn so unsanft herunter, daß Jeremy einen Schrei ausstieß – in jenem einzigen schwindelerregenden Augenblick, bevor seine Füße wieder festen Boden unter sich hatten. Jetzt würde sich Mary um ihn kümmern, ihn vorwärtsschieben und ihm bei jedem Schritt gut zureden. »Komm, weiter, du schaffst es, du wirst sehen, wenn du auf der anderen Seite bist, dann schaust du zurück und lachst, weil es so einfach war.« Aber gerade das würde er nicht tun. Er durfte gar nicht hinsehen, und inzwischen war er zu groß, um sich tragen zu lassen. Er stellte sich vor, daß er den Rest seines Lebens auf dieser neuen Insel zubringen müßte, allen Blicken ausgesetzt, an die Wand gelehnt wie eine Zielscheibenfigur. »Möchtest du eine Hälfte von meinem Kaugummi?« fragte ihn Darcy.

»Nein danke, Darcy«, sagte er.

»Ich habe kein Messer dabei, aber ich könnte es *durchbeißen.*«

Angst stieg in ihm hoch, wie Wasser in einem Keller, bei den Füßen fing es an, füllte rasch die Beine, den Bauch, die Brust, ergoß sich dann bis in seine Fingerspitzen. Bis hinauf in die Kehle kletterte es. Er schluckte und spürte, wie die kalte, spiegelglatte Fläche ins Schwanken geriet und sich wieder einpendelte. Übelkeit ergriff ihn, seine Knie gaben nach, und er glitt abwärts, bis er mit ausgestreckten Beinen auf dem Gehweg saß. »*Jeremy*, du Dummer«, rief Darcy, aber als er ihr nicht zulächeln und nicht einmal die Augen heben konnte, da sagte sie: »Jeremy? Jeremy?« Schreiend lief sie in den Laden; ihre Stimme drang durch die dicke Watte, in die sein Kopf gewickelt zu sein schien. »Ma, komm schnell, Jeremy ist auf dem Bürgersteig einfach umgekippt!« Dann war er von besorgten Schuhen umgeben, die sich immer näher heranschoben – Darcys Turnschuhe, Marys Sandalen, und zwei gedrungene Slipper, die von einer blutigen Schürze fast verdeckt wurden. »Das ist die Hitze«, sagte die Schürze. Mary sagte: »Jeremy? Ist dir übel?«

»Mir ist schlecht«, flüsterte er.

Sie stellte eine raschelnde Papiertüte neben ihm ab, bückte sich, um mit der Hand seine Stirn zu befühlen, und richtete sich wieder auf. Ihre Sandalen waren jetzt das Größte an ihr. Der Saum ihres Rocks war so nah, daß er die Stiche sehen konnte. Er sah auch die Unterseite ihres Busens und das Dreieck unter ihrem Kinn. »Wirst du mich heiraten?« fragte er sie.

Sie lachte. »Nein, aber ich werde dich nach Hause und ins Bett bringen«, sagte sie. »Kannst du stehen? Du brauchst frische Luft.« Und dann hob sie seinen Kopf und stützte ihn, während er sich hochrappelte. Sie sagte: »Jetzt geh mal ein Stück. Dann wird dir schon besser. Hier, nimm das.« Aus ihrer Einkaufstüte zog sie eine dunkelblaue Schachtel hervor, und während er sich schwankend an Mary festhielt, riß sie die Packung auf und reichte ihm einen Vollkorncracker mit Zimt. »Manchmal hilft es, wenn man eine Kleinigkeit ißt«, sagte sie.

»Nein, nein.«

»Versuch's doch mal, Jeremy.«

Er umklammerte den Cracker mit der Hand. Er spürte, wenn er jetzt den Mund öffnete, würde auch das letzte bißchen Kraft entweichen, das ihm noch geblieben war. Zentimeter für Zentimeter bewegte er sich heimwärts, bebend, aber aufrecht und auf Marys Arm gestützt. Die blutige Schürze blieb hinter ihnen zurück. Darcy tanzte voraus. Sie näherten sich der Straße, und inständig betete Jeremy zur Ampel: Schalte auf Rot, schalte auf Rot, laß mir wenigstens eine kleine Verschnaufpause. Aber die Ampel verharrte in bösartigem Grün, und Mary führte ihn, ohne anzuhalten, von der Bordsteinkante herunter quer durch die Betonwüste zur anderen Seite. Sie waren zu Hause. Sie hatten seinen Block erreicht. Er richtete sich auf und atmete tief aus. Mary sagte: »Du bist genau wie Darcy, wenn ihr nichts gefrühstückt habt, wird euch schlecht. Daran liegt es doch, oder?«

»Ich habe es ernst gemeint, ich habe gefragt, ob du mich heiraten willst«, sagte Jeremy.

»Aber ihr sagt beide immer nein, ihr würdet nichts herunterbekommen, ihr wolltet kein ...«

Sie blieb stehen. Sie wandte ihm den Kopf zu und starrte ihn durch ein Schweigen an, das immer quälender wurde, während Jeremy den Kopf hängen ließ und wartete. »Oh, Jeremy«, sagte sie endlich. »Ich danke dir, Jeremy. Aber weißt du, ich kann nicht heiraten.«

»Du kannst nicht?«

»Mein Mann will sich nicht scheiden lassen.«

»Aha, ich verstehe«, sagte Jeremy.

»Aber es war lieb von dir zu fragen, und ich fühle mich sehr geschmeichelt.«

»Schon gut«, sagte Jeremy.

Er stand noch einen Augenblick da, dann gingen sie weiter. Vor ihnen hüpfte und tanzte Darcy. Ihr Haar erinnerte ihn an etwas Metallisches, das durch die Luft schwebt und dabei das Sonnenlicht abwechselnd reflektiert und verschluckt und wieder reflektiert. Er heftete seinen Blick darauf und taumelte vorwärts. Als sie das Haus sehen konnten, hob er, ohne nachzudenken, den Cracker und biß hinein. Mary hatte recht, es half. In seinem Kopf hellte es sich auf. Sein Magen kam wieder ins Lot. Er spürte, wie sich in seinem Mund das Aroma von Zimt ausbreitete, daß es den faden Geschmack von Blech verdrängte und seinen Atem rein machte wie den eines Kindes. Wie ein Kind ließ er sich nach Hause geleiten, während seine ganze Aufmerksamkeit auf den Cracker gerichtet war. Ein Knirschen erfüllte seinen Kopf, und winzige, scharfkantige Krümel hatten sich vorn auf seinem Hemd verteilt. Er fühlte sich ausgelaugt und erschöpft, und eine seltsame Erleichterung ließ seine Glieder so erschlaffen, daß er sich am liebsten gleich hier hingelegt und auf dem Bürgersteig geschlafen hätte.

Er kam jetzt nicht mehr nach unten, wenn Mary Frühstück machte. Er blieb lange im Bett, stand nur ganz allmählich, in einzelnen Etappen auf und saß oft mit einem Kissen im Rücken eine ganze Stunde lang da und starrte gedankenverloren aus dem Fenster. Die Heftzwecke lockerte sich, und die Karteikarte fiel hinter das Bett; er ließ sie dort liegen. In sich zusammengesackt saß er da, strich die Bettdecke über seiner Brust immer wieder glatt, und wenn er etwas anderes sehen wollte, dann hob er die Augen von dem mit Fliegengitter bespannten unteren Teil seines Fensters, der geöffnet war, zu dem geschlossenen Oberteil, dessen beide Rahmen mit ihren kleinen trüben Scheiben das morgendliche Sonnenlicht dämpften. Eines Tages würde er sie vielleicht putzen. Über den Fußboden breitete sich, von den Fußleisten ausgehend, eine Schicht aus Schmutz und Staub, die nur dort dünner wurde, wo er regelmäßig hintrat und mit seinen Schritten den Staub beiseite wirbelte. Überall lagen Papierschnipsel herum, manche von ihnen so alt, daß es aussah, als wären sie mit den Holzdielen verwachsen. Wenn das Licht richtig stand, konnte er in sein Atelier hinübersehen und dort ein langes, rötlich glitzerndes Haar erkennen, das sich in einer Diele verfangen hatte. Es gehört einer Schülerin, die er vor zwei Jahren gehabt hatte. Ihren Namen hatte er vergessen. Er hatte das Haar nicht weggewischt, hatte sich aber auch keine besondere Mühe gegeben, es aufzubewahren. Es war einfach da, ein Ding, das er morgens bemerkte, ohne die Möglichkeit in Erwägung zu ziehen, daß er irgend etwas unternehmen könnte.

Wenn er sich schließlich aus dem Bett gekämpft hatte, mußte er das Badezimmer überstehen – ein frostiger Ort auch im Sommer, alle Becken waren von feinen Haarrissen überzogen und rostfleckig, und gnadenlos offenbarte die nackte Glühbirne, die von der Decke hing, in dem wolkigen Spiegel jede Pore seiner Haut. Er rasierte sich stundenlang. Er legte eine schmale Bahn auf seiner Wange frei, stand dann da und sah sich in die Augen, bis er auf den Gedanken kam, den Rasierapparat wieder anzusetzen. Selbst vor dem Spiegel machte er sich nicht die Mühe, ein anderes Gesicht aufzusetzen. Seine Muskeln sackten nach unten, und die schlaffe Haut an seinem Hals wölbte sich nach außen. Er sah es, und es mißfiel ihm, aber nur auf jene distanzierte Art und Weise, wie ihm auch ein Gemälde oder irgendeine Szene auf der Straße, deren zufälliger Zeuge er war, mißfallen würde. Und wenn ihn dann das Rasieren ermüdet hatte, ging er hinaus, ohne sich die letzten Schaumspuren abzuspülen, so daß seine Haut an diesen Stellen juckte und sich trocken anfühlte. Er hüllte sich in einen Bademantel, zog seine gehäkelten Pantoffeln an und schlurfte ins Atelier hinüber, wo er sich auf einen Schemel setzte und sein letztes Objekt lange betrachtete. Zu viel Brauntöne. Zu wenig Kontraste. Er verwendete jetzt immer häufiger wirkliche

Gegenstände – Heftzwecken und Unterlegscheiben und Kordel-stücke und Holzteile, um das Gewölk aus farbigen Papieren zu gliedern. Diese Arbeiten hatte auch Brian noch nicht gesehen. Jeremy war es gleichgültig, ob er sie sah oder nicht. Er riß ein Stück Bindfaden herunter, das in der falschen Ecke saß und nun einen Wurm aus getrocknetem weißen Klebstoff zurückließ. Er ließ es auf den Boden fallen und erblickte neben einem Bein seines Schemels den Deckel einer Blechdose, in der Hustenbonbons gewesen waren, und als er sich schließlich überlegt hatte, wohin er diesen Deckel kleben würde, da hatte er das Anziehen längst vergessen. Er schnippelte auseinander und montierte zusammen. Er wühlte in dem Durcheinander in einer Kommodenschublade und hielt dabei seinen Bademantel mit dem ausgefransten Gürtel zusammen. Bis Mrs. Jarretts Stöckelabsätze in den ersten Stock klackerten und sie von dort in den zweiten hinaufrief: »Mr. Pauling? Ich finde Ihr Geschirr nicht, haben Sie denn nicht gefrühstückt? Wir machen uns Sorgen. *Bitte* kommen Sie.« Wenn er zu sehr in seine Arbeit vertieft war, scharrte er nur mit den Füßen, zum Zeichen, daß er nicht im Schlaf gestorben war. An anderen Tagen legte er seufzend die Schere beiseite und ging in sein Schlafzimmer hinüber, um sich anzuziehen. Die meisten seiner Kleidungsstücke fielen jetzt auseinander, wie es schien. Ständig mußte er Hemden mit langen Rissen und Hosen mit kaputten Reißverschlüssen und Unterhosen mit ausgeleiertem Gummi wegwerfen, aber er machte sich nicht die Mühe, bei Sears neue zu bestellen. Er war fast froh, wenn er sie in den Mülleimer stopfte. Und mit einem Gefühl der Zufriedenheit lauschte er später dem Geschepper der Mülltonnen, wenn die Müllabfuhr kam und seine Besitztümer mitnahm. Es war ein angenehmes Gefühl, Sachen loszuwerden. Er dachte an die Silvesterabende, an denen er wachgeblieben war – die Erleichterung, wenn wieder ein Jahr herum war, wenn er sich die Hände abklopfte und wußte, daß er nun wieder zwölf Monate weniger zu überstehen hatte. Und er dachte an sein ganzes Leben – die vielen hundert Erinnerungen, die er zu den Akten gelegt hatte, die ihm zugeteilten Jahre, die er pflichtgemäß über sich ergehen ließ, bis der ganze Berg irgendwann abgetragen war.

Wenn er frühstückte, aßen andere Leute zu Mittag. Mrs. Jarrett speiste mit allem, was dazugehört, im Eßzimmer, Teller und Besteck auf einem der leinenen Platzdeckchen seiner Mutter, eine farblich dazu passende Serviette auf dem Schoß. Mr. Somerset verschlang ein zerlaufenes Spiegelei direkt aus der Pfanne. Miss Vinton, die über Mittag aus ihrer Buchhandlung nach Hause kam, studierte Verlagsprospekte, während sie am Küchentisch ihr Vollkornbrot aß. Und manchmal sagte sie, ohne aufzusehen, etwas wie: »Da ist ein neuer Klee gekommen, Mr. Pauling. Ich habe ihn auf die Anrichte gelegt.«

»Oh, vielen Dank, Miss Vinton.«

Er aß das, was am wenigsten Mühe machte – eine Schachtel mit altbackenen Berlinern oder eine ›Dose kalte Suppe. Nach jedem Löffel wischte er sich sorgfältig die Hände an den Knien seiner Hose ab, bevor er in dem Klee eine Seite umblätterte. So frisch, wie es gekommen war, mußte das Buch mit Miss Vinton auch wieder zurück, bevor ihr Chef sein Fehlen bemerkte. Der Umschlag glänzte weiß und versprach Jeremy etwas Neues, Unberührtes, Wunderbares. Den Anfang machte ein langer Wortsalat, ein Überblick über das Leben von Paul Klee, den Jeremy überblätterte. Was sollte er damit? Er stürzte sich auf die Bilder; er sog sie in sich auf, er spürte, wie ausgetrocknet und porös er war und wie er danach lechzte, etwas anzuschauen. Jede Seite hätte er sich am liebsten stundenlang angesehen, auch wenn er die Bilder schon aus anderen Büchern kannte, aber genauso spürte er den Drang, rasch weiterzublättern, um rechtzeitig mit dem Ganzen fertig zu werden. Manchmal sagte er: »Miss Vinton, ob es vielleicht möglich wäre –?« – »Aber gewiß doch, Mr. Pauling«, sagte sie und schloß die Brotverpackung. »Ich kann es ja auch morgen wieder mitnehmen. Mr. Mack wird schon nichts merken.« Nie hatte sie ihn zur Eile getrieben oder Besorgnis wegen der Art gezeigt, wie er mit den Büchern umging, obgleich Jeremy wußte, daß Mr. Mack in diesen Dingen überaus streng war. Und den ganzen August lang, als Jeremy das eigene Leben langweiliger und trübseliger denn je erschien, gelang es Miss Vinton, fast jeden Tag ein neues Buch für ihn mitzubringen, als ob sie geahnt hätte, daß er Trost brauchte. Klee, ein Sammelband mit Impressionisten, Miró, Renoir. Ein Buch über amerikanische Naive, deren Puppenlandschaften und deren Mangel an Perspektive ihn mit einem eigentümlichen Heimweh erfüllten. Wenn er doch in diese Bilder würde eintauchen können! Wenn er doch in einer Gegend leben würde, in der man beliebig weit gehen konnte und doch niemals kleiner wurde! Miss Vinton brachte ihm ein Buch über Braque mit, einen Mann, den er nicht mochte. Während ihrer Mittagspause saß er da und erkundete die Unruhe, die jedes dieser Bilder in ihm wachrief, das Unbehagen, das ihm die Massigkeit der Formen bereitete. Vor vielen Jahren in der High School hatte ein Kunstlehrer, der mit ihnen den Kubismus durchnahm, Jeremys ganze Klasse ein Gemälde von Braque Strich für Strich kopieren lassen. Jeremy war während der Arbeit daran immerzu übel gewesen. Als könnte er, indem er sich in dieser Weise auf das Bild eines anderen Menschen einließ, zu einem Nichts zerschmelzen. Jetzt stieß er auf dasselbe Bild – ein Stilleben mit einem Musikinstrument – und starrte es an, bis er es nicht mehr ertragen konnte und umblättern mußte. »Wollen Sie es bis morgen behalten?« fragte Miss Vinton, als sie aufstand, um ihr Geschirr zu spülen. »Es scheint Ihnen zu gefallen.«

»Wie? Nein, nein«, sagte Jeremy, »bitte, ich will es nicht, nehmen Sie es wieder mit.« Dann schämte er sich wegen des unhöflichen Tons und wurde rot, während er zu ihr aufblickte. Im Sommer, wenn sie ihre lavendelfarbene Strickjacke nicht trug, wirkte sie verletzlich, mit ihren hageren, sommersprossigen Armen. Weiße Sehnen traten an der Innenseite ihrer Handgelenke hervor, als sie den Wasserhahn zudrehte. »Aber vielen Dank, daß Sie mir das Buch gebracht haben«, sagte Jeremy. »Es tut mir leid, ich wollte Sie nicht –«
»Ach, das ist doch in Ordnung, ich mag ihn auch nicht besonders.« Munter wie immer hängte sie das Küchenhandtuch auf und nahm ihre Handtasche vom Tisch. Unterdessen aß Mrs. Jarrett im Eßzimmer ihren Fruchtbecher, das damenhafte Klingeln ihres Löffels ertönte in vollkommen gleichmäßigen Abständen. Wortlos und mit ernster Miene setzte Mr. Somerset seine Pfanne auf den Herd, genau mitten auf den kreisrunden Brenner, damit sie bei der nächsten Mahlzeit gleich richtig stand. Gab es irgendwo freundlichere Men-

schen als alte Leute? Konnte er irgendwo mehr Ruhe finden als hier, inmitten dieses Dreiecks aus gedämpften grauen Stimmen?

Aber da kam schon wie zur Antwort die zweite Schicht – Darcy schlug die Haustür zu und stampfte mit einem Eimer voll Löwenzahn den Flur entlang, Mary lachte oder gab mit lauter Stimme Ermahnungen und Drohungen und Versprechen von sich, und am Wochenende kamen auch noch Howards hohes Pfeifen und das Quietschen seiner Turnschuhe hinzu. »Wo ist die Milch, die ich hier stehengelassen habe?« – »Wer will einen Löwenzahn?« – »Gleich rennst du noch jemanden um, Darcy!« – was Darcy dann auch fast mit Sicherheit tat, als könnte sie ohne jemand anderen gar nicht bremsen. *Flansch!* direkt in Miss Vinton hinein! »Oh, Darcy, entschuldige dich!« – »Nichts passiert«, sagte Miss Vinton, und Darcy schoß weiter durch die Küche, bis sie sich schließlich mit beiden Armen an Howard klammerte. »Howard, mach mir Pfannkuchen, ja?« – »Laß ihn in Ruhe, Darcy.« – »Wieso denn«, sagte Howard, »Sie sind doch nur eifersüchtig, weil ich Ihnen keine Pfannkuchen mache.« Gelächter splitterte durch die Küche, und Miss Vinton ging lächelnd hinaus, während sich Mr. Somerset, betäubt vom Gelächter, verblüfft von derart leichtfertigen Reden, vom Herd abwandte. »Wie?« fragte er. Mary schlang die Arme um Darcy und sagte: »Milch oder Apfelsaft, die Dame?« – »Beides«, sagte Darcy. »Oder nein, warte. Will ich lieber Apfelsaft?« Sie drehte sich zu Jeremy um, als erwarte sie von ihm eine Antwort. Jeremy aber sah Mary an. Er sah die Rundung ihrer Wange neben Darcys Flachshaar; er spürte, wie ihn ihre kaum gewölbten Augenbrauen beruhigten.

Warum war ihm das eine, das er sich im Leben wirklich erhofft hatte, nicht zuteil geworden?

Anfang September kam Darcy in den Kindergarten und Mary fand einen Job. Sie konnte ihn zu Hause erledigen: auf einer Strickmaschine stellte sie Socken mit Schottenmuster her. Morgens, wenn Darcy im Kindergarten war, arbeitete Mary allein in ihrem Zimmer, aber gegen Mittag kam Darcy nach Hause, trieb sich für den Rest des Tages im ganzen Haus herum und ließ die Tür offenstehen, so daß die Sockenmaschine schon bald zu einem festen Bestandteil des Haushalts wurde. Sie hatte senkrechte, ringförmig angeordnete Nadeln, in die zuerst das Garn eingefädelt werden mußte. Dieses Einfädeln verschlang die meiste Zeit. Danach machte Mary eine vorgeschriebene Zahl von Umdrehungen an einer großen Kurbel und fädelte dann eine neue Farbe ein. Wenn Jeremy an ihrer Tür vorüberging, sah er sie zuweilen tief gebeugt vor ihrer Maschine hocken und mit zusammengekniffenen Augen nach Metallösen zielen, die anscheinend viel zu eng nebeneinander lagen. Dann mußte er an die alten Aufnahmen von Textilarbeiterinnen in den New Yorker »Schwitzbuden« denken. Aber wenn das Einfädeln erledigt war, konnte sie sich recken und aufstehen, und das Kurbeln war dann so einfach, daß sie es manchmal auch Darcy überließ, während sie selbst nur die Umdrehungen zählte. Zahlen wurden ausgerufen und schallten durch das ganze Haus – »Sechsunddreißig! Siebenunddreißig!« Nach dem angespannten Schweigen während des Einfädelns war das Rattern der Maschine wie ein Ausbruch von Fröhlichkeit. Jeremy horchte jedesmal auf, gleichgültig, in welchem Zimmer er gerade war, und es war, als würde mit ihm das ganze Haus aufatmen. Auch die anderen Mieter wurden plötzlich gesprächig, als hätten sie während des Einfädelns angestrengt stillgehalten.

Am Ende der ersten Woche packte Mary die Socken, die sie fertig hatte, in einen Pappkarton. Sie ließ Darcy bei Mrs. Jarrett und nahm den Bus zu der Fabrik, wo sie sie abliefern sollte. »Warum kann ich nicht mitkommen?« fragte Darcy. »Weil es dort keinen Spaß macht«, sagte Mrs. Jarrett zu ihr. »Wo Mami hingeht, da ist das Industriegebiet, da ist es ganz häßlich und schmutzig.« Jeremy spürte, wie sich etwas in ihm verkrampfte. Als wäre ihre Abwesenheit eine einzige lange Einfädelperiode, blieb er steif und kaum atmend in seinem Sessel im Wohnzimmer sitzen und blätterte schweigend in einem Buch mit Gemälden Alter Meister, das ihm seine Mutter einmal geschenkt hatte. »Du liebe Güte, haben Sie denn nichts zu tun?« fragte ihn Mrs. Jarrett irgendwann. »Ich dachte, am Samstag kämen Ihre Schülerinnen?« Jeremy sah auf, ohne mit dem Blättern innezuhalten. Seine letzte Schülerin hatte er vor einem Monat verloren, und bisher hatte sich niemand neues gemeldet, aber bevor er all das in Worte fassen konnte, waren seine Gedanken verweht, und er vergaß zu antworten.

Mary kehrte kurz vor dem Mittagessen zurück und brachte einen neuen Karton Garn mit. Kaum hatte Darcy sie gehört, da stürzte sie aus der Küche, Mrs. Jarrett dicht hinter ihr, und auch Jeremy stand auf, das Buch hielt er sich vor den Bauch. Er hatte erwartet, die Verkrampfung werde sich jetzt lösen, aber das geschah nicht. Mary war grau im Gesicht und ließ die Schultern hängen. »Wie geht es unserer Karrierefrau?« fragte Mrs. Jarrett und klatschte in die Hände.

»Ach gut, ganz gut.«

»Sie sehen ein bißchen müde aus.«

»Ich mußte Schlange stehen«, sagte Mary. »Es gibt viele, die diese Arbeit tun.«

»Tatsächlich? Und ich habe noch nie davon gehört! Haben Sie denn interessante Leute kennengelernt?«

»Ach, fast nur Gesindel, wissen Sie. Nur Gesindel.« Sie stellte ihren Karton auf den Kaffeetisch und setzte sich. »Ich habe nicht so viel verdient, wie ich gedacht hatte«, sagte sie.

»Passen Sie nur ja auf, daß die auch zahlen, was Ihnen zusteht, hören Sie?«

Jeremy war in seinen Sessel zurückgekehrt und nickte beharrlich mit dem Kopf, um zu zeigen, daß auch er dieser Ansicht war. Er war genauso müde und traurig wie Mary. Er wollte ihr etwas anbieten – eine Tasse Kaffee? Sie trank keinen Kaffee. In den alten Büchern seiner Mutter würde jetzt ein reicher Herr auftreten und Mary aus dem Leben in der Schwitzbude erretten, aber Jeremy war der einzige Herr weit und breit, und er war nicht reich und glaubte außerdem, daß Mary seine Anwesenheit im Zimmer nicht mal bemerkt hatte. Sie sprach nur mit Mrs. Jarrett. »Ach, die haben mir gezahlt, was mir zusteht. Aber ich hatte ein paar Fehler gemacht, außerdem bin ich noch langsam. Manche von diesen Leuten haben einen Riesenausstoß, aber ich nicht. Ich weiß nicht, warum. Ich dachte, ich wäre schnell. Ich dachte, ich könnte die Miete und das Essen und Darcys Schulkleidung mit ein paar Stunden am Tag verdienen.«

»Na ja«, sagte Mrs. Jarrett. »Lassen Sie sich Zeit.«

Jeremy nickte weiter. Er heftete seinen Blick auf das Etikett an der Vorderseite des Garnkartons – ein Rechteck in leuchtendem Gelb, einer Farbe, die er nie gemocht hatte. Der grelle Ton tat ihm in den Augen weh. Er stellte sich vor, er hätte fünfundzwanzigtausend Dollar von einer Seifenfirma gewonnen und sie ihr geschenkt und würde nun zusehen, wie sich ihre Miene langsam glättete und aufhellte, während sie nach unten blickte und erkannte, was er ihr in die Hand gedrückt hatte. »Nein, nein«, würde er ihr sagen, »es ist kein Haken dabei. Wir brauchen nicht mal befreundet zu sein, nur eins, laß dieses Einfädeln sein...« Doch wenn sie soviel Geld hätte, würde sie ihn dann nicht verlassen?

Aber hatte sie ihn nicht schon verlassen? War sie je wirklich dagewesen?

»Gehen wir jetzt Eis essen?« fragte Darcy.

Mary hatte es ihr versprochen – zur Feier des Tages. Sie hatte ihr gesagt, wenn sie nach Hause käme, wäre sie reich. Mrs. Jarrett meinte: »Nachher, Darcy, Mami muß sich erst ein bißchen ausruhen«, aber Mary sagte: »Nein, nicht nötig. Komm, wir gehen.« Sie nahm ihre Brieftasche, und die beiden gingen hinaus. Aber diesmal wurde die Haustür nicht zugeschlagen, und draußen waren keine fröhlichen Stimmen zu hören. Ob die beiden da waren oder nicht – immer herrschte jetzt im Haus die gleiche trostlose, trübe Mattigkeit. Mit einem Seufzer ließ sich Mrs. Jarrett auf die quietschenden Federn der Couch nieder. Jeremy blätterte eine Seite um und strich die Kanten eines Rubens glatt. »Es ist eine Schande, wirklich eine Schande«, sagte Mrs. Jarrett. »Meinen Sie, daß sie bald Sozialhilfe beantragen müssen?«

Das Wort war wie ein Messerstich. Er blickte auf, mit offenem Mund.

»Und dabei hat sie Köpfchen. Sie können sagen, was Sie wollen. Aber Abitur ist nicht alles.«

»Sozialhilfe?« fragte Jeremy.

Doch Mrs. Jarrett redete mit ihrer Handarbeit.

»Ich sagte zu ihr Was Sie brauchen ist ein Mann, meine Liebe – Ach wirklich? hat sie geantwortet und gelacht, sie hat mich nicht ernst-

genommen, aber ich habe es ernst gemeint. Ich weiß ja nicht, was
da vorgefallen ist, ob sie verwitwet oder geschieden ist oder was,
aber sie ist noch eine *junge Frau*, und obendrein hat sie dieses Kind.
Ist Ihnen aufgefallen, wie ungezogen ihr Mädchen in letzter Zeit ist?
Früher war sie eine richtige kleine Dame. Sie braucht einen Vater.
Man sieht es auch daran, wie oft sie etwas zweimal oder dreimal
sagt. Das zeigt, daß ihr niemand richtig zuhört, ihre Mutter hat
Sorgen auf dem Herzen und kann die Aufmerksamkeit nicht auf-
bringen. Nicht, daß ich es ihr vorwerfen würde, natürlich nicht, ich
weiß ja, was für ein –«
Jeremy blinzelte auf den Rubens vor sich herab, eine dicke, nackte
Dame, blond und lachend. Es war ihm, als würden Mrs. Jarretts
Worte ihn wie Weinreben umranken und sich in der traurigen Dunkelheit tief in seinem Innern festwurzeln. Die dicke Dame erinnerte
ihn an eine Schülerin, die er früher einmal gehabt hatte, sie hieß
Sally Ann Soundso und hatte bei ihm Porträtmalerei lernen wollen.
Sie wog zweihundert Pfund; das hatte sie ihm selbst gesagt. Anscheinend war sie stolz darauf. Einmal hatte sie ihn gefragt: »Brauchen Sie ein Aktmodell? Ich könnte es machen.« Und dann war sie
ganz nah an ihn herangetreten, hatte ihm lächelnd eine Hand auf
den Arm gelegt und aus irgendeinem Grund nur auf seinen Mund
gesehen. »Nein, nein«, hatte er gesagt. Es traf ihn unvorbereitet. Er
hatte den Kopf geschüttelt, war einen Schritt zurückgewichen und
dabei über eine Konservendose voller Pinsel gestolpert. »Nein, das
ist in Ordnung, eigentlich male ich gar nicht wirklich.« Aber später
hatte er wachgelegen und seine Antwort bedauert, und Sally Ann,
die ihm nicht besonders sympathisch gewesen war, gewann in seiner Vorstellung an Bedeutung. Er begann zu begreifen, daß auch
eine Person, die am ganzen Leib Grübchen hat, etwas Verlockendes
an sich haben kann. Aber als sie das nächste Mal ins Atelier kam,
stellte er fest, daß sie ihm noch immer unsympathisch war, und er
ging auf Distanz, obgleich sie ihr Angebot nie mehr wiederholte.
Und was war dann geschehen? War sie nicht mehr gekommen? Er
konnte sich nicht erinnern. Er starrte auf die Rubens-Dame, die ihn
unter gesenkten Augenlidern anlachte, und es kam ihm wie eine
Gefühlsverschwendung vor, als wäre er ein alter Mann und würde

zum erstenmal bemerken, wie wenig von ihm übriggeblieben war. »... meine eigene Schwester war viermal verheiratet«, sagte Mrs. Jarrett. »Na ja, manche haben gesagt, das ginge zu weit, aber ich weiß nicht. Offen gestanden, ich würde es ihr nicht vorwerfen. Wir brauchen jemanden, bei dem wir uns anlehnen können. Ich glaube, für den Rest meines Lebens werde ich mir auf der Straße irgendwie nackt vorkommen, wenn ich ausgehe, dabei bin ich schon vierundsechzig und inzwischen länger Witwe, als ich verheiratet gewesen bin.«

Jeremy sank tiefer in seinen Sessel, ließ das Buch zuklappen und schloß die Augen. Er hielt sie so lange geschlossen, daß Mrs. Jarrett glaubte, er sei eingeschlafen. Sie hegte ohnehin den Verdacht, er habe gar nicht zugehört.

Mitten in der Nacht wachte er auf und hatte das Gefühl, jemand habe gerade seinen Namen gerufen, doch dann merkte er, daß es ein Traum war. Er konnte nicht mehr einschlafen. Zuerst war ihm kalt, und er mußte sich auf sein Bett knien und das Fenster zuziehen. Dann stellte er fest, daß er Kopfschmerzen hatte. Er tastete sich ins Badezimmer hinüber, fand ein Röhrchen Aspirin und spülte zwei Tabletten mit etwas lauwarmem Leitungswasser hinunter. Im Spiegel hatte das Mondlicht seine Silhouette mit einem Goldrand gesäumt. Er studierte die Neigung seiner schräg abfallenden Schultern. Er mußte dabei an einen niedrigen Hügel denken. Es schien keinen triftigen Grund zu geben, sich weiterzubewegen oder ins Bett zurückzukehren. Wie angewurzelt stand er am Waschbecken. Da hörte er unter sich ganz von fern ein Surren, so schwach, daß er an eine bloße Einbildung glaubte. Er legte den Kopf schräg und versuchte festzustellen, woher es kam. Wie ein Schlafwandler suchte er sich mit ausgestreckten Armen den Weg aus dem Badezimmer in sein Atelier und zu dem offenen Fenster an der Rückseite des Hauses, wo das Geräusch zunahm. Trotzdem dauerte es ein Weilchen, bis er es erkannt hatte: das Kurbeln an Marys Sockenmaschine. Er stützte beide Hände auf das Fensterbrett, senkte den Kopf und sah ganz genau vor sich, wie sie in einem langen, wallenden Flanellnachthemd, ein Tuch um die Schultern gelegt, beim Licht einer rauchenden Laterne über ihre Arbeit gebeugt saß. Dann machte er kehrt und ging zurück in sein Schlafzimmer.

Auch jetzt, während er Schubladen öffnete, Kleiderbügel im Schrank hin- und herschob und in seinem Schuhbeutel kramte, machte er kein Licht. Er fand das eine Frackhemd, das er besaß und das an der knisternden Zellophanverpackung der Wäscherei leicht zu erkennen war. Es war dünn und abgetragen und am Kragen verschlissen, aber er fand, es ging noch. Er geriet ein bißchen in Verwirrung, als er sich eine Krawatte band und sich an die komplizierten Griffe zu erinnern versuchte, die ihm der Vorgänger von Mr. Somerset vor vielen Jahren einmal beigebracht hatte. Dann der Anzug – ein Dreiteiler, den er sich in den fünfziger Jahren bei einem Versandhaus bestellt hatte, aber er saß noch immer ziemlich gut. Socken, die dazu paßten oder auch nicht – er war sich nicht ganz sicher, aber es schien ihm wichtig, das Licht nicht anzuschalten. Schwarze Schuhe, die ihn drückten – ebenfalls aus dem Versandhaus. Ein Taschentuch, so in die Brusttasche gestopft, wie es ihn seine Mutter gelehrt hatte. Dann zurück ins Badezimmer, wo er sich vor dem Spiegel kämmte und die kleine mondbeschienene Wolke, die über seiner Kopfhaut schwebte, ein wenig bauschte. Er legte den Kamm auf den Rand des Waschbeckens, ging ganz langsam aus dem Zimmer und zur Treppe hinüber. Mit jeder Stufe wurde ihm flauer im Magen, aber er ließ diese Empfindung nicht an sich heran.

Alle Türen im ersten Stock waren geschlossen und dunkel. Nur aus Mr. Somersets Zimmer drang ein unregelmäßiges Schnarchen. Im Erdgeschoß konnte man im Schein der von draußen hereinleuchtenden Straßenlampen die Umrisse der Möbel erkennen, nicht aber ihre Farbe. Sie waren in unterschiedliche Schattierungen von Samtgrau getaucht, so wie nach seiner Vorstellung ein Farbenblinder sie sehen würde. Jeremy hatte oft versucht, sich Farbenblindheit vorzustellen – von wirklicher Blindheit abgesehen, das schlimmste Gebrechen, das er sich denken konnte –, und jetzt blieb er, als ob er sich nur aus diesem Grund angezogen hätte und heruntergekommen wäre, einen Augenblick lang stehen, stellte seine Augen unscharf und ließ alles verschwimmen. Dann setzte das Surren wieder ein. Er richtete sich auf, ging durch das Wohnzimmer ins Eßzim-

131

mer, wo unter Marys Tür eine Messerspitze Licht hervorlugte. Als er zum erstenmal klopfte, hörte sie es nicht, aber beim zweiten Mal hielt die Maschine an. Einen Augenblick herrschte Stille. Dann fragte sie: »Ist da jemand?«

»Ich bin's, Jeremy.«

»*Jeremy?*«

»Entschuldige, daß ich dich störe, um diese –«

Die Klinke knarrte so laut und so nah bei ihm, daß er zusammenzuckte. Licht ergoß sich ins Eßzimmer, und er mußte die Augen zusammenkneifen. Vor ihm stand Mary in ihrem blauen Kleid, das Haar immer noch hochgesteckt, als wäre es Tag. »Habe ich dich gestört?« fragte sie ihn. »Ich hatte mir überlegt, während Darcy schläft, könnte ich einige Paar zusätzlich machen.«

»Nein, nein.«

Darcy lag auf dem Doppelbett schräg ausgestreckt. Sie nahm mehr als ihre Hälfte in Anspruch. Eine blaue Papiertüte von Woolworth, die Mary über die Glühbirne gestülpt hatte, schirmte das Licht ab. Als seine Augen sich an die Helligkeit gewöhnt hatten, erkannte Jeremy, daß im Zimmer in Wirklichkeit Halbdunkel herrschte. Er vermochte sich gar nicht vorzustellen, wie hier jemand Garn einfädeln konnte. »Daß ich daran nicht gedacht habe«, sagte er. »Du brauchst mit der Maschine doch nicht in deinem Zimmer zu bleiben, du kannst sie überall aufstellen. Es macht keinem etwas aus. Ich wußte ja nicht, daß du auch arbeiten würdest, wenn Darcy schläft, verstehst du –«

Er flüsterte, um Darcy nicht aufzuwecken, aber Mary sprach mit normaler Lautstärke. »Also, das ist sehr nett von dir, Jeremy«, sagte sie, »aber ich glaube nicht, daß es sie stört. Sie hat einen sehr guten Schlaf.« Sie sahen beide zu Darcy hinüber, die bleich und wächsern aussah, die Augen fest geschlossen, Arme und Beine ausnahmsweise einmal reglos. »Trotzdem danke, daß du daran gedacht hast«, sagte Mary, indem sie sich umwandte und ihm freundlich zulächelte. Sie glaubte, er sei nur deshalb gekommen – um ihr mehr Platz anzubieten. Sie erwartete, daß er jetzt gehen würde. »Vielleicht sollte ich für heute Schluß machen«, sagte sie. »Ich bin wirklich ein bißchen müde.«

»Aber es *weiß* doch niemand, daß du noch verheiratet bist«, sagte Jeremy plötzlich.

Sie lächelte nicht mehr.

»Sie glauben, du seist verwitwet oder geschieden. *Die* wissen ja nicht, daß du nicht wieder heiraten kannst.«

»Jeremy, wirklich, ich –«

»Bitte hör zu. Mehr will ich nicht von dir, und wenn du nein sagst, werde ich dich nie wieder belästigen. Paß auf. Du siehst, wie gut du hierher paßt. Manchmal hatten wir neue Mieter, die an einem Tag gekommen und am nächsten wieder gegangen sind, es hat ihnen wohl einfach nicht gefallen. Bei dir war es nicht so. Du bist jetzt schon so lange bei uns.«

»Ja, aber verstehst du, ich wollte wirklich nicht –«

»Du paßt hierher. Alle wollen, daß du bleibst. Und du weißt, daß es eine Menge Vorteile hat, Küchenbenutzung, und Mrs. Jarrett als Babysitter. Was das Geld angeht, na ja, von Zeit zu Zeit verdiene ich ein bißchen, nicht sehr viel, ich weiß, aber immerhin so viel, daß du aufhören könntest, Schottensocken zu stricken, und außerdem braucht Darcy einen Vater, sie sagen, sie wäre oft ungezogen ohne –«

»Wer sagt das?« fragte Mary so laut, daß Darcy sich bewegte und etwas vor sich hin murmelte.

»Mrs. Jarrett.«

»Also, das finde ich unerhört von ihr.«

»Deshalb habe ich mir folgendes überlegt«, sagte Jeremy. »Könnten wir nicht einfach so *tun*, als ob wir verheiratet wären?«

Mary starrte ihn an.

»Oh, nein, bitte nicht wütend werden«, sagte er, und seine Worte überschlugen sich. »Ich weiß, wie das klingt. Aber verstehst du, für mich *wäre* es eine Ehe. Und wie sollen wir es denn anders machen? Eines Morgens könnten wir uns fein anziehen und ausgehen, und wenn wir zurückkommen, erzählen wir den anderen, wir seien auf dem Standesamt gewesen und hätten geheiratet. Das ist alles. Danach wären wir für alle, die wir kennen, verheiratet, ich würde für dich sorgen, und du würdest ein neues Leben anfangen, statt dich so abzurackern, wie du es jetzt tust, und könntest dich ganz Darcy widmen und noch mehr Kinder bekommen, wenn du willst, und bräuchtest sie nie mehr allein zu lassen, um in irgendeiner Schwitzbude zu arbeiten.«

»Jeremy, Lieber«, sagte Mary, »ich weiß, du meinst es wirklich gut –«

»Allerdings«, sagte er traurig. Er verstand jetzt, daß sie ablehnen würde, aber er war noch nicht zu Ende. »Ich mache dir einen Antrag, aber keinen unsittlichen, sondern einen Heiratsantrag. Aus tiefster Hochachtung«, so beteuerte er ihr und sah hoch. Sie lächelte beinah, blickte nicht mehr so streng drein, sondern freundlich und amüsiert, mit einem leichten Kopfschütteln. »Und außerdem«, sagte er und begann zu murmeln, »liebe ich dich.«

»Danke, Jeremy. Ich weiß das zu schätzen.«

»Wie kannst du auf ein besseres Leben hoffen, wenn du zu allem Neuen immer nur nein sagst.«

Aber jetzt sprach er schon fast wieder mit sich selbst, versuchte sich zu trösten und hatte sich auch schon abgewandt, um zu gehen. Vor sich sah er das Eßzimmer, von Marys Tür her in Farbe getaucht, ein oranger Strauß verstaubter Strohblumen auf dem Tisch. Dann tauchte in seiner Vorstellung ihr Gesicht auf, ihre Miene in dem Augenblick, da er sich abgewandt hatte – das Lächeln verblassend, die Augen plötzlich dunkler und nachdenklicher. Er drehte sich noch einmal um. Mary holte tief Luft, und an der plötzlichen Erschütterung und der Panik, die ihn durchflutete, merkte er, daß sie im nächsten Moment ja sagen würde.

5.

Herbst 1968: Miss Vinton

Früher bin ich immer zu Hause bei den Kindern geblieben, wenn Jeremy mit Mary im Taxi zum Krankenhaus fuhr. Damals hatte ich meinen kleinen Wagen noch nicht. Mary weckte mich nachts, nur um mir zu sagen, daß das Haus jetzt unter meiner Obhut bliebe – »Sie brauchen nicht aufzustehen!« sagte sie, aber ich tat es natürlich doch. Um nichts in der Welt hätte ich mir die Aufregung entgehen lassen. Ich zog einen Bademantel über und hastete die Treppe hinunter, um mich zu verabschieden, aber dann stellte sich jedesmal heraus, daß sie doch noch nicht ganz reisefertig waren. Mary wartete mit ihrem Koffer an der Haustür, während Jeremy nach den Hausschlüsseln oder nach Kleingeld für das Taxi suchte. Ich leistete Mary Gesellschaft. Wir standen einfach da und lächelten uns an. Wir *strahlten*. Ich bin zwar eine alte Jungfer – aber was ein freudiges Ereignis ist, weiß ich auch. Wenn Jeremy dann schließlich kam, ganz aufgeregt und wacklig auf den Beinen, suchte ich ihm seinen Mantel und half ihm hinein. »Beeilt euch«, sagte ich. »Ich höre schon das Taxi. Paßt auf, daß es nicht wieder wegfährt.« Ich schob die Riegel zurück, riß die innere Tür auf und dann die Außentür und stürmte vor ihnen in die Frostnacht hinaus. Am liebsten hätte ich einen Fanfarenruf ausgestoßen: »Platz da! Platz da! Hier ist eine schwangere Frau! Ein Kind kommt auf die Welt!« Statt dessen öffnete ich die Tür des Taxis und hielt mit der anderen Hand den Bademantel zu. »Sie steigen zuerst ein«, sagte ich dann zu Jeremy. Bei ihm gab es in diesem Moment nämlich jedesmal ein kurzes Zögern, aber wenn ich ihm dann einen kleinen Stups versetzte, schob er sich doch in den Wagen. Mary legte ihre Wange an meine und mußte sich dazu, wie über einen Tisch, weit über ihren Bauch und ihren Koffer beugen, was uns beide zum Lachen brachte. Wir hätten in diesem Augenblick, glaube ich, über alles gelacht. Mary strahlte, und der ganze Bürgersteig leuchtete mit. »Geben Sie acht auf Jeremy«, flüsterte sie mir immer zu. Und dann laut: »Ich bin weg!« Sie kletterte in das Taxi, kurbelte das Fenster herunter und lehnte sich winkend heraus. »Auf Wiedersehen, Miss Vinton! Und danke, daß Sie aufgestanden sind! Ich bin weg! Auf Wiedersehen!«

Den kleinen Wagen habe ich mir gekauft, als das Rheuma in meinen Knien so stark wurde, daß ich nicht mehr radfahren konnte. Ich habe mich für einen einundfünfziger DeSoto entschieden, er sieht nicht besonders toll aus, ist aber sehr solide und zuverlässig. Um diese Zeit war Mary gerade mitten in ihrer vierten Schwangerschaft. (Ihrer fünften, wenn man Darcy mitzählt.) »Übrigens«, sagte ich zu ihr, »diesmal können Sie mit Stil ins Krankenhaus fahren. Oder vielleicht nicht direkt mit Stil, aber Sie sind jedenfalls nicht auf die Yellow Cab Company angewiesen.« Insgeheim war ich ein bißchen nervös. Ich hatte mir den Weg zum Krankenhaus bestimmt schon ein dutzendmal angesehen, dabei lag es gar nicht weit weg, und ich war ja auch schon oft genug dort gewesen. Immer wieder ermahnte ich Mr. Somerset: »Verreisen Sie nicht im November. Sie müssen es mir versprechen, bitte.« Er sollte sich nämlich um die Kinder kümmern, solange ich nicht da war. Aber Mr. Somerset hatte während der ganzen vierzehn Jahre, die ich ihn kannte, keine einzige Nacht außer Haus verbracht. Daran sieht man, wie nervös ich gewesen sein muß. Ich hätte mir gewünscht, daß Julia Jarrett noch lebte. Oder daß sie wenigstens einen anderen Mieter aufgenommen hätten – eine andere großmütterliche Frau für dieses Zimmer, statt es in ein Kinderzimmer zu verwandeln. Ein alter Mann mit einer Vorliebe für Bourbon ist doch kein Babysitter! Schon im Oktober – da hatte Mary noch nicht einmal ihren Koffer gepackt – hatte ich auf dem Stuhl neben meinem Bett ein Kleid bereitgelegt und ein Paar Schuhe dazugestellt, alles fix und fertig. Ich schlief jetzt immer in der Unterwäsche für den nächsten Tag. Und ständig träumte ich, meinem Wagen würde auf halbem Weg zum Krankenhaus das Benzin ausgehen.

Aber erst Mitte November, eines Morgens früh um vier, klopfte es an meine Tür. Ich hatte so lange darauf gewartet, daß es mir fast unwirklich vorkam. Die letzten Knöpfe schließend, den Gürtel noch um das Handgelenk gewickelt, sauste ich die Treppe hinunter. Mary stand da, gelassen wie immer, und lächelte mir entgegen. Sie trug das blaue Schwangerschaftskleid, das sie während des größeren Teils ihrer Ehe täglich angehabt hatte, und darüber den alten schwarzen Mantel, der vor ihrem Bauch nicht mehr schloß. »Alles in Ordnung?« fragte ich sie.

»Ja, sehr gut.«

»Wie ist der Abstand zwischen den Wehen?«

»Alle vier Minuten.«

»Jeremy sollte sich beeilen«, sagte ich.

»Er kommt nicht mit.«

»*Nicht?*«

»Ich habe ihn nicht geweckt.«

Ich sah sie erstaunt an.

»Na ja, *Sie* können mir doch jetzt helfen«, sagte Mary. »Jetzt, wo ich doch kein Taxi mehr brauche.«

»Mary, er möchte das bestimmt um keinen Preis versäumen«, sagte ich zu ihr. Und wenn ich eines mit Sicherheit wußte, dann dies. Dieser Mann würde Himmel und Erde für sie in Bewegung setzen! Man konnte ihm ansehen, wie sehr er sie liebte. Aber Mary stand kopfschüttelnd da, hatte sich breitbeinig vor mir aufgebaut, wie die kleine Abbie, wenn sie sich irgendwas in den Kopf gesetzt hatte.

»Sie wissen nicht, wie schwer es ihm fällt«, sagte sie.

Ich wußte es durchaus. Wahrscheinlich wußte ich es sogar besser als sie, aber ich bin auch der Meinung, daß jeder das Recht hat, selbst zu bestimmen, was er tun und was er lassen will. Das sagte ich Mary natürlich nicht. Auch sie hat ihr Recht. Und vielleicht gab es ja noch andere Gründe, von denen ich nichts wußte, deshalb nickte ich bloß und nahm den Koffer in die Hand. »Wie Sie wollen«, sagte ich. »Haben Sie alles?«

»Ich glaube ja.«

»Dann los«, sagte ich. Es war nicht einmal nötig, Mr. Somerset Bescheid zu sagen – Jeremy war ja zu Hause.

137

Aber während der ganzen Fahrt zum Krankenhaus hatte ich das Gefühl, wir hätten einen Fehler gemacht. Mary anscheinend nicht. Sie sah bloß aus dem Fenster und redete über alltägliche Dinge – das Haus, die Kinder. Ich muß zugeben, *das* erleichterte mich irgendwie. Ich mag es nicht, wenn mir Leute zuviel aus ihrem Privatleben erzählen. Manchmal brach sie ab, ihre Miene wurde ausdruckslos, und ihr Blick heftete sich an einen Punkt weit in der Ferne. Es war das einzige Anzeichen dafür, daß eine Wehe gekommen war. Es war überhaupt nicht wie im Kino, Gott sei Dank. Nach einer Minute entspannte sie sich und fuhr da fort, wo sie aufgehört hatte.

»Ich wollte noch Pippis Schneeanzug rauslegen. Die Nylonjacke, die sie jetzt trägt, ist nicht –«

»Ich werde mich darum kümmern.«

»Ich glaube, er ist in der Truhe. Es ist der alte, den Abbie früher hatte, wissen Sie noch?«

»Ja, ja.«

Mir war noch nie aufgefallen, wie lange manche Ampeln einen aufhalten können.

»Und Darcy braucht eine Erlaubnis, daß sie mit auf die Exkursion darf.«

»Ich schreibe ihr eine im Warteraum.«

»Aber wie wollen Sie unterschreiben? Woher sollen sie in der Schule wissen, wer Miss Vinton ist?«

Ich hatte mir überlegt, Marys Namen einfach zu fälschen, aber da sie daran anscheinend nicht gedacht hatte, gab ich eine andere Antwort: »Ich werde sie Jeremy zum Unterschreiben geben«, sagte ich.

»Ja, gut«, sagte Mary. Sie blickte zu mir herüber. Warum sah sie plötzlich so schön aus? Ihre Mundwinkel hoben sich, sie schob sich das Haar aus dem Nacken und neigte den Kopf nach hinten, bis er auf der Rückenlehne ruhte. »Jeremy kann es machen«, sagte sie. Dann schloß sie die Augen, und die Ampel sprang auf Grün. Vor lauter Ungeduld hätte ich beim Anfahren beinahe das Getriebe zuschanden gemacht.

Im Krankenhaus wurde Mary in einen Rollstuhl gesetzt und war sofort verschwunden. Ich fand am Ende des Flurs einen Warteraum, sehr groß und sehr öde, mit einem Linoleumfußboden und

Kunstledersesseln und einem langweiligen Strauß Treibhausblumen auf einem niedrigen Tisch. Auf einer Couch lag ein glatzköpfiger Mann und schlief. Ich suchte mir einen Sessel am anderen Ende des Raumes, schaltete eine Lampe an und schrieb die Mitteilung für die Schule auf die Rückseite eines Einkaufszettels: »Hiermit gebe ich Darcy Tell die Erlaubnis, an der Exkursion ihrer Klasse teilzunehmen« und ließ noch Platz frei für Jeremys Unterschrift. Dann lehnte ich mich zurück und starrte auf die freie Stelle für Jeremys Namen. Ich überlegte, ob ich ihn einfach anrufen sollte. Wäre Mary nicht doch froh, wenn er käme? Ich weiß, daß Jeremy als der Schwächere in dieser Beziehung gilt, aber er hätte manche Leute in Staunen versetzen können: wenn man vor so vielen Dingen so viel Angst hat wie er, dann zeigt man manchmal auch mehr Stärke als die gewöhnlichen Menschen. Ich nahm eine Zehn-Cent-Münze aus meiner Handtasche, aber dann überlegte ich es mir noch einmal. Nicht umsonst habe ich vierzehn Jahre mit anderen Menschen so eng zusammengewohnt. Und mich in dieser Weise einzumischen, das habe ich noch nie gekonnt. Also blieb ich sitzen. Während der nächsten Stunde rauchte ich eine Zigarette nach der anderen und las in zerfledderten *Life*-Heften, deren Fotos so blaß und uralt aussahen, wie sie in Wartezimmern immer aussehen. Dann sagte jemand: »Miss Vinton?« und ich blickte hoch. In der Tür stand ein Arzt in grünem Kittel: »Sind Sie Miss Vinton? Mrs. Pauling schickt mich. Ich soll Ihnen ausrichten: sie hat einen Jungen bekommen.«
Ich sagte: »Einen Jungen? Sind Sie sicher?«
Er lächelte, aber man kann es mir nicht verübeln. Die ersten drei Babys waren Mädchen: Abigail, Philippa und Hannah. Einen Edward planten sie schon so lange, daß der Name inzwischen einen etwas schalen Beigeschmack bekommen hatte. Ich glaube, wir alle hatten die Hoffnung aufgegeben. Ich sagte: »Da wird Jeremy aber staunen! Ich muß ihn unbedingt anrufen!«, aber der Arzt hob die Hand und sagte: »Außerdem soll ich Ihnen sagen, daß sie ihren Mann selbst anruft. Sie möchte es so.«
»Ach, ja natürlich«, sagte ich, »daran habe ich nicht gedacht.«
Ich sah ihm nach und blickte dann auf die warme Münze in meiner Hand. Andere Leute sammeln vorher wochenlang Zehn-Cent-

Stücke. Und sobald das Baby da ist, stehen sie stundenlang in der Telefonzelle und rufen Großeltern, Tanten, Onkel, Freunde an. Aber wen sollte ich anrufen? Soviel ich wußte, hatte Jeremy nur noch eine Schwester, Amanda – sie war alleinstehend und hielt sich ziemlich fern. (Sie verstand sich nicht mit Mary.) Ich konnte sie unmöglich morgens um halb sechs aufwecken. Die einzigen Freundinnen waren die Frauen, mit denen Mary immer im Park hinter einer Reihe von Buggys auf der Bank saß. Ich kannte nicht mal ihre Nachnamen, und Mary kannte sie möglicherweise auch nicht. Also steckte ich das Geldstück wieder ein und stand auf, um zu gehen. Der glatzköpfige Mann auf der Couch schlief noch immer. Ich hatte keinen einzigen jungen Vater in Hemdsärmeln herumlaufen sehen. In der Wirklichkeit geht es selten so zu, wie man es aus den Illustrierten kennt.

Als ich nach Hause kam, war es fast hell, und die Kinder waren schon munter. Feste Zeiten fürs Aufstehen und Zubettgehen kennen sie nicht. Darcy war in der Küche und machte Cornflakes für die Kleinen. Im Wohnzimmer stritten Abbie und Pippi miteinander, während Hannah in ihrem Hochstuhl saß und am Daumen lutschte. »Du lieber Himmel«, sagte ich zu Darcy. »Wer paßt denn auf euch auf? Wo sind die anderen?«

»Im Bett vermutlich«, sagte Darcy.

»Hat Jeremy euch nicht erzählt, daß ihr ein Brüderchen bekommen habt?«

»Nein.«

Sie war damals elf – ein schweigsames Alter.

»Also jedenfalls habt ihr jetzt eins.«

»Das hat uns keiner gesagt.«

»Ich glaube, er soll Edward heißen.«

»Ich weiß«, sagte sie. »Ich habe den Namen doch ausgesucht.«

Das hatte ich vergessen. Sie haben Darcy alle Namen aussuchen lassen, um ihr das Gefühl zu geben, daß sie dazugehört. Sie können von Glück sagen, daß sie jetzt nicht mit lauter Hepzibahs und Lancelots dastehen. Ich sagte: »Also, da hast du eine gute Wahl getroffen, Darcy.«

»Wann bekommen wir ihn zu sehen?«

»In ein paar Tagen.«

Sie goß Milch in die Cornflakesschalen, und ich ging ins Wohnzimmer hinüber, um die beiden Streithähne auseinanderzubringen. »Also, was ist los?« sagte ich. Es ging um eine Packung Badesalz. Ich legte sie auf den Kaminsims, wischte Pippis Tränen ab, knöpfte Abbies Pyjama zu und fragte mich die ganze Zeit, wer sich eigentlich um sie kümmerte. Anscheinend war ich der einzige Erwachsene weit und breit. Ich hatte noch meinen Regenmantel an, war bekleckert mit Tränen und rosa Badesalz und sollte in zwei Stunden in der Buchhandlung sein. Es hätte mir nichts ausgemacht, bei den Kindern zu bleiben. Ich habe es Mary bei jeder Geburt angeboten. »Lassen Sie Jeremy einfach weiterarbeiten«, sagte ich immer zu ihr. »Ich nehme ein paar Tage frei.« Aber sie sagte: »Du liebe Güte, nein, er kommt schon zurecht.« Aber jetzt war nichts von ihm zu sehen. Ich sorgte dafür, daß sich die beiden Mädchen mit ihren Cornflakes hinsetzten, ging ins Eßzimmer hinüber und klopfte an Jeremys Tür. Er und Mary schlafen jetzt in dem Zimmer, das früher seine Mutter hatte. Aber es kam keine Antwort, und schließlich warf ich einen Blick hinein. Ich fand nur ein leeres Bett, ungemacht. Bettücher hingen auf den Boden herab. Ich schloß die Tür und kehrte zurück in die Küche. »Also, Kinder«, sagte ich. »Es sieht so aus, als müßten wir die Stellung hier allein halten.« Ich verteilte Papierservietten und machte ihnen warmen Kakao, während sie um den Tisch saßen und aßen. Ein merkwürdiges Bild – die blonde Darcy und die anderen mit ihren braunen Haaren und den runden, feierlichen Gesichtern. Die Jüngeren waren ihrem Alter nach nicht sehr weit auseinander – sechs, vier und zwei –, und heute morgen hatte ich das Gefühl gehabt, die Jüngste sei einfach noch zu klein dafür, daß schon wieder ein neues Baby hinzukäme. Sie trank aus einer dieser Übungstassen mit Schnabel. Jedesmal, wenn sie sie aus dem Mund nahm, fuhr dafür der Daumen hinein. Abbie und Pippi stritten sich immer noch. Darcy fing an, sie herumzukommandieren – eine schlechte Angewohnheit von ihr. Unterdessen kam Buddy, unser derzeitiger Medizinstudent, durch die Küche, nahm sich auf dem Weg nach draußen einen Apfel, und auch Mr. Somerset tauchte auf, verschwand aber wieder, als er die Menschenmenge erblickte. »Mr. Somerset! Warten Sie«, sagte ich. »Haben Sie Jeremy gesehen?«

»Nein!«

»Ich wette, er ist in seinem Atelier«, sagte Darcy.

Während sie mit ihrem Frühstück beschäftigt waren, machte ich mich also auf den Weg in den zweiten Stock. Die Mitteilung für Darcys Lehrerin nahm ich mit. Ich hielt sie wie eine Eintrittskarte vor mich und klopfte an. »Jeremy? Ich bin's, Mildred Vinton«, sagte ich. Keine Antwort. Ich klopfte noch einmal. Die Tür zu seinem Atelier hatten sie eingebaut, als die beiden größeren Mädchen sein altes Zimmer oben bekamen. Früher konnte man überall im Haus Spuren seiner Arbeit finden, überall flogen Papierschnipsel herum, es roch nach Leim und Karton, aber je besser seine Objekte wurden, desto mehr schirmte er sie vor uns ab. Ich glaube, Jeremy wird eines Tages noch mal sehr berühmt, aber es könnte sein, daß bis dahin überhaupt niemand mehr seine Arbeiten sehen darf, nicht einmal fremde Leute im Museum.

Ich sagte: »Jeremy? Sind Sie da?« Und dann: »Also, ich will nicht stören, aber ich muß wissen, ob Sie wollen, daß ich heute bei den Kindern bleibe.«

Schritte knarrten über den Fußboden. Die Tür ging auf, und Jeremy stand da, unrasiert, in einem mottenzerfressenen Pullover und ausgebeulten Hosen. Seit Jahren hatte er nicht mehr so schlimm ausgesehen. Das Komische bei ihm ist, daß er scheinbar nie älter wird, immer das gleiche glatte, runde Gesicht, aber heute machte es den Eindruck nur noch schlimmer. Er sah erschütternd aus, wie ein verkatertes Baby. Ich tat so, als würde ich nichts bemerken. »Morgen, Jeremy«, sagte ich. »Glückwunsch.«

»Danke, Miss Vinton.«

Als wir von ihrer Heirat erfahren (und die Überraschung verdaut) hatten, und als es im Haus immer munterer zuging und wir anfingen, uns mit dem Vornamen anzureden, bat ich alle, sie sollten Mildred zu mir sagen, aber das erwies sich offenbar als unmöglich. Ich bin und bleibe Miss Vinton.

Ich hielt ihm meinen Zettel und einen Kugelschreiber hin. »Könnten Sie das bitte unterschreiben?«

Er unterschrieb – soweit ich sehen konnte, ohne auch nur einen Blick darauf zu werfen. Dann gab er mir das Blatt zurück. »Sie haben mir nicht Bescheid gesagt«, sagte er.

»Also, ich – sie hat mich gebeten, es nicht zu tun, Jeremy.«

»Sie wollte mich nicht dabeihaben.«

Ich wußte nicht, was ich sagen sollte. Ich sah die Treppe hinunter, um ihn nicht in Verlegenheit zu bringen. Schließlich fragte ich: »Soll ich mich heute um die Kinder kümmern?«

»Sie meinen, ich könnte das nicht«, sagte er.

Ich erschrak und erwiderte: »Nein, Jeremy. Ich weiß, daß Sie es können.«

»Ich kann so was.«

»Natürlich, aber – falls Sie gerade an etwas arbeiten.«

»Ich arbeite an gar nichts.«

Er machte die Tür wieder zu. Was sollte ich tun? Er schien zu sehr in Gedanken, als daß ich die kleinen Mädchen bei ihm lassen konnte, aber schließlich tat ich es dann doch – nahm ein Bad, zog mich an und machte mich auf den Weg zum Laden. Mittags konnte ich nicht weg, rief aber an. Es klingelte siebenmal, bevor er abnahm. »Jeremy?« fragte ich. »Ist alles in Ordnung?«

»Ja, sicher.«

Er klang wieder wie er selbst, und im Hintergrund konnte ich Pippi singen hören. Anscheinend hatte ich mir ohne Grund Sorgen gemacht.

Nachmittags machte ich früh Schluß und besuchte Mary. Sie können sich vorstellen, daß ich damals längst eine erfahrene Krankenhausbesucherin war. Ich wußte, daß ich ihr keine Blumen mitbringen sollte (Verschwendung macht sie nervös) und daß ich zuerst bei der Säuglingsstation haltmachen mußte, um ihr dann sagen zu können, ich hätte das Baby schon gesehen. (Immer mußte ich ihr versichern, daß alles in Ordnung sei und daß kein Arzt mich beiseite genommen und mir irgendwelche schlimmen Andeutungen zugeflüstert habe.) Nachdem ich Edward eine Zeitlang betrachtet hatte, ging ich den Flur entlang zu ihrem Zimmer und erwartete, sie dort plaudernd und lachend anzutreffen, so wie es nach jedem Baby gewesen war. Diesmal aber nicht. Sie lag auf dem Rücken und weinte. Überall im Zimmer unterhielten sich Frauen mit Schleifen im Haar und Spitzenbesatz auf den Bettjacken in gedämpftem Ton mit ihren Männern, nur Mary weinte. Fast wäre ich wieder gegangen. Und ich *hätte* es getan, wenn ich gekonnt hätte. Wenn Menschen weinen, lasse ich sie in Ruhe. Aber sie hatte mich schon gesehen, und ich konnte nicht mehr zurück. »Oh, Miss Vinton«, sagte sie. Sie richtete sich auf und fuhr sich rasch mit den Zeigefingern unter den Augen entlang, um die verräterischen Zeichen wegzuwischen. Ich tat, als hätte ich nichts bemerkt. »Einen prächtigen Sohn haben Sie da bekommen«, sagte ich. Jetzt wünschte ich mir doch, ich hätte einen Blumenstrauß mitgebracht. Ich hätte damit herumhantieren können, und sie hätte Zeit gehabt, sich wieder zu fassen. Ich sagte: »Haben Sie geschlafen? Ich bin nämlich nur auf einen Sprung vorbeigekommen. Wollte nicht lange bleiben. Nächstes Mal komme ich –«

»Jeremy ist böse auf mich«, sagte sie.

»Ach, bestimmt wird er – er wird darüber hinwegkommen.«

»Sie hatten recht. Ich hätte ihm Bescheid sagen sollen.«

»Ich verstehe ja nicht viel von diesen Dingen«, sagte ich. »Aber am Ende wird sich bestimmt alles wieder einrenken.«

»Ich dachte, es würde ihm helfen. Aber ich habe ihn nur verletzt, so tief verletzt, daß ich gar nicht weiß, was er jetzt tun wird. Ich habe ihn noch nie so verletzt gesehen. Ich habe ihn angerufen und –«

Dann fing sie wieder an zu weinen. Sie konnte nicht weitersprechen. Ich sagte: »O je, o je.« Ich brauchte lange, bis ich meinen Regenmantel aufgeknöpft und über die Rückenlehne des Stuhls gelegt hatte.

»Ich habe ihn angerufen«, sagte Mary, als sie ihre Stimme wiedergefunden hatte, »und habe es ihm erzählt – er schwieg, aber schließlich sagte er: ›Ich verstehe.‹ Und dann – dann –«

Ihre Stimme versagte. Ich kam mir hilflos vor. Ich wußte, nachts würde sie wachliegen und sich selbst nicht leiden können, weil sie ihre Geheimnisse in dieser Weise preisgegeben hatte. Sollte ich etwa so tun, als ob ich nichts gehört hätte? Das war lächerlich.

»Dann sagte er: ›*Wolltest* du mich nicht dabeihaben, Mary?‹«

»Aber natürlich wollten Sie«, sagte ich und zog die Ärmelaufschläge an meinem Pullover sehr sorgfältig nach unten.

»Ich habe versucht, es ihm klarzumachen. ›Ich will dich immer bei mir haben, Jeremy‹, habe ich gesagt, ›aber schließlich ist das nicht mein erstes Baby, und ich weiß doch, wie schwer es für dich ist, zu −‹«

Aufrichtigkeit: ihr einziger Fehler. Man kann auch zu tief in einen Menschen hineinsehen, und wenn man ihm dann noch zuviel von dem erzählt, was man gesehen hat − aber ich weiß nicht, wann sie das endlich begreifen wird. »Hören Sie«, wollte ich ihr sagen, »den allergrößten Gefallen tun Sie ihm, wenn Sie ihn so nehmen, wie er sein will.« Aber dann gelang es mir doch, den Mund zu halten. Ich reichte ihr einfach ein Päckchen Papiertaschentücher und sah zu, wie sie sich die Tränen abwischte. »Ich glaube, es ist eine Wochenbettdepression«, sagte ich schließlich. Mary lachte, und dann weinte sie wieder. »Soll ich später noch mal vorbeikommen?« fragte ich. »Nein, Miss Vinton, gehen Sie nicht. Bitte, gehen Sie nicht. Ich verspreche Ihnen, daß ich damit jetzt aufhöre.«

Es sah nicht so aus, als ob sie ihr Versprechen halten würde, aber ich wußte nicht, wie ich aus dem Zimmer kommen sollte, ohne daß es unhöflich wirkte. Ich lehnte mich auf meinem Stuhl zurück. »Das Baby habe ich auch schon angesehen«, erzählte ich ihr. »Der Junge ist anscheinend vollkommen gesund, soweit man es von außen beurteilen kann.«

»Haben Sie ihn gesehen, Miss Vinton?«

»Das sage ich doch. Ich komme gerade von der Säuglingsstation.«

»Ich meine Jeremy. Haben Sie Jeremy gesehen?«

»Ja, heute morgen.«

»Wie sah er aus? Ging es ihm gut?«

»Es ging ihm *ausgezeichnet*«, erwiderte ich. »Wirklich ausgezeichnet.«

»Sie wollen mich nicht mehr ans Telefon lassen, bis ich wieder herumlaufen kann«, meinte Mary, »und das dauert bestimmt bis morgen. Es ist draußen im Flur. Ich will ihn nur fragen, wie es den Kindern geht, und dieses Mißverständnis aus der Welt schaffen. Ich ertrage es nicht, hier zu liegen, und dann der Gedanke −«

»Die Kinder kommen sehr gut zurecht«, sagte ich.

»Und tun sie auch, was er ihnen sagt?«

»Natürlich.«

»Er weiß nämlich manchmal nicht so recht, wie er mit ihnen umgehen soll, verstehen Sie, und ich fürchte –«

»Es geht ihnen *ausgezeichnet.*«

»Er sagte, er wollte mich besuchen.«

»Oh, wunderbar!« Ich hielt das für ein sehr gutes Zeichen; bisher hatte er die Besuche immer mir überlassen.

»Ich habe ihm gesagt, er brauche nicht zu kommen.«

»Mary Pauling! Warum denn nicht?«

»Es fällt ihm so schwer«, erklärte Mary. »Ich habe ihm gesagt, er brauchte sich die Mühe nicht zu machen.«

Bei manchen Leuten dauert es wirklich furchtbar lange, bis sie endlich kapieren.

Ich ging nach Hause und stand vor einem Chaos – Buddy kochte Spaghetti, Jeremy wechselte Hannahs Windeln, Mr. Somerset fuhr mit einem alten Handfeger auf dem Teppich herum. Es hat etwas Mitleiderregendes, wenn Männer herauszufinden versuchen, wie ein Haushalt funktioniert. »Kommen Sie«, sagte ich zu Jeremy, »lassen Sie mich das machen.« Er hatte eine saubere Windel auf dem Boden ausgebreitet, konnte Hannah aber anscheinend nicht dazu bringen, sich auf sie zu setzen. Ich sagte: »Um acht Uhr ist im Krankenhaus Besuchszeit. Ich bleibe bei den Kindern, während Sie hinfahren.«

»Sie will nicht, daß ich komme«, sagte er. Er sah mich lange aus sehr großen Augen an. Es brach mir fast das Herz.

»Jeremy«, sagte ich, »wissen Sie bestimmt, daß sie es nicht will?«

»Sie hat mich gebeten, nicht zu kommen.«

Da war Hannah schon wieder unterwegs zu einem Haufen Bausteine. Ich packte sie. »Hiergeblieben, Fräulein«, sagte ich, »jetzt reicht es, verstanden?« Aber in Wirklichkeit war ich so wütend, natürlich nicht auf Hannah.

Es ist schwer, unter Menschen, die man gern hat, zu leben und sich mit Ratschlägen zurückzuhalten.

Ich bin nie verheiratet gewesen, habe nie Heiratspläne gehabt und hatte auch nie Lust zu heiraten. Aber ich glaube nicht, daß ich deshalb ein unglücklicher Mensch bin. Ich hatte eine normale Kindheit, liebe Eltern, fünf großartige Brüder und Schwestern. Und als ich in dem entsprechenden Alter war, stellten sich junge Männer in der üblichen Zahl ein. Aber nicht ein einziges Mal habe ich die Möglichkeit erwogen, einen von ihnen zu heiraten. Wenn Sie mich fragen, wie damals meine Vorstellung von der Zukunft oder mein liebster Tagtraum aussah – ungefähr so: ich sitze allein in meinem Zimmer und lese ein Buch und werde nie, niemals von irgendwem gestört. Ich weiß, das klingt asozial. Aber in jungen Jahren kam mir mein Leben immer so *überfüllt* vor. Es waren so viele Menschen um mich herum. Jeder kannte die Geheimnisse der anderen. Und später, als mein Vater starb, als meine Brüder und Schwestern heirateten und wegzogen, habe ich meine Mutter während ihrer letzten Krankheit gepflegt. Ich wollte es; ich war nicht die alte Jungfer, die von allen ausgenützt wird. Und meine Mutter war nie eine von diesen ewig nörgelnden alten Frauen. Sie war freundlich und munter, bis zum Schluß. Aber *geteilt* haben wir natürlich! Fünf Jahre lang haben wir die Mahlzeiten geteilt, das Haus geteilt, die Neuigkeiten geteilt, Pläne und Sorgen und Geldprobleme geteilt und sogar die Inhalte der *Bücher*, die wir lasen. Ich wußte alles über sie, weil ich es wissen mußte: ich wußte Bescheid über das Befinden ihres Darms und welche Gerichte ihr nicht bekamen und welche Gedanken sie nachts nicht schlafen ließen. Und sie wußte über mich Bescheid, es gab ja für mich kein Entkommen; ich war ständig mit ihr zusammen. Zum Schluß habe ich sogar auf einem Klappbett in ihrem Zimmer geschlafen. Als sie starb, hat mich bloß die Stille geweckt – das Anhalten eines Atems, mit dem ich fünf lange Jahre zusammengelebt hatte. Der Schock der *Einsamkeit* hat mir die Augen geöffnet. Ich war allein. Während ihrer Beerdigung war ich vollkommen gefaßt, und gestört hat mich nur der Lärm all der Brüder, Schwestern, Nichten und Neffen, die sich aus diesem Anlaß versammelt hatten. »Oh, Mildred«, sagten sie, »wir wissen, wie du fühlst: du kannst es noch gar nicht fassen.« So erklärten sie sich, daß ich nicht weinte. Und dann sagte Carrie, die mir von all meinen

Geschwistern am nächsten stand: »Ich schätze, für dich ist es fast eine Erleichterung, daß sie von uns gegangen ist. Darüber wäre keiner von uns schockiert.« Aber es war nicht die Erleichterung, an die *sie* dachte. Erleichtert war ich nicht darüber, daß ich nun ungebunden war und die ganze Mühsal hinter mir hatte, sondern darüber, daß ich meine Ruhe hatte. Wenn Sie mich mitten in der Nacht wecken und mich fragen würden: »Schnell, ohne nachzudenken: was ist das Allerwichtigste auf der Welt?«, dann würde ich sagen: »Daß man seine Ruhe hat.« Ich weiß, daß es nicht stimmt. Ich weiß, daß die richtige Antwort lauten müßte: Liebe oder Verständnis oder das Gefühl, daß man gebraucht wird – auch für mich gilt das. Ich sage Ihnen ja nur, was mir als erstes einfällt – eben, daß man seine Ruhe hat. Allein in einem Zimmer sitzen, ein Buch lesen und von niemandem gestört werden. Das ist alles, was ich vom Leben je wirklich gewollt habe.

Als ich zuerst hierherkam, gleich nachdem Mutter gestorben war, habe ich noch auf der Türschwelle meine Bedingungen genannt. »Wie ich sehe, vermieten Sie Zimmer«, habe ich gesagt. »Ich hätte gern eines, das billig und ruhig ist. Kein Lärm, wenig Menschen. Haben Sie das?« Damals konnte ich nicht wissen, daß alles, was ich da redete, vollkommen überflüssig war. Jeremy Pauling und seine Mutter waren zurückhaltender, als ich es je für möglich gehalten hätte. Es war, als hinge vor dieser Haustür ein Vorhang aus Spinnweben wie vor dem Tor von Dornröschens Schloß. Drinnen diese beiden, die sich bemühten, so wenig Geräusche wie möglich zu machen, und draußen der Rest der Welt – eine riesige, kalte, schreckliche Macht, die nur darauf wartete, sich auf sie zu stürzen, die mit Gewißheit obsiegen würde und ihnen in jeder Hinsicht überlegen wäre. Wenn Mrs. Pauling einkaufen ging, trug sie, ganz gleich, wie warm es draußen war, mehrere Kleiderschichten übereinander, eine richtige Panzerung. Wenn sie vor das Haus getreten war, sah sie sich zunächst mit einem ängstlichen, schreckhaften, traurigen Blick um und prüfte, was der Feind im Schilde führte. Wenn sie zurückkehrte, schob sie einen Einkaufswagen vor sich her, der mit unverderblichen Lebensmitteln so vollgepackt war, als rechnete sie mit einer Belagerung. Hastig schaffte sie die Sachen nach drinnen, sortierte sie in ihre Schränke, trat dann zurück und starrte sie lange an, wobei sie die Lippen bewegte, als würde sie zählen. Nach einem solchen Ausflug ging sie manchmal wochenlang nicht in den Laden – oder anderswohin, außer gelegentlich zur Kirche. Sie und Jeremy blieben im Haus und tranken warmen Kakao. Gab es irgendwo auf der Welt für mich eine geeignetere Tür, an der ich hätte anklopfen können? Anfangs wollte ich nur für ein paar Monate bleiben, bis ich eine Stelle gefunden und das Geld für ein Apartment beisammen hätte. Dort wollte ich dann *wirklich* allein leben. Aber die Jahre vergingen, und es kam einfach nicht dazu, und jetzt glaube ich, daß ich nicht mehr umziehen werde. Mir gefällt es hier. Meiner Meinung nach stünde es viel besser um unsere Gesellschaft, wenn alle Menschen in Pensionen lebten. Auch Familien, auch Ehepaare. Jeder sollte ein Zimmer für sich haben mit einer Tür, die man abschließen kann; dazu dann unten ein größerer Raum, in dem man ganz nach Belieben zusammenkommen könnte oder nicht. Denn *einige* Menschen um mich herum zu haben, das ist mir durchaus recht. Ich bin keine Einsiedlerin. Ich sehe gern zu, wie Jeremys und Marys Kinder aufwachsen, wie die Medizinstudenten zu Ärzten werden und wie Mr. Somerset mit seiner Rente zurechtkommt. Ist es nicht fair, daß ich für ein derart angenehmes Leben einen Preis zahlen muß? Der Preis ist Schweigen. Den Mund halten, wenn es mich drängt, etwas zu sagen, mich nicht in die Angelegenheiten von anderen Leuten einmischen, meine Ratschläge für mich behalten, ihnen die ungestörte Ruhe lassen, die ich selbst haben will. Oft frage ich mich, ob ich einen Fehler mache. Ich denke: Überhöre ich da etwas? Habe ich zuviel aufgegeben? Kann es sein, daß Menschen, die ich gern habe, manchmal nicht in Ruhe gelassen werden *wollen*? Aber ich gebe nicht nach; ich steige die Treppe hoch in mein Zimmer. Ich schließe hinter mir ab. Es gehört zu den traurigen Dingen in dieser Welt, daß die anderen Menschen gerade von den Taten, die einen die meiste Kraft kosten, nichts erfahren.

Mary blieb fünf Tage im Krankenhaus, und glauben Sie mir, es waren fünf ungeheuer lange Tage. Das Durcheinander zu Hause wurde immer schlimmer, die Kinder waren mürrisch, und niemand fühlte sich wohl. Tagsüber kramte Jeremy im Haushalt herum, nachts arbeitete er in seinem Atelier, fast bis zum Morgengrauen, und kam dann so müde und bleich zum Frühstück, daß er kaum sprechen konnte. Und nie ging er ins Krankenhaus. *Ich* fuhr hin, jeden Mittag und jeden Abend, und sah zu, wie Mary weinte. Ich will damit nicht sagen, daß sie immer nur weinte. Es gab auch fröhliche Augenblicke, vor allem wenn das Baby gerade bei ihr gewesen war. Sie freundete sich mit den Müttern in ihrem Zimmer an, sie bekam von anderen Leuten Besuch (Buddy und seine Freundin kamen und ein paar von den Frauen aus dem Park, sobald sich die Neuigkeit herumgesprochen hatte), und sie schrieb den Kindern kleine Briefe, die ich mit nach Hause nahm. Aber wenigstens einmal bei jedem Besuch brach sie in Tränen aus. »Warum kann ich denn nicht zu ihm nach Hause?« sagte sie einmal, und dann: »Meinen Sie, ich hätte dieses Baby nicht bekommen sollen?« Eines Abends erzählte sie mir, warum sie immer eine so große Familie hatte haben wollen. »Ich war ein Einzelkind«, sagte sie (zum ersten Mal kam sie mir gegenüber auf ihre Vergangenheit zu sprechen), »und ich habe mir immer geschworen, wenn ich groß wäre, würde ich mindestens ein Dutzend Kinder bekommen. Und ich halte meine Versprechen, oder?« Dann traten ihr Tränen in die Augen. In diesem Augenblick traf mich das völlig unvorbereitet. »Aber manchmal«, fuhr sie fort, »habe ich das Gefühl, jedes neue Baby ist ein Strick mehr, der mich am Boden festzurrt, als wäre ich ein Zelt. Ich habe nicht mehr die Wahl, fortzugehen. Ich bin gezwungen, mich auf ihn zu verlassen. Aber er ist nicht verläßlich.«

»Still jetzt, zum Donnerwetter«, sagte ich.

»Ich liebe ihn mehr, als ich je einen Menschen geliebt habe, glauben Sie mir das? Aber manchmal fange ich an, mich in meinen Arzt zu verlieben oder in den Kinderarzt, beide sind so sicher in dem, was sie tun. Selbst der Heizungsmonteur, der genau weiß, wo die undichte Stelle ist, oder der Mann, der mir die Lebensmittel bringt. Er pfeift ein fröhliches Lied und wuchtet mir die große Kiste mit den Lebensmitteln auf den Küchentisch.«

»Mary, Sie sind einfach ein bißchen durcheinander«, sagte ich.

Auf dem Heimweg war ich selbst durcheinander, konnte später

nicht einschlafen und hoffte, sie möge vergessen, daß sie mir so etwas je erzählt hatte.

Am Anfang, als sie gerade verheiratet waren, verlangte sie sehr viel von ihm. Sie machte sich offenbar gar nicht klar, daß er anders war als andere Menschen. »Komm, wir gehen Vorhänge aussuchen«, hörte ich sie einmal zu ihm sagen. Und ein andermal: »Warum gehen wir eigentlich nie ins Kino, Jeremy?« Natürlich hatte niemand von uns mit ihr über dieses Thema gesprochen. Julia Jarrett glaubte immer, Mary zuliebe werde er sich ändern, und in einem gewissen Sinne tat er das auch. Er geht jetzt wirklich mehr aus. Vermutlich mußte er diesen Block verlassen, um zu heiraten. Dann gab es die Fahrten zum Krankenhaus. Und vor drei Jahren war er bei einer Theatervorstellung in Darcys Schule, bei der sie eine Blume in Rotkäppchens Wald spielte. (Sie warnte das Rotkäppchen mit silberheller Stimme – ich war auch da. »Nimm dich in acht, kleines Mädchen, denk daran, was deine Mutter dir gesagt hat.« Jeremy ging sieben Blocks weit, um das zu hören, und kaum hatte sie ihren Vers gesprochen, da applaudierte er ganz allein, was Darcy natürlich wütend machte. Aber ich habe ihn dafür bewundert. Es gibt auch andere Helden, solche, die nicht durch brennendes Öl schwimmen.) Aber nein, bei Hecht's ist er nie gewesen, um Vorhänge auszusuchen. Er ist mit Mary auch nie ins Kino gegangen. Wie mag sie sich das erklären? Wann hat sie endlich zwei und zwei zusammengezählt und erkannt, daß er es nie tun würde? Ich weiß es wirklich nicht. Ich weiß nur, daß es mir vorkam, als würde sie ihn im Laufe der Zeit immer seltener um so etwas bitten. Sie schien ruhiger zu werden, älter, stärker. Sie ging liebevoller mit ihm um. Dann hörte ich sie mit Buddy reden, damals, als er uns noch nicht gut kannte. Er hatte ihr etwas von einem Stück erzählt, das sie und Jeremy sich nicht entgehen lassen sollten. »Ach«, sagte sie, »Jeremy geht eigentlich kaum noch ins Theater. Er hat Probleme mit den Augen.« Da wußte ich, daß sie endlich kapiert hatte und nicht mehr glaubte, er sei wie andere Menschen. Trotzdem machte ich mir Sorgen. Natürlich war mir klar, daß es mich nichts anging. Aber ich war doch so unruhig wegen Jeremy, stellte mir andauernd irgendwelche Szenen vor, in denen er vor ihr versagte. Während der ersten Wochen ihrer Ehe schickte ich ihr stille, unsichtbare Botschaften: Wenn du unfreundlich zu ihm bist, ist das eine *Sünde*, die schwerste, die du je begehen wirst. Vergiß nicht, daß du es mit einem ganz besonderen Menschen zu tun hast. Einem Genie. Nicht mit irgendeinem x-beliebigen Versicherungsvertreter. Dabei war sie mir wirklich nicht unsympathisch, verstehen Sie; ich hatte sie schon damals in mein Herz geschlossen. Aber in mancher Hinsicht ist Mary eine ganz alltägliche Frau, und diese Heirat war für sie genauso seltsam, lag von dem ihr vorgezeichneten Lebensweg genauso weit entfernt wie für Jeremy. Man braucht sich nur den Notizblock neben dem Telefon im Flur anzusehen! Beim Telefonieren kritzelt sie winzige Bügeleisen, Dreiräder und Mixer. Sie verdient sich ein bißchen zusätzliches Geld mit Haushaltstips, die sie an Frauenzeitschriften schickt. Ist es da verwunderlich, daß ich mir Sorgen machte? Ohne Grund, wie sich dann herausstellte. Sie blieb heiter und gelassen wie immer, während Jeremy vor lauter Stolz und Glück fast platzte. Ich erinnere mich, wie sie eines Morgens in einem neuen Kleid zum Frühstück kam, es war das einzige Kleid, in dem ich sie je gesehen habe. Es stand ihr wirklich sehr gut. Ich sagte: »Also, das ist ja hinreißend. Nicht wahr, Jeremy?« Aber Jeremy war gerade in der Stimmung, die ihn immer überkommt, wenn er ein neues Objekt anfängt – tausend Meilen weit weg. Er lächelte ihr breit und ausdruckslos zu und sagte kein Wort. Ich fragte ihn: »Jeremy? Sieht Mary nicht fabelhaft aus?« Denn ich fand, jetzt *mußte* er antworten, Mary zuliebe. Jeremy sagte: »Was ist?«, stand auf und ging hinaus. Also, manche Frauen würde so etwas nicht unberührt lassen. Aber als ich zu Mary hinübersah, lachte sie nur und sagte: »Keine Sorge, es gefällt ihm. Ich weiß es, er hat sich letzte Woche aus dem Innensaum ein kleines Stück herausgeschnitten und es für eines von seinen Objekten verwendet. Er dachte, ich würde es nicht merken.«

Ich war so erleichtert, als ich das hörte. Ich dachte: »Zumindest versteht sie ihn.« Ich hätte mir nie träumen lassen, daß sie für ihn einmal zuviel Verständnis aufbringen könnte.

Am Donnerstagabend kam Brian, um sich Jeremys neue Arbeiten anzusehen. Brians Besuche sind ein Ereignis in diesem Haus. Er selbst ist schon so beeindruckend – ein gutaussehender, freundlicher Mann mit einem Stutzbart –, und außerdem bekommen auch wir dann erstmals zu sehen, womit sich Jeremy in letzter Zeit beschäftigt hat. Die Sachen, die sie an diesem Abend nach unten brachten, waren die besten, die ich bisher gesehen hatte. Es ist merkwürdig, wie Jeremys Objekte im Laufe der Jahre gewachsen sind. Ich meine, materiell – im buchstäblichen Sinne. Sie sind doppelt so groß wie früher und haben so viel Relief und Struktur, daß sie beinah wie Plastiken wirken. Es finden sich in ihnen ganz alltägliche Dinge – kleine Pappbecher und Busfahrscheine und bunte Schnürsenkel von seinen Kindern, alles noch erkennbar –, und auch seine Motive sind alltäglich, die einfachsten, gewöhnlichsten Szenen, die man sich denken kann. Ich erkannte einen Mann mit einer Harke, eine Frau, die ein Hemd bügelt, ein Kind, das sich einen Rollschuh anzieht. Die Gesichtszüge waren nicht ausgeführt, überlagert von Pappbechern und Busfahrscheinen. Sie machten mich traurig.

Haben Sie schon mal eine Fernsehsendung gesehen, die mit Standfotos aus den Szenen endet, die gerade eben gelaufen sind? Musik erklingt, und über diese Aufnahmen hinweg läuft der Abspann. Das schafft eine eigenartige Distanz. Augenblicke, die man soeben miterlebt hat, werden für immer in einen Schwebezustand gehoben, während man selbst mit jedem Atemzug weiter zurücktritt. Die Augenblicke werden kleiner und dennoch deutlicher. Man erkennt eine Traurigkeit in ihnen, die man dort nicht vermutet hätte. Ist es verständlich, wenn ich sage, daß mich Jeremys Objekte auf die gleiche Weise berühren? Dieser Mann mit der Harke, der ein wenig gebeugt und reglos dasteht, erinnerte mich daran, daß Leben *nichts* anderes ist als Bewegung und so rasch vorübergleitet, daß man es mit bloßem Auge nicht wahrnehmen kann. Ich jedenfalls könnte es nicht. Jeremy indessen hat da keine Schwierigkeiten. Er sieht immer alles aus der Distanz, er braucht sich deshalb nicht anzustrengen, und tut es auch nicht. Distanz ist ein Teil seiner ganzen Art. Er *lebt* in ihr. Er stellt Bilder her wie andere Leute Landkarten – er markiert die wenigen Punkte, die er kennt, und hofft, daß sie ihn leiten werden, während er über diesen unbekannten Planeten schwebt. Er heftet seinen Blick auf den Horizont, während seine Hände blindlings arbeiten. Bin ich die einzige, die das sieht? Brian hat es bestimmt noch nie bemerkt. Brian pochte nur mit den Fingerknöcheln an die Bilder, nickte und kaute dazu an seiner Pfeife. »Gute Arbeit, gute Arbeit«, sagte er. Dann fing er an, von einem Boot zu erzählen, das er sich gekauft hatte. »Im Frühjahr mache ich eine richtige Tour damit«, sagte er. »Im alten Stil. Ich esse, was ich mir fange, und bei der Navigation halte ich mich an die Sterne.« Jeremy hörte ihm mit großen Augen zu und machte ein ehrfürchtiges, bewunderndes Gesicht. Er stand neben seinem besten Objekt, aber er hatte es völlig vergessen. O Jeremy, wollte ich ihm sagen, auch du segelst mit den Sternen, aber du siehst von ihnen viel mehr, als Brian je sehen wird.

Doch laut sagte ich das natürlich nicht.

Am Freitag besuchte ich Mary, und sie erzählte mir, daß sie am Samstag entlassen werde. Sie schien nicht so glücklich, wie man erwarten sollte. »Das ist ja wunderbar!« sagte ich. »Ich habe in dieser Woche Samstag frei. So um zehn fahre ich sie alle hierher, ja?«

»Hm«, sagte Mary, »ich glaube, diesmal sollten Sie einfach allein kommen, wenn es Ihnen nichts ausmacht.«

»Wieso allein?«

»Es ist einfacher so.«

»Wer sagt denn, daß es einfach sein soll?«

Normalerweise hätte ich so etwas nicht ausgesprochen, aber ich konnte genau sehen, daß sie dieses neue Arrangement eigentlich gar nicht wollte. Ganz langsam wickelte sie sich eine Haarsträhne um die Finger und sah mich nicht an, während sie sprach. Sie sah müde aus und ungekämmt. »Hören Sie«, sagte ich zu ihr, »es ist nicht verboten, seine Meinung zu ändern. Rufen Sie ihn an. Sagen Sie ihm, Sie wollten nun doch, daß er Sie abholt.«

»Ich habe ihm nie gesagt, daß ich es nicht wollte«, sagte sie.

»Wozu dann das Ganze?«

»All die Zeit habe ich darauf gewartet, daß er es anbietet, aber das hat er nicht getan.«

»Sie wissen doch, wie schwer es ihm fallen würde, so ein Angebot zu machen.«

»Er will ja nicht mal am Telefon mit mir sprechen.«

»Nicht?« fragte ich. Das hatte ich nicht gewußt.

»Wenn ich anrufe, ist immer eines der Kinder am Apparat, und wenn ich mit ihm sprechen möchte, gehen sie ihn holen, kommen wieder zurück und sagen, er sei gerade dabei, Hannah umzuziehen oder Spiegeleier zu braten oder sonst etwas. Er ist wütend.«

Jeremy wütend?

»Nein, er ist gekränkt, Mary«, sagte ich.

»Ich bin auch gekränkt. Die ganze Zeit habe ich gewartet, ich war mir sicher, daß er nachgeben und mich anrufen würde. Stundenlang liege ich einfach da. Meinen Sie vielleicht, ich würde nicht sofort ja sagen, wenn er mich anruft und fragt, ob er mich besuchen und abholen soll?«

»Natürlich, ja, ich weiß. Aber Sie könnten doch auch anrufen, Mary.«

»Wieso soll immer ich anrufen?« rief Mary. Sie setzte sich im Bett aufrecht, und einige andere Frauen im Zimmer drehten sich zu uns um. »Immer ich!« sagte sie leiser. »Nie er. Immer mache ich den ersten Schritt. Ich bin es leid.«

»Ja, gewiß. Ich weiß«, sagte ich und versuchte sie zu beschwichtigen. Danach wurde sie wieder vernünftiger, und wir unterhielten uns für den Rest der Stunde über alltägliche Dinge. Aber als ich schließlich aufbrach und mich an der Tür noch einmal umdrehte, um mich zu verabschieden, sah ich als letztes Mary mit gefalteten Händen dasitzen, die Augen niedergeschlagen, mit trauriger, nachdenklicher Miene. Sie erinnerte mich an ein Mädchen, das darauf wartet, zum Tanz gebeten zu werden. Sogar ihr spitzenbesetztes Nachthemd sah mitleiderregend aus, wie ein Ballkleid, sorgfältig gebügelt von einer liebevollen Mutter, die geglaubt hatte, ihre Tochter werde den ganzen Abend Walzer tanzen, und der im Traum nicht eingefallen wäre, daß es auch anders kommen könnte.

In diesem Haus gibt es ein bestimmtes Ritual, wenn ein neues Baby aus dem Krankenhaus abgeholt wird, und auch ich spiele eine Rolle darin. Ich fahre im Taxi mit, um bei den Kindern zu bleiben, während Jeremy im Krankenhaus ist. Wir haben uns alle auf die Hinterbank gezwängt, und vorne mault der Fahrer wegen des Lärms, des Gedränges und der Cracker-Krümel. Während wir dann warten, führe ich die Kinder zu einer Stelle unter Marys Fenster. Ich zeige es ihnen. »Seht ihr? Da oben – das mit dem heruntergezogenen Rollo.« – »Wo? Wo?« Wenn alle Kinder es gefunden haben, fangen sie an zu rufen. »Mama!« schreien sie – auch das Kleinste. Es wäre gegen unsere Regeln, wenn uns Mary schon am Fenster erwarten würde. Sie muß unsichtbar bleiben und warten, bis sie die Stimmen der Kinder hört. Dann kommt sie ans Fenster. Endlich angezogen, fertig zum Gehen. Zuerst winkt sie und wirft uns Handküsse zu, dann demonstriert sie mit übertriebenen Gesten, daß sie es gar nicht mehr abwarten kann, herunterzukommen. Lautlos pocht sie gegen die Fensterscheibe, drückt sich die Faust an die Stirn. Die Kinder quietschen. Sie klingen ein bißchen hysterisch. Mir fällt ein, daß sich die Kleineren ihre Abwesenheit vielleicht genau so vorgestellt haben: sie hegen den Verdacht, man habe ihre Mutter irgendwo gefangengehalten und sie gezwungen, die Kinder in der unbeholfenen Obhut ihres Vaters zu lassen. Denn aus freien Stücken würde sie ihre Kinder nie und nimmer allein lassen, nicht wahr? Dann erscheint ein zweites Gesicht neben ihr – das von Jeremy, rund und verschwommen. Mary wirft freudig die Arme in die Höhe und zeigt damit, daß das Rettungskommando endlich eingetroffen ist. Sie dreht sich zu Jeremy um und umarmt ihn. Das Fenster rahmt die beiden ein, wie zwei Hauptdarsteller am Schluß eines romantischen Films – glücklich vereint, im Sonnenschein. Wir gehen zum Taxi zurück. Jetzt kommt das längste Warten, während sie das neue Baby holen und die Rechnung bezahlen. Um uns die Zeit zu vertreiben, spielen wir »Ich sehe was, was du nicht siehst« und sind davon so gefesselt, daß Darcy als einzige mitbekommt, wie ihre Eltern herauskommen. »Ta-taaa!« ruft sie wie eine Trompete. Wir sehen hoch, und da kommen sie über die Zufahrt, mit geröteten Gesichtern und lächelnd. Mary trägt den Koffer. Sie hat irgendwo gelesen, wenn der Vater das neue Baby vorstellt, würde weniger Eifersucht entstehen, und obwohl ich nicht begreife, worin der

Unterschied bestehen soll, hat sie das Baby Jeremy gegeben. Er hält es steif, ein bißchen von sich weggestreckt, und konzentriert sich darauf, seine Trophäe wohlbehalten zum Wagen zu bringen. Er erinnert mich an Pippi, wenn sie ein Glas, das bis zum Rand mit Wasser gefüllt ist, vor sich herträgt. »Da sind wir!« ruft Mary. Dann brodelt es im Taxi nur noch von Küssen und Umarmungen, schmutzige Kinderhände greifen nach dem Baby, und jeder darf es einmal halten. Auch der Taxifahrer kommt an die Reihe, und keiner ist zufrieden, solange er es nicht im Arm hatte. »Also dann«, sagt er. »Na so was!« Er gibt es zurück, grinsend und kopfschüttelnd, und läßt den Motor an. Die Zeremonie ist vorbei. Allen Anforderungen ist Genüge getan. Wir verstauen die Regeln wieder im Hinterkopf, bis zum nächsten Mal, vielleicht in zwei Jahren.
Ich hatte geglaubt, wir würden neue Babys immer auf diese Weise abholen. Ich hätte nicht gedacht, daß wir das Ritual einfach aufgeben könnten.

Früh am Samstagmorgen ging ich in den Billigmarkt, um für jedes Kind ein kleines Spielzeug auszusuchen, das Mary ihnen dann mitbringen konnte. Meistens erklärte sie mir ganz genau, was sich die Kinder in letzter Zeit gewünscht hatten, aber diesmal schien sie es nicht zu wissen. »Ach, irgendwas«, sagte sie. »Ihnen fällt bestimmt mehr ein als mir.« Ich betrat den Laden mit einem unsicheren Gefühl – mir war überhaupt nichts eingefallen –, aber dann begann es mir doch Spaß zu machen. Ich hatte diese Kinder genauer beobachtet, als ich selbst vermutet hätte. Ich wußte, daß Darcy gern bastelte und Handarbeiten machte – also ein Stickkasten – und daß Abbie eine Vorliebe für Modeschmuck hatte. Der Schmuck in der Spielzeugabteilung war nicht sehr berauschend. Ich sah bloß Plastikperlen, die sich zu Reifen und Ketten ineinanderstecken ließen, und Armringe aus Plastik. Aber in der Erwachsenenabteilung fand ich eine Menge glitzernder Rheinkiesel und farbenprächtige Ohrringe mit Anhängern. Sie waren teurer, aber ich konnte ja ein bißchen von meinem Geld dazulegen. Ich war so stolz auf mich, als hätte ich die Sachen in einer Piratentruhe aufgestöbert. Wer sonst würde hier nach einem Geschenk für ein Kind suchen? Ich entschied mich für grüne Ohrringe aus Glas, die wie Pfauenfedern aussahen, und für purpurrote, die großen Weintrauben glichen. Ich hielt mir von jedem Paar einen ans Ohr, blickte in den Spiegel, der auf der Theke stand – und erstarrte, während die Juwelen unter meinen schlaffen Ohrläppchen baumelten.

Denn da stand ich vor einem Hintergrund aus Kreppapier-Truthähnen und Wachskerzen in Gestalt von Pilgervätern und Garben von bunten Maisstengeln aus Plastik; mein hageres Gesicht war ganz gerötet und fiebernd, die Pupillen riesig, und die Finger, mit denen ich die Ohrringe hielt, zitterten ein bißchen. Wie auf einer dieser abgedroschenen Witzzeichnungen: altes Mädchen vor der Ankunft der Truppen oder in Erwartung des Gasmanns. Nur daß es kein Soldat und kein Gasmann war, der meine Augen zum Glänzen brachte; es war die Aussicht auf das, was ich heute tun würde. Die Überraschungen für die Kinder selbst aussuchen, Mary aus dem Krankenhaus abholen, das neue Baby nach Hause tragen, wie es Jeremy immer getan hatte. Ich sah mich schon, wie ich es trug! Als hätte ich mir, ohne es zu merken, während der letzten Nacht jede Einzelheit überlegt! Ich sah mich die Treppe zur Haustür hinaufsteigen, wobei ich das Baby ganz gerade hielt (viel besser, als es Jeremy gemacht hätte, viel sicherer). Ich sah, wie sich die Kinder um mich drängten. Alle ganz versessen darauf, ihren Anteil an meinem Schatz zu bekommen. Ich sah mich Geschenke verteilen. »Mach doch mal die Tasche da auf, Darcy! Sieh mal nach, ob du etwas findest. Für jeden von euch ist eine Überraschung drin. Ich habe sie selbst ausgesucht.« Sie würden braune Papiertüten und Kassenbons hervorkramen, ganz hingerissen von den Geschenken, die ich ausgesucht hatte und auf die Mary nie gekommen wäre. Mary verblaßte. Jeremy verblaßte. Und plötzlich war ich allein mit diesem in Graublau gehüllten Baby und diesem Kreis von kleinen Gesichtern. Hastig suchte ich drei Spielsachen aus und fuhr direkt nach Hause. Im Flur vorne stieß ich auf Pippi, sie hatte eine verschlissene Unterhose an und sonst nichts. Sie zitterte. Tränen hatten ihr kleine graue Rinnsale auf die Backen gezeichnet. »Miss Vinton, Abbie hat mich gehauen«, sagte sie. Ich gab ihr einen Klaps auf den Kopf und ging weiter, direkt in die Küche, wo Jeremy versuchte, Hannah mit ihrem Ei zu füttern. Schon vor einer Stunde, als ich aus dem Haus ging, war er damit beschäftigt gewesen. Hannah in ihrem Hochstuhl hielt die Lippen fest zusammengepreßt, und Jeremy sagte: »Bitte, Hannah. Überleg's dir doch noch mal und iß noch einen Happen, ja?«

»Jeremy, nehmen Sie doch bitte diese Sachen für Mary mit«, sagte ich zu ihm. Ich stellte meine Einkaufstüte auf einen Stuhl. Jeremy warf mir einen kurzen Blick zu. »Ich?« fragte er.

»Ich fahre nicht ins Krankenhaus. Aber ich bleibe sehr gern bei den Kindern.«

Jeremy legte den Löffel mit dem Ei zurück und öffnete die Tüte, als erwartete er, darin eine Antwort zu finden. »E–Z–Do Stickkasten«, sagte er.

»Pst, es soll eine Überraschung sein.«

»Ich verstehe nicht«, sagte er. »Habe ich denn – ist irgendwas, Miss Vinton?«

»Gar nichts ist.«

»Ich dachte, Mary möchte, daß Sie sie heimbringen.«

»Nein, ich glaube, sie hätte es lieber, wenn Sie kommen.«

Er fing an zu lächeln. Er nickte mehrmals, und sein Gesicht wurde rosa. »Ach, ja gut, dann natürlich«, sagte er. »Danke, Miss Vinton! Natürlich, ich –«

»Gern geschehen«, sagte ich. »Hier, geben Sie mal her.« Ich griff nach Hannahs Eierbecher. »Sie müssen sich beeilen. Sie sollte um zehn entlassen werden, und es ist schon fünf vor.«

»O ja«, sagte Jeremy. Er stand auf und streckte die Hand aus. Einen Augenblick lang wußte ich nicht, warum, aber dann sah ich, wie er mich anstrahlte. Ich stellte den Eierbecher auf den Tisch und gab ihm die Hand. »Es ist wirklich – es ist einfach großartig von Ihnen, daß Sie auf die Kinder aufpassen«, sagte er. »Ich weiß gar nicht, wie ich Ihnen –«

»Ach was! Los jetzt!«

Er nahm die Tüte mit den Geschenken, die ich schon ganz vergessen hatte, und ging aus der Küche. Ich hörte, wie er in dem Mantelschrank draußen im Flur zwischen den Kleiderbügeln kramte und über Gummistiefel stolperte. Einen Augenblick später fiel die

Haustür ins Schloß. »Wo ist er hin?« fragte Darcy, die gerade in die Küche kam. »Ich dachte, du würdest Ma abholen.«

»Das erledigt Jeremy«, sagte ich zu ihr.

»Er? Können wir dann nicht auch alle fahren?«

»Diesmal nicht.«

»Aber Miss Vinton! Früher haben wir es doch auch so gemacht!«

»Deshalb muß es doch nicht immer so sein, oder?«

Ich hob Hannah aus ihrem Hochstuhl, dann ging ich hinüber ins Wohnzimmer und trat an das Erkerfenster. Die Spitzengardinen verdeckten mich. Ich beobachtete Jeremy, wie er dort stand und wartete – ein strahlender, unförmiger Mann mit einer Papiertüte. Von Zeit zu Zeit beugte er sich etwas vor und hielt Ausschau nach einem Taxi – zuerst in die eine Richtung, dann in die andere (obwohl wir an einer Einbahnstraße wohnen). Er hielt die Tüte vor seinen Bauch und schob sie immer weiter hinauf. Er trug weder Mantel noch Jacke, nur seine graue Golfmütze und den abgetragenen Pullover, den er schon die ganze Woche angehabt hatte, aber ich hielt mich zurück und rannte nicht mit einem Arm voll schützender Hüllen hinter ihm her.

Dann hielt ein Taxi bei ihm, aber statt sofort einzusteigen, drehte sich Jeremy um und blickte zum Haus zurück. Er machte ein so offenes, glückliches, hoffnungsfrohes Gesicht. Ich sah, wie er tief Luft holte, als wolle er etwas rufen. Aber ich weiß, daß er mich nicht sehen konnte. Ich stand nicht direkt hinter dem Fenster. Schließlich stieg er ein, und ich setzte mich auf den Stuhl am Fenster und streckte die Hand nach Pippi aus. »Du denkst, sie hätte mich nur ein bißchen gehauen«, sagte sie. »Aber sie hat richtig fest gehauen, richtig in den Bauch. Sie hat mir weh getan.« – »Ich weiß, ich weiß«, sagte ich und hörte ihr kaum zu. Ich nahm sie auf den Schoß und schmiegte meine Wange an ihren Kopf. Ihr Haar verströmte einen sauberen, durchdringenden Duft. Ich sog ihn ein, und er breitete sich in mir aus wie ein Schmerz. Ich schloß die Augen und hielt mich so lange an ihr fest, wie sie es zuließ.

Darcy malte ein Schild: *Willkommen Edward*. Wir befestigten es mit Klebestreifen im Fenster. Darunter saßen dann die vier Mädchen, in frischen Sachen und gekämmt, und hauchten vier verschwommene O's auf die Scheiben, bis Abbie rief: »Da sind sie! Da kommen sie!« Das Taxi hielt an, die Tür ging auf, und heraus stieg Mary. Nach ihr kam Jeremy mit dem Baby auf dem Arm. »Seht ihr, wie winzig?« sagte ich, aber ich redete in einem leeren Zimmer. Die Kinder drängelten schon an der Tür. »*Ich* mache auf, ich bin die größte!« sagte Darcy, aber Abbie meinte: »Du machst immer alles!« – »Still!« rief ich. Sie achteten gar nicht auf mich. Ich stand allein am Fenster und lächelte zu Jeremy und Mary hinunter, die Seite an Seite den Weg entlangkamen, lachend, in einem Gewoge von hüpfenden Köpfen und kleinen, zur Feier des Tages winkenden Händen.

6.

Frühjahr 1971: Jeremy

»Ich wollte dir etwas erzählen«, sagte Mary. »Jeremy? Hörst du zu?«
Er hörte nicht zu. Er arbeitete an einer Plastik. Er stand vor einem
Kreis von Blechkindern, die ihm bis zur Hüfte reichten; er rang die
Hände. Marys Stimme hörte er nur undeutlich, als säße er in einem
Brunnenschacht. Er mußte ein Rot finden. Wo war das richtige
Rot? Aber dann erfaßte er in dem, was sie sagte, eine Dringlichkeit,
etwas, das anders klang als die Hintergrundmusik ihrer Auslassun-
gen über Waschmaschinen, Zeugnisse und Diphtherie-Impfungen.
»Wie bitte?« fragte er. Durch zahllose Gedankenschichten kämpfte
er sich nach oben. Er spürte eine Trockenheit in der Kehle, als wäre
er unter Watte begraben. Er richtete seine Augen auf Mary, sah aber
nicht sie, sondern genau das Rot, das er brauchte – sehr kräftig,
etwas faserig. Irgendwie schien es ihm vertraut. Er wandte sich ab
und leerte einen Karton mit Stoff- und Papierresten auf den Boden.
Nichts dabei. Er wanderte im Zimmer umher, fast im Laufschritt,
mit krummen Knien. Er stieß Wandschränke auf, zog Schubladen
heraus, kippte den Abfallkorb um. Was er fand, waren ein Herz aus
roter Spitze, eine geometrische Zeichnung aus einer Zeitschrift in
Rot und ein Stück roten Bastelkarton, der so roch, wie es vor
vierzig Jahren in seiner Schule gerochen hatte. Er hielt sich den
Karton vor die Nase, schloß die Augen und atmete tief ein. Über all
die Jahrzehnte hinweg tönten singende Kinderstimmen durch seinen Kopf:

Und sie trägt rote Pyjamas, wenn sie kommt.
(Kratz, kratz)
Und sie trägt...

Roter Flanell. Er sah ihn jetzt deutlich vor sich. Sogar die mikroskopisch kleinen Flusen, die vom Waschen herrührten. Er bahnte sich seinen Weg durch die Papierabfälle zur Tür hinaus, quer über den Flur in das Zimmer der Mädchen. »Jeremy?« rief Mary. »Was machst du da? Du hast gesagt, du würdest nicht mehr ihre Sachen nehmen, du hast es versprochen!«

»Ich besorge ihnen neue«, sagte Jeremy.

»Was denn? Wonach suchst du überhaupt? Das sagst du *immer*, Jeremy.«

Während er eine Schublade durchwühlte, die Arme bis zu den Ellbogen in Rosa und Weiß getaucht, hielt er plötzlich inne. »Wo sind ihre roten Pyjamas?« fragte er.

»Welche roten Pyjamas?«

»Tragen Kinder denn heutzutage keine roten Pyjamas mehr?«

»*Sie* haben nie rote Pyjamas gehabt.«

Er richtete sich auf und ging hinüber zum Wandschrank. Schmutzige Socken, Blusen, Stofftiere lagen auf dem Boden verstreut – man sollte doch meinen, daß hier irgendwo auch ein Stück roter Flanell aufzutreiben wäre. Er öffnete die Tür zum Wandschrank und untersuchte die Sachen, die dort hingen, alle in unterschiedlichen Größen und Farben. »Ich wollte dir etwas erzählen«, sagte Mary.

Wie eine Schnur, die an ihm zerrte, wie ein Stück Zwirn, das ihn von dem Bild in seinem Kopf wegzog. Noch bevor er sich ihr zuwandte, war der rote Flanell zergangen, die Kinder im Kreis waren stehengeblieben, hatten die Hände sinken lassen und waren zerbröckelt. Er öffnete den Mund, um zu protestieren, da sah er plötzlich, wie sich die Rundung ihrer Wange und die Rundung von Rachels Kopf genau ineinanderfügten – die Jüngste schmiegte sich an den Hals ihrer Mutter, als wären sie Teile eines Puzzles. Marys Frisur war aufgegangen, und das Haar war ihr über den Rücken nach hinten gefallen, beleuchtet von der Sonne im Fenster. Auch die drei schwachen Linien waren im Sonnenlicht zu erkennen, die, außen an ihren Augenwinkeln beginnend, präzise wie die Schnurrbarthaare einer Katze auseinanderstrebten und eine anhaltende, sanfte Verwunderung in ihre Miene legten. »Was ist denn, Mary?« fragte er.

»Hörst du mir auch zu?«

»Ja, ja.«

Doch da polterten Schritte die Treppe herauf. Die Unterbrechung einer Unterbrechung. Kam das Leben immer nur so voran? Wenn er die Kette der Unterbrechungen bis zu dem Augenblick zurückverfolgen würde, da ihn zum erstenmal irgend jemand von irgend etwas weggezerrt hatte, würde er dann nicht in eine Zeit geraten, die schon zehn Jahre zurücklag? Herein trat Pippi, atemlos. »Ma? Wo ist Ma?«

»Hier ist sie doch«, sagte Jeremy.

»Weißt du *was*, Ma?«

Mary setzte die Miene auf, die sie immer dann machte, wenn ihre Kinder sprachen. Sie senkte den Kopf, die Augen wurden mit einem Schlag ganz undurchsichtig vor Konzentration, und jeder Muskel schien zum Zuhören gespannt. »Männer tragen einen Kühlschrank herein«, berichtete Pippi.

»Einen Kühlschrank?«

»Sie sagen, Jeremy hat ihn in einem Preisausschreiben gewonnen.« Mary hob den Kopf und sah ihn an. »Das hättest du mir aber auch sagen können.«

»Aber ich – wie sollte ich denn? Es ist das erste, was ich höre.«

»Sie sagen, er hat einen Brief bekommen«, sagte Pippi.

»O Jeremy. Machst du jetzt wieder keine Briefe auf?«

»Also, ich dachte, ich hätte es getan. Ich kann mir nicht vorstellen, was –«

»Sie sagen, du müßtest runterkommen, Ma«, sagte Pippi.

»Gut, ich komme.«

Ohne Hast stieg sie die Treppe hinab, gelassen wie immer, hinter Pippis klappernden Schuhen. Über ihrer Schulter hüpfte Rachels Gesicht. Jeremy folgte ihr und wischte sich dabei die Hände an den Hosen ab. Es war ihm, als würde man aus allen möglichen Richtungen an ihm zerren. Teile seiner Plastik wimmelten immer noch in seinem Kopf, daneben Marys aufmerksames Gesicht, das Gepolter, mit dem unten irgendwelche Möbel beiseite gerückt wurden, und die Neuigkeit, die sie ihm nicht hatte mitteilen können. »Ehm, Mary«, sagte er, »können sie ihn nicht wieder mitnehmen? Das

Haus wird so voll. *Noch* einen Kühlschrank brauchen wir doch gar nicht.«

»Ach, laß nur, Jeremy, wir stellen ihn in den Keller.«

»Wir haben schon den letzten in den Keller gestellt.«

»Na und? Es ist noch Platz. Du weißt doch, wieviel diese Familie immer ißt.«

»Aber es kommt mir alles so vollgestopft vor«, sagte Jeremy. »Mary, wir haben so viele *Sachen* im Haus. Ich finde einfach –«

Jetzt traten sie in den Flur unten. Zwei Männer in Lederjacken rollten einen riesigen rosa Kühlschrank durch eine schmale Gasse, die sie im Wohnzimmer freigeräumt hatten, an Schaukelstühlen und Dreirädern und einer Horde von Kindern vorbei. »Sieh mal!« sagte Mary. »Ein Kühlschrank mit Gefrierfach, wie ich schon immer einen haben wollte.«

»Küche?« fragte einer der Männer.

»Nein – oder ja, doch, warum nicht? Dann stellen wir den alten in den Keller. Könnten Sie zuerst den alten nach unten schaffen?«

»Also, *Möbelpacker* sind wir nicht.«

»Ich gebe Ihnen etwas dafür«, sagte Mary.

»Würde fünf Dollar machen.«

»Jeremy?«

Alle blickten zu ihm hinüber. Er war verlegen, kam sich irgendwie unbefugt vor. Er kümmerte sich doch gar nicht um das Geld. »Also eigentlich«, sagte er, »glaube ich, wir wollen diesen hier gar nicht haben.«

»Jeremy!«

»Das hätten Sie den Leuten von dem Preisausschreiben sagen müssen«, meinte ein Mann. »Wir liefern nur aus, was die uns mitgeben.«

»Anscheinend habe ich den Brief irgendwo verlegt. Eigentlich – wir haben nämlich schon zwei Kühlschränke.«

»Wozu machen Sie dann bei dem Preisausschreiben mit?«

»Ich dachte, ich könnte vielleicht Geld gewinnen«, sagte Jeremy.

»Jeremy, du weißt, wir können noch einen Kühlschrank gebrauchen«, sagte Mary zu ihm. »Gerade im Sommer, wenn die Wassermelonen kommen. Laß die Herren in Ruhe, Hannah. Du weißt

doch, die Mieter brauchen ihre eigenen Fächer, die wollen nicht
mit –«

»Sollen wir ihn jetzt runtertragen oder nicht, Lady?«

»Ja!« riefen die Kinder, hüpften herum und klatschten in die Hände,
daß Jeremy der Kopf schmerzte. Mary sagte: »Selbstverständlich.
Los Kinder, räumt den alten aus, ja? Alle helfen mit. Stellt die
Sachen einfach auf die Anrichte.« Sie lenkte das Trüppchen in die
Küche, und Jeremy kam hinterher. Mit den Fahrern allein in einem
Raum zu bleiben, wäre ihm unangenehm gewesen. Von der Tür
sah er zu, wie die Kinder unzählige Milchtüten auf dem Abtropf-
brett der Spüle stapelten, Salatköpfe auf den Küchentisch packten,
mit gezielten Würfen einen Bogen aus Orangen quer durch die
Küche schlugen. »Sie haben ja ganz schön Familie«, sagte einer der
Männer hinter ihm. Jeremy lächelte zu breit und zog den Kopf ein.
Ahnte jemand, wie sehr ihn seine Kinder in Erstaunen setzten? Er
verstand sie nicht. Es fiel ihm schwer, mit ihnen zu reden. Er
konnte nur zusehen: sie voller Verblüffung in sich aufnehmen, so
sprachlos und bestürzt, daß sie ihm seine Konfusion nachher vor-
warfen. Auch Mary sah zu, aber aus anderen Gründen. Sie hielt
Ausschau nach Gefahren, Bakterien, Unheil; sie war ihre gewapp-
nete Beschützerin. Jeremy hingegen nahm die Kinder in seine Erinnerung auf, traf Vorbereitungen für einen Augenblick in ferner
Zukunft, wenn er sich ungestört hinsetzen und endlich schlau aus
ihnen werden würde. Er kannte die Rundung von Abbies Augen,
wenn sie lachte, ganz genau, kannte die Art, wie Hannah beim
Daumenlutschen die Unterlippe an der Oberlippe rieb, kannte die
Grübchen in Rachels Backen, die wie runde Klammern aussahen.
Alle seine Kinder waren für ihn wie kleine Marys. Eine körperliche
Ähnlichkeit zwischen ihnen und sich selbst hingegen konnte er
nicht entdecken. Er hielt das für natürlich, denn Marys Schwanger-
schaften schienen ganz und gar ihre Sache zu sein. Sie war es, die
feststellte, daß sie schwanger war, und sie verkündete es auch,
nahm ihre Calziumtabletten und verschwand zur Entbindung hinter den Klapptüren im Krankenhaus. Doch dann sah er Darcy an –
noch immer hellblond und blauäugig und inzwischen fast so groß
wie ihre Mutter, aber mit der schmaleren Statur eines anderen. *Ihr*

Vater war nicht überstrahlt worden. Die Gene ihres Vaters mußten genauso rezessiv gewesen sein wie die von Jeremy, ganz bleich und schwach; trotzdem hatten sie sich durchgesetzt. Wieso? Erstaunt betrachtete er seine eigenen Kinder mit ihren dunklen Haaren und den braunen Augen. Er sah seinen Sohn Edward, der mit zweieinhalb Jahren ausgebleichte Jeans trug, die unter seinem Bäuchlein schlackerten, und dazu kleine Cowboy-Stiefel. Jeremy hatte gar nicht gewußt, daß so kleine Stiefel überhaupt hergestellt wurden. Als Junge hatte er nie Stiefel besessen; und wenn er welche gehabt hätte, dann hätte er nicht gewußt, wie man in diesem lässigen Wiegeschritt damit herumläuft oder wie man die Daumen in die Gürtelschlaufen der Jeans einhängt. Wo hatte Edward das gelernt? Wo hatten sie *alle* gelernt, so furchtlos die überfüllten Straßen zu überqueren, in der Schule ihren Weg zu machen, zu jubeln und sich zu freuen und ohne jede Spur von Befangenheit mit Apfelsinen zu werfen?

Manchmal sagte er: »Meinst du nicht, wir sollten uns um ihren Nachnamen kümmern?«

»Sie haben doch Nachnamen«, sagte Mary. »*Deinen*. Er steht auf ihren Geburtsurkunden.«

»Ja, aber wenn es mal jemand nachprüft oder so. Wenn jemand einen Nachweis verlangt.«

»Warum sollte er?«

»Na ja.«

Die Kinder erschienen ihm wie eine neue Art von Untermietern, bloß lauter und störender. So ganz gehörten sie nicht zum Haus, sie waren Besucher aus der Außenwelt. Wenn er gerade tief in der Arbeit steckte, quollen Kinder die Treppe herauf, wie eine ansteigende Flut, und ihr Lärm – ein seltsames Geschepper und Gejohle und die unerträgliche Tonlage ihrer Streitereien – sickerte langsam, zuerst unbemerkt, in ihn hinein. Aber dann machte ihn der Lärm so wütend, daß er die Schere hinwarf, die Tür aufriß und zitternd dastand. »Warum tut ihr mir das an?« fragte er. »Warum müßt ihr solchen Krach machen? Warum müßt ihr andauernd, warum –«

Alle Gesichter waren ihm zugewandt. Ihre heruntergerutschten Socken, die geflickten Jeans, die feuchten grauen Unterhosen, die bei den Kleinen unter dem Kleid hervorsahen, hatten etwas Mitleiderregendes, aber zugleich auch Ärgerliches an sich. Sie hielten sich mucksmäuschenstill, und Stille brachte Mary schneller herbei, als Geschrei es je vermocht hätte. Im nächsten Augenblick war sie da und fragte schon, während sie noch die Treppe heraufhastete: »Was ist los? Was ist passiert?«

»Mary, ich wollte gerade ein bißchen arbeiten –«

»Ja, schon gut. Kommt mit, Kinder, Jeremy arbeitet.«

»Es ist bloß, weil sie immer solchen Lärm machen, weißt du.«

»Ihr könnt in der Küche spielen«, sagte Mary zu ihnen. »Ich weiß was! Wollen wir Plätzchen backen?«

Er kam einfach nicht gegen sie an. Es bedrückte ihn, wie sie die Kinder die Treppe hinunterbugsierte und dabei mit dem Rücken vor ihm abschirmte; jetzt, da es im zweiten Stock wieder ruhig war, fühlte er sich einsam und schuldig. Wie hatte er nur so mit ihnen schimpfen können? Er kannte sie so wenig, hätte er sie nicht ein bißchen dableiben lassen können? Er blickte sich im Flur um und sah die Spuren, die sie zurückgelassen hatten – ein Rollschuh, eine selbstgebastelte Puppe, der kreidige Abdruck einer Hand am Endpfosten des Treppengeländers. Vor seinen Füßen lag ein Blatt Papier, auf das in Lila gekritzelt war: *Hannah bin 4 Jahr alt Hannah*. Ein Feuerwehrauto mit einem Schlüssel zum Aufziehen lief langsam aus, das winzige Rotlicht blinkte in immer größeren Abständen, und das Geräusch des Motors erstarb.

Gerade warf ihm eines der Kinder eine Orange zu, er fing sie zufällig auf und war darüber selbst so erstaunt, daß er sie gleich wieder fallen ließ. Er beteiligte sich an der Parade, die den alten Kühlschrank hinunter in den Keller eskortierte, wo es dunkel und feucht war und nach Schimmel roch. An den Kellerwänden standen Regale mit Marys Vorräten. Es gab ein ganzes Fach voller Turnschuhe, die darauf warteten, daß jemand in sie hineinwuchs. Ein anderes für Toilettenpapier. Einen Kübel mit Waschmittel, der so groß war, daß zwei Kinder hineingepaßt hätten. War das nötig? Er hatte das Gefühl, sie wolle ihn mit alledem auf etwas hinweisen: auf ihre Rolle als Beschafferin, Ernährerin, Verwalterin. »Siehst du, wie ich gebe? Und immer noch mehr gebe – hier sind meine Reserven. Ich werde immer haben, was du benötigst, du brauchst nicht mal zu fragen. Und wenn das alte Hemd an den Ellbogen verschlissen ist, warte ich schon mit einem neuen für dich.« Einer der Männer stieß einen Stapel Blumentöpfe um, die Mary im Sonderangebot für den kommenden Frühling gekauft hatte. Jemand trat auf eine Katze. »Verdammt noch mal«, sagte der andere Mann, »könnten Sie mal dafür sorgen, daß die Kinder aus dem Weg gehen? Man weiß ja gar nicht, wohin mit den Füßen.«

Die Kinder verschwanden, aber ihr Gekicher lauerte in allen Ecken. Die Männer gingen wieder nach oben, um den neuen Kühlschrank hereinzuholen. Mary folgte ihnen und gab Anweisungen. Jeremy kam als letzter. Er fühlte sich alt und müde. Als er unter Schnaufen, mit einem Tuch die Stirn betupfend, die Küche erreichte, wurde der Kühlschrank schon an seinen Platz gerückt. Er ragte zu weit vor, und die Tür ließ sich deshalb zehn Zentimeter weniger weit öffnen. »Ist er denn nicht zu groß?« sagte Jeremy. »Mary, ich habe das Gefühl – es kommt mir hier so *überfüllt* vor.«

Aber Mary sagte nur: »Daran gewöhnst du dich.«

Sie drehte sich zu ihm um und lächelte, und dann umarmte sie ihn vor allen Leuten und sagte: »Ach, Jeremy, sei kein Miesepeter. Ist es denn nicht schön, daß du immer Sachen für uns gewinnst? Freust du dich nicht, daß du immer solches Glück hast?«

Wenn andere Leute zuschauten, konnte er ihre Umarmung nicht erwidern, aber er lächelte so breit, daß es aussah, als würde sein Gesicht zerlaufen.

Er und Mary fuhren zur Galerie, um seine Ausstellung anzusehen – nur sie beide, im Wagen von Miss Vinton. Mary saß am Steuer. Sie trug einen Hut, ebenfalls von Miss Vinton. Jeremy hatte sie noch nie mit einem Hut gesehen. Er hatte seine Golfmütze übergezogen. Ihm war ein wenig übel. Jedesmal wenn sie um eine Ecke bogen, hielt er sich mit beiden Händen am Sitz fest, und er mußte immerfort schlucken. »Wie geht es dir, Jeremy?« fragte Mary.

»Oh, gut, gut.«

»Es ist nicht mehr weit.«

Sie war schon des öfteren in der Galerie gewesen. Seit Jahren ging sie jedesmal hin, wenn Brian wieder mal ein paar Objekte von Jeremy übernommen hatte, und sah sich an, wie er sie gestellt hatte. Aber Jeremy hatte noch nie einen Fuß in die Galerie gesetzt, und nur wegen der Wichtigkeit des Anlasses – die Ausstellung war ganz allein ihm gewidmet und sie hatte schon mehr Geld gebracht und bei der Kritik mehr Beachtung gefunden, als er sich je vorgestellt hatte – konnte er sich diesmal einfach nicht weigern hinzugehen. Obwohl er es versucht hatte. »Ich habe sie doch schon gesehen«, hatte er gesagt. »Es sind schließlich meine Sachen. Wozu soll ich sie mir noch einmal ansehen?« Aber sie ließen ihm keine Ausflucht. Mary, Brian und die anderen hatten sich abgesprochen. Miss Vinton stellte ihren Wagen zur Verfügung; Olivia, die seit einiger Zeit im Haus wohnte, paßte auf die Kleinen auf. Mary sagte: »Wir fahren an einem Wochentag, wenn dort nicht viel Betrieb ist«, und Brian sagte: »Niemand wird dich erkennen, Jeremy. Und vielleicht ist es sogar ganz lehrreich für dich! Manche von deinen Objekten hast du seit Jahren nicht mehr gesehen.« Dieses Argument hatte bei Jeremy den Ausschlag gegeben. Er dachte an all die Dinge, die er fabriziert hatte – die er so lange angestarrt hatte, daß er sie am Ende nicht mehr sehen konnte, die ihn erschöpft und zermürbt hatten, bis er sie schließlich Brian übergab, nur um sie loszuwerden, um sich frei zu machen und etwas Neues anfangen zu können. Wie würden sie jetzt aussehen?

Nun saß er also an diesem klaren, kalten Aprilnachmittag in Miss Vintons nach Staub riechendem Auto und starrte auf ein Ruinenfeld mitten in Baltimore. Es sah aus wie kurz nach einem Bombenangriff. Ganze Häuserblocks waren dem Erdboden gleichgemacht; nur Schutt war übriggeblieben. Dahinter kaputte Mietshäuser. Man konnte gelbe Tapeten sehen und ganze Knäuel von Rohrleitungen, zerbröckelnde Wände und Decken, in denen eine Art Kaninchendraht zum Vorschein kam. »Mary? Was ist denn hier los?« fragte Jeremy. Mary sah nur ganz kurz hin. »Ach, da wird neu gebaut«, sagte sie. Jeremy machte sich in seiner Ecke des Wagens noch kleiner.

Er sah die Welt mit ganz anderen Augen als sie, als würden sie zwei verschiedene Ausflüge machen. »*Das* ist ein interessanter Laden«, sagte sie. »Ein Hippie-Laden; dort gibt es Batikstoffe, die wunderbar als Vorhänge für die Kinderzimmer passen würden.« Und später: »Da, das ist ein neues Bürohaus ohne Fenster, aber sie sagen, wenn man drin ist, merkt man es gar nicht.« Manchmal erklärte sie ihm Dinge, die er seit Jahren wußte. Hielt sie ihn denn für taub und blind? »Sieh mal, ein Mädchen mit einem Afro. Ist das nicht seltsam? Sie behaupten, es sei natürlich.« Schon seit Jahren hatte er Mädchen im Afro-Look gesehen, in Illustrierten, in der Fernsehwerbung und auf dem Gehweg vor dem Erkerfenster. Von diesem Fenster aus hatte er wahrscheinlich schon mehr Mädchen im Afro-Look gesehen als Mary auf all ihren Fahrten zu Geschäften, Schulen und Geburtshelfern. Er hatte zugesehen, wie die Welt immer mehr anschwoll, sich immer mehr zusammenballte, immer neue Windungen, Wirbel und Verdichtungen hervorbrachte, wie eine komplizierte Zellmasse – zuerst Zentimeter für Zentimeter, dann schneller, so daß es ihm heutzutage, schon wenn er sich nur für ganz kurze Zeit in seinem Atelier verkrochen hatte, so vorkam, als hätte sich nachher alles verändert: die Leute waren plötzlich ganz anders, die Autos sahen bösartiger aus, und auf eine schwer zu bestimmende Weise hatte sich sogar die Beschaffenheit des Lichts gewandelt. Aber er hatte Schritt gehalten. Er wußte, wie es in der Welt zuging. Mary unterschätzte ihn.

Die Galerie war ein schmales weißes Gebäude mit einer Markise, die auch den Gehweg überspannte. Sie lag in einer ruhigen Straße zwischen anderen ähnlichen Häusern, und von Bombeneinschlägen war hier nichts zu sehen. »Also, wenigstens ist es nicht zu groß«, sagte Jeremy, aber als er dann auf dem Bürgersteig stand und auf Mary wartete, die eine Münze in die Parkuhr schob, fühlte er sich dieser Galerie gegenüber doch irgendwie unterlegen. Wäre er ein bloßer Passant gewesen, so hätte ihn die große Glastür mit dem goldenen Gitterwerk davor bestimmt eingeschüchtert. Nie wäre er hier aus freien Stücken eingetreten. »Mary«, sagte er, »bist du sicher, daß jetzt eine günstige Zeit für uns ist?«

»Ich habe es dir doch gesagt, Jeremy. Wochentags sind nie Leute hier.«

»Warum ist dann geöffnet?«

Darauf schien sie keine Antwort zu wissen.

In dem von gelblichem Licht erhellten Foyer stand ein Objekt, das Jeremy seiner Erinnerung nach vor drei oder vier Jahren angefertigt hatte: ein alter Mann durchsucht einen Abfallkorb aus Drahtgeflecht. Der Mann selbst war aus stumpfbraunem, zusammengeknülltem und wieder geglättetem Packpapier gemacht. Der Korb war ein Geflecht aus allen möglichen glitzernden Dingen, die Jeremy in die Hand gefallen waren – kleine Spieße zum Dressieren von Geflügel, eine Stricknadel, eine goldene Kinderhaarspange, Abbies Bastelschere aus der Schule mit dem Wort »Linkshänder« auf einem der Blätter. Aus dem Inneren des Korbs leuchteten kräftige Farben hervor, Briefmarken, Zigarettenschachteln und ein großes, buntes Taschentuch, das Mr. Somerset eines Tages auf der Couch liegengelassen hatte. »Haben sie das nicht schön gemacht?« fragte Mary ihn. »Ich habe zu Brian gesagt, es gibt genau den richtigen Grundton für die Ausstellung. Ich bin froh, daß sie es gleich an den Eingang gestellt haben.«

»Ja, ja«, sagte Jeremy. Aber er fühlte sich unwohl. Noch nie hatte er seine Arbeiten in einer solchen Umgebung gesehen, auf dicken roten Teppichen, umgeben von gedämpften Lauten und goldenem Licht. Aus irgendeinem Versteck in seinem Hinterkopf sprang das Vorbild für dieses Objekt nach vorn – ein alter Mann, den er an einem kalten Novembertag vom Erkerfenster dabei beobachtet hatte, wie er in einem Abfallkorb wühlte. Ihm fiel das trockene Grau der Haut dieses Mannes wieder ein, das so ganz anders war als das warme Braun des Packpapiers, auch seine Klauenfinger und die lautlos sich bewegenden Lippen. Nichts davon war in seinem Objekt festgehalten. Er seufzte. »Jeremy?« sagte Mary. »Bist du nicht zufrieden damit?«

»Ach doch«, sagte er und ging weiter.

An die Eingangshalle schloß sich hinter der Wand, vor der der alte Mann stand, ein größerer, lichtdurchfluteter Raum an, auch er mit weichen, tiefen Teppichen in Rot ausgelegt. Fünf oder sechs Gestalten bewegten sich darin und blieben vor jedem Objekt stehen. Er bemerkte diese Leute vor allem anderen. Bis auf einen Mann waren es lauter Frauen, und sie flüsterten über seine Arbeiten. *Seine.* Im ersten Augenblick wollte er hinüberstürzen und beschützend die Arme über das breiten, was er geschaffen hatte. Zwei dicke Frauen standen vor einer seiner älteren, noch zweidimensionalen Collagen. Ein Mädchen ging zu rasch an einer Reihe seiner Plastiken entlang. Seine kleinste Plastik, die allererste, die er gemacht hatte, stand auf einer Holzsäule: eine Frau beim Wäscheaufhängen. Eine Rundung aus Blech zwischen sich bauschenden weißen Tüchern, die er mit einer transparenten Plastikmasse besprüht und dadurch versteift hatte. Er erinnerte sich noch daran, wie er die Idee entwickelt hatte und sich dann die Frage stellte, auf welche Weise er ihr Gestalt verleihen sollte. Es hatte Wochen gedauert, bis er auf den Gedanken gekommen war, eine Plastik daraus zu machen. Ängstlich hatte er daran gearbeitet und hatte es als Vermessenheit empfunden, so viel vertikalen Raum zu verbrauchen. Aber jetzt stand auf einem Schildchen an der Säule: »Sammlung Mrs. Herbert Lee Cooke« – das war eine der reichsten Frauen Baltimores. Sie hatte die Plastik an dem Tag gekauft, an dem sie zum erstenmal ausgestellt worden war. Und solche Schildchen oder »Verkauft«-Aufkleber waren auch neben den meisten anderen Objekten angebracht – jede Plastik war größer und solider gebaut als die vorhergehende. Benommen schlenderte er zwischen ihnen umher, die Golfmütze in der Hand und an der Spitze seines Zeigefingers nagend. Er hatte sich nie klargemacht, daß er so viel produziert hatte. Vielleicht hielten ihn ja manche Leute für einen richtigen Künstler, einen Profi. War das möglich? Er dachte an all die Stunden, die er allein in seinem Zimmer zugebracht hatte, in denen er geduldig kleine Schnipsel zusammengefügt, fieberhaft nach den passenden Materialien gestöbert, eine lange Reihe Heftzwecken eingeschlagen hatte, bis ihm der Nacken wehtat – die ganze Schinderei. Das Leben eines Künstlers stellte er sich anders vor.

Neben ihm tauchte Brian auf und legte ihm eine Hand auf die Schulter. »Hallo«, sagte er. Er trug einen Zweireiher und wirkte suspekt darin. Jeremy kannte ihn in Pullovern und Cordhosen. Brians Bart war zu ordentlich gestutzt. »Na, Jeremy«, sagte er. »Wie gefällt dir deine Ausstellung?«

Alle Besucher sahen auf, überrascht und gierig. Brians Stimme war überall hingedrungen. »Das haben wir doch gut hinbekommen, oder?« fragte er. Er roch nach einem würzig bitteren Aftershave. Er lächelte nicht Jeremy an, sondern eine der Plastiken, und beachtete die Besucher gar nicht, als wäre es belanglos, daß sie alles mitangehört hatten.

Jeremy machte sich von Brians Arm los. »Du hast gesagt, aber du hast gesagt – du hast mir erzählt, es würden keine Leute da sein.«

»Na ja, Jeremy, es ist wirklich verhältnismäßig –«

»Du hast dein Wort gebrochen.«

»Also, jetzt –«

»Ich will nach Hause, Mary«, sagte Jeremy. Er drehte sich suchend nach ihr um und sah hinter ihrem besorgt dreinblickenden Gesicht die Zuschauer, die belustigt zu ihm hinübersahen. Natürlich, so schienen sie zu sagen, das hatten wir schon die ganze Zeit erwartet. Brian hat es uns *erzählt*. Hatte er ihnen tatsächlich etwas erzählt? Ging Jeremy irgendein Ruf voraus? Mit zitternden Fingern zog er die Golfmütze über; er machte auf dem Absatz kehrt, und Mary mußte laufen, um ihn einzuholen. Aber im gleichen Augenblick spürte er, daß er schon wieder etwas getan hatte, das sie erwarteten. Er konnte nichts tun, was sie *nicht* erwarteten. Kilometerweit stolperte er über tiefen, tückischen Teppichboden und blieb immer noch verfangen in dem Bild, das sie von ihm hatten. Sein Atem ging heiser. Ungeduldig fuchtelte er mit einer Hand hinter sich und traf dabei auf Marys kräftige Finger. Dann hatte sie ihn eingeholt, drückte seinen Arm fest an sich und geleitete ihn durch die Glastür. »Mach dir nichts draus«, flüsterte sie. »Es ist alles in Ordnung, Jeremy.« Draußen auf dem Bürgersteig streichelte sie ihm mit der anderen Hand über das Gesicht und küßte ihn auf die Wange. »Na komm«, sagte sie. Aber sie machte alles nur noch schlimmer. Hatten sie auch dies von ihm erwartet, daß er hier stand und sich wie ein Kind küssen ließ? Er wischte das feuchte Gleichheitszeichen ab, das ihre Lippen hinterlassen hatten, raffte den Mantel um sich und stapfte zum Wagen.

Es wohnte jetzt kein Medizinstudent mehr bei ihnen. Buddy hatte geheiratet und war in ein Apartment gezogen, und bevor ein Nachfolger gefunden war, kam Mary eines Tages mit einer Anhalterin nach Hause, die sie aufgelesen hatte, als sie mit dem Wagen von Miss Vinton unterwegs gewesen war. Ein Hippie-Mädchen namens Olivia. Ihr Haar war wie aus Glasfaser, farblos und glatt, so lang, daß sie sich darauf setzen konnte. Sie wirkte fast durchsichtig, so dünn war sie, und trug Jeans, die mit silbernen Sternen verziert waren, dazu einen strahlend weißen Trenchcoat. Als sie Jeremy die Hand hinstreckte, waren ihre Finger eiskalt. »Ich habe dieses Kind daumenschwenkend an der Straße gefunden«, sagte Mary zu ihm. »Kannst du dir das vorstellen? Du bist doch bestimmt nicht älter als Darcy!«

»Ich bin achtzehn«, sagte Olivia.

Mary sagte: »Das ist mir egal, *dafür* ist man immer zu jung«, und ging hinaus, um nach etwas Eßbarem für das Mädchen zu suchen. Olivia folgte ihr, genau wie es Marys Kinder immer taten. Sie hatte eine schlotternde, schlaksige Art zu gehen. Vom Eßzimmer aus, wo Jeremy mit einer Tasse Tee saß, konnte er ihre Fragen hören: »Wozu ist das? Was machen Sie denn jetzt? Ist das in Ordnung, wenn ich einen von den Crackers da nehme?« Später erklärte ihm Mary, sie habe Olivia überredet, sich in dem vorderen Zimmer auf der Südseite einzuquartieren. »Wie bitte?« fragte Jeremy. In Gedanken stellte er das Haus auf eine Landkarte, fügte eine Windrose hinzu und fand Süden. »Aber das ist das Studentenzimmer! Da hatten wir immer Studenten drin!«

»Tut mir leid, ich wußte nicht, daß es so wichtig ist«, sagte Mary.

»Also, nein, wichtig ist es natürlich nicht. Es ist bloß –«

»Ich mache mir immer solche Sorgen, wenn ich so ein Kind auf der Straße sehe«, meinte Mary.

Es kam ihm vor, als würde sie von Jahr zu Jahr mütterlicher. Sie hatte jetzt sechs Kinder und war sechsmal so mütterlich wie zu der Zeit, als sie nur eines hatte. War Mütterlichkeit denn eine Eigenschaft, die in einer solchen mathematischen Folge anwuchs?

Letzten Monat, als sie in Dowd's Lebensmittelladen Milch holen wollten, hatte ein Halbwüchsiger sie angesprochen und wollte Geld haben, um sich etwas zum Essen zu kaufen. »Ach, du armer Kerl!« sagte Mary. »Hast du nichts gegessen?« Es war sechs Uhr abends; ihre eigenen Kinder hatte sie vor einer Stunde verköstigt. »Warte hier«, sagte sie. »Bei Dowd's gibt es Sandwiches.« – »Also, Geld wäre mir an sich –«, sagte der Junge. – »Lauf nicht weg«, sagte Mary. »Bleib bei ihm, Jeremy.« Sie ging allein in den Laden. Die Spitze des Halstuchs flatterte ihr nach, die riesige Einkaufstasche schlenkerte neben ihr, die strumpflosen Beine leuchteten weiß im Halbdunkel, und die abgetretenen Schnürschuhe stapften rüstig daher. Die ewige Mutter, empört, entrüstet, zupackend, und jedem rückte sie den Kopf zurecht. »Geld wäre mir eigentlich lieber«, sagte der Junge zu Jeremy. Jeremy nickte nur und schluckte. Ihm fiel nichts ein, was er hätte sagen können. Dann kam Mary mit einem Sandwich in Wachspapier, einer Plastikschale mit Apfelsinen und einer Tüte Milch zurück. »Und daß du mir nichts übrigläßt, verstanden?« sagte sie. »Hören Sie«, sagte der Junge zu ihr, »Sie hätten sich die Mühe gar nicht zu machen brauchen. Also, was ich wirklich brauchen könnte –«
Aber sie hatte ihm die Sachen schon in die Hand gedrückt und sich wieder umgedreht, um noch einmal in den Laden zu gehen. »Und nicht schlingen!« sagte sie noch. »Nicht auf leeren Magen!«
»Also, dann danke, Madam.«
Anschließend hatten er und Jeremy dagestanden und einander angesehen, nachdenklich, ohne zu lächeln, zwischen ihnen Marys unhandliche Gaben.

Nachts drängten sich Farben und Formen in seinem Kopf, stießen einander beiseite, stritten miteinander wie Kinder: »Laß *mich* reden! Nein, *ich* will jetzt reden!« Mit dem Zeigefinger zeichnete er Umrisse in die Dunkelheit. Er drückte die Daumen gegen die Augenlider, um Bilder, die ihn beunruhigten, auszulöschen – Kegel, die sich besonders wackelig übereinandertürmten, die Grundfläche des einen immer auf der Spitze des anderen stehend; Gelb und Blau tauchten gemeinsam auf, eine Farbkombination, die ihm unerträglich war. Währenddessen schlief Mary neben ihm fest, und ihr Atem ging so leise und gleichmäßig, daß er das Rauschen des Blutes in seinen Ohren kaum übertönte.

Waren Frauen immer stärker als Männer? Mary war stärker, sogar wenn sie schlief. Ihr Schlaf war ein *Beweis* dafür, daß sie stärker war. Bei Jeremys Schlaflosigkeit waren Gereiztheit und Nervosität im Spiel; er spürte die Nähe von Gedanken, die er gar nicht in Augenschein nehmen mochte, von namenlosen Ängsten und Befürchtungen. Aber Mary, die immer *genau* sagen konnte, was sie befürchtete, und die ihre Besorgnisse bis in alle Einzelheiten vollständig aussprach – war die Mandeloperation bei Abbie wirklich nötig, wenn bei der Narkose etwas schiefgehen konnte? soll Edward wegen des Katzenbisses eine Tetanusspritze bekommen oder nicht? –, lag friedlich auf dem Rücken, die Handflächen nach oben gekehrt, die Finger nur leicht gekrümmt, offen für alles. Dabei glaubte sie nicht einmal an Gott. (Jeremy behauptete ebenfalls, nicht gläubig zu sein – wie sollte er auch, da er doch wußte, wie achtlos die Dinge von ihren Schöpfern aus dem Ärmel geschüttelt und dann wieder vergessen wurden. Aber er hatte Angst vor der Hölle, Mary hingegen nicht.) Mary war viel angreifbarer als jeder Mann, ihr Innerstes, ihr Eigentliches steckte in diesen Kindern, und die zerstreuten sich jeden Tag in sechzig verschiedene Richtungen und hatten dabei tausend Gefahren zu bestehen; und trotzdem schwebte sie durch die Nacht, ohne das kleinste Gebet zu sprechen. Nie würde er es mit ihr aufnehmen können.

Er sank zurück in die Vergangenheit, bis er dem blassen, pudrigen Gesicht seiner Mutter begegnete – einer Frau, die jeden Tag von morgens bis abends gebetet hatte, jeder Atemzug ein Gebet. (»Ich brauche vor dem Zubettgehen nicht zu beten, Jeremy, ich habe nämlich gebetet, seit ich heute morgen aufgestanden bin. Und auch die ganze letzte Nacht habe ich im Schlaf gebetet. Für dich bete ich.«) Er sah, wie sie ihm an seinem zehnten Geburtstag, den sie und er ganz allein im Wohnzimmer gefeiert hatten, Tee eingoß. »Wir allein, das macht mehr Spaß«, sagte sie, und sie hatte natürlich recht, denn seine Klassenkameraden mochten ihn nicht, und wenn sie überhaupt einmal mit ihm sprachen, verballhornten sie seinen

Namen und sagten »Germy« zu ihm. »*Wir* brauchen diese anderen Kinder doch gar nicht«, sagte sie. Sie lächelte ihn über die Teekanne hinweg an. Wie immer zitterten ihre Mundwinkel dabei ein wenig, und es sah aus, als sei sie sich ihres Lächelns nicht sicher, als sei sie sich dessen, was sie sagte, nicht sicher, und als sei sie sich auch nicht sicher, ob es außer Gott selbst noch etwas gebe, auf das sie sich verlassen könnte. Ihr Lächeln wurde zuerst blaß und dann durchsichtig. Die Teekanne verschwamm. Er sah seine Mutter in einer Zeit, die noch weiter zurücklag als der Geburtstag, in einer Zeit, als man Hüte noch mit gesteiften Stoffrosen garnierte und ihr schlaffes, bläßliches Kleid der letzte Schrei gewesen war – dieses Kleid, das genauso aussah wie sie, mit rankenden Blumen in so schwachen Farbtönen, daß man meinen konnte, sie habe das Innere nach außen gekehrt. Sie ging mit ihm zum Zahnarzt. Sie stand vor einer Sprechstundenhilfe, deren Haar mit schwarzer Schuhcreme bestrichen zu sein schien. »Es ist mir egal, was Sie dachten«, sagte die Sprechstundenhilfe, »der Termin war vor einer Stunde, und Sie haben ihn verpaßt. Sie haben den Doktor warten lassen. Er hat dann den nächsten Patienten drangenommen.«
»Vielleicht war es ein Mißverständnis. Denn vor einer Stunde hätte ich noch gar nicht gekonnt, verstehen Sie, da war Jeremy noch in der Schule. Vielleicht könnten wir –«
»Zweifeln Sie etwa an dem, was ich Ihnen sage?«
»Bitte, also bitte –«
Und das vor all diesen Leuten – vor einem Wartezimmer voller Zuschauer auf Petit-point-Stühlen. Die Sprechstundenhilfe beugte sich über den Brief, den sie gerade schrieb, und beendete damit das Gespräch. Wütend grub sich ihr Füllfederhalter in das Papier und schüttelte schwarze Tintenspritzer von sich. »Komm, Jeremy«, sagte seine Mutter schließlich. Dann stieß sie einen kleinen, zitternden Seufzer aus, griff nach seiner Hand und zog ihn aus dem Zimmer. Draußen auf dem Bürgersteig sagte sie: »Mach dir nichts draus, Liebling, wir machen einen neuen Termin für dich.« Sie streichelte ihm die Wange, wo ein Muskel hüpfte. »Wir dürfen unser Leben nicht damit vertun, solchen Leuten böse zu sein.« Aber er war nicht auf die Sprechstundenhilfe wütend, sondern auf seine

Mutter. Warum hatte sie dort, im Zentrum der Aufmerksamkeit, so albern herumgestanden und ihr lächerliches Tafthandtäschchen in den Händen gedreht? Warum dieser flehende Ton? Er stellte sich vor, wie die Sprechstundenhilfe so heftig von ihrem Stuhl aufsprang, daß er nach hinten kippte, und wie sie seine Mutter mit diesem klecksenden Füllfederhalter erdolchte. »Nimm das, du Wurm! Stirb!« Seine Mutter würde sich nur noch tiefer ducken, und sie würde weiter zaghaft lächeln. Sie würde auf dem Boden zerbröckeln, zermalmt von dem Schuhabsatz der Sprechstundenhilfe, und würde nicht einmal schützend die Arme heben. Plötzlich stiegen Kummer und Schrecken in ihm auf und eine tiefe, verängstigte Liebe. »Jeremy, Liebling«, sagte seine Mutter, »sollen wir nach Hause gehen und eine Tasse Kakao trinken?« Und er sagte: »Gut, Mama«, aber sogar das Sprechen tat weh; er hatte die Zähne so fest zusammengebissen, daß die Kiefermuskeln schmerzten.

Das war lange her. Es war längst vergangen. Das hatte er hinter sich.

Er drehte sein Kissen auf die kühlere Seite und bettete seinen Kopf sehr behutsam wieder hinein, um Mary nicht zu wecken. Jetzt begann er mit seinem nächtlichen Lieblingsspiel. In diesem Spiel besaß er einen lässigen, fröhlichen Mut, den ihm niemand zugetraut hätte, und ließ sich ganz von plötzlichen Eingebungen leiten. Während er also eines Tages wegen irgendeiner Besorgung durch die Stadt fuhr (daß er nicht Autofahren konnte und gar keinen Wagen besaß, machte nichts, dieses Problem würde er später lösen), spürte er plötzlich den Drang, die Stadt zu verlassen. Ein Block nach dem anderen glitt an ihm vorüber, und zuerst spielte er nur mit dieser Idee, aber dann ließ er ihr freien Lauf, und ein beschwingtes Gefühl von Freiheit erfüllte ihn. Alle Ampeln waren auf Grün geschaltet, alle Straßen führten direkt aus Baltimore hinaus, und er wurde nicht einmal durch andere Wagen aufgehalten. Der Himmel war trüb, ohne Sonne, das beste Wetter für seine Augen. Stundenlang konnte er fahren, ohne zu blinzeln und sich übermäßig anzustrengen. Wenn er müde wurde, würde er anhalten. Vielleicht nie. Wenn er sich je wieder irgendwo niederlassen sollte, dann in einer kleinen kahlen, weiß getünchten Zelle, vielleicht in einer Wüste. Er würde einen anderen Namen annehmen – einen einsilbigen Vornamen und einen einsilbigen Nachnamen. Etwas Schneidiges. Auch seine Kunst würde sich verändern. Ganz von selbst. Wenn er seinen Namen änderte, würden sich auch seine Arbeiten ändern. Er würde ohne Kinder, ohne Frau, ohne Freunde leben – ganz allein, wie in jener stillen goldenen Zeit zwischen dem Tod seiner Mutter und Marys Ankunft. Aber diesmal würde er es natürlich zu schätzen wissen. Damals hatte er das nicht getan. Damals war es ihm so vorgekommen, als würde ihm sein Leben zu schnell zerrinnen, als müßte er mehr vorzeigen können. War es dies, was *alle* bedeutsamen Ereignisse auf der Welt verursachte? Er hatte das Gefühl gehabt, ein paar verzweifelte Schritte tun zu müssen, bevor es zu spät war, aber jetzt schien es, als würde sich das Leben ewig hinziehen, als würde es darin mit jedem Tag wirrer und lauter zugehen. Die ganze Anstrengung war umsonst gewesen.

Er hatte auf die Liebe gewartet wie auf die Erlösung. Auf das Geheimnis, den verborgenen Schlüssel. Hatte die Liebe ihn verfehlt, oder hatte er die Liebe verfehlt? Gab es eine Hoffnung *nach* der Liebe?

Das Baby fing an zu wimmern. Die spitzen, kleinen Schreie wurden immer lauter und brachen in Jeremys Gedanken ein. Mary erhob sich, wankte, vielleicht noch im Schlaf, zu dem Kinderbett hinüber und murmelte schon unterwegs tröstende Worte. »Was ist denn, Rachel. Ist ja gut, na komm.« Sie nahm das Baby hoch, und Jeremy spürte den Stoß, der durch die Matratze ging, als sie ins Bett zurückkehrte. »Es liegt an dem Zahn, glaube ich«, sagte sie. Sie sagte es, ohne nach Jeremy zu sehen, hielt es für selbstverständlich, daß er wach lag. Sie lehnte ihr Kissen gegen das Kopfteil des Bettes, setzte sich aufrecht und knöpfte ihr Nachthemd auf. Als Jeremy hinüberblickte, war der Schatten des Babys in den von Mary eingetaucht, und deutlich zu erkennen war nur eine mondbeschienene Brust. »Wo ist Edwards alter Beißring?« fragte ihn Mary. »Ich muß ihn morgen finden.«

Das Baby schluckte leise. Jeremy legte eine Hand über die Augen. »Im Drugstore gibt es etwas, womit man ihnen das Zahnfleisch einreiben kann, aber ich glaube nicht, daß es wirklich hilft«, sagte Mary.

Einmal, bei einer der wenigen Gelegenheiten, als sie auf ihr früheres Leben zu sprechen gekommen war, hatte sie ihm erzählt, nach Darcys Geburt habe sie sich Sorgen wegen des Stillens gemacht. »Ich dachte, ich hätte nicht genug Milch«, sagte sie und lachte dann; das Stillen funktionierte bei ihr nämlich jetzt so selbstverständlich wie das Atmen, und oft hatte er sie mit einem Baby an der Brust im Haus herumlaufen und sogar kochen sehen. Er versuchte sich auszumalen, wie sie sich wegen Darcy Sorgen machte. Er entwarf eine Szene, in der sie sich noch einmal Sorgen machte – in der sie, den Tränen nahe, zu ihm kam und ihn fragte, was sie denn falsch mache. »Nur ruhig, du bist einfach müde«, würde er ihr sagen. »Ich kümmere mich jetzt um die anderen Sachen.« Er würde die Kissen um sie richten, würde ihr Tee bringen und die älteren Kinder in einen anderen Teil des Hauses schicken. »Still, laßt eure Mutter jetzt mal. Sie braucht Ruhe.« Ein Nest aus Liebe und Verläßlichkeit würde er für sie bauen, und später, wenn er auf Zehenspitzen hereinkäme, um nach ihr zu sehen, würde sie sagen: »Was würde ich bloß ohne dich anfangen?« Er hatte sich das seit Jahren immer wieder ausgemalt. Bevor Abbie zur Welt kam, hatte er ein Buch bestellt, ein Buch für werdende Väter; er hatte es gelesen und sich alle Methoden, wie er ihr behilflich sein konnte, eingeprägt. Mach es ihr leichter, hieß es in dem Buch. Versuch, ihr zu helfen, soviel du kannst, nimm alle Lasten auf dich, die sie ablenken, mach dich auf unvernünftige Tränen gefaßt. Keiner dieser Ratschläge hatte sich als nützlich erwiesen. Mary hatte sich ihr Nest selbst gebaut. Warm und entspannt saß sie jetzt neben ihm, und das Baby gab nach jedem Schluck ein leises, zufriedenes Murmeln von sich.

Dann sagte Mary: »Was ich dir schon die ganze Zeit sagen wollte –«
Das Baby hielt inne und beschwerte sich, und verriet damit Marys innere Spannung. Jeremy machte die Augen auf. Den ganzen Tag hatte er gespürt, daß diese Mitteilung über ihm schwebte. Er glaubte sogar zu wissen, wie sie lautete. »Du bist schwanger«, sagte er.
»Wie bitte?«
»Ich dachte –«
»Du weißt doch, daß ich nicht schwanger werden kann, solange ich stille.«

»Ich hatte befürchtet, daß es diesmal vielleicht nicht funktioniert hätte«, sagte er.

»Du hast es *befürchtet*?«

Er sagte nichts. Er wußte nicht, wie er das zurücknehmen sollte.

»Jeremy?« sagte Mary, aber dann bohrte sie nicht weiter. »Nun«, sagte sie, »wie es aussieht, bin ich jetzt geschieden, Jeremy.«

Einen Moment lang dachte er: geschieden von *ihm*, und sein Herz machte einen Satz. Geschieden, bloß wegen des einen kleinen Gedankenspiels, das er gespielt hatte? Er hatte sich doch gar nichts dabei gedacht. Aber sie waren ja nicht einmal verheiratet. Wovon redete sie eigentlich?

»Guy hat sich von mir scheiden lassen.«

Früher hatte er sie einmal nach dem Namen ihres Mannes gefragt. Wenigstens den hatte er wissen wollen, aber er hatte sich nie getraut, die *wirklichen* Fragen zu stellen, und er hatte gemeint, wenn sie seinen Namen erst preisgegeben hätte, würde sie vielleicht fortfahren und ihm noch mehr erzählen. Aber nein. »Guy Tell«, hatte sie gesagt. »Guy Alan Tell.« Und dann nichts mehr. Nicht einmal beiläufige Hinweise – nie hatte sie einen Ausflug erwähnt, bei dem ihr Mann sie begleitet hatte, nie hatte sie von einem Abenteuer berichtet, an dem er zufällig beteiligt war. Diese einfache Feststellung – »Guy Tell« – hatte sich ihm eingeprägt, er hatte tausend Schichten von Vergessenwollen über sie gedeckt und sogar die Augen jedesmal fest zugedrückt, wenn ihm der Gedanke an ihren Mann kam. Wie sie jetzt diesen Namen aussprach, verblüffte ihn. Als ob sie plötzlich in eine seiner heimlichen Phantasien eingedrungen wäre – etwas laut ausgesprochen hätte, das seiner innersten, geheimsten Vorstellungskraft entsprungen war. »Wie bitte?« fragte er. Sie schien zu ahnen, daß sie es nicht noch einmal zu sagen brauchte. Sie wartete, gelassen.

»Du bist geschieden?« fragte er.

Er setzte sich aufrecht. Er glaubte zu bemerken, wie die Luft erzitterte, wie die Schallwellen zurückprallten von einem schockierenden Wort: Scheidung. Ein hartes, häßliches Wort. So ganz anders als der warmbrüstige Schatten neben ihm. »Wer hat – wie hast du es erfahren?« sagte er.

»Der Anwalt hat mir geschrieben. Sie haben meine Adresse von Gloria.«

»Von –? Ich verstehe nicht.«

»Von seiner Mutter.«

»Aha«, sagte er. Dieser geheime Ehemann hatte also eine Mutter. Einen Vater ebenfalls und vielleicht auch eine Großmutter, die ihm Schals für den Winter strickte. Er hatte Freunde, die ihm auf der Straße einen Gruß zuriefen, er besuchte Leute, er fuhr ohne Zweifel einen Wagen und machte Einkäufe und war irgendwo angestellt. Er hatte einmal neben dieser selben Frau gelegen, und vielleicht hatte er darauf gewartet, bis sie mit Stillen fertig war, und hatte dann mit absolutem, unerschütterlichem Selbstvertrauen zu ihr hinübergegriffen. Ein Klumpen wie aus Ton, dick und weich, schob sich in Jeremys Kehle hoch.

»Er hat sich wegen böswilligen Verlassens scheiden lassen«, sagte Mary. »Das ist erlaubt, wenn er so lange nichts über meinen Verbleib erfahren hat.«

»Tja –«, sagte Jeremy. Er hustete. »Ja, aber – wie hat *sie* denn über deinen Verbleib erfahren? Ich meine, seine Mutter.«

»Ach, erst vor kurzem. Ich habe ihr geschrieben.«

»Wirklich?«

»Bloß eine Karte, wirklich. Ich wollte wissen, wie es ihr geht.«

»Ach so«, sagte Jeremy.

»Ich habe mich sehr gut mit ihr verstanden, weißt du. Sie war immer sehr nett zu mir. Und neulich fiel mir ein: Jetzt ist doch bald Glorias Geburtstag. Soll ich ihr nicht mal eine Karte schicken und ihr sagen, daß ich noch an sie denke.«

Sie dachte noch an diese Frau. Wann eigentlich? In welchen Augenblicken ihres turbulenten Tages wendeten sich die Gedanken hinter diesem gleichmütigen Gesicht ihrem alten Leben zu? Wirklich, er wußte nichts über sie. Vielleicht dachte sie andauernd an ihren Mann; vielleicht war sie ganz und gar unzufrieden; vielleicht plante sie irgendeine neue Liebschaft, fern von ihm. Plötzlich fiel ihm ein Abend in der vergangenen Woche ein, als sie vor dem Fernseher Pippis Haar geflochten hatte. Irgendwelche Prominente traten in einer Quizsendung auf, unter ihnen ein Kinoheld mit tiefen, umschatteten Augen. »Warum finden alle Leute diesen Mann so attraktiv?« hatte Mary gefragt. Jeremy war gerade dabei, Preisausschreiben auszufüllen, und hatte nicht auf die Sendung geachtet. »Was für einen Mann?« fragte er. »Der da links«, sagte sie, »der große attraktive Mann neben der Blonden.« Da hatte Jeremy aufgeblickt, verwirrt, aber Mary hatte selbst nicht darauf geachtet, was sie sagte, sie ließ nur ein Gummi um Pippis Haarflechte schnappen und gab ihr einen Klaps. »Ab ins Bett. Es wird Zeit.« Erst jetzt begann er sich zu fragen: Sehnte sie sich nach mehr? Wenn sie diese Liebesromane las, die ihr so gefielen, mit den erschrocken dreinblickenden schönen Mädchen auf den Umschlägen, wünschte sie sich dann auch einen Mann, der sie die Stufen zu einem Schloß hinauftrug oder sie mit seinem Schwert verteidigte oder sie mit seinem dunklen, rätselhaften Blick vielleicht sogar ein bißchen erschreckte?

Als würde sie all die klaffenden Risse der Ungewißheit in ihm ahnen, sah sie ihn über den Kopf des Babys hinweg an. In der Dunkelheit wirkte ihr Gesicht wie ein Stück Filz. Das Baby gab im Schlaf saugende Geräusche von sich, wie ein schlaffes Säckchen lag es auf Marys Arm. Nur Jeremy spürte das Spröde, Bröckelnde in sich, das ihn starr und aufrecht hielt.

»Jeremy? Ich nehme an, wir könnten jetzt heiraten«, sagte Mary.

»Ja, wenn du willst.«

»Willst du?«

»Wenn du willst, will ich auch«, sagte er.

»Das klingt nicht sehr entschieden.«

»Natürlich bin ich entschieden.«

»Wir müssen es heimlich machen«, sagte sie. »Und leider mußt du mitkommen, Jeremy. Diesmal wirklich.«

»Ja, natürlich. Wie du willst.«

»Aber ich werde alles vorbereiten. Wäre es dir recht, wenn wir nächsten Donnerstag heiraten? Olivia ist donnerstags zu Hause, sie kann auf die Kinder achten.«

»Gut«, sagte er.

Er spürte das Bröckeln immer noch. Ständig brachen kleine Stücke von ihm ab und stürzten, aber Mary schien nichts zu bemerken.

Den ganzen nächsten Tag lang, während er in seinem Atelier saß und die Metallkanten an einer Plastik abfeilte, dachte er über diese Schwiegermutter nach, an die sich Mary nach so vielen Jahren noch erinnerte. In seiner Vorstellung war sie dick, schlampig und gutmütig – eine offenherzige Frau, die Mary irgend etwas schwer Bestimmbares gegeben hatte, das ihm nicht zu Gebote stand. Er malte sich aus, wie sie Marys Brief in ihren riesigen, mütterlichen Händen hielt. Er versuchte sich vorzustellen, was Mary wohl geschrieben hatte. Es lag nahe und war fast ein Gebot der Höflichkeit, eine Frau nach dem Befinden ihres Sohnes zu fragen. »Wie geht es Guy? Ich denke oft an ihn.« Oh, er sah diese Worte in Marys runder, geschwungener Handschrift fast vor sich. »Ich lebe jetzt mit jemand anderem zusammen, aber, Gladys (oder Dolores oder wie sie hieß), es ist nicht das gleiche, er ist so kraftlos und verbringt so viel Zeit in seinem Atelier, und zuerst wollte er viel zu oft mit mir schlafen und jetzt will er kaum noch.« Jeremy stöhnte, ließ eine Schraube fallen und hob sie wieder auf. Er stellte sich die Antwort der Schwiegermutter vor. »Guy hat sich scheiden lassen, weil er die Hoffnung aufgegeben hatte, aber du kannst jederzeit zurückkommen, wirklich jederzeit, Mary. Seit du weg bist, ist es hier nicht mehr so wie früher.«

Er wußte, daß sie dies schreiben würde. Nirgendwo würde es so sein wie früher, wenn Mary wegging.

Gegen Mittag kam eines der Kinder die Treppe herauf, um ihn zum Essen zu holen, aber er rief durch die Tür, er sei zu beschäftigt und könne nicht kommen. Tatsächlich war er gerade dabei, eine Plastik zu vollenden: Ein Mädchen saß auf einem Stein. Er arbeitete langsam, wie immer, wenn er mit einem Objekt fast fertig war, veränderte hier und dort noch eine Kleinigkeit und dachte zwischendurch lange nach. Er hätte wegen des Mittagessens gut unterbrechen können. Aber der Gedanke, nach unten zu gehen, machte ihn so müde. Dieser ganze Lärm! Dieser Aufruhr der Gefühle, der sich in Schwaden um ihn erhob, während er versuchte, sein Essen herunterzubekommen! Selbst von hier oben hörte er das Gescheppere der Töpfe, die endlosen Kämpfe der Kinder um die Aufmerksamkeit ihrer Mutter und das plötzliche Geschrei wegen irgendeines Zwischenfalls – als würde sich aus dem umgefallenen Erdnußbutterglas mit den Märchenfiguren darauf nicht Milch über den Tisch ergießen, sondern Lärmen und Lachen und Schimpfen. Über allem segelte Marys Stimme wie ein Schiff auf den Wellen. Er verstand nicht, wie sie das schaffte, wie sie immerzu in diesem ruhigen, beharrlichen Ton sprechen konnte. Er ging jedesmal im Lärm unter. »Kinder? Oh, Kinder«, sagte er dann, »könnt ihr nicht mal bitte –« Jetzt lachte Mary, ein volltönendes, freundliches Lachen, das mühelos in jeden Winkel des Hauses drang. Ein paar Minuten später hörte er sie die Treppe heraufkommen. Auf einem Tablett klirrte leise Geschirr. »Jeremy«, rief sie, »ich habe dir dein Essen hochgebracht.« »Komm herein«, sagte er, aber sie konnte nicht; in seiner Zerstreutheit hatte er die Tür abgeschlossen. Erst drehte sich der Knopf, dann klopfte sie. Er mußte seine Feile hinlegen, von seinem Hocker aufstehen und sie einlassen – eine Aufgabe, die ihm weitläufiger vorkam, als sie war, so als gelte es, in einem dicken dunklen Sack aus lauter Denkanspannung alle Zellen seines Körpers neu zu ordnen. »Eiersalat«, sagte sie. Er starrte sie düster an. Sie trug das Tablett an ihm vorbei und deckte ihm auf dem Tisch vor der Plastik – ein Glas Milch, eine Schüssel Salat, ein Sandwich auf einem Teller. Jedesmal wenn sie etwas auf den Tisch stellte, mußte sie dafür etwas anderes aus dem Weg räumen. Sie schob einen Leimtopf zur Seite, und einen Farbpinsel legte sie auf den Topf (wo er nicht hingehörte). Ein Hufeisenmagnet fiel klirrend zu Boden. »Entschuldigung«, sagte Mary munter. Es war, als flatterte ein langer Schwanz aus Lärm und Tatkraft hinter ihr her, der an den Gegenständen in seinem Zimmer vorbeistreifte, wenn sie sich umdrehte. Zwar hatte er den ganzen Morgen an sie gedacht, aber dies hier schien eine andere Mary zu sein, nicht die Mary seiner Gedanken – deutlicher, schärfer umrissen, in kräftigeren Farben. Sie veränderte die Atmosphäre in seinem Atelier, wirbelte die Mitte auf, so daß es in den Ecken dunkler und staubiger aussah. Es war jetzt, als wäre das Atelier ihr Zimmer. Als sie einen Schritt zurücktrat und die Plastik betrachtete, hatte er das Gefühl, auch diese Plastik sei von ihr. Er malte sich aus, mit welcher Energie *sie* eine solche Plastik herstellen würde: im Nu würde sie die Teile zusammensetzen, würde keinen Handgriff zuviel tun, ohne jede nachträgliche Änderung, aus einer reichen Intuition schöpfend, über die er nicht verfügte. Wenn sie fertig wäre, würde sie der Plastik einen liebevollen Klaps auf den Hintern geben, wie einem Kind, das sie zum Spielen schickt, nachdem sie ihm die Schuhe gebunden hat. »Sehr schön«, sagte sie jetzt. »Sie gefällt mir.«

Mary drehte sich um und gab ihm einen Kuß. Sie legte ihm die Arme um den Hals. Er sagte: »Ich glaube, ich muß jetzt weitermachen.«

Doch als sie dann gegangen war, kehrte die andere Mary, die schweigende, schwebende aus seinen Gedanken zurück, und die Vorstellung, wie sie dasaß und ihrer Schwiegermutter schrieb, schmerzte ihn noch immer so sehr, daß er lange vornübergebeugt auf seinem Schemel hockte und die Hände krampfhaft gegen die Brust preßte, als hätte er einen Herzanfall.

Am frühen Nachmittag war die Plastik bis ins letzte Detail fertiggestellt. Trotzdem verließ er sein Atelier nicht. Und als Brian zu Besuch kam – er hörte seine Stimme im Flur unten –, da weigerte er sich, ihn zu begrüßen. »Jeremy, Brian ist hier«, rief Mary.

Jeremy antwortete nicht.

Dann kamen Brians Schritte die Treppe herauf, zwei Stufen auf einmal nehmend. Sein kräftiges, herzhaftes Pochen erklang an Jeremys Tür. »He, du da drinnen. Hast du Lust auf Besuch?«

Jeremy betrachtete mit gerunzelter Stirn die Zimmerdecke. Er lag auf der Couch, die Hände über dem Bauch gefaltet, und versuchte an sein nächstes Objekt zu denken. Er hatte überhaupt keine Lust, jemanden zu sehen. Aber während er sich noch eine Antwort zurechtlegte, gab Brian auf und ging wieder hinunter, und Jeremy hörte seine Stimme und die von Mary und wie die Haustür ins Schloß fiel. Er stand auf und tappte zu einem der Fenster hinüber. Unten überquerte Brian gerade die Straße, schlängelte sich zwischen Autos hindurch, die vor einer Ampel gehalten hatten, und erreichte den gegenüberliegenden Bürgersteig mit einem plötzlichen Schwung, als sei er soeben mit knapper Not irgendwo entronnen. Jeremy blickte ihm nach, solange er ihn sehen konnte. Brians

Gang hatte etwas Erleichtertes, er tänzelte fast, als feierte er seine Rückkehr in die Freiheit.

Als Mary abends wieder mit einem Tablett heraufkam, sagte sie: »Warum wolltest du Brian nicht begrüßen?«

»Morgen vielleicht.«

»Du bist ihm doch nicht mehr böse wegen dem, was in der Galerie passiert ist, oder? Jeremy, wirklich, ich glaube nicht –«

»Nein, es ist bloß, verstehst du, ich arbeite an einem neuen Objekt«, erklärte er ihr.

»Ah, ich verstehe.«

Eigentlich fing er nie gleich mit einem neuen Objekt an, wenn er eine Arbeit beendet hatte. Er brauchte Zeit, um sich zu sammeln, eine Phase der Muße, die sich manchmal über Wochen erstreckte. Aber Mary sagte: »Dann hoffe ich, daß es gut läuft«, nahm das Geschirr vom Mittag mit und ließ ihm das Abendessen und einen Becher mit heißem Kaffee da.

Als sie gegangen war, schaltete er das Licht aus und kehrte zur Couch zurück. Das Atelier lag jetzt im Halbdunkel – erfüllt von einem flockigen Grau, das er auf seiner Haut zu spüren glaubte. Obwohl es warm war, hüllte er sich in eine Decke. Es kam ihm so vor, als hätte sich sein Herzschlag verlangsamt, an Händen und Füßen war ihm kalt. Er streckte sich auf der Couch aus und schlief ein, und unter der Decke träumte er, man würde ihn in einem engen, stickigen Raum gefangenhalten.

Lange vor dem Morgengrauen fuhr er aus dem Schlaf hoch. Einige Sekunden lang fragte er sich, wo er war. Die Ungewißheit war eher angenehm als beunruhigend. Auch nachdem er die Antwort gefunden hatte, versuchte er sie noch einmal beiseite zu schieben und in diesen Schwebezustand zurückzukehren. Dann stand er auf und aß im Dunkeln zu Abend – kaltes Gemüse, eine Scheibe Fleischkäse, eine Schale mit etwas klebrig Dickflüssigem, zerlaufene Eiscreme, wie sich herausstellte. Bei jedem Bissen spürte er ein Würgen, aber er aß alles auf, leerte auch den bitteren kalten Kaffee bis zur Neige und hatte das Gefühl, etwas geleistet zu haben. Ging es im Leben nicht genau darum: Beharrlichkeit und Ausdauer? Im Dunkeln, wenn seine Gedanken bedeutungsträchtiger wirkten als bei Tageslicht, kam er zu dem Schluß, daß genau hierin der Unterschied zwischen ihm und Mary bestand. Er hielt es für einen Vorzug, wenn man alles hinnahm, im Kleinen und im Großen, während Mary es für einen Vorzug hielt, wenn man sich weigerte, etwas hinzunehmen. Stets, auch bei den geringfügigsten Widrigkeiten, war sie bereit zu kämpfen. Er betrachtete diese Kämpfe jetzt mit großem Wohlgefallen; er malte sich ihre kraftvolle Gestalt aus, wie sie dastand und Hausierer, aufdringliche Lehrer, Rabauken aus der Grundschule und Bakterien im Haushalt abwehrte, mit stets gleichbleibender Begeisterung. Es schien ihm, als bildeten seine Nachgiebigkeit und ihr Trotz ein vollkommenes Ganzes, ohne daß einer für sich mehr Recht beanspruchen konnte als der andere, während er bisher immer geglaubt hatte, am Ende werde sich erweisen, daß einer von ihnen im Unrecht sei. Mit einem Gefühl der Erleichterung wendete er diesen Gedanken hin und her. Er überlegte sogar, ob er nach unten gehen und Mary wecken sollte, um ihr alles zu erzählen, aber sie würde natürlich nicht verstehen, was er meinte. Sie stellte sich nie die gleichen Fragen wie er. (Dachte sie überhaupt nach?) Sie würde ihn nur aus schläfrigen, halb geöffneten Augen anlächeln, die Decke aufschlagen und ihn an sich ziehen, das war ihre Antwort auf alle Probleme, die sie hatten. Statt dessen zog er sich einen Lehnstuhl an das vordere Fenster und beobachtete, in seine Decke gehüllt, wie der Himmel über der Stadt erbleichte.

War es möglich, daß das Haus früher, in den Jahren vor Mary, auch tagsüber so ruhig gewesen war? Er konnte sich kaum darauf besinnen. Er überlegte sich, wie es wäre, wenn diese Stille andauern würde, wenn Mary und die Kinder aus irgendeinem Grund fortgegangen und ein leeres Haus voller Echos hinter sich zurückgelassen hätten. Dann dachte er an seine Arbeit. Was würde er tun, wenn sie ihn hier mit seinen Blechplatten und Holzblöcken allein ließen? Würde er noch Erfolg haben, wenn Mary nicht neben ihm stand? Er begann, die Hände auf den Knien ineinanderzuflechten; eine Art Beklemmung oder Ärger spannte seine Muskeln. Es war albern, daß er sich solche Fragen stellte. Seine Objekte hatte er schon immer gemacht, oder etwa nicht? Lange bevor *sie* hierher gekommen

war. Er stieß seinen Lehnstuhl zurück und schob einige Kartonstücke auf seinem Arbeitstisch beiseite, die zu Boden fielen. Er
nahm einen Bleistift und ein Stück Papier, und schon skizzierte er
flüchtige Formen, machte Entwürfe für sein nächstes Objekt. Und
als Mary gerade um die Zeit der Dämmerung klopfte und fragte, ob
es ihm gutgehe, wußte er plötzlich nicht, wie er sie einordnen sollte.
»Wie bitte?« fragte er und blickte noch immer mit gerunzelter Stirn
auf seinen Skizzenblock.
»Ob es dir gutgeht, habe ich gefragt.«
»Aber ja.«
Er würde eine Plastik machen von Brian, wie er gerade um die Ecke
biegt – ein Mann im Laufschritt, froh, daß er entkommen ist. Er
entschied sich für diese Gestalt, weil sie ihm ganz besonders einsam
zu sein schien. Sie war nicht begleitet von Hunden, Besen, Dreirädern oder Kindern. Er entschied sich für Holz, weil es mit Holz am
langsamsten ging und Holz die meiste Geduld erforderte. Den halben Morgen verbrachte er damit, aus dem Holzstoß in der Ecke
Stücke auszuwählen, sie liebevoll zu glätten und zusammenzufügen
und immer wieder neu anzuordnen. Die Rundung eines Schien-
beins auszusägen und zu schmirgeln dauerte bis Mittag. Als Mary
das Tablett mit seinem Essen heraufbrachte und klopfte, rief er:
»Stell es bitte draußen hin, ja? Ich hole es mir gleich.« Aber da
vergaß er es völlig, und erst am Nachmittag erinnerte ihn das Knur-
ren in seinem Magen daran.
Er aß stehend am Fenster und sah auf die Straße hinunter. Das
strahlende Sonnenlicht auf dem Zement blendete ihn. Er mußte
blinzeln, um zu erkennen, daß seine Kinder auf dem Bürgersteig
Himmel und Hölle spielten – das mit Kreide gezeichnete Hüpffeld
sah aus wie die Luftaufnahme einer Stadt, die Haarschöpfe blinkten,
und jedem Mädchen flogen zwei Zöpfe nach. In ihren Kleidern
sahen sie ganz buntscheckig aus. Karos und gemusterte Baumwoll-
stoffe, Streifen, Blumen, alles durcheinander. Hannah, mit ausgebreiteten Armen auf einem Skateboard balancierend, sah aus wie
eine von diesen Puppen aus lauter verschiedenfarbigen übereinan-
dergereihten Filzscheiben: ein Halstuch in Orange, eine dicke rosa
Steppjacke, unter der eine rote Strickjacke hervorsah, darunter ein

karierter Rock, nackte weiße Knie und blaue Kniestrümpfe über schlottrigen roten Stiefeln. Ihre Stimmen schienen zu weit entfernt, genau wie die Stimmen früher, wenn er als Kind das Bett hüten mußte – Worte, die durch einen Vorhang aus Dunst oder Wasser sickerten. Er hatte immer gemeint, die Ursache für diese Verwandlung sei die horizontale Lage, aber jetzt stand er hier aufrecht, und trotzdem klangen sie wie Menschen in einem Traum. Sie debattierten darüber, ob jemand eine Regel gebrochen hatte. Jeremy konnte nicht herausfinden, worum es in diesem Spiel ging. Soweit er sah, mußte man eine Reihe von mit Kreide gezeichneten Quadraten entlanghüpfen. Hatten sie das Muster, in dem diese Quadrate angeordnet waren, selbst erfunden? Gab es irgendwelche strengen, unsichtbaren Regeln, von denen er nichts wußte? Die Art, wie sie selbständig über ihre Zeit verfügten und diese geheimnisvolle Tradition, die ihnen von einer älteren Kindergeneration überliefert worden war, fortzuführen verstanden, flößte ihm Respekt ein. Rasch und entschlossen stellten sie sich hintereinander auf, hüpften zielbewußt von Feld zu Feld, bückten sich nach irgendeinem glitzernden Spielstein und warfen ihn in ein neues Feld, bevor sie geschickt auf die Seite traten und warteten, bis sie wieder an der Reihe waren. Er hätte nie gedacht, daß Kinder von sich aus so überlegt handeln konnten.

Abends klopfte Mary an seine Tür und sagte: »Jeremy, kommst du denn gar nicht mehr heraus?«

»Es dauert nicht mehr lange«, sagte er. Er blies Sägemehl von einer Holzleiste.

»Du blockierst das Badezimmer der Kinder, Jeremy. Heute ist Abbies Badetag. Kannst du sie nicht wenigstens so lange hereinlassen?«

»Nachher.«

Er hörte sie seufzen und dann etwas flüstern. »Wie?« fragte er.

»Ich habe gesagt: du vergißt das morgen doch nicht, oder?«

»Morgen.«

»Morgen ist Donnerstag, Jeremy.«

»Ach ja.«

»Wir wollen doch –«

»Ja, ja, ich weiß.«

Sie stellte das Tablett vor seiner Tür ab. Das vertraute Klirren von Porzellan auf Blech machte ihn plötzlich hungrig, aber er trat nicht hinaus auf den Flur. Er wartete, bis sie gegangen war. Er stand da und lauschte, bis ihre Schritte unten am Fuß der Treppe angelangt waren, dann erst ging er zur Tür und öffnete sie. Er wußte nicht, warum er es so machte. Ihr Duft draußen auf dem Treppenabsatz – warme Milch mit Honig, bestreut mit Zimt, ein Getränk, das ihn sein Leben lang beruhigt hatte – wirkte kränklich süß. Er nahm das Tablett herein und schloß wieder ab. Gleich hinter der Tür, das Tablett in einer Hand, griff er im Stehen zu und schlang die Bissen hinunter. Hinter ihm krochen die Geräusche des Haushalts die Treppe herauf und sickerten durch die Spalten der Tür zu ihm herein. Er hörte Lachen und einen Fetzen von »Bruder Jakob«. Mary und Olivia unterhielten sich von Zimmer zu Zimmer. Marys Stimme senkte sich nach jedem Satz und war sehr bestimmt, während sich die von Olivia jedesmal unsicher hob. Vielleicht war das hier eine Schule für Frauen; dieser Gedanke war ihm schon oft gekommen. Früher hatte er immer geglaubt, das Wissen, das die Frauen besaßen, flöge ihnen von selbst zu. Er hätte nie gedacht, daß sie etwas lernen müßten. Aber wenn man sich Mary anhörte, die Festigkeit ihrer Stimme, die keine konkreten Anweisungen gab und Olivia allenfalls zeigte, wie sie *sein* könnte! Und wenn man sich Olivia anhörte, wie sie langsam und unter zögerndem Fragen Marys Tonfall übernahm! Und sogar die kleinen Mädchen, wie geschickt sie Rachel überredeten, ihre Möhren zu essen, und Edward, das Töpfchen auszuprobieren – ihnen allen wurde etwas beigebracht. Jeremy stellte das Tablett ab und trat lautlos an die Tür, lauschend, beeindruckt und neidisch. Gab es denn für Männer solche Lehrer nicht? Waren es nur die Frauen, die so fürsorglich eine Generation mit der nächsten verknüpften?

Aber als erneut Schritte die Treppe heraufkamen – diesmal die von Olivia –, machte er sich wieder hastig an die Arbeit. »Mr. Pauling? Mary schickt mich, hier ist noch Kaffee.« Er verhielt sich still, einen Viertelbogen Sandpapier in der erstarrten Hand. Nach einiger Zeit ging sie davon.

Am Morgen war das Gerippe der Plastik vollendet. Noch hätte nur er sagen können, was sie darstellte. Es war bloß ein Gerüst, das an allen möglichen Stellen mit Stoffstreifen von alten Bettlaken zusammengebunden war, überall dort, wo es angebracht schien, zu leimen, statt zu nageln. Während er wartete, daß der Leim trocknete, kramte er nach anderen Materialien – grobes Gewebe, Kupferdraht, ein Stück Drahtnetz, das er seit langem aufgehoben hatte, um etwas Besonderes daraus zu machen. Er leerte Kästen und Schubladen aus und blinzelte häufiger, um klarer sehen zu können. (Er hatte in der Nacht zuvor nicht viel geschlafen.) Unter dem Ausguß fand er eine Kinderwollmütze. Er setzte sich und riffelte sie auf, ein Knäuel aus gekräuseltem rotem Wollfaden häufte sich in seinem Schoß. Später würde er die Wolle mit seiner Spraydose festigen und sie hinter dem Kopf der Gestalt herflattern lassen. Derjenige, dem die Mütze gehörte, würde sagen: »Jeremy! Ist das meine? Du hast es versprochen, Jeremy, du hast gesagt, du würdest nicht mehr alle unsere Sachen verbrauchen, weißt du noch?« Er wußte es genau, aber wenn er bei der Arbeit an einem Objekt war, überkam ihn ein eigenartiges Fiebern. Er griff nach allem, was ihm richtig schien, auch nach Dingen, die woanders lebensnotwendig waren. Er zerbrach sie oder modelte sie um, so wie er sie brauchte, und gab sich über seinem hastigen Hantieren das Versprechen, er werde sie ersetzen, sobald das Objekt fertig wäre und er wieder Zeit dazu hätte. Jetzt aber hatte er keine Zeit. In dieser Phase rechnete er immer damit, daß er am Abend tot umfallen könnte – die Plastik unvollendet, sein Leben zersplittert auf dem Boden des Ateliers zurücklassend. Was wäre, wenn sein Objekt für immer ein Gerippe bliebe, mit Stoffetzen an den Gelenken, in dieser gefährlich vornübergeneigten Haltung, die er noch verändern wollte – er wußte schon wie –, sobald er den richtigen Sockel für sie gefunden hatte? Niemand würde je wissen, wie seine Pläne ausgesehen hatten. Sie würden denken, er habe *dieses* Gerippe schaffen wollen, mit all seinen Unzulänglichkeiten. Und wenn es Geister gab, dann würde er bestimmt einer von ihnen werden, würde als ruheloser Geist zu dem zurückkehren müssen, was er unfertig gelassen hatte.
In diesem Objekt wollte er das Beschwingte, sich Auflösende an

dem laufenden Brian darstellen, ein Splitter im kalten Frühlingswind. Er würde ihn in mattierte Metallfolie einhüllen. Das Gesicht sollte eine dünne Klinge aus Holz werden, die die Luft vor ihm zerschnitt. Und er würde geschwungene Streifen aus Blech hinter sich herziehen, die Elan andeuteten. Blech? Er sah sich danach um und nach der Schere. Das Atmen wurde ihm schwer. Die Gewißheit im Hinblick auf das, was er tun wollte, hatte die gleiche körperliche Wirkung wie die Angst: eine Enge in der Brust, das Herz schlug ihm bis hinauf in den Hals, und er hatte das Gefühl, als verbrenne er die Reserven seines Körpers zu schnell.

Als Mary klopfte, antwortete er nicht, machte sich nicht einmal die Mühe, ihretwegen stillzuhalten. »Jeremy? *Jeremy*!« Er bog Blech, mit großem, scheppernden Getöse. Mary ging wieder weg.

Auf dem Tablett mit seinem Mittagessen lag ein Zettel. »Heute ist unser Hochzeitstag. Willst du noch?« Irgend etwas versetzte ihm einen spitzen Kummerstich – das Fragezeichen vielleicht. Der Gedanke an die gedämpfte, gleichmäßige Stimme, mit der Mary diese Frage stellte. Zum erstenmal an diesem Vormittag lauschte er auf das, was unten vor sich ging, und sortierte das stetige, den ganzen Tag über währende Gesumm nach den verschiedenen Geräuschen. Jemand spielte eine Sesamstraßen-Schallplatte, und ein anderer ließ einen Mixer in Hochgeschwindigkeit laufen – Olivia, bestimmt machte sie sich eine ihrer komischen Mahlzeiten mit Körnerpastetchen oder frisch zubereiteter Erdnußbutter zurecht. Der Mixer kreischte und begann zu spucken, wenn er auf Nüsse stieß, die noch unzerkleinert waren. Ein Kind weinte, aber nicht sehr heftig. Mary konnte er nirgendwo hören. Wie spät war es? Er sah nach der Uhr auf der Fensterbank, aber sie war längst stehengeblieben. Ihm fiel ein, daß er sich seit Tagen nicht gebadet und rasiert oder die Kleider gewechselt hatte. Ihn umgab ein schaler, gelblicher Geruch, und seine Zähne waren wie aus Flanell. Sobald er mit dem Blechschneiden fertig war, würde er sich um das alles kümmern. Frisch gewaschen und in frischen Sachen würde er nach unten kommen und irgendwo in diesem Stimmengewirr Mary ausfindig machen. Er stellte sich den Abstieg in den Lärm so vor, wie wenn er ins Meer eintauchen würde – mit erhobenen Händen und geschlossenem

Mund Schritt für Schritt vorwärtsgehen, zuerst tauchen die Füße ein, dann die Beine, dann der ganze Körper und ganz zuletzt der Kopf.

Die Wolle von der Mütze erwies sich als Fehler. Zu weich, zu provisorisch. Er hatte sie umsonst aufgeriffelt. Er warf sie in die Ecke und schnitt sich statt dessen noch mehr Blech zu, schmale Streifen, die er spiralförmig um einen Bleistift wickelte und dann wieder auseinanderzog, so daß sie sich kräuselten. Eine knifflige Arbeit, bei der er sich immer wieder in die Finger schnitt. Kleine Blutrinnsale vermischten sich mit der Farbe und den grauen Leimwürstchen an seinen Fingern. Irgendwo hatte er Arbeitshandschuhe, aber er war viel zu sehr in Eile, um sie zu suchen. Seine Nackenmuskeln waren zum Zerreißen gespannt, und als er mit seinem Bündel Blechstreifen aufstand, merkte er, daß ihm beide Beine eingeschlafen waren. Jetzt mußten die Streifen auf den hölzernen Kopf genagelt werden, das war der schwierigste Teil. Zunächst mußte er in seiner Nageldose genügend kleine spitze Nägel finden, und dann mußte er sie vollkommen gerade einschlagen, sonst rutschten sie vom Blech ab. Seine Hände taten ihm überall weh, aber dieser Schmerz hatte etwas Beruhigendes. Er, Jeremy, nützte sich eben nach und nach ab, das war alles. Wie eine Bleistiftmine. Selbstverständlich würden die Hände als erstes verschwinden.

Gegen Abend brachte ihm Olivia sein Tablett nach oben. »Mr. Pauling? Dürfte ich mal hereinkommen?«

Der Gedanke an Essen bereitete ihm Übelkeit. Er tat, als hätte er nichts gehört.

Irgend etwas machte ihm die Arbeit immer schwerer. Es dauerte eine Zeitlang, bis er bemerkte, daß es an der Dunkelheit lag. Die Plastik vor ihm war jetzt nur noch ein schimmernder Schemen. Auf lahmen, eiskalten Füßen ging er zur Tür hinüber, aber als er das Licht angeschaltet hatte, tat es ihm in den Augen so weh, daß er es sofort wieder löschte. Er tastete sich zur Couch hinüber und legte sich hin, einen Arm schob er quer über die schmerzende Stirn. Sobald er bequem lag, spürte er einen Ruck, wie wenn ein Getriebe ausgekuppelt wird, ein Ping! in den Ohren, sein Geist schwebte davon, und er schlief.

Sogar in seinen Träumen war er bei der Arbeit. Er sägte, leimte, hämmerte, schmirgelte. Er spürte einen Druck, fertig zu werden, etwas, das ihn vorwärtsdrängte. Obwohl er sich zwang, den Druck nicht zu beachten, arbeitete er immer weiter, ohne Unterlaß, und je näher er der Vollendung des Objekts kam, desto stärker wurde in ihm ein Gefühl der Freude und Beschwingtheit. Wenn der letzte Nagel eingeschlagen war, lachte er laut auf. Mit gesenktem Blick trat er quer durch das Atelier weit zurück, so daß die fertige Plastik im nächsten Augenblick auf ihn einstürmen konnte, und dann blickte er auf, um zu sehen, was er geschaffen hatte.

Ein Zimmer. Eine Zimmerecke, genauer gesagt, eine Küche. Eine Anrichte mit einer Schnitte Roggenbrot und einem Brotmesser darauf, und ein kupferfarbener Wäschetrockner, aus dem realistische Knäuel von geblümter und karierter und gestreifter Wäsche hervorquollen, und ein Küchentisch mit einer hitzebeständigen Tischplatte, drum herum Stühle – oh, wie mußte er an diesem Tisch gearbeitet haben! Die Aluminiumkante war mit drei parallelen Rillen gekerbt; diese Treue zum Detail! Die Stühle paßten nicht zusammen, ein subtiler Zug! Schon der hölzerne mußte ihn wochenlang beschäftigt haben, die klobigen Beine und die anbindbaren Sitzkissen mit den Rüschen und das Bugs-Bunny-Abziehbild hinten auf der Rückenlehne. Auf den Quersprossen hatte er sogar die Narben angebracht, die hundert wippende Kinderschuhe darauf hinterlassen hatten. Hatte er sich *daran* während so vieler Stunden abgemüht?

Beim Aufwachen fühlte er sich bedrückt und leer und verängstigt. Sonnenlicht überflutete sein Gesicht, ein tiefgoldenes Licht, das lange Schattenrechtecke warf, so daß er glaubte, es sei schon Vormittag. Vor allem wollte er jetzt eine Tasse heißen Kaffee, aber vor seiner Tür fand er nur das Abendessen von gestern. Ein verwelkter Salat, ein Glas lauwarme Milch, etwas Bräunliches in einer Kasserolle, das er nicht identifizieren konnte. Er aß es trotzdem, obwohl es ihm nur in Klumpen die Kehle hinabglitt. Er trank die Milch in kurzen, gehorsamen Schlucken und stellte sein Tablett dann wieder vor die Tür.

Jetzt sah er, daß die Plastik ganz verkehrt war. Was hatte er sich bloß dabei gedacht, die Locken so zu befestigen? So hätte man vielleicht eine Puppe zum Spielen oder eine Kleiderpuppe für ein Kaufhaus bauen können. Mit einem Schraubenzieher machte er sich daran, die Streifen wieder abzuhebeln, einen nach dem anderen. Seine Hände taten ihm so weh, daß er sie kaum krümmen konnte. Auf dem Kopf der Plastik sah man jetzt Nagelspuren bis in den Nacken hinunter, aber er überlegte schon, wie er sie verdecken könnte.

Um die Mittagszeit sah er nach seinem Essen, fand aber nichts. Später am Nachmittag sah er noch einmal vor die Tür. Da stand nur das verkrustete Geschirr vom Abendessen. Er trat auf den Treppenabsatz und rief: »Mary?« Das Wort hallte zurück. Kein Laut im ganzen Haus; nur klare, klingelnde Stille, in die jeder seiner Schritte allzulaut einbrach. Er stieg die Treppe hinunter, durchquerte den leeren ersten Stock und setzte seinen Weg fort, dorthin, wo seine Kinder gewiß voller Spannung einem Märchen lauschten oder ein ruhiges Brettspiel spielten. Nein. Es war niemand da. Der Laufstall im Salon war leer, und die Spielsachen auf dem Boden waren wie mit einer pelzigen Schicht aus Stille überzogen. Im Eßzimmer machte der Fernseher ein glattes, nichtssagendes Gesicht; im Schlafzimmer war sein und Marys Bett so ordentlich gemacht, daß es künstlich wirkte, wie in den Auslagen eines Möbelgeschäfts. Es kam ihm vor, als habe hier seit Monaten niemand mehr geschlafen, wenn überhaupt jemals. Aber in der Küche war es am seltsamsten. Die Arbeitsflächen waren vollkommen sauber und blitzblank, wie in einer Linoleum-Anzeige. Keine mehligen Meßbecher, keine Gurkenschalen, keine Stapel von schmutzigen Tellern. Der Boden glänzte. Der Tisch fleckenlos. Geschäftig und hohl tickte die Uhr. Er spürte, daß ihn sein Zeitgefühl, das nie besonders gut gewesen war, im Stich gelassen hatte. Hatte er irgendwas versäumt? Hatte die Zeit alle anderen mit sich fortgenommen und nur ihn in irgendeinem längst verblaßten Augenblick ausgesetzt und zurückgelassen? Vielleicht war seine Familie einfach ins Kino gegangen. Vielleicht hatten sie ihn für immer verlassen. Vielleicht waren seine Kinder groß geworden und vor dreißig Jahren ausgezogen, hatten selbst Kinder bekommen, waren alt geworden und gestorben. Er konnte nicht beweisen, daß es nicht so war.

Als er sich dann auf der Suche nach etwas Eßbarem und Trost dem Kühlschrank zuwandte (und an einer neuartigen Doppeltür hantieren mußte, wo er die alte einfache erwartet hatte), fand er einen Zettel, der mit einem Magnet in Form einer kleinen Teekanne dort befestigt war. »Lieber Jeremy, ich habe die Kinder mitgenommen und dich verlassen. Ich habe Brians Hütte am Quamikut Boatyard geliehen. Ich glaube, so ist es am besten. Alles Liebe, Mary.«

Er nahm den Zettel und las ihn immer wieder. Es war, als ob alle Luft aus ihm gewichen wäre, so daß die Worte, die auf seinen schlaffen Brustkorb trafen, schrillend bis zu seinem Rückgrat vorstießen. Schließlich faltete er das Blatt mehrmals zusammen und stopfte es in seine Hemdtasche. Er steuerte durch das Haus, wieder die Treppe hinauf, und klammerte sich währenddessen ganz fest an das Bild, das ihm von seiner neuen Plastik vorschwebte, wie an einen magnetischen Stern, der ihn durch diesen Augenblick geleiten würde. Im Atelier machte er sich sofort an die Arbeit. Er schmirgelte den hölzernen Kopf wieder glatt, zuerst so fest, daß er sich beim Reiben durch das Papier hindurch die Finger verbrannte, doch dann langsamer und schließlich noch langsamer. Wie ein schwergehendes, quietschendes Rad hielt er schließlich knirschend an. Er ließ das Sandpapier fallen, stand nun reglos da, eine Hand auf der Plastik, und starrte betäubt auf die nackten Wände des Ateliers.

So allein, glich er einem alten Mann, der die letzten Gäste zur Tür begleitet und dann, gähnend und sich rekelnd, in ein leeres Zimmer zurückkehrt. Jetzt bin ich wieder allein, sagte er. Endlich. Jetzt können wir endlich mit dem anfangen, was ich schon die ganze Zeit tun wollte.

Was wollte ich eigentlich die ganze Zeit tun?

7.

Frühjahr und Sommer 1971: Mary

Zuerst war es wie bei einem Picknick. Ich plante die Sache mit dem gleichen aufgestauten, aufgekratzten Schwung. Donnerstag nacht lag ich die ganze Zeit wach und machte im Kopf Listen, was ich für die Kinder mitnehmen mußte – nur das Allerwichtigste. Inzwischen waren wir wieder beim Allerwichtigsten angelangt. Ich überlegte, wann ich Brian am Morgen frühestens anrufen konnte, und entschied mich für sieben Uhr. Was zu früh war, wie sich dann herausstellte. Ich weiß nicht mehr, wie ein Tagesablauf ohne Kinder aussieht. Brian klang heiser und schläfrig und schien nicht sehr erbaut. Ich sagte: »Brian, hast du noch dieses Haus am Fluß?«

»Wer ist denn da?« fragte er.

»Ich bin's, Mary Pauling.«

»Ob ich *was* habe?«

»Hast du noch dieses Haus am Fluß? Wo dein Boot liegt.«

»Na, klar.«

»Wäre es dir recht, wenn ich mit den Kindern für ein paar Tage dorthin fahren würde?«

»Dahin?«

»Ich würde nicht fragen – aber du hast mal gesagt, daß du es selbst nie benutzt. Oder?«

»Damit ich das jetzt nicht falsch verstehe«, sagte er: »Du willst mit den Kindern dahin?«

»Genau.«

»Du und die Kinder, ohne Jeremy.«

»Genau.«

»Aber das ist kein Ferienhaus.«

»Ich weiß.«

»Da gibt es nicht mal warmes Wasser. Und es ist schmutzig.«

»Ja, wir waren schon mal da, erinnerst du dich?«

»Mary«, sagte Brian. »Willst du – also, ich meine, heißt das – du *verläßt* ihn doch nicht etwa?«

»Ach«, sagte ich, »du kennst doch Jeremy, er hat sich mal wieder so in seine Arbeit vergraben, und ich dachte, es wäre gut, wenn wir ihm ein bißchen aus dem Weg gehen.«

Da sagte Brian: »Ich verstehe. Ja, natürlich. Du kannst es haben, solange du willst.«

Ich spürte genau, daß er sich noch immer wunderte. Aber wie hätte ich es ihm denn erklären sollen? »Also eigentlich hat Jeremy vergessen, mich zu heiraten, Brian, und ich hätte ihn natürlich daran erinnern können, aber ich hatte ihn schon zweimal erinnert, und obendrein hatte ich ihm auch den Antrag gemacht, nennt man das vielleicht Heiraten?«

Um diese Zeit hatte ich schon alles gepackt. Das hatte ich frühmorgens erledigt, während ich wartete, bis ich Brian anrufen konnte. Auf Zehenspitzen war ich in die Zimmer der Kinder geschlichen, während sie noch schliefen, und hatte im Dunkeln nach ihren Sachen getastet. Die ganze Nacht hatte ich mich in Gedanken darauf vorbereitet – ich habe gern alles im Griff, wenn ich verreise –, aber dann kam es doch anders als erwartet. Zum einen kann das Allernotwendigste für sechs Kinder einen Kofferraum im Nu füllen. Es kommt auch nicht das gleiche Gefühl von Klarheit auf, wie wenn man mit nur einem Kind und dessen Lieblingspuppe davonläuft. Kleider, Vitamintabletten, Zahnbürsten, Kinder-Aspirin, Windeln, Edwards Töpfchen, Pippis Antihistamin, sieben Gummihöschen... Und dabei war ich so traurig. Hatte ich mir nicht geschworen, nie wieder jemanden zu verlassen? Und besonders nicht Jeremy? Oh, Jeremy nie.

Den Kindern sagte ich nichts, bis Miss Vinton gefrühstückt hatte und zur Arbeit gegangen war. Sie hätten es ihr bestimmt erzählt; sie können nichts für sich behalten. Es dauerte unendlich lange, bis Miss Vinton ihren Regenmantel zugeknöpft, die Aufschläge glattgestrichen und einen kleinen Fleck daran beseitigt hatte. Beinahe hätte ich angefangen, zu schreien und sie zu schütteln, aber ich lächelte weiter und sah die ganze Zeit zu Boden, damit sie mir nichts anmerkte. »Einen schönen Tag noch, Miss Vinton«, sagte ich. Aber als ich dann die Haustür hinter ihr schließen wollte und plötzlich sah, wie gerade sie ihren Rücken hielt, dieses starre Brett, das da auf riesigen, klappernden Halbschuhen der Welt entgegenmarschierte, da hätte ich ihr am liebsten doch etwas gesagt und sie zum Abschied noch einmal umarmt.

Mr. Somerset schlief manchmal bis mittags und Olivia noch länger. Sie hatte jetzt einen Job in einer Art Ledergeschäft. Ihre Arbeitszeiten hatte ich zwar nie herausbekommen, aber ich war mir ziemlich sicher, daß sie unseren Aufbruch verschlafen würde. (Am Abend zuvor, als ich das Essen machte und auch ein Tablett für Jeremy zurechtstellte, kamen mir die Tränen, während sie neben mir stand. »Diese ewigen Tabletts, ich halte es nicht mehr aus«, sagte ich. Da machte sie weiter. Sie gab ihm etwas aus ihrer Kasserolle – etwas Biologisches, nehme ich an. Später habe ich mich so geschämt. Hatte ich nicht die ganze Zeit über versucht, ihr so etwas wie Beharrungsvermögen einzurichten? An diesem Morgen wollte ich einfach nicht mit ihr sprechen. Ich hätte ihr nicht in die Augen sehen können. Ich hätte nicht gewußt, wie ich es ihr erklären sollte.) Einen Moment lang blieb ich am Fuß der Treppe stehen und horchte auf Geräusche aus ihrem oder Mr. Somersets Zimmer. Dann sagte ich: »Kinder?« Sie trödelten noch über ihrem Frühstück. Sie glaubten, sie würden an diesem Tag zur Schule gehen. Ich ging hinüber zur Küche und lehnte mich in den Türrahmen. »Paßt mal auf«, sagte ich. »Wir machen heute einen kleinen Ausflug.« Sie wollten wissen, wohin – alle außer Darcy. Darcy wurde nur sehr still. Sie fütterte gerade Rachel, aber nun blieb der Löffel mit dem Brei in der Luft stehen, und sie merkte gar nicht, als Rachel anfing zu schreien und danach grapschte.

»Wir bleiben ein paar Tage in der Hütte von Mr. O'Donnell am Bootshafen«, sagte ich. »Wißt ihr noch, letzten Sommer, als er euch alle mitgenommen hat, sein Boot ansehen? Nach dem Frühstück geht es los; Mr. O'Donnell ist so freundlich, uns hinzufahren.«

»Irgendwas ist schiefgelaufen«, sagte Darcy.

»Überhaupt nicht, Liebling.«

»Aber heute ist doch Schule. Wir schreiben eine Mathearbeit.«

»Die kannst du nachholen.«

»Sie zählt für die halbe Zeugnisnote.«

»Du kannst sie *nach*holen, Darcy.«

»Verlassen wir Jeremy, oder was?«

Natürlich ahnte sie es. Wahrscheinlich erinnert sie sich noch daran, wie wir Guy verlassen haben, obwohl sie es nie gesagt und mich auch nie danach gefragt hat. Ich sagte: »Nein, Darcy, sei nicht albern. Wir lassen ihn ein bißchen in Ruhe, das ist alles.« Und dann: »Mr. O'Donnell sorgt bloß für die Beförderung.«

Ich hätte es vielleicht nicht hinzufügen müssen, aber ich war mir da nicht sicher. Man kann nie wissen, was ihr so alles durch den Kopf geht.

Gegen neun sollte uns Brian abholen. (Es gab auch eine Busverbindung, aber von der Haltestelle aus hätten wir noch ein Stück laufen müssen, und eigentlich war ich ganz froh, daß wir nicht auf den Bus angewiesen waren.) Ich gab jedem Kind einen Mantel und ein Gepäckstück zu tragen. »Los jetzt«, sagte ich, »ab in den Vorplatz. *Nicht* nach draußen, nur in den Vorplatz.« Ich wollte nicht, daß Jeremy uns abfahren sah. Ich hatte Angst, eines der Kinder könnte sich plötzlich entschließen, nach oben zu rennen und ihm einen Abschiedskuß zu geben, aber keines von ihnen dachte daran. Er konnte auch von sich aus nach unten kommen. Warum hatte ich ihm kein Frühstück hinaufgebracht? Dann hätte er gar keinen Grund gehabt, sein Atelier zu verlassen. Die Sache war aber die: wenn er gekommen wäre, wenn er nur ein einziges Wort gesagt hätte, um mich zu halten – ich wäre gern für immer geblieben. Ich wollte nicht weg. Trotzdem spürte ich die ganze Zeit über diesen Drang, aus dem Haus zu gehen, bevor er etwas entdeckte. Ich sagte immer wieder: »Beweg dich, Edward, wir haben es eilig«, und als Hannah nach oben wollte, um ihren Bären zu holen, sagte ich: »Du bleibst jetzt hier!« Ich hatte ihr einen Schreck eingejagt. Sofort lief sie hinüber in den Vorplatz, blieb dort stehen und sah, an ihrem Daumen lutschend, zu mir hoch. Ich war wie ein Einbrecher, der sich aus dem Staub machen will, ohne eine Spur zu hinterlassen, und ließ lauter blank geputzte Tische und Anrichten ohne jeden Fingerabdruck zurück. Ich sorgte dafür, daß sie nur flüsterten. »Olivia schläft noch, pst!« sagte ich, und sie sahen mich erstaunt an. Pst! wegen Olivia? Die hätte sogar einen Atomkrieg verschlafen. Dicht gedrängt und mucksmäuschenstill standen wir in dem kleinen quadratischen Vorplatz, so daß die Scheiben der vorderen Fenster bald beschlugen. Wenn doch Jeremy bloß käme! Wenn er käme und sagte: »Was ist denn los, Mary?« und mir zublinzelte und eine warme, bleiche Hand ausstreckte, um meine zu berühren! Dann hätte ich alle wieder zurück ins Haus geschleust, hätte die Türen abgeschlossen und die Vorhänge zugezogen, und Brian hätte draußen ewig auf uns warten können.

Er fuhr einen taubengrauen Mercedes. Naja, ich nehme an, er ist ziemlich reich. Lautlos brachte er ihn am Straßenrand zum Stehen und spähte zum Haus herüber, und ich schob die Kinder nach draußen, bevor er hupen und dadurch vielleicht Jeremys Aufmerksamkeit erregen konnte. »Beeilt euch«, sagte ich. »Gib mir das Baby, Darcy. Vergiß den Korb nicht. Wo ist meine Handtasche?« Eine ganze Karawane von Habseligkeiten wanderte vor mir her, wie vor einem verwöhnten Filmstar. Kinder, Lebensmitteltüten, Stofftiere – ich war *gepolstert* mit Habseligkeiten. Mir war, als müßte ich mich bei Brian dafür entschuldigen, daß ich so viele Kinder hatte, aber während der ersten Minuten war er draußen und lud die Sachen in den Kofferraum, während ich Dramamin-Tabletten austeilte. Ich hatte vergessen, welchem der Kinder im Auto leicht schlecht wurde; wir fuhren so selten mit dem Wagen. Irrtümlich gab ich auch Abbie eine Tablette und ließ sie sie dann wieder ausspucken. »Hör mal«, sagte ich zu ihr, »*du* solltest eigentlich wissen, ob dir davon schlecht wird oder nicht –« Das alles half mir, meine Verlegenheit zu überspielen. Ich wußte, daß Brian von meinem Verhalten bestürzt war. Ich habe ein sehr klares Bild davon, wie andere Menschen mich sehen: ich bin groß, praktisch veranlagt und gelassen, solche Frauen handeln nicht impulsiv. Und gewiß verlassen sie niemals einen anderen Menschen. Als er wieder im Wagen saß und durch den morgendlichen Stoßverkehr steuerte, warf er mir immer wieder Seitenblicke zu, vielleicht weil er fürchtete, ich würde im nächsten Moment in Tränen ausbrechen oder alle meine Anklagen aufzählen oder irgendein düsteres Geheimnis auspacken, von dem er nichts wissen wollte. Aber das tat ich natürlich nicht. Ich hielt die Tränen in Schach, indem ich mich einfach nicht umdrehte, solange unser Haus noch in Sicht war – dieses schmale, komische, liebenswerte Haus mit dem kleinen Erker und den kleinen zerknitterten Valentinsherzchen aus Buntpapier, die an den Scheiben oben klebten, und dem dürren Weihnachtsbaum vorn an der Seite, von dem noch immer Lametta herabtropfte und der all die Monate darauf gewartet hatte, abgeholt zu werden – und, wer weiß, vielleicht zog Jeremy oben im zweiten Stock gerade einen zerschlissenen Spitzenvorhang zur Seite und spähte hinaus, verschwommen und wolkig und krampfhaft bemüht zu begreifen, was ich ihm angetan hatte. Weshalb saß ich eigentlich in diesem lächerlichen babyblauen Auto, und wohin wollte ich?

Wir kamen durch Gegenden von Baltimore, die ich höchstens ein- oder zweimal im Leben gesehen hatte, Reihenhäuser, die mit häßlichen neuen Betonsteinen verkleidet waren, hier und da junge, wie abgestorben wirkende Bäume an der vierspurigen Straße, die so breit und grau war, daß mir vom bloßen Hinsehen die Augen ausbleichten. Währenddessen gaben die Kinder keinen Ton von sich. Ich hatte noch nie erlebt, daß sie so lange so still waren. Sie saßen auf der hinteren Bank nebeneinander, jedes eingerahmt von Gepäckstücken, die nicht mehr in den Kofferraum gepaßt hatten. Sie sahen verträumt aus dem Fenster. Vielleicht standen sie unter Schock und durchlitten gerade ein Trauma, dessen Spuren ich nie mehr würde auslöschen können. Vielleicht staunten sie einfach nur über den Ausblick. Wer weiß? Kinder leben in einem solchen Nebel. Ich glaube, die meisten Geschehnisse kommen für sie völlig überraschend, auch wenn man glaubt, man habe ihnen alles erklärt. Ich sagte: »Abbie? Sitzt du bequem? Und Pippi?« Sie blickten mich ausdruckslos an und sahen wieder weg. Hannah machte ihren Finger naß und malte ein H auf die Scheibe.

»In ein oder zwei Wochen kommt der Frühling«, sagte Brian zu mir. »*Dann* könnte es dort sehr schön für euch sein.«

»Es ist auch jetzt sehr schön«, sagte ich. »Es ist schon Frühling.«

»Heute morgen konnte ich meinen Atem sehen.«

»Wir sind nicht aus Zucker, weißt du.«

»Mary, diese Hütte – es ist, als wenn man im Freien schlafen würde. Vielleicht hast du das vergessen. Keine Heizung, kein –«

»Ich weiß«, sagte ich, »aber ich wüßte nicht, wohin ich sonst gehen könnte.« Da sah ich, wie sich seine Miene verschloß, wie er sich darauf gefaßt machte, daß ich nun mit meiner Geschichte anfangen würde. Ich sagte: »Und ich bin dir wirklich dankbar dafür. Als wir das letzte Mal dort waren, hat es den Kindern sehr gut gefallen.« Die Verschlossenheit verschwand nicht. »Sag mal, Mary. Wie lange wollt ihr eigentlich dort bleiben?«

»Also, das habe ich mir noch nicht so genau überlegt.«

»Ich meine –«

»Wahrscheinlich nicht lange«, sagte ich. Ich hatte das Gefühl, ich müßte ihm weiterhelfen.

»Bitte entschuldige die Frage, aber hast du überhaupt genug Geld?«

»O ja«, sagte ich.

»Weil, wenn nicht, also –«

»Brian, du weißt doch besser als jeder andere, daß Jeremy gerade vier Objekte verkauft hat«, sagte ich.

In Wirklichkeit war das bißchen Geld, das Jeremy verdient hatte, noch auf der Bank, und das Scheckbuch hatte ich auf seine Kommode gelegt, wo er es bestimmt finden würde. Ich war keine *wirkliche* Einbrecherin. Mitgenommen hatte ich das Geld, das ich für meine Hausfrauentips bekommen hatte, das Rabattmarkengeld und das Gutscheingeld, das ich, obwohl es mir schwerfiel, all die Jahre über gespart hatte, so wie ich es mir einmal vorgenommen hatte. Es war einiges zusammengekommen. Fünfzig Dollar für einen kleinen Artikel darüber, wie ich mir Gewürzregale aus alten Flaschenkisten gebaut hatte, fünfundzwanzig Dollar für das drittbeste Rezept mit Käse-Scheibletten und einen Dollar Rückerstattung für zehn Etiketten von Bohnenkonserven. Das Geld war in einer Gefrierdose in meiner Handtasche. Ich tastete nach ihr und fühlte mich stark und tüchtig und viel zu groß für dieses Auto. Keine Sorge, Kinder; ich verschleppe euch vielleicht, ohne euch zu sagen, warum, aber ich werde bei euch bleiben und immer für euch sorgen. Ich habe meine

Lektion gelernt, als ich mich das erste Mal auf den Weg gemacht habe. Frauen sollten nie irgendwo eine Lücke lassen, die dann die Männer ausfüllen müssen; sie sollten wie ein großer geschlossener Kreis sein und jedes Kind darin einschließen.

Wir kamen jetzt durch öde Gegenden, die Felder waren zur Seite gerollt, und nackte Gebäude erhoben sich über kantigen Betonsokkeln. Sie sahen aus, als hätte man sie erst kürzlich aus einer dichter bebauten Gegend hierherverpflanzt. Eine Tankstelle nach der anderen, dazwischen Reifenhändler mit Billigangeboten und Motorradhändler, dann Ölraffinerien und Lagerhäuser und seltsame Maschinenungeheuer, die vereinzelt aus trockenem Grasgestrüpp aufragten – elektrische Apparaturen auf dürren Spreizbeinen, Tanks und Walzen, riesige Motoren mit Bolzen, groß wie ausgewachsene Männer, und verschlungene schwarze Rohre, die ein ganzes Haus aufsaugen konnten, alles stillgelegt. Die Wagen, zwischen denen wir auf der Straße fuhren, waren jetzt oft rostig und verbeult und hatten phantastische Heckflossen, und in ihnen saßen Kaugummi kauende Männer; wir waren in der Nähe der Bethlehem-Stahlwerke. »Seht mal!« rief Pippi. »Land!« und zeigte auf eine stumpfgraue Baumreihe weit hinter einem Autofriedhof. »Wenn wir an den Fluß kommen, können wir dann auch schwimmen?« fragte sie. »Philippa Pauling! Du würdest dir eine Lungenentzündung holen.« »Eher Typhus«, meinte Brian. »Beulenpest.« Er sah zu mir herüber. Er schien nahe daran zu lächeln, obwohl es unter seinem Bart schwer zu erkennen war. Auch die Kinder wurden nun munter – deuteten aus dem Fenster und stritten sich darum, wer als nächster am Fenster sitzen durfte. Die Schrottplätze wurden abgelöst von winzigen Häusern, die aussahen, als wären sie aus Pappe, aber es gab immerhin Anzeichen, daß in ihnen wirkliche Menschen wohnten. Hölzerne Esel zogen hölzerne Wägelchen durch Vorgärten, und wo man hinsah, gab es Vogeltränken und blumengeschmückte Briefkästen und silbrige Kugeln auf kleinen Säulen. Manche Leute hatten sich in Wohnwagen eingerichtet, die auf Grundmauern aus Beton standen. Warum bloß? Solche vergänglichen Gefährte auf so haltbaren Fundamenten? Vielleicht lag es nur an meiner Stimmung, daß ich mir solche Fragen stellte. Ich kam mir jedenfalls vor wie ein solides Steinhaus, das man auf winzig kleine Räder gestellt hatte, obwohl es gar keinen Grund für mich gab, in der Welt herumzukutschieren.

Die Abstände zwischen den Grundstücken wurden jetzt größer, und wir kamen durch Wald – kümmerlich und struppig, aber dennoch Wald. Wir bogen ab in eine Schotterstraße, an der ebenfalls Häuser lagen, die meisten waren kleiner als die Boote, die in den Einfahrten abgestellt waren. Kabinenkreuzer – häßliche Dinger. Ich habe nie verstanden, was manchen Leuten am Bootssport so gefällt. Überhaupt habe ich mir aus Wasser nie viel gemacht.

Wenn man zu Brians Haus will, fährt man direkt auf den Fluß zu und kommt dann durch eine Ansammlung von ein paar verwitterten Baracken mit einem Laden und einem langgestreckten Schuppen, wo sie im Winter die Boote instand setzen. An den Stegen waren nur wenige Boote festgemacht. Die Saison hatte eben erst begonnen. Wir holperten auf einem unbefestigten Weg am Wasser entlang, dann bremste Brian, und wir sahen seine Hütte: ein grauer, verwitterter Quader mit einem Blechdach und nirgendwo ein rechter Winkel. Alles war schief und abgesackt, krumm und rissig. Die Trittbretter der beiden Stufen an der Tür fehlten; wenn man hinein wollte, mußte man durch kalte schwarze Höhlungen voller Spinnweben waten. Ich hatte das natürlich alles vorher gewußt. Es war mir ernst mit dem, was ich Brian gesagt hatte. Und dennoch! Es gibt Dinge, die man sich nicht einfach ins Gedächtnis rufen kann – Gerüche, so sagt man (obwohl *ich* das immer konnte), und dann die genaue Atmosphäre, das Gewicht und die Beschaffenheit der Luft an bestimmten Orten. Ich wußte, daß Brians Hütte trostlos war, aber ich hatte vergessen, wie klamm man sich neben ihr fühlte und wie man fröstelte, dieses Gefühl von *Verzweiflung*, und was für eine Schwere sich über einen legte, wenn man sie betrat, und wie einem der Mut sank. Ich rede hier nicht bloß von mir. Kaum waren wir drin, streckte Brian die Hand aus und faßte mich am Arm, ohne Grund, als wäre ihm ein Schreck in die Hand gefahren. »Mary!« sagte er. »Du kannst hier nicht bleiben.«

Nacheinander kletterten auch die Kinder herein und wurden still. Dicht gedrängt standen sie da, zitternd.

Das lag natürlich auch an der Kälte. Es gibt nichts Kälteres als Luft, die den ganzen Winter unter Blech eingeschlossen war. Und dann der Schmutz. Als Brian seine Ketsch kaufte, war das Haus dabeigewesen. Der frühere Besitzer hatte hier übernachtet, wenn er an seinem Boot zu arbeiten hatte oder frühmorgens eine Tour machen wollte. Aber Brian hatte sich um die Hütte selbst nie gekümmert. Er fegte den Sand nicht weg, der sich auf dem Tisch ablagerte, und ließ den Schimmel auf der durchhängenden Couch sprießen und den Rost aus den Wasserhähnen über dem Becken in der Küche tröpfeln. Ein paar Fensterscheiben waren eingeworfen, Vögel waren hereingeflogen und hatten sich hier drinnen zu Tode geflattert. Aber ich konnte den Schmutz doch hinausschaufeln! Ich malte mir aus, wie ich mit einem großen Gärtnerspaten das rissige beige Linoleum bearbeitete. Dann stellte ich mir vor, wie ich diese schmuddligen Vorhänge herunterreißen und den Ausguß in der Küche blank scheuern und über die Couch eine hübsche bunte Decke breiten würde, und ich spürte, wie meine Muskeln elastisch wurden, genau wie letzte Nacht, als ich das Einpacken plante. Nun wußte ich, daß wir bleiben würden.

»Es ist nicht dein Ernst«, sagte Brian zu mir.

»Könntest du vielleicht unsere Sachen hereinbringen?«

Ich setzte Rachel auf meine Hüfte und machte einen Rundgang durch das Haus. Was man so Rundgang nennt! Es gab ein Wohnzimmer mit einer Couch und einem Lehnsessel, und die Küche war einfach in einer Ecke davon untergebracht – ein Becken, eine Kochplatte, ein Tisch und drei Stühle. Im Schlafzimmer standen ein durchhängendes Doppelbett, ein Feldbett und eine Kommode, von der eine Schublade fehlte. In einem Kämmerchen neben dem Schlafzimmer war eine Toilette mit einem rissigen Holzsitz, das Wasser darin schimmerte kupfern. Diese Toilette stand direkt unter dem größten Fenster im ganzen Haus. Irgend etwas an diesem Fenster – daß es keinen Vorhang hatte oder der weißliche Schaum auf den Scheiben – ließ das einfallende Licht kalt und unheimlich wirken. Minutenlang stand ich da und starrte hinaus, obwohl ich Brian eigentlich hätte helfen sollen. Ich beobachtete, wie die Kinder Gepäckstücke vom Wagen herüberschleppten, schemenhaft hinter der verschmutzten Scheibe. Unter verschwommenen Lasten, die ich nicht identifizieren konnte, wankten sie dahin, und zwischen ihnen ging Brian, in seinen schmalen italienischen Schuhen vorsichtig auftretend, und trug das Töpfchen und irgend etwas Rosafarbenes. Es war, als würden sie erst in dem Augenblick wirklich, in dem sie das Haus betraten. Wie Leute, die aus dem Fernseher klettern und plötzlich das Wohnzimmer bevölkern. Ich hörte ihre Stimmen, erregt und krächzend und lauter, als ich erwartet hatte, und dann begann Edward wegen eines Kratzers am Schienbein zu heulen, und ich ging hinaus, um ihn zu trösten. Ich war sehr froh, ihre Gesichter zu sehen. Ihre Nasen waren von der frischen Luft gerötet, sie keuchten und schnauften. »Wo soll das hin?« fragten sie andauernd. »Was soll ich damit tun? Wo schlafen wir? Was essen wir?« Ich bückte mich, um das Hosenbein von Edwards Jeans hochzukrempeln, so daß Rachel auf meiner Hüfte zur Seite kippte, aber Rachel war das gewöhnt, sie krallte sich einfach in meiner Bluse fest und lächelte aus ihrer Schräglage, genauso anpassungsfähig wie alle anderen.

Als ich hinausging, um mich von Brian zu verabschieden, sah ich, daß er noch immer besorgt war. »Also, bis dann!« sagte ich. »Und noch mal danke, Brian« – ich sang es fast, um ihn aufzuheitern. Aber das bekam er anscheinend gar nicht mit. »Hör mal, Mary«, sagte er.

»Es *gefällt* uns hier, Brian.«

»Hör mal, warum erzählst du mir nicht die ganze Geschichte?«

»Es gibt nichts zu erzählen«, sagte ich.

Er seufzte und setzte sich in den Wagen. Er kurbelte das Fenster herunter und gab mir noch ein paar Anweisungen – »Drüben im Laden gibt es ein Telefon ... Das Wasser kannst du draußen anstellen, hinter ... und ruf mich an, wenn du ...« – ich nickte und winkte und lächelte.

Sein Wagen glitt den Weg hinunter und verschwand. Ich drehte mich um, da standen meine Kinder in der Tür und sahen ängstlich zu mir herüber, dicht gedrängt, in den unterschiedlichsten Größen, schmutzig, nachdem sie soviel geschleppt hatten, eingerahmt von verrottendem Holz, hinter ihnen, groß und hohl, eine klaffende

Schwärze. In Spendenanzeigen für unterprivilegierte Kinder habe ich schon fröhlichere Bilder gesehen. Ich hätte nie gedacht, daß *meine* Kinder je so aussehen könnten.

In dem kleinen Laden am Bootshafen kauften wir Putzmittel und etwas zu essen, und dann halfen alle beim Putzen und Scheuern, bis es dunkel wurde, aber man konnte kaum einen Unterschied erkennen. Zu Mittag gab es Sandwiches und zum Abendessen Spaghetti aus der Dose, und nach dem Abendessen fielen wir ins Bett. Die Betten waren ein Problem. Die drei älteren legte ich in das Doppelbett, Edward und Hannah einander gegenüber auf die Couch. Rachel und ich nahmen das Feldbett. Wir hatten nicht einmal Betttücher – nur die Decken, die ich mitgebracht hatte, und eine alte, muffige Steppdecke, die wir in der Kommode fanden. Die Kinder waren so müde, daß sie überall geschlafen hätten, aber ich lag noch lange wach und fragte mich, was ich hier eigentlich tat. Ich versuchte, mir Jeremy vorzustellen. Vermißte er uns schon? Ich stellte mir vor, wie er in dem abgedunkelten Eßzimmer still vor dem Fernseher saß und den Untermietern Gesellschaft leistete. Immer wenn er über etwas nachdenken mußte, starrte er stundenlang auf den Fernseher. Vielleicht bildete er sich gerade in diesem Augenblick ein Urteil über uns, wog gerade in diesem Augenblick unsere Fehler gegen unsere Tugenden ab. Oder meine zumindest. Über die Kinder brauchte er bestimmt nicht lange nachzudenken. Sie gingen ihm zwar manchmal auf die Nerven, aber sie waren ja in der Mehrzahl sein eigenes Fleisch und Blut. Ich war der Eindringling, ich war diejenige, die ihn an die Wand drückte; niemand brauchte mir das zu sagen. Ich sah, wie er sich von seiner Arbeit losreißen mußte, wenn ich zu ihm hinaufstieg und ihn fragte, ob er auf die Kinder achten könnte, während ich zu einem Elternabend im Kindergarten ging? ob er Hannah füttern könnte, während ich mit Edward beim Arzt war? ob er vielleicht Kleingeld für den Mann von der Wäscherei hätte, der die Windeln brachte? Ich wußte, daß diese Dinge nicht so wichtig waren wie seine Plastiken, aber was sollte ich machen? Das kommt davon, wenn man Kinder hat. Die nabelt man nicht einfach ab und bringt sie mit einem kleinen Stoß auf den Weg, die läßt man nicht los wie Luftballons. Man fängt an, sich Gedanken zu machen über Polypen und Zinksalbe und die richtige Schule, man sorgt sich um ihre Ernährung und die Bakterien, und plötzlich beginnt das Geld eine Rolle zu spielen. Hören Sie, wie schrill meine Stimme dabei wird? Und nun stellen Sie sich vor, wie es ist, wenn Sie von einer solchen Stimme unterbrochen werden, während Sie gerade über dem Entwurf für Ihre schönste Plastik sitzen. Und was das An-die-Wand-Drücken anging! Glaubte er denn, ich würde es nicht selbst bemerken? Immer wenn ich mit ihm sprach, hielt ich mich bewußt zurück. Ich wollte nicht dominieren. Wenn ich mit ihm sprach und dabei große, ausholende Gesten machte und Kraft und Energie ausströmte, merkte ich, wie er verzagt zurückwich und Halt suchte. Ihm wäre es lieb gewesen, wenn ich ein bißchen geschrumpft wäre. Er ist nie auf die Idee gekommen, daß ich schon geschrumpft war, daß ich noch kleiner nicht werden konnte.

Ich übermittelte ihm Botschaften durch die Dunkelheit: Komm und hol uns. Ruf Brian an, ruf beim Yachthafen an. Überleg dir eine Entschuldigung, warum du unsere Hochzeit verpaßt hast, irgend etwas, ich glaube es: dich hätte der Schlag getroffen oder ein Anfall von Gedächtnisschwund, jemand hätte dich in deinem Atelier überfallen, nie würdest du dich aus freien Stücken dazu entschlossen haben, mich nicht zu heiraten. Ich dachte mir Möglichkeiten aus, wie er mit uns in Verbindung treten könnte. Ich stellte mir vor, wie der Ladenbesitzer gegen unsere Tür polterte – »Lady? Da ist jemand am Telefon, sagt, es wäre dringend, es ginge um Leben und Tod.« Oder er würde selbst kommen. Nein. Das nie. Aber konnte er nicht doch ausnahmsweise? Dieses eine Mal? *Er* würde nicht an die Tür poltern. Er würde so behutsam klopfen, daß ich mich zuerst fragen würde, ob ich es mir nur eingebildet hätte. Ich würde öffnen und ihn vor der Tür finden, wartend, in der Dunkelheit verborgen, erkennbar nur an der lieben, traurigen Zuversicht in seiner Haltung und an der Art, wie er zögernd die Luft einsog, bevor er auf mich zukam. Für diesen Moment würde ich alles geben, sogar mein halbes Leben, alles, außer den Kindern. Ich machte hundert stille Versprechen, aber die Nacht zog sich hin, länger und immer länger, und das einzige Geräusch, das ich vernahm, war das Gemurmel des Babys in meiner Armbeuge.

Wir schaufelten den letzten Schmutz hinaus. Wir schrubbten den Boden und staubten die Möbel ab, wir ersetzten die kaputten Stufen durch Betonsteine, die Abbie unten am Wasser gefunden hatte. Darcy wusch die Küchenschränke aus, spülte das bunt zusammengewürfelte Geschirr, das sie darin fand, und scheuerte das Spülbekken. Die Kleinen putzten die Fensterscheiben, eine Lieblingsbeschäftigung von ihnen. Ich klebte Pappstücke über die zerbrochenen Fensterscheiben. Wir rissen die Vorhänge und die großen Spinnweben herunter, entfernten das mit Heftzwecken befestigte Wachstuch vom Tisch und die schmutzige Kalikokleidung vom Spülbecken. Im Laden am Bootshafen kauften wir hellere Glühbirnen, eine Büchse Desinfektionsmittel, eine Taschenlampe für Gänge durch die tiefe Dunkelheit auf dem Land, die so bestürzend ist, wenn man immer in der Großstadt gelebt hat, und schließlich – drei Tage später, als ich nicht mehr glaubte, wir würden jeden Augenblick zurückkehren – Aluminiumliegen, auf denen die Kinder schlafen konnten, und noch ein paar Decken für sie. Kopfkissen gab es in dem Laden nicht, nur Schwimmkissen für die Rettungsausrüstung. Meine Kinder haben immer mit Kopfkissen geschlafen. »Macht euch nichts draus«, sagte ich zu ihnen, »das gut für euer Rückgrat. Es ist gesünder.« Dabei war die Gesundheit eigentlich kein Problem. Beim Aufräumen des Hauses packten sie jeden Tag kräftig zu, als wäre es ein Spiel; sie aßen gewaltige Portionen, und abends schliefen sie wie Steine – ohne Kopfkissen und ohne Bettücher, auf den quietschenden roten Kunstlederpolstern, die zu den Liegen gehörten. Ich fragte mich, was ich tun würde, wenn wir hier so lange bleiben müßten, daß es aufhörte, für die Kinder etwas Neues zu sein. Sollte ich sie hier zur Schule schikken? Aber das Ende des Schuljahrs kam schon in Sicht – es war fast Mai. Es wurde wärmer, und mit der Zeit schälten wir uns aus den Kleidern heraus, die wir bis jetzt Tag und Nacht getragen hatten. Und als es im Haus nicht mehr so viel zu tun gab, tum-

melten sich die Kinder einfach draußen im Freien. Rachel schlepp-
ten sie mit durch das hohe Gras, gingen den Bootsverleihern auf
die Nerven und trieben sich auf den Stegen herum. Ich hatte ihnen
verboten, das Wasser anzurühren – es stank und war von einem
Ölfilm überzogen. »Und was ist im Sommer?« fragte mich Pippi.
»Können wir denn dann nicht schwimmen?« Ich sagte: »Natürlich
nicht. Ich besorge euch ein Planschbecken, wenn es warm wird.«
Sommer! Würden wir denn noch hier sein, wenn der Sommer kam?
Brian schaute fast jeden Tag vorbei. Ich sagte ihm, es sei nicht
nötig, aber er meinte, er müsse sowieso vorbeikommen – sein Boot
lag draußen auf dem Fluß, eine kleine blaue Ketsch, die vor unserem Haus schaukelte. »Wie geht es in der Stadt?« fragte ich ihn.
»Was tut sich in Baltimore? Läuft die Ausstellung gut? Hast du viel
verkauft?« Nur das nicht, was ich am dringendsten fragen wollte:
Warum vermißt Jeremy uns nicht?
Nur ein einziges Mal kam er auf Jeremy zu sprechen. Es war in der
ersten Woche, als es noch kalt war. Ich erinnere mich an die Kälte,
weil er mich bat, einen Augenblick mit nach draußen zu kommen,
weg von den Kindern, kurz bevor er sich auf den Heimweg machte.
Ich kam im Pullover vor die Tür und verschränkte die Arme vor
der Brust, weil ich fror, aber er sagte: »So nicht, hol dir einen
Mantel. Ich warte.« Draußen neben seinem Wagen sagte er dann:
»Mary, ich bin irgendwie in einer komischen Lage.«
»Willst du, daß ich ausziehe?« fragte ich.
Was hätte ich getan, wenn er diese Frage bejaht hätte?
Aber er sagte: »Nein, natürlich nicht, ich wüßte nur gern, was du
von mir erwartest. Soll ich geheimhalten, wo du dich aufhältst?
Dann müßte ich nämlich –«
»Aber nein«, sagte ich. »Jeremy weiß, wo ich bin.«
»Ich war mir dessen nicht sicher.«
»Er weiß es. Ich habe es ihm gesagt, ich habe ihm einen Zettel
geschrieben.«
Dann fiel mir ein: Wenn er den Zettel nun nie gesehen hatte? Hatte
ich deshalb nichts von ihm gehört? Ich fragte: »Hat er *gesagt*, daß er
nicht weiß, wo ich stecke? Hast du ihn gesehen? Hat er dich gefragt?«

»Ich habe ihn gesehen, ja. Aber er hat nichts gesagt. Ich glaube, er wollte nicht darüber sprechen.«

»Oh«, sagte ich. »Also, du kannst es ihm ruhig sagen, Brian.«

»Natürlich würde ich nicht von mir aus darauf zu sprechen kommen. Aber wenn er mich fragt, verstehst du? dann käme ich mir irgendwie komisch –«

»Sprich ruhig darüber, das macht mir nichts. Sag es ihm. Wir haben keinen Streit oder so.«

»Was ist es dann?«

Ich zog meinen Mantel fester um mich.

»Ich will nicht neugierig sein«, sagte Brian, »aber ist das *für immer*, was du vorhast?«

Ich gab keine Antwort. Ich hatte selbst Fragen. Ich wollte wissen, wie Jeremy ausgesehen hatte und ob er genug Ruhe bekam und ob er richtig aß. (Er aß immer so gern Süßigkeiten, und Fleisch mochte er nicht.) Aber ich wußte, das waren Hausmutterfragen, bei denen Brian gelächelt hätte, und er hätte sie mir sowieso nicht beantworten können. Ach, manchmal denke ich an die Frauen von anderen Künstlern, wie sie Brian immerzu über den Weg laufen müssen. Ich stelle sie mir zerbrechlich und blond vor, mit hohlen Wangen. Sie arbeiten als Aktmodell, führen in ihren Mansardenwohnungen ein ungebundenes Leben und kommen dem Mann nie mit Kindern oder Klempnern in die Quere. Als ich noch jeden Monat in die Galerie gekommen bin, mit Stillbüstenhalter, in meinem besten schwarzen Kleid mit den Flecken von der ausgespuckten Milch auf einer Schulter, kam es mir vor, als blickte Brian jedesmal ziemlich erstaunt drein. Er starrte mich an, und wenn er gerade mit ein paar anderen Frauen sprach, verstummten auch sie und starrten mich an. Ich hatte den Verdacht, daß Jeremy ihnen leid tat. »Ein Künstler – und verheiratet mit *ihr*?« Ich zog dann den Bauch ein, streifte mir die Haarsträhnen hinter die Ohren zurück und blieb vor den Bildern, die ich mir ansah, länger stehen, als ich eigentlich wollte, bloß um zu zeigen, daß ich Sinn für Kunst hatte. Auf gar keinen Fall hätte ich Brian gegenüber irgendwelche häuslichen Dinge erwähnt. Das einzige, was ich mir zu sagen gestattete, war: »Ich hoffe, er kommt gut zurecht.«

»Ach, du kennst Jeremy ja«, sagte Brian. Ich hatte keine Ahnung, was *das* nun wieder bedeuten sollte. Er lächelte zu mir herab und sagte: »Mach dir keine Sorgen, Mary. Tut mir leid, daß ich damit angefangen habe. Geh lieber wieder hinein, bevor du dich erkältest.« Als er das nächste Mal kam, erwähnte er Jeremy überhaupt nicht, und ich getraute mich nicht zu fragen.

Immer mehr Boote lagen jetzt an den Stegen vertäut oder schaukelten an ihren Liegeplätzen. Wochentags, wenn nicht viele Leute segelten, konnte ich auf eine große schwarze, von Masten schraffierte Wasserfläche hinausblicken, und ich stellte mir vor, ich wäre eine Fischersfrau in einer Hütte am Ozean. Der Fluß hatte tatsächlich etwas von einem Meer. Man konnte das gegenüberliegende Ufer nicht sehen; von diesem Hafen aus segelte man direkt nach Osten, in die Chesapeake Bay hinein, die wie ein weißer Schleier an der Grenze unseres Gesichtskreises lag. Am späten Freitagnachmittag tauchten nach und nach Stadtmenschen aus Baltimore und Washington auf – Paare in Seglermontur mit Kühltaschen und Windjacken und karierten Decken. Meine Kinder versammelten sich dann am Steg und staunten sie an. Wir sahen ihre Segel den ganzen Samstag davongleiten und den ganzen Sonntagabend wieder auf uns zukommen, wie ein heimkehrender Vogelschwarm. Während wir beim Abendessen saßen, drangen vom Parkplatz Türenschlagen, Motorengeräusche und Stimmen herüber, die Abschiedsgrüße hin und her riefen. Am Montagmorgen waren nur noch die Reifenspuren im Kies da und die kahlen Masten, die wieder hintereinander neben den Stegen aufragten. Ein paar Leute kamen auch während der Woche – zum Segeln oder um kleinere Reparaturen zu erledigen, aber sie waren ruhiger, und ich bemerkte sie nur, wenn ich ihnen im Laden begegnete. Dort verblüfften mich ihre festen, zuversichtlichen Stadtstimmen, und wie eine Frau vom Lande stand ich da und glotzte, während sie ihre langen, aufwendigen Einkaufszettel herunterbeteten. Eis wollten sie und einen Schraubenzieher von Phillips und eine Büchse Rostentferner und eine Tüte Kartoffelchips. Lauter Luxusgüter. Wir aßen unsere Sachen ungekühlt oder kauften sie kurz vor dem Essen aus der Kühltruhe im Laden; unser Werkzeug borgten wir uns von Nachbarn oder machten es uns aus Schrotteilen selbst; den ewigen Rost von der Salzluft wischten wir mit Coca-Cola-Resten aus irgendwelchen weggeworfenen Dosen ab. Und was die Kartoffelchips anging! Meine Kinder bekamen statt dessen eiweißhaltige Nahrung. Beim Essen bin ich sonst nie knauserig gewesen, aber was blieb mir anderes übrig? Ich ernährte sie mit vielen Eiern, Hüttenkäse und Trockenmilch. Das Baby fütterte ich mit Bissen von meinem Teller. Babynahrung war zu teuer. Sogar das Waschen war kostspielig. Einmal in der Woche trug ich die schmutzigsten Sachen in den Laden hinüber, wo eine Waschmaschine stand, steckte meinen Vierteldollar in den Schlitz und achtete darauf, daß ich kein Körnchen Waschpulver zuviel verstreute. Die nasse Wäsche schleppte ich nach Hause und hängte sie dort auf, um fünfzig Cent zu sparen, auch wenn es regnete – dann mußte ich das Wohnzimmer mit den Sachen dekorieren und mich anderthalb Tage lang zwischen feuchten Jeans hindurchschlängeln, bis sie trocken waren. Und hier kam dieser Stadtmensch mit seiner Liste, die so lang war, daß sie zwei volle Blätter seines Notizblocks füllte, nicht gerechnet all das, was er aus den Ständern auf der Theke nahm und noch dazulegte, während er pfeifend im Laden herumspazierte. Ich bezweifele, daß er mich überhaupt wahrnahm. Wenn ja, dann glaubte er wahrscheinlich, ich sei aus einer der Hütten neben dem Laden gekommen, wo der Bootsmechaniker wohnte und der Zimmermann und der alte pensionierte Stahlarbeiter mit seiner Tochter. Arme, heruntergekommene Weiße mit verstaubten Papierblumen vor der Madonna auf dem Fensterbrett und Wattekügelchen in den durchlöcherten Fliegentüren. So weit war es mit mir gekommen. Meine Kinder rannten zwischen den Regalen herum, in ungebügelten Kleidern, mit schmutzigen Gesichtern und nackten Füßen, die schon schwielig waren, bevor der Sommer überhaupt begonnen hatte.

Wenn Brian kam, schlug er uns fast immer vor, eine Fahrt auf seinem Boot zu machen, außer wenn er ein Mädchen oder ein paar Freunde mitgebracht hatte. Ich fürchtete, daß er es aus Pflichtgefühl tat. »Brian ist da! Brian ist da!« riefen die Kinder, wenn sie seinen

Wagen sahen, aber ich sagte: »Schluß jetzt! Still. Ich will, daß ihr hier drinnen bei mir bleibt.« Sie konnten es nicht verstehen. Sie drängten sich immer an die Fenster und jubelten, wenn er klopfte. Zum Ausgleich dafür wandte ich der Tür den Rücken zu, antwortete nur zögernd und tat, als wäre ich überrascht, wenn ich ihn erblickte. »Bin nur kurz vorbeigekommen, um zu sehen, was ihr so treibt«, sagte er dann, und oft brachte er mir etwas mit – einen kleinen gemusterten Teppich, den er bei sich aufgehoben hatte, Handtücher, von denen er behauptete, sie würden bei ihm nur herumliegen, meistens auch eine Tüte Süßigkeiten. »Wie wär's, Kinder?« fragte er dann. »Lust auf einen kleinen Törn?« Er sagte, er brauche ihre Hilfe an Deck. Ich glaubte ihm nicht. Ich fürchtete, er fühle sich irgendwie für uns verantwortlich. Den Kindern wollte ich den Spaß nicht verderben – was wurde ihnen hier schon geboten? –, aber ich blieb meistens zu Hause und kümmerte mich um das Baby. Das ganze Frühjahr über fuhr ich nur zweimal mit. Die erste Tour war meine erste Segeltour überhaupt, und es gefiel mir nicht besonders. Ich lasse mich nicht gern einfach irgendwohin *treiben.* Aber ich stand auf dem Deck, hatte Rachel auf eine Hüfte gesetzt und tat, als würde ich es genießen, wir blieben aber auch nicht sehr lange draußen. Die zweite Fahrt war nicht geplant, im Juli, nachdem es einmal mehrere Tage hintereinander geregnet hatte. Eines Nachmittags, die Kleinen waren irgendwo unterwegs und spielten, tauchte er auf. »Ich wollte dich fragen, ob du mir einen Gefallen tun kannst«, sagte er. »Jederzeit!« antwortete ich. Ich war froh, daß *er* einmal *mich* um etwas bat.

»Wenn es länger geregnet hat und ich nicht selbst herauskommen kann, könntest du dann mal zum Boot hinüberrudern und die Segel für mich trocknen?«

»Wie bitte?«

»Komm mit; ich zeig es dir.«

Also ließen wir das Baby bei Darcy und zogen das Ruderboot aus dem Schilf vor dem Haus, und er zeigte mir, wie man rudert. Aber das konnte ich einigermaßen, schließlich hatte ich in dem Sommer, als ich zehn geworden war, ein Pfadfinderlager an einem kleinen sumpfigen See mitgemacht. Aber als wir die Ketsch erreichten, kam ich mir doch sehr unbeholfen vor. Es war mir unangenehm, an der Bordwand hochzuklettern, ich hatte Angst, das Ruderboot mit einem Fußtritt unter mir wegzustoßen oder Brian ins Wasser zu ziehen, als er mir die Hand entgegenstreckte. Oben auf Deck schüttelte ich mich, strich meinen Rock glatt und lachte kurz. »So!« sagte ich. »Und jetzt zeig mir, was ich tun soll.« Er erklärte mir, wie man die Segel auspackt und aufzieht. Es sah nicht schwierig aus. »Laß sie eine Zeitlang oben, einen Nachmittag oder so«, sagte er. »Nimm die Kinder mit, wenn du willst.« Dann sagte er: »Komm, wir machen eine kleine Fahrt, ja?«

»Du meinst, jetzt gleich?«

»Warum nicht?«

»Aber – es ist doch fast Abend«, sagte ich.

»Wir bleiben nicht lange.«

»Also gut«, sagte ich. Unruhe stieg in mir hoch. Ich war mir ziemlich sicher, daß er über Jeremy reden wollte. Warum hätte er mich sonst von den Kindern weggelotst und eine Fahrt mit dem Boot vorgeschlagen, in diesem künstlichen Tonfall, der deutlich zeigte, daß die Idee keine plötzliche Eingebung war? Ich fragte mich, ob Jeremy krank geworden oder gestorben war oder ob er eine andere gefunden hatte. Ich spürte, wie meine Hände kalt wurden, aber ich drängte Brian nicht, mit der Neuigkeit herauszurücken, weil ich viel zu verängstigt war. Erbärmlich frierend, und das an einem warmen Sommerabend, saß ich einfach da, während Brian den Motor anließ und langsam an den anderen im Hafen liegenden Booten vorbeisteuerte.

Als wir das offene Wasser erreicht hatten, stellte er die Maschine ab. Stille senkte sich über uns und hüllte uns ein wie ein Ballen Seide. Ich hörte das Plätschern des Wassers und das Knarren der Taue. Brian tat irgend etwas Kompliziertes, um die Segel festzumachen. Ach, alles war so unvertraut! Die ganze Umgebung kam mir fremd und bizarr vor, ein unwirklicher, künstlich herbeigezwungener Ersatz für die Welt, in der Jeremy lebte. Jede Bewegung, die Brian machte, sogar der Klang seiner Stimme und die Art, wie sich sein Bart im Wind kräuselte und teilte, waren *provisorisch*; ganz anders als bei Jeremy. Als er zu mir herüberkam und sich neben mich setzte und ich den Schimmer auf dem unbekannten Stoff seines Hemdes sah, wäre ich am liebsten nach Hause zurückgekehrt. Er schob einen Arm um mich und ließ seine Hand auf meiner Schulter liegen – eine große, muskulöse Hand, so völlig anders als Jeremys Hand. Ich dachte: Jetzt kommt es. Erst beschirmen und stärken sie einen, und dann reden sie, als würde einen der Schlag, den sie austeilen, wirklich körperlich treffen. Ich wußte das alles. (Fragen Sie mich nicht, woher.) Ich schluckte und wartete und hoffte, daß er mein Zittern nicht bemerkte, wenn er anfing zu sprechen.

Aber er fing nicht an. Er sagte überhaupt nichts. Zuerst dachte ich, er wolle mir ein bißchen Zeit lassen, und dann dachte ich, es falle ihm schwer, die richtigen Worte zu finden. Und dann, als das Schweigen schon mehrere Minuten anhielt, sah ich ihn von der Seite an und stellte fest, daß er, eine Hand locker auf der Ruderpinne, in dem orangeroten Licht vollkommen entspannt dasaß und das Großsegel betrachtete. Er suchte gar nicht nach Worten.

Also! Ich war viel zu überrascht, um wütend zu werden. Was war denn mit all den schlanken Blondinen, die ihn in der Galerie besuchten oder in ihren schicken weißen Hosen zu seinem Ruderboot hinunterschlenderten? Oder war das bloß eine Junggesellenangewohnheit, daß er den Arm um mich legte? Ich neige nicht zu voreiligen Schlüssen. Ich rückte zur Seite, stand auf und spähte vom Heck des Bootes in die Ferne, als hätte ich etwas Interessantes entdeckt. »Komm her und setz dich wieder zu mir, Mary«, sagte Brian. Ich hatte Angst, ich würde in Lachen ausbrechen. Er wirkte so selbstsicher, wie er da seine Anweisungen gab – in einem Tonfall, den ich nicht gewöhnt war und der gar nichts mit mir zu tun zu haben schien. Ich blieb, wo ich stand, starrte auf die Lichtschlieren der untergehenden Sonne im Wasser und kämpfte das Lachen nieder und gleichzeitig die Tränen, die mir in die Augen traten. »Na ja«, sagte Brian schließlich. »Sollen wir zurückfahren?«

Auf dem Rückweg benutzte er die ganze Zeit den Motor. Als er das Boot wieder an seinem Liegeplatz vertäut hatte, legte er schweigend die Segel zusammen. Ich fragte mich, ob er wütend war. Der einzige Freund, den ich jetzt hatte. Und bei allem, was ich ihm zu verdanken hatte! Plötzlich schien mir das Leben so verwickelt, voller Schlingen und unerwarteter Fallstricke, und ich fühlte mich so müde, daß mir der Kopf sank. Wie ein Stein ließ ich mich in das Ruderboot fallen und tat dabei so, als hätte ich die Hand nicht gesehen, die er mir hinhielt. Vornübergebeugt, die Ellbogen auf den Knien, saß ich da, während er uns an Land ruderte. Und als ich dann nach ihm ausstieg, während er das Ruderboot festhielt, sagte er: »Mary.«

Die Sonne war jetzt untergegangen. Im Zwielicht schien mir seine Stimme näher zu sein, als sie es war, hinter dem Bart klang sie ein wenig belegt. Was er auch sagen würde, ich wollte es nicht hören. Ich drehte mich um, lächelte ihm zu und verabschiedete mich mit einem kräftigen Händedruck. »Vielen Dank für die Bootsfahrt!« sagte ich. »Und um die Segel kümmere ich mich, Brian, falls wir noch mal Regen bekommen.«

Aber er ließ meine Hand nicht los und sah mir in die Augen, ohne mein Lächeln zu erwidern. »Keine Angst, ich werde dich nicht drängen«, sagte er. Und einen Augenblick später: »Gute Nacht, Mary.«

So reden sie in Fernsehserien: Keine Angst, ich werde dich nicht drängen. Der romantische, gebieterische Held mit dem festen Blick. In der Wirklichkeit sagen die Leute so etwas nicht. Im wirklichen Leben gibt es keine Helden.

Ich kehrte ins Haus zurück und fand die Kinder um Rachel versammelt, die aufrecht stand. Natürlich nicht ohne sich festzuhalten – sie hatte mit beiden Fäusten die Couchdecke gepackt –, aber es war das erste Mal, daß sie es geschafft hatte, und alle waren ganz aufgeregt. »Komm mal gucken«, riefen sie mir zu. »Setz dich, Rachel. Setz dich hin. Zeig Ma, wie du es machst.« Sie versuchten jeden einzelnen ihrer Finger zu lösen, um sie noch einmal hinzusetzen, aber Rachel wollte nicht einknicken. Sie machte ihre Beine steif und weigerte sich, in ihr altes Fußbodendasein zurückzukehren. Ich hatte vergessen, wie verzweifelt kleine Kinder darum kämpfen, in die Senkrechte zu kommen. Immer aufwärts und herunter vom Schoß und hinaus aus den Armen und dem Laufstall. Jetzt würde sie sich bald auch selbst entwöhnen! Alle meine Kinder haben das Interesse an der Brust verloren, sobald sie laufen konnten. Eines Tages marschierten sie zur Tür hinaus, zu den anderen, und ich hatte kein Baby mehr und fühlte mich ein paar Monate lang ein bißchen einsam, bis ich feststellte, daß ich wieder schwanger war. Aber so würde es jetzt nicht gehen. Das hatte ich mir noch gar nicht überlegt. Ich stand da und sah zu, wie Rachel, mein allerletztes Baby, sich gegen all die kleinen schmuddeligen Hände zur Wehr setzte, die sie noch einmal zum Sitzen bringen wollten. »Komm, Rachel«, sagten sie, »wir wollen doch bloß, daß Ma es auch sieht. Setz dich mal ganz kurz hin, Rachel.«

Da wurde mir zum ersten Mal klar, daß Jeremy uns nicht bitten würde, zurückzukommen.

Es war jetzt mitten im Sommer, und die Luft unter dem Blechdach war so heiß, daß wir uns die meiste Zeit draußen aufhielten. Ich kaufte für die Kleineren ein aufblasbares Planschbecken. Sie brachten ganze Tage darin zu und spielten und spritzten in ihren Unterhosen herum, aber Darcy war zu alt dafür, und es fiel ihr schwer, sich zu amüsieren. Wenn ich nach ihr sah, saß sie oft in dem struppigen braunen Gras und betrachtete mit gerunzelter Stirn den Fluß. Sie war so *ernsthaft*. »Warum machst du nicht mal einen kleinen Spaziergang, Liebling?« fragte ich. »Pflück uns ein paar Blumen für den Eßtisch.« Sie sah mich dann mit zusammengekniffenen Augen an, als versuchte sie etwas herauszufinden. Ich glaube, sie wollte wissen, was wir hier eigentlich taten. Sie war schließlich alt genug, um zu bemerken, wie seltsam das alles war. Sie war aus einer Schule herausgerissen worden, in die sie gern gegangen war; sie war von Jeremy getrennt worden, ohne sich auch nur von ihm zu verabschieden, dabei stand sie Jeremy in mancher Hinsicht näher als die anderen Kinder. Aber es waren die anderen, die nach ihm fragten – wann wir ihn wiedersehen würden, und weshalb er denn so beschäftigt sei, und ob wir ihm nicht irgendein Geschenk mitbringen könnten? Darcy blieb verschlossen. »Warum läufst du nicht rüber zum Bootshafen und schaust, was da los ist?« fragte ich sie. Aber wenn sie dann ging, nahm sie Rachel mit, so, als ob sie sich gar nicht vorstellen könnte, etwas nur zu ihrem eigenen Vergnügen zu tun. Sie setzte sich das Baby auf die kleine spitze Hüfte und stapfte, zur Seite geneigt, mit hängendem Kopf auf staubigen nackten Füßen davon. Man konnte die Wirbel in ihrem Nacken erkennen, und ihre Beine waren übersät mit Mückenstichen.

Hierherzukommen war das Selbstsüchtigste, was ich je getan hatte.

Abends machte ich im Kessel auf der Kochplatte Wasser heiß und seifte die Kleinen mit einem Schwamm ab. Dann zog ich ihnen frische Unterwäsche an – etwas so Unwichtiges wie Schlafanzüge hatte ich gar nicht mitgebracht – und schickte sie ins Bett. Darcy blieb noch ein bißchen auf und las in Filmzeitschriften, die sie von der Tochter des Stahlarbeiters geliehen hatte. Überall im Haus hing der beißende Geruch von Insektenspray. Nachtfalter stießen gegen die eingebeulten Fliegengitter, und ich kam mir wie mit einer dünnen Plastikhaut überzogen vor, so salzig und verschwitzt war ich. Für mich war dies immer die schwerste Zeit des Tages. »Ich glaube, ich mache einen kleinen Spaziergang«, sagte ich dann zu Darcy. »Hör doch ab und zu mal nach dem Baby, ja?« Dann trat ich in die Dunkelheit hinaus, ging hinunter zum Wasser und zog das Ruderboot aus dem Schilfgestrüpp. Ganz allein ruderte ich zu der Ketsch hinaus – ich! die Landratte! Nur hier konnte ich die Verkrampfung loswerden, das Gefühl der Enge inmitten dieser vielen kleinen erhitzten Körper, die sich in dem winzigen Raum auf den klebrigen roten Kunstlederpolstern hin- und herwälzten. Um dem zu entkommen, war ich sogar bereit, das schwarze Wasser zu überqueren, von dem kleinen Boot aufs Deck zu klettern und mein Gewicht diesem rätselhaften Ding anzuvertrauen, dem es seltsamerweise gelang, sich fünf Meter über dem festen Boden aufrecht zu halten. Auf dem Deck waren jetzt kleine, dicke orangefarbene Schwimmwesten gestapelt – sechs Stück. Brian hatte sie an einem Samstag mitgebracht und sie eine nach der anderen vor mich hingelegt, wie ein Indianer, der vor dem Zelt seines Mädchens Felle ausbreitet. Fünf wären schon schlimm genug gewesen – aber sechs! Das bedeutete, daß wir noch hier sein würden, wenn Rachel groß genug war, mitzusegeln. »Oh, Brian«, sagte ich. »Also, ich – das ist wirklich sehr nett von dir, aber ich finde, die normalen Rettungswesten reichen doch auch, und sie kommen doch nicht alle auf einmal mit –« Sie können sich nicht vorstellen, wie oft ich mir ausgemalt habe, fünf von meinen Kindern würden gleichzeitig ertrinken. Im Augenblick machte mir allerdings nur Brian Kummer, seine braunen Augen, die mich über dem Bart so freundlich und belustigt ansahen – so *zuversichtlich*. Jeremys Augen waren blau. Braune Augen waren irgendwie nicht mehr richtig.

In den Schauerromanen, die mir Guy früher gekauft hatte, heiratete die Heldin immer aus Bequemlichkeit, wegen Geld oder zum Schutz vor irgendeiner Gefahr, und wenn ihr ein Heiratsantrag gemacht wurde, dann machte sie dies auch deutlich. »Ich will aufrichtig sein, Sir Brent, ich liebe Sie nicht.« – »Oh, das verstehe ich vollkommen, meine Liebe.« Später fing sie dann natürlich doch an, ihn zu lieben, und alles ging glücklich aus. Wenn ich doch auch aufrichtig gewesen wäre! Ich hatte Jeremys Antrag akzeptiert, weil ich damals nicht wußte, was ich sonst hätte tun sollen, und ich glaube, daß er es geahnt hat, obwohl wir nie ein Wort darüber verloren haben. Ich versuchte, betont *zartfühlend* mit ihm umzugehen. Mein erster Fehler. Eines Tages fragte er: »Mary, liebst du mich?« Er fügte hinzu: »Ich muß es wissen, ja oder nein?« Und ich sagte: »Ja, Jeremy. Natürlich liebe ich dich.« Ich empfand in dieser Zeit tatsächlich eine tiefe Zärtlichkeit für ihn. Seit er mir diesen ersten Strauß Wegwarten und Giftefeu brachte, schlug mein Herz für ihn, aber doch nicht in dieser gewissen Art. Als wir dann schon eine Weile zusammen waren, da schien gleichsam unbemerkt etwas in mir emporzusteigen, und eines Morgens, als ich zusah, wie er in die Hocke ging und sich an Darcys zerrissenem Schnürsenkel zu schaffen macht, kam die Liebe über mich. Aber da konnte ich es ihm natürlich nicht mehr sagen. Er glaubte ja, ich liebte ihn schon seit Monaten. Ob deshalb alles schiefgegangen ist?
Denn das haben wir nie wieder ins Lot gebracht. Wenn ich zu zeigen versuchte, was ich fühlte, dann war es, als würde ich ihn überschwemmen, als würde ich ihn meterweit von mir wegspülen

und verwirrt und bestürzt dort zurücklassen. Manchmal fragte ich mich, ob er glücklicher sein würde, wenn ich seine Liebe nicht erwiderte? Es war, als ob ich ihm immer nur Geschenke machen und Gefallen tun könnte und ihm auf diese Weise immer wieder vor Augen führen mußte, wie sehr er mich brauchte. Je mehr er auf mich angewiesen war, desto wohler fühlte ich mich. Im Grund genommen war ich auf sein Angewiesensein angewiesen. Wie zwei schräg stehende Dominosteine stützten wir uns gegenseitig, aber ob Jeremy das jemals wahrgenommen hat?

Einmal stellte er ein Objekt her, das ein weißes Landhaus mit Lattenzaun und Rosenspalier auf einer grünen Anhöhe darstellte. Auf den ersten Blick hätte man es für ein Kalenderbild halten können. Der Hügel war so grün, das Haus so weiß. »Oh!« sagte ich, als ich es sah. »Das ist aber sehr – also irgendwie paßt es nicht ganz zu dir, Jeremy, oder?« Dann trat ich näher heran, und irgend etwas störte mich. Irgendwie war es *zu* grün und zu weiß, und der Himmel war zu blau. Der Halbkreis des Hügels war zu perfekt, und die Latten des Zauns marschierten über das Papier wie die Teilstriche auf einem Lineal. Ich spürte, daß er irgend etwas überdreht hatte, aber ich konnte nicht sagen, was. Ich spürte, daß er mich irgendwie beleidigte oder gegen mich protestierte. Aber ich glaube nicht, daß er selbst es wußte. »Jeremy –« sagte ich und wandte mich zu ihm um, aber er stellte gerade mit einem Locher rote Papierkreise her, um perfekte Blumen daraus zu machen, und an seinem Stirnrunzeln erkannte ich, daß er nur daran dachte und an nichts anderes.

Er hat keinen Humor, aber ich habe nie begriffen, warum das so wichtig sein soll. Immer war er entweder zu weit von uns entfernt (eingeschlossen in seinen Körper und seinen Geist und damit beschäftigt, Sackleinwand zuzuschneiden), oder er war zu nah (immer im Weg, von morgens bis abends, wenn andere Männer in einem Büro ihrer Arbeit nachgingen). Und ich werde nicht versuchen, jemanden davon zu überzeugen, daß er gut aussieht. Oder daß er das hat, was man im allgemeinen »Persönlichkeit« nennt – man braucht sich nur anzusehen, wie eine Nachbarin, die zu einem Besuch vorbeigekommen ist, ins Stocken gerät, wenn er seinen beschäftigten Blick auf sie richtet, als würde er sich fragen, warum sie nicht endlich geht – dabei nimmt er ihre Anwesenheit in Wirklichkeit gar nicht wahr. Außerdem sind wir vom Alter her viele Jahre auseinander, obgleich das bei Jeremy nicht so wichtig war, wie es bei einem anderen vielleicht gewesen wäre. Er ist eigentlich kein Produkt seiner Zeit. Als ich ein Kind war, kämpften Männer seines Alters im Zweiten Weltkrieg, aber Jeremy nicht. Nichts deutet darauf hin, daß er von diesem Krieg je auch nur erfahren hat – und ebensowenig von dem, den wir gerade durchstehen. Nichts, was von außen kommt, berührt ihn. Manchmal erscheint er mir jünger, als ich selbst bin, und es kommt mir so vor, als würden die Menschen nur durch das altern, was ihnen im Leben widerfährt. Ich erinnere mich noch, wie es war, als seine Schwestern zu Besuch kamen. Wir tranken Tee im Wohnzimmer, und sie sprachen über Freunde und Verwandte, die längst tot waren. Ich mußte sie immerzu ansehen. Sie waren so alt! Und sie hatten so eine ehrerbietige Haltung gegenüber der Vergangenheit – immer wieder kamen sie auf sie zurück, streiften an ihren Kanten entlang und spähten hinab, fasziniert von ihrem kalten, bleichen Antlitz einen halben Meter unter der Wasseroberfläche. Alles, was sie sagten, wiederholten sie auf diese tattrige Alte-Leute-Art. (Jeremy machte es genauso, aber es war mir nie aufgefallen.) Ich sah von einem zum anderen und kam mir vor wie ein kleines Mädchen beim Tee mit drei Urahnen. Ich wurde verlegen und blieb stumm. Was hatte ich hier zu suchen? Was hatte ich mit diesem ältlichen Mann zu tun? Aber als die Schwestern dann gegangen waren, blieb er in der Tür stehen, machte ein hilfloses Gesicht und streichelte sich selbst, und er kam mir vor wie ein zweijähriger Junge, der getröstet werden will. »Na, komm«, sagte ich zu ihm, »willst du nicht wieder hereinkommen? Trink noch eine Tasse Tee.« Ich legte ihm eine Hand auf das schüttere, selbstgeschnittene Haar, drückte meine Wange an seine und kam mir viel älter vor, als er je sein würde.

Als ich in das Haus kam, hätte ich bei dem Gedanken, daß ich ihn je lieben könnte, laut gelacht. Aber eigentlich bin ich erst jetzt über mich selbst erstaunt. Während es sich entwickelte, ist es mir kaum

aufgefallen. Wir besitzen eine ungeheure Fähigkeit, uns auf Veränderungen einzustellen! Wir sind wie Amöben, umfließen etwas, nehmen es in uns auf und bewegen uns weiter, bis gewaltige Ereignisse schließlich zu kaum noch wahrnehmbaren Vorsprüngen und Verwerfungen in der Geschichte unseres Lebens geworden sind. Ich weiß nur, daß Jeremy immer mehr in den Mittelpunkt meines Daseins rückte, so sehr, daß mein erster Gedanke am Morgen und mein letzter am Abend der Sorge um sein Wohlergehen galt. »Geht es dir gut?« fragte ich ihn oft unversehens, kaum daß ich aufgewacht war. »Bist du – brauchst du irgend etwas?« Ich schob mich auf seine Bettseite hinüber und spürte, daß er irgendwie zurückwich, um meinen ewigen Fragen zu entkommen und meinem Gesicht, das dem seinen zu nahe war, und meinem Duft, der – auch wenn es nur die Creme war, mit der ich nach dem Geschirrspülen meine Hände einrieb – plötzlich zu kräftig und zu durchdringend wirkte, jetzt, da ich ihm so nah war. »Oh, es tut mir leid!« wollte ich sagen. »Das wollte ich nicht – ich will dich nicht überwältigen, glaub mir!« Aber dann wäre er nur noch mehr zurückgewichen; auch indem ich so etwas sagte, wirkte ich überwältigend. Was ich auch tat, es war verkehrt. Oder richtig nur, wenn ich mich zurückzog – indem ich widerstrebend aufstand und mich zu einem kranken Kind oder einem Baby mit Bauchschmerzen ans Bett setzte. Dann tappte er durch das dunkle Haus hinter mir her und rief nach mir. »Mary? Wo bist du, Mary? Ich kann dich nicht finden.«
Er veränderte sich. Ich veränderte mich. Er sammelte eine Art von eigensinniger, versteckter Kraft, während mich alles Winzige und Verletzliche immer mehr anrührte – es waren Veränderungen, die jeder von uns im anderen bewirkt hat, aber genau die Veränderungen, die uns getrennt haben und die uns getrennt halten werden. Würde er mich zurückrufen, so wäre das ein Eingeständnis von Schwäche. Würde ich ungefragt zurückkehren, so wäre ich erst recht eine Belastung für ihn und würde ihn überfahren. Würde ich nicht weinen, so würde ich lachen.

An einem Tag im August begann Rachel beim Frühstück zu quengeln und hörte nicht mehr auf. Sie wollte nicht essen und nicht schlafen. Sie war rot im Gesicht, und ihr Atem hatte den Äthergeruch, der bei meinen Kindern meistens ein Zeichen für Fieber ist, aber am Bootshafen hatte niemand ein Thermometer, und ich selbst war so erhitzt, daß ich ihre Hauttemperatur nicht schätzen konnte. Nachmittags entschloß ich mich, einen Arzt ausfindig zu machen.

Ich wollte Zack, den Bootsmechaniker, bitten, uns zu fahren – er war ein schleimiger Kerl, der mir jedesmal, wenn er mich sah, nachpfiff, aber er hatte einen Lieferwagen. Doch da sah ich Brians Wagen hinter unserem Haus halten, und schon stieg er aus, sehr sicher und zuverlässig in seinen alten Jeans und dem frisch gebügelten Hemd. »Brian!« rief ich. »Kannst du mich zum Arzt fahren? Rachel ist krank.«

»Natürlich«, sagte er, machte auf der Stelle kehrt und ging zum Wagen zurück. Mir war schon wohler zumute. Ich nahm Rachel auf den Arm, klemmte meine Handtasche unter den Arm, gab Darcy noch ein paar Anweisungen und glitt auf die Vorderbank. »Der Kinderarzt hat seine Praxis an der St. Paul Street«, sagte ich, »ein paar Blocks von uns entfernt. Von Jeremy.«

»Was hat sie denn?« fragte Brian.

»Ich weiß nicht. Ich weiß es einfach nicht.«

Rachel hatte sich etwas beruhigt, vielleicht weil sie sich plötzlich in einem Auto wiederfand, aber sie wimmerte noch immer ein bißchen. Brian sagte: »Könnte ein Zahn sein.«

»Dann würde sie nicht so ein Geschrei machen.«

»Bist du sicher? Soviel ich weiß –«

»Würdest du jetzt bitte einfach *fahren*?« sagte ich.

Er schwieg. Wir rasten zwischen hübschen, blumenberankten Häuschen und Wohnwagen die Schotterstraße entlang, die ich fast vergessen hatte. Einen Augenblick später sagte ich: »Entschuldige, Brian.«

»Schon gut.«

»Ich habe einfach Angst, daß die Praxis bald schließt, verstehst du, und dann wüßte ich nicht, wie –«

»Klar, ich verstehe.«

Wir bogen in die Hauptstraße ein. Mir schien, Brian fuhr schneller, als ich je gefahren war. Felder und Fabriken und Schrottplätze schossen vorüber, dann kamen die ersten grauen Gebäude der Stadt und die langen ununterbrochenen Zeilen der Reihenhäuser. Brian schlängelte sich zwischen langsameren Wagen hindurch, hupte wie ein Krankenwagen und trat kaum einmal auf die Bremse. Ich hatte das Gefühl, in guten Händen zu sein.

Vor dem Haus, in dem der Arzt seine Praxis hatte, parkte er in der zweiten Reihe und stieg aus. »Du brauchst nicht mitzukommen«, sagte ich, »sonst bekommst du einen Strafzettel, Brian.« Ich hatte gedacht, er würde mich absetzen und später wieder abholen. Aber er hatte schon die Tür auf meiner Seite geöffnet und nach dem Baby gegriffen, und ich überließ es ihm. Vom Gewicht des Kindes befreit, fühlte ich mich leicht und frisch. Ich schwebte hinter ihm über den Bürgersteig, der mir sehr überfüllt vorkam, durch die Drehtür in ein überraschend hohes, dunkles Gebäude hinein. In der Vorhalle traf mich der kalte Geruch von Marmor, den ich vergessen hatte. Auch die Nummer der Arztpraxis hatte ich vergessen. Stellen Sie sich das vor, nach zehn Jahren Vorsorgeuntersuchungen! Als wäre ich seit ewigen Zeiten nicht mehr hier gewesen. Nur mühsam entzifferten meine Augen die winzigen weißen Buchstaben in dem Kasten mit der Übersichtstafel. Sogar meine Hand, die eine gerade Linie vom Namen des Arztes zur Nummer seiner Praxis zog, sah aus wie die Hand einer Fremden, braun, rissig, grobknochig. »Vierdreizehn«, sagte ich zu Brian.

»Komm, wir warten nicht auf den Aufzug.«

Ich folgte ihm die Treppe hinauf. Rachel sah über seine Schulter zu mir herunter; aus lauter Verwunderung über unsere Eile war sie verstummt.

Im Wartezimmer sagte Brian der Sprechstundenhilfe: »Wir haben keinen Termin, aber es ist ein Notfall. Dieses Baby ist schwer krank.«

Die Sprechstundenhilfe sah Rachel an. Rachel lächelte.

Wir wurden in einen kleinen Raum an der Vorderseite des Hauses gewiesen. Aus einem großen, verschmutzten Fenster über dem Untersuchungstisch konnte man auf die Straße sehen. Ich blickte auf die Autos unter uns hinab, die dort, wie von Zauberhand gelenkt, ihre rätselhaften Bahnen zogen, stoppten und wieder anfuhren. Es war, als würde ich sie von einem anderen Planeten beobachten.«Sie können sie jetzt ausziehen, ich schicke den Doktor sofort herein«, sagte die Assistentin. Aber Rachel hatte nur eine Windel an, eine feuchte. Ich zog sie ihr nicht aus. Ich blieb am Fenster stehen und dachte an andere, fröhlichere Besuche hier, bei denen ich mit drei oder vier Kindern zum Impfen hier gewesen war. Meine einzigen Sorgen waren damals gewesen, wie ich sie von den Wattestäbchen fernhalten sollte, wie ich das Kind, das Angst vor dem Zungenspatel hatte, beruhigen konnte und was ich Jeremy zum Abendessen machen würde.

Mit wehendem weißen Kittel kam der Arzt herein – ein junger Mann, dunkelhäutig. »Nun, Mrs. Pauling?« sagte er, »was haben wir denn da für ein Problem?«

»Ich glaube, Rachel ist krank«, sagte ich, »aber ich weiß nicht, was sie hat.«

Er nickte Brian kurz zu und streckte Rachel auf dem Tisch aus. Sie sah ihn mißtrauisch an. Er drückte ihren Bauch, betastete den Hals, sah ihr in Nase, Mund und Ohren und hörte ihre Brust ab. Ich hielt den Atem an. Die Kopfhaut tat mir weh von der Warterei. Und dann: »Mittelohrentzündung«, sagte er, »auf beiden Seiten.«

»Oh! Sind Sie sicher, daß das wirklich alles ist?«

»Etwas anderes sehe ich nicht. Hat sie sich in letzter Zeit an den Ohren gezogen?«

»Nein.«

»Normalerweise ist das ein Indiz.«

»Das weiß ich«, sagte ich. Die Erleichterung machte mich bissig. Ich hatte das Gefühl, er werfe mir etwas vor. Glaubte er, nach sechs Kindern würde mir nicht auffallen, wenn sich eins an den Ohren zog? Alle meine Kinder waren anfällig für Ohrenschmerzen. Ich fragte mich, ob ihm vielleicht Rachels grau angelaufene Windel mißfiel. Plötzlich kam mir zu Bewußtsein, wie ich aussehen mußte in meinem Bauernrock und den Gummisandaletten. Ein Träger rutschte mir andauernd von der Schulter, aus der ärmellosen Bluse heraus, die ich vorne mit einer Sicherheitsnadel geschlossen hatte. Meine Handtasche war mit einem Stück Heftpflaster geflickt. Ich drehte sie auf die gute Seite, während er ein Rezept ausschrieb.

Als wir wieder im Wagen saßen, versehen mit reichlich Penicillin und Ohrentropfen und einem nagelneuen Thermometer, wendete Brian und fuhr in östlicher Richtung, obwohl es einfacher gewesen wäre, weiter nach Süden zu fahren. Wahrscheinlich glaubte er, es würde mir etwas ausmachen, in der Nähe meines alten Viertels vorbeizufahren. »Moment mal«, hätte ich fast gesagt. »Laß uns umkehren, ja?« Ich wollte nur sehen, ob das Haus noch stand; hineingehen wollte ich nicht. Aber Brian sah starr vor sich hin, kaute an seiner Pfeife und tat, als wäre dies der kürzeste Weg, und ich sagte schließlich doch nichts.

Sein Wagen hatte eine Klimaanlage – vor lauter Aufregung war mir das noch gar nicht aufgefallen. Zum erstenmal seit Wochen brauchte ich nicht gegen die Hitze anzukämpfen, und Rachel auf meinem Schoß schlief sogar ein. »Muß ein schnell wirkendes Mittel sein«, sagte Brian. (Wir hatten ihr die erste Dosis schon im Drugstore gegeben.)

Als ich ihm sagte, wahrscheinlich liege es an der Kühle im Wagen, runzelte er die Stirn: »Glaubst du mir *jetzt*, daß die Hütte kein Platz für Kinder ist?«

»Also, was hat denn die Hütte damit zu tun?« sagte ich. »Wir fühlen uns dort sehr wohl. Ohrenschmerzen können Kinder überall bekommen; das hat mit den Windungen in ihrem Gehörgang zu tun.«

»Auch im Sommer?«

»Immer.«

»Das glaube ich nicht«, sagte Brian. »Und wenn sie schon im Sommer krank werden, wie wird es dann erst im Winter sein? Das Haus ist nicht isoliert, weißt du. Es ist ungeheizt, und du mußt jeden Abend das Wasser abstellen, und ich werde auch nicht immer gerade zur rechten Zeit vorbeikommen, wie heute.«

»Nein, ich weiß«, sagte ich. Ich hatte in letzter Zeit tatsächlich ein paarmal über den Winter nachgedacht, aber dann hatte ich es wieder beiseite geschoben. Ich sagte: »Das klären wir, wenn es soweit ist. Ich bin sicher, alles wird –«

»Es ist August, Mary.«

»Ich weiß.«

»Kannst du mir mal sagen, was los ist mit dir und Jeremy?«

»Ich weiß es auch nicht«, sagte ich.

»Liebst du ihn noch?«

»O ja«, sagte ich. Das war leichter, als die genaue Mischung aus Liebe, Verletztheit und Zorn zu beschreiben, die ich in letzter Zeit für Jeremy empfand.

Brian sah einen Moment lang zu mir herüber und dann wieder auf die Straße. »Ich will Jeremy ja nicht zu nahe treten«, sagte er, »aber wenn du ihn wirklich verlassen hast, dann solltest du es meiner Meinung nach endgültig machen und dich scheiden lassen. Hast du dir das schon mal überlegt?«

Ich weiß nicht, warum mein Leben stets wirrer wirkt als das von anderen Leuten. Erst macht Jeremy mir einen Heiratsantrag, aber ich bin nicht geschieden, und jetzt schlägt mir Brian eine Scheidung vor, aber ich bin nicht verheiratet. Ich sagte: »Entschuldige, aber darüber möchte ich jetzt wirklich nicht nachdenken.«

»Na gut. Aber du sollst wissen, daß ich da bin, Mary, und früher oder später wirst du *jemanden* brauchen, an den du dich halten kannst.«

Glaubte er vielleicht, ich hätte daran noch nicht gedacht?

Mein kläglicher Geldvorrat, in dem ich früher einmal die Antwort auf alles gesehen hatte, war fast dahin. Nachts lag ich wach und überlegte, wer mir aushelfen könnte. Jetzt auf dem Heimweg dachte ich mir absurde Lösungen aus: ich könnte mich mit dem schleimigen Bootsmechaniker einlassen, ich könnte plötzlich vor der Haustür von Guy Tell auftauchen. Ich stellte mir den Schwarm von Kindern vor, wie kleine Enten hinter mir, und Guys verblüfftes Gesicht, und seine neue Frau, die hinter ihm hervorspähte. »Ich bin zurückgekommen, Guy!« – »Und wer sind all diese Leute da bei dir, Mary?« Ich war nahe daran zu lachen, aber dann wurde ich ernst. Ich erkannte, wie ich bei jedem Schritt, den ich im Leben getan hatte, auf irgendeinen Mann angewiesen gewesen war, der mich stützte – zuerst auf Guy, als ich meine Eltern verließ, dann auf John Harris, als ich Guy verließ, und auf Jeremy, als John Harris mich im Stich ließ. Jetzt konnte ich es mir gar nicht mehr anders vorstellen. Ich war aus eigenem Entschluß hierhergekommen, gewiß, aber es schien, als würde ich nicht durchhalten können. Tief im Inneren waren wir, Jeremy und ich, einander ähnlicher, als irgend jemand ahnte. Schließlich würde ich klein beigeben und jemanden finden, Brian oder jemand anderen, es kam auf dasselbe heraus. Ich sah es so deutlich vor mir, als wäre es schon geschehen. Ich konnte mir einfach keinen anderen Ausweg vorstellen. Plötzlich fühlte ich mich ausgelaugt und kraftlos, wie verwelkt.

Ich warf einen Blick hinüber zu Brian, aber er hatte das Thema fallengelassen, als ich ihn darum gebeten hatte, er fuhr jetzt einfach nur und sog gelassen an seiner Pfeife.

Abends erzähle ich Märchen, immer wieder die gleichen alten Märchen. Die Kinder kuscheln sich an mich, sauber und warm in ihrer frischen weißen Unterwäsche, und duften nach Milch. Ich schließe die Augen und nehme ihren Duft tief in mich auf. Ich kann diese Geschichten im Schlaf erzählen. »Noch eine, noch eine«, betteln die Kinder. Werden sie denn niemals müde?

Ich sehe mich auf einer in der Mitte durchhängenden Couch unter einem verzogenen Blechdach, auf beiden Seiten mangels eines festeren Halts von meinen Kindern gestützt. Ich weiß, daß es von außen so aussieht, als hätte ich ein ziemlich dramatisches Leben hinter mir, eine einzige Kette von Entführungen, von Kindern der Liebe und Männern, aber wenn man diese Erfahrungen von Tag zu Tag durchlebt, sind sie eigentlich gar nicht so welterschütternd. Alle Ereignisse, ausgenommen die Geburt eines Kindes, zerfallen zuletzt in eine Anhäufung von Alltäglichkeiten. Ich glaube, wenn ich sterbe, wird mir noch ganz zuletzt ein Wasserkranz auf dem Wohnzimmertisch auffallen oder die Dampfspirale über einem pfeifenden Teekessel. Den Augenblick meines Hinscheidens werde ich bestimmt verpassen.

Rapunzel. Die Prinzessin auf der Erbse. Rumpelstilzchen. Meine Stimme beginnt zu krächzen. In Gedanken bin ich den Worten voraus. Ich treibe ein heimliches Spiel mit den alten, abgedroschenen Lösungen der Geschichten. Gern überlege ich mir, wie das Ende hinter dem Ende aussieht. Was ist denn mit Rapunzel, ist es so sicher, daß sie nachher immer glücklich war? Vielleicht hörte der

Prinz auf, sie zu lieben, nachdem sie ihr Haar kurzgeschnitten hatte. Vielleicht war die richtige Prinzessin für ihren Mann eine große Enttäuschung, weil sie so rasch jede Unzulänglichkeit entdeckte und kein Blatt vor den Mund nahm. Und nachdem Rumpelstilzchen besiegt war, lebte die Müllerstochter in tiefem Kummer, denn immer lag ihr der König in den Ohren, sie solle mehr Gold spinnen, aber nie gelang es ihr, nie wieder.

8.

Frühjahr bis Herbst 1971: Olivia

Wissen Sie, woran ich erkannt habe, daß sie ihn verlassen hatte? Er rauchte eine Zigarette. Am Freitagabend ging ich hoch in sein Atelier und wollte ihn fragen, wo die anderen steckten – unten war es so unheimlich. Ich klopfte und steckte den Kopf zur Tür herein. Da saß er auf dieser purpurfarbenen Samtcouch, zwischen Daumen und Zeigefinger eine Zigarette, und blies ganz behutsam einen langen Rauchtrichter vor sich in die Luft. »Mr. Pauling?« sagte ich. »Jeremy? Wo sind die denn alle hin?« Aber gerade, als ich die Frage stellte, kam ich selbst drauf. Ich weiß nicht warum. »Lieber Himmel, sie hat Sie verlassen«, sagte ich. Er nickte. Ich würde nicht sagen, daß er besonders aufgeregt war. Nur irgendwie vor den Kopf gestoßen. Er räusperte sich, sagte aber nichts, und dann schob er seine Zigarette in eine neue Position zwischen Zeigefinger und Mittelfinger, saß da und starrte sie an, und ich machte die Tür wieder zu.

Also, eigentlich hätte es mich nicht zu überraschen brauchen. Sie war im Grunde eine ganz normale Frau, überhaupt nicht so, wie man sich die Frau eines Künstlers vorstellt. Erstaunlich war nur, wie sie überhaupt auf die gute Idee gekommen ist, ihn zu heiraten. Wo sie so fest mit beiden Beinen auf dem Boden stand. Ständig hat sie ihn mit Aufräumen und mit ihren kleinen Hausfrauenproblemen genervt. Klopft an die Tür: »Jeremy, der Mann mit dem Kostenvoranschlag für die Doppelfenster ist hier und will unbedingt, daß du unterschreibst. Komm doch bitte mal heraus. Hast du eine Ahnung, wie hoch die Betriebskosten für dieses Haus sind?« Falls es je eine Bewegung zur Befreiung der Männer geben sollte, trete ich sofort bei. Obwohl es einige Zeit gedauert hat, bis ich sie so deutlich gesehen habe, das gebe ich zu. Zuerst war ich einfach froh, ein Dach über dem Kopf zu haben, jemanden, der auf mich achtgab und dafür sorgte, daß ich meinen Regenmantel anzog. Aber genauso eine Übermutter, wie sie war, hatte ich schon in Pennsylvania, dann habe ich die ganze Hektik mit dem Weglaufen veranstaltet und lande hier am Ende in der gleichen Kiste wie vorher. Ein Glück, daß ich es noch kapiert habe. Wenn ich daran denke, daß ich mich beinahe auf ihre Seite geschlagen hätte! Trotzdem, es war zuerst ein ziemlicher Schock, als ich entdeckte, daß sie weg war.

Ich ging nach unten, um ein Sandwich mit Erdnußbutter zu machen. Inzwischen kramten sich auch unsere beiden älteren Mitbürger in der Küche ihr Abendessen zusammen. Sie gingen mir auf die Nerven, wie sie da herumschlurften. Als wollten sie auf dem Fußboden ein Netz spinnen. »Schon gehört?« sagte ich. »Mary hat die Kinder genommen und ist gegangen.« *Die* waren vielleicht platt! Mr. Somersets Mund klappte auf, und er vergaß, nach seiner Bratpfanne zu sehen. Die alte Miss Vinton rührte weiter in ihren Eiern, aber ich konnte genau sehen, daß sie überrascht war. Ihr Pfannenheber wurde immer langsamer. Sie ließ ihn nicht aus den Augen. »Einfach abgehauen«, sagte ich. »Wußten Sie das?«
»Vielleicht besucht sie jemanden«, meinte Miss Vinton.
»Wen sollte sie denn besuchen?«
»Na ja, wir kennen die ganze Geschichte doch gar nicht. Bestimmt gibt es eine Erklärung.«
»Und die wäre?«
»Ich bin sicher, am Ende kommt alles wieder ins Lot.«
So reden die Leute, wenn sie sagen wollen, daß es im Leben am Ende wieder so sein wird, wie es mal war. Nie kommt ihnen der Gedanke, daß eine Veränderung auch ihr Gutes haben kann.
Ich sagte: »So, ich bringe Jeremy jetzt mal ein Sandwich mit Erdnußbutter.«
»Ich glaube, Jeremy mag keine Erdnußbutter«, sagte Miss Vinton.
»Dann hat er meine noch nicht probiert. Ich mache sie selbst.«

Mr. Somerset sagte: »Ja, ja, wir alle wissen das.« Mr. Somerset kann mich nicht leiden. Während er zu mir sprach, klang seine Stimme ganz rauh und gereizt. »Denk nur nicht, ich hätte nicht gehört«, sagte er, »wie endlos lange du diesen Mixer hast laufen lassen, genau in dem Augenblick, als ich mich aufs Ohr legen und meinen Mittagsschlaf halten wollte.«

Ich ließ ihn reden. Ich schmierte Erdnußbutter auf eine Scheibe Weizenvollkornbrot. »*Zumindest*, nehme ich mal an, wird ihm ein bißchen Gesellschaft gut tun«, sagte ich.

»Vielleicht will er lieber, daß man ihn in Ruhe läßt«, sagte Miss Vinton.

»Das kann *er* mir dann ja sagen, oder?«

»Manche Leute können nicht immer sagen, was sie empfinden, Olivia. Ich könnte mir vorstellen, daß er sich die Sache jetzt ein Weilchen durch den Kopf gehen lassen möchte, und wenn er hungrig wird, dann wird er schon herunterkommen und –«

Die Sorte kenne ich. Immer darauf bedacht, den anderen aus dem Weg zu gehen und sie in Ruhe zu lassen. Natürlich ist das alles bloß Ausrede. Zurückhaltung ist doch nur der Weg des geringsten Widerstandes; ich bin dafür, daß man etwas riskiert und sich einläßt. Also haue ich das Sandwich auf ein Tablett, stelle noch einen Orangensaft dazu (mit künstlichem Farbstoff, aber was soll ich machen?), und marschiere einfach hoch zu Jeremy. Klopf-klopf. »Ich bin's, Olivia. Hunger?«

Keine Antwort. Ich ging trotzdem hinein. Er rauchte wieder eine Zigarette. »Hier«, sagte ich und stellte das Tablett ab, und dann ging ich zu einem halbfertigen Objekt hinüber und sagte: »Es gefällt mir.« Ich tat, als würde ich nicht bemerken, wie trostlos es aussah. Was immer es sein mochte, ich tat so, als würde er bald daran weiterarbeiten, und meiner Meinung nach hätte er das auch tun sollen. »Es hat einen guten Fluß«, sagte ich. Offen gestanden, ich hatte nicht die leiseste Ahnung, was man in solchen Situationen sagt, aber ich lernte ja noch. Vor Künstlern habe ich einen ungeheuren Respekt. Ich fragte: »Wann soll es fertig sein?«

»Ich glaube nicht, daß ich es jemals fertigmache«, meinte er.

»Unsinn.«

Er hob die Zigarette wieder an den Mund. Man sah, daß er das Rauchen nicht gewohnt war. Der Filter berührte kaum seine Lippen, er sog den Rauch sehr schnell ein und stieß ihn wieder aus, ohne zu inhalieren. Auf der Packung in seinem Schoß stand »True« – also die von Miss Vinton. Eine schlappe Marke. »Hören Sie«, sagte ich, »macht es Ihnen was aus, wenn ich ein bißchen dableibe und Ihnen bei der Arbeit zusehe?« Er wandte den Blick von seinem Rauch ab und sah mich an. Seine Augen waren weit geöffnet, und sein Mund klappte auf. So viel Aufmerksamkeit hatte ich gar nicht erwartet, und so plötzlich. Ich strich mein Haar zurück und sagte: »Natürlich, wenn ich Sie irgendwie ablenke –« Aber da stand er plötzlich auf, er *taumelte* hoch, wie jemand, der an Fäden gezogen wird, legte die Fingerspitzen an den Mund und stand schwankend da. Im nächsten Augenblick machte er kehrt und rannte ins Badezimmer, und ich hörte, wie er sich dort erbrach. Es kam mir wie eine Ewigkeit vor. Ich saß auf der Couch, wickelte mir eine Haarsträhne um den Finger und wartete auf ihn. Ich hatte es nicht eilig. Ich hatte massenhaft Zeit.

Einmal letzten Winter, als ich unterwegs zur Arbeit war, sah ich auf der anderen Straßenseite Mary, die mit ihren Kindern von der Schule nach Hause ging. Sie kamen gerade an eine sehr belebte Ecke, wo normalerweise ein Schülerlotse steht, aber aus irgendeinem Grund war an diesem Tag keiner da. Eine ganze Horde Schulkinder mit ängstlichen Gesichtern drängelte sich auf dem Gehweg. In dem Moment, als ich hinübersah, kam Mary bei ihnen an. Sie trug das Baby auf dem Arm, hielt Edward an der Hand, und ihre Mädchen umringten sie. Da schaltete die Ampel um. Sie tat einen Schritt auf die Straße, und aus allen Richtungen reckten sich kleine Hände zu ihr hin; wildfremde Kinder schnappten nach ihrem Mantel oder Ärmel oder der Kante ihrer Handtasche und sogar nach dem einen frei herunterbaumelnden Fuß des Babys; und diejenigen, die mit ihren Armen nicht bis zu ihr durchdrangen, hängten sich an den Mantel eines anderen Kindes, das es geschafft hatte, und nun schwebte sie los, das schöne weiße Gesicht hoch über ihnen, nach allen Seiten Ausschau haltend, nach unachtsamen Autofahrern und rücksichtslosen Jungen auf Fahrrädern und anderen unvorhergesehenen Gefahren. Wie das wohl ist, wenn man sich in seiner Rolle so sicher fühlt? Wenn man so genau weiß, wo man steht? Es hat lange gedauert, bis ich herausgefunden habe, worin meine Rolle besteht. Ich bin von einer Stadt in die andere gezogen, als wäre das, wonach ich suchte, etwas Materielles. Nachts träumte ich unheimliche Träume. Stimmen schwebten auf mich zu und wieder weg, hielten mir Lösungen, Versprechen, Antworten hin, aber wenn ich dann aufwachte, konnte ich mich nie erinnern, was sie gesagt hatten. Jeden Morgen brachte ich Jeremy ein paar Nüsse und Obst zum Frühstück, mittags ein Sandwich und abends noch eins, und obwohl er mich gar nicht zu bemerken schien, stand ich doch wartend da und hoffte darauf, feste Gestalt für ihn anzunehmen.

Eines Tages kam ich mit einer Schüssel Müsli und einem Apfel, als er gerade dabei war, Bretter zu einer Art Kiste zusammenzunageln. Er arbeitete sehr langsam, und zwar nicht an der Plastik, mit der er sich vorher beschäftigt hatte. Das überraschte mich ein bißchen. Mary hatte mir mal erzählt, alles, was er anfange, mache er auch fertig, selbst dann, wenn sich zeigte, daß es nicht so wurde, wie er es sich vorgestellt hatte; er war anscheinend der Meinung, seine Objekte kämen eins nach dem andern, wie Oliven aus einem Glas, und er müsse immer erst eines herauslassen, bevor das nächste folgen könnte. Na ja, ich weiß nicht, vielleicht war diese spezielle Olive von Anfang an nur ein Bruchstück gewesen. Ich stellte sein Frühstück ab, und er sagte: »Oh, ich kümmere mich gleich um Sie.«
»Wie bitte?«
»Holen Sie schon mal Ihre Sachen. Wo sind Ihre Sachen?«
»Was für Sachen?«
Er richtete sich auf und sah mich an. »Sind Sie denn nicht zum Unterricht hier?« fragte er.
Mir blieb die Spucke weg. Soviel ich weiß, gibt er gar keinen Unterricht. Ich fragte mich, ob er langsam den Verstand verlor.
»Moment mal«, sagte ich. »Ich bin Olivia. Erinnern Sie sich?«

Da lief sein ganzes Gesicht rosa an, und er begann, mit dem Hammer zu fuchteln. »Oh«, sagte er. »Tut mir wirklich – es tut mir leid.«

»Schon gut.«

»Ich muß eben – Sie haben so etwas von einer Kunstschülerin an sich, verstehen Sie?«

»Aber das bin ich nicht«, sagte ich. »Überhaupt nicht.«

Dann sagte er: »Niemand ist ganz das, was er äußerlich zu sein scheint.«

Es war der erste wirkliche Ausspruch, den er mir gegenüber getan hatte. Ja, schon gut, es war nicht viel. Aber es war ein Anfang.

Er gab mir eine Liste mit Sachen, die ich in einem Geschäft für Künstlerbedarf kaufen sollte. Also, so was Tolles wie diesen Laden hatte ich noch nie gesehen. Er war sehr klein und gemütlich, und es roch nach Leim und Holz und Leinwand. Der alte Mann hinter der Theke reichte mir ungefähr bis zur Taille. Er sagte: »Ja bitte? Kann ich Ihnen behilflich sein?«

»Ich hätte gern ein halbes Dutzend Dosen Spray-Kleber«, las ich von meinem Zettel ab, »und zwei Tuben Metallkitt und fünf Pfund Buntglasbruch.« Ich hatte keine Ahnung, was ich da bestellte, aber für den alten Mann war es anscheinend verständlich. Er schoß hierhin und dorthin, kehrte zurück und stellte die Sachen auf die Theke.

»Es ist für einen befreundeten Künstler«, erklärte ich ihm.

»Aha«, sagte er.

»Vielleicht kennen Sie ihn. Jeremy Pauling, er hatte eine Einzelausstellung in der O'Donnell-Galerie.«

»Pauling, ja«, sagte der Mann. Er fing an, sich auf einem Stück braunem Packpapier Zahlen zu notieren. »Seine Frau kommt oft hierher«, sagte er.

»Ach, wirklich?«

»Ich setze es mit auf die Rechnung, ja?«

»Auf die Rechnung?«

Er hörte auf zu addieren und sah zu mir hoch.

»Ja, gut«, sagte ich.

Ich weiß nicht, warum ich so überrascht war. Sears and Roebuck hat eben doch nicht alles im Katalog; hin und wieder mußte sie auch Besorgungen für ihn machen. Aber irgendwie verdarb es mir die Stimmung. Vor allem als der Mann mir das Paket gab und sagte: »Ich hoffe, Mrs. Pauling ist nicht krank. Sie ist eine *so* liebenswerte Person.«

Aber er war ja bloß ein Geschäftsmann. Geschäftsleute müssen immer Komplimente machen.

Als ich nach Hause kam, fühlte ich mich schon wieder besser. Während ich die Treppe hinaufstieg, stellte ich mir vor, ich wäre in einem Film. Vielleicht würde eines Tages genau in diesem Haus tatsächlich ein Film gedreht werden. Irgendeine Hollywood-Schauspielerin, die mich spielte, würde einem Schauspieler, der Jeremy spielte, Material für seine Arbeit bringen. Ein amerikanischer Toulouse-Lautrec. Was für eine Titelmelodie würden sie wohl aussuchen? Ich ließ mir eine einfallen und summte sie im Gehen vor mich hin. Ich war nur eine Nebenrolle, aber voller Kraft, ein wichtiger Einfluß, und in der letzten Szene sah man, wie ich ihm beim Sterben den Kopf hielt. Irgendeine wichtige neue Periode in seinem Schaffen würde man später auf die Zeit datieren, in der er mich kennengelernt hatte. Ich versuchte, mir auszumalen, worin dieses Neue bestehen würde. Und als ich in sein Atelier trat, sah ich mir als erstes sein neues Objekt an, aber ehrlich gesagt, es unterschied sich nicht wesentlich von denen, die er bisher gemacht hatte. Verwickelt. Verworren. Wie eins von diesen Gedichten, bei denen man nach den ersten paar Zeilen aufsteckt, weil das Lesen soviel Mühe macht – obwohl man weiß, daß es gut sein muß. Er hatte seine Kistenkonstruktion hochkant gestellt und waagerecht und senkrecht Bretter eingesetzt, als sollte eine Schatulle mit vielen unterschiedlich großen Kammern daraus werden, und jetzt war er dabei, das Innere der Kammern auszumalen, jede in einer anderen Farbe. Oh, ja. Ich war immer noch im Film und legte ihm eine Hand auf die Schulter: »Ich glaube, diesmal haben Sie aber wirklich einen Treffer gelandet.« Er wich zurück und blinzelte mich an. »Jedenfalls, hier ist das Zeug, das ich Ihnen besorgt habe«, sagte ich.

Als er das Material durchsah, wußte er genau, was er tat. Zum erstenmal erschien er mir völlig selbstsicher. Er hielt eine Scheibe blaues Glas gegen das Licht, betrachtete sie zwinkernd und stellte sie dann senkrecht in ein Gestell unter einem Tisch; er hielt eine Dose Leim ans Ohr und schüttelte sie; er probierte einen Zehn-Farben-Kugelschreiber aus, den ich beim Verlassen des Ladens von einem Karton-Display ganz spontan hatte mitgehen lassen. Mir gefiel, wie er ihn mit beiden Händen hielt, so ehrerbietig, als würde er ihn irgendwie tiefer begreifen als gewöhnliche Menschen. Oh, er kam mir wirklich näher.»Das geht auf Kosten des Hauses«, sagte ich. Er sah zu mir herüber.»Ich wollte sagen, es ist ein Geschenk von mir für Sie.« Er legte den Stift auf den Tisch. Vielleicht ließ er sich nicht gern etwas schenken. Er wischte sich die Hände an der Hose ab und stand einen Augenblick da, mit gerunzelter Stirn den Stift betrachtend, bevor er wieder nach seinem Pinsel griff. Keine besonders wirkungsvolle Szene für einen Film. Es könnte auch ein Stummfilm werden, und nichts würde verlorengehen.»Sagen Sie, Jeremy«, meinte ich, »gehen Sie eigentlich nie in irgendwelche Kneipen oder Cafés oder so?«

»Wie? Oh, nein.«

»Kommt mir so vor, als würde Ihnen das fehlen, mal auszugehen.« Er malte eine Kammer in Grau fertig, wechselte den Pinsel und fing mit einer anderen an: Gelb. Jede kleine Ritze wurde vollkommen übermalt, immer wieder stieß der Pinsel mit einem geduldigen, eigensinnigen Schnurren in ein Astloch hinein, bis es ausgefüllt war.

»Aber wo sind denn all die verrückten fröhlichen Künstler, von denen ich immer höre?« fragte ich ihn.»Gehen Sie denn nie einen trinken? Haben Sie keine Künstlerfreunde? Trefft ihr euch denn nie zum Tanzen oder zum Saufen und zum Quatschen?«

Als er mich ansah, waren seine Augen so fahl und leer, daß ich schon glaubte, er werde wieder mal in Erstarrung versinken, aber er überraschte mich.»Ich glaube«, sagte er, »der letzte fröhliche Künstler war ein Höhlenmensch, der von der Jagd heimkehrte und ein Bild davon an eine Felswand warf.«

»Oh«, sagte ich.»Aber was ist denn mit −«

»Vielleicht auch nicht«, sagte Jeremy.»Vielleicht nicht mal in dieser Zeit. Vielleicht war er lahm und durfte gar nicht mit zur Jagd, blieb bei den Frauen und Kindern zu Hause und malte diese Bilder, um sich zu trösten.«

»Wie kommen Sie denn *darauf*?« fragte ich. »Vielleicht blieb der Höhlenmensch ja deshalb zu Hause, weil ihn das Malen so auslaugte, daß er nicht mit auf die Jagd *konnte*?«

Es war keine müßige Frage, die ich ihm da stellte. Manchmal schien es mir, daß Jeremy, wenn er morgens aufstand, so aussah wie andere Männer, und als würde er dann während seiner Arbeit verblassen, als würde er sich selbst irgendwie auslöschen, als wäre jedes Objekt eine neue Haut, die er von sich herunterschabte, obgleich ohnehin kaum noch etwas von ihm übrig war. Aber wenn er mir überhaupt zugehört hatte, nahm er mich nicht ernst. Er hing selbst gerade irgendeinem Gedanken nach. »Ich träume oft, ich wäre ein Höhlenmensch«, sagte er.

»Ach, wirklich?« sagte ich. Ich unterhalte mich gern über Träume.

»Es ist immer lange vor der Zeit, in der die Menschen lernten, Feuer zu machen, verstehen Sie. Sie hüteten es, ja, aber nur wenn der Blitz einschlug und dabei zufällig Wälder in Brand gerieten und niederbrannten. Im Traum sitze ich die ganze Nacht lang da und beobachte die Baumwipfel und hoffe, daß ich irgendwann in meinem Leben sehe, wie etwas Feuer fängt.«

»Vielleicht ist das eine Botschaft«, sagte ich.

»Wie bitte?«

»Etwas Übernatürliches.«

»Oh. Vielleicht.«

Ich sagte: »Ach, Jeremy, macht das nicht Spaß, einfach so zu reden? Das haben Sie noch nie getan. Ich habe schon angefangen, mich über Sie zu wundern. Kommen wir nicht gut miteinander aus?«

»Was? Ach, so. Natürlich«, sagte Jeremy.

Dann legte er den gelben Pinsel hin und nahm einen elfenbeinfarbenen, und als er einen Augenblick später zu mir herübersah, war es, als ob es mich gar nicht gäbe, so schlaff war sein Gesicht und so durchsichtig seine Augen.

Ich ging zur O'Donnell-Galerie, auf der Suche nach Anhaltspunkten, die mir helfen würden, Jeremy besser zu begreifen. Es war Juli, aber ich hatte meinen weißen Trenchcoat angezogen. Die Gürtelenden hatte ich in die Taschen gesteckt, denn so fühle ich mich immer sicherer, und auch drinnen nahm ich die Sonnenbrille nicht ab. Galerien machen mich immer völlig fertig. Ich habe das früher mal Mary erzählt, als sie mich fragte, ob ich mir Jeremys Einzelausstellung ansehen wollte, und sie lachte. Sie dachte, ich hätte es irgendwie im übertragenen Sinne gemeint. *Mary* gerät nämlich nie aus der Fassung. Ich glaube, dazu ist sie gar nicht imstande. Jetzt war Jeremys Ausstellung vorüber, und ich fand es schade, daß ich sie verpaßt hatte, aber es standen noch immer viele Arbeiten von ihm da. Ganz in helles Kunstlicht getaucht, vor weißen Wänden, sahen sie nicht aus wie von Menschenhand gemacht. Ich fand Collagen von ihm, ein paar kleine frühe Plastiken, eine neuere, die mitten im Raum stand. Ich sah mir zuerst die neuere an. Ich hatte erwartet, daß mir irgendein Licht aufgehen würde, aber das geschah nicht. Was sollte das Ganze? Ein Mann, der eine Karre vor sich herschiebt, in einem Gewirr von Schnüren, Rollen, Ketten und Gewichten. Er war zum größten Teil aus Gips, aber wenn man genau hinsah, konnte man so ziemlich jedes erdenkliche Material entdecken. Als hätte Jeremy in einer Art von Anfall alles ineinander verkeilt. Gemalte Partien gingen plötzlich in gemeißelte über, die gemeißelten in solche, die mit ausgeschnittenen Papieren beklebt waren, und auf der Brust des Mannes fand ich hastig mit einem spitzen Werkzeug eingekratzte Wörter – »Eine große Tasse heißen ...« – wo der Platz knapp geworden war, brachen sie ab, als hätte er aus lauter Ungeduld sein Messer weggeworfen und blindlings nach dem nächstbesten gegriffen, einem Stück Sackleinwand und einer Flasche Klebstoff oder einer Rolle Draht. Ich kapierte es nicht. Ich bewegte mich in der Zeit rückwärts, an den kleineren Objekten vorbei, zu den Collagen. Ich nahm die Sonnenbrille ab, aber es half nichts. Außerdem begann jetzt mein Hals zu schmerzen. Das passiert mir immer, wenn ich frustriert bin. Also gab ich auf, aber eines wollte ich noch tun, bevor ich mich wieder auf den Weg machte. Ich ging zu dem Besitzer, der hinten in einem kleinen Büro saß und gerade ein Bündel Papiere auf einem Klemmbrett durchblätterte. Ein gutaussehender Mann mit Bart. »Hallo«, sagte ich.

Er glättete die Papiere und sah hoch: »Ja, hallo.«

»Wie ich sehe, haben Sie einige Objekte von, wie heißt er doch gleich, Paul? Pauling? Also, im *Augenblick* will ich ja nichts kaufen, aber ich wollte Ihnen wenigstens etwas dazu sagen. Sie wissen hoffentlich, wie gut er ist. Er ist der Beste, den Sie hier haben. Wieso setzen Sie die Preise so niedrig an?«

»Sie sind Olivia, oder?«

»Wie bitte?«

»Ich habe Sie einmal bei Mary in der Küche gesehen, als ich eines von diesen Objekten abholte«, sagte er. »Nett, daß Sie mal vorbeikommen. Ich bin Brian O'Donnell.«

»Oh«, sagte ich. Ich setzte wieder meine Sonnenbrille auf. »Entschuldigung. Ich dachte, ich leg ein gutes Wort für ihn ein, wo ich schon mal hier bin.«

»Gute Idee. Wie geht es ihm?«

»Es geht ihm gut.«

»Ich war letzte Woche bei ihm, aber er sagte, er habe nichts fertig.«

»Nein, aber demnächst«, sagte ich. »Wirklich, eine ganze Reihe von Objekten, sehr bald. Und ganz anders als die Sachen bisher. Er ist jetzt in einer Umbruchphase. Sie wissen, daß seine Frau ihn verlassen hat?«

»Ja.«

»Jetzt bin *ich* mit ihm zusammen.«

»Sie?«

Ich zog die Gürtelenden aus den Taschen und schnallte den Gürtel fest. Ich streckte die Hand aus und sagte: »Schön, daß ich Sie getroffen habe.« Er stand auf und beugte sich über den Schreibtisch. Seine Handfläche war von der Rückseite des Klemmbretts punktiert. Er hielt meine Hand auch dann noch gefaßt, als ich sie zurückziehen wollte. »Sie sind mit Jeremy zusammen?« fragte er.

»Aber ja.«

»Sie sind – sind Sie –?«

»Sie müssen uns mal besuchen kommen«, sagte ich.

»Ja, gut.«

»Natürlich nicht sofort. An ein *paar* Kleinigkeiten muß er noch arbeiten. Bis bald.«

»Ganz bestimmt!« sagte Mr. O'Donnell.

Ich hängte mir die Handtasche über die Schulter und ging hinaus. Ich spürte, wie er hinter mir hersah. Draußen waren es zweiunddreißig Grad, aber ich war froh, daß ich meinen Trenchcoat anhatte.

Ich bin gar nicht so chaotisch, wie ich aussehe. Ich weiß, worauf es ankommt. Ich kann zwei und zwei so gut zusammenzählen wie jeder andere. Und ich hatte inzwischen herausgefunden, wenn ich weiterhin als Verbindung von Jeremy mit der Außenwelt funktionieren, ihm seinen Klebstoff kaufen und sein Frühstück machen würde, dann würde ich zu einer zweiten Mary werden. So entwickelt sich das immer: Schritt für Schritt. Ich mußte statt dessen irgendwie *hinein*kommen. In seine gläserne Zelle, und dort könnten wir beide dann sitzen und hinausschauen. Mary hatte das nie getan, aber ich würde es so machen. Ich wußte natürlich, daß er alt war. Beim ersten Mal, als ich ihn sah, kam er mir richtig antik vor, und verschroben obendrein. Wenn man ihm die Hand gab, hatte man das Gefühl, man faßt in warmen Teig. Aber damals hatte ich noch kein klares Bild von ihm. Das bekam ich erst, als Mary weg war. Ich spürte eine Anziehungskraft, etwas an dieser Situation – wie dieser Künstler zwei Stock hoch über der Erde dasitzt und wie diese Frau ein Häufchen Elend aus ihm machen konnte, einfach dadurch, daß sie sich aus seiner Welt zurückzog. Ach wo, sie *war* seine Welt! Warum konnte ich das nicht werden. Nur besser, näher, verständnisvoller. Wie kommt man an so einen Mann heran? Wo ist der verborgene Knopf?

Ich sagte: »Dein Dingsda sieht ja schon ganz gut aus, Jeremy.« Obwohl ich eigentlich nur sah, daß er mit dem Ausmalen der Kammern fertig war und angefangen hatte, sie mit allem möglichen Kram zu füllen. »Es *hat* was – es hat wirklich was«, sagte ich.

»Aber ist es einzigartig?« Das fragte er mich nicht zum erstenmal: »Findest du, es ist einzigartig?«

»Ja, sicher«, sagte ich.

»Ist es – erkennst du irgend jemand darin?«

»Hm?«

»Mary zum Beispiel.«

»*Mary*?« sagte ich. Bisher hatte er eine Fahrradklingel, ein Stück geblümte Tapete und einen hölzernen Knopf hinzugefügt.

»Ich habe das Gefühl, daß Mary allem irgendwie die Farbe gibt.« Die Farbe, die *ich* sah, war wirklich vorhanden, eine Scheibe blaues Glas, die er mit einem kleinen Ding zerschnitt, das aussah wie ein Rollmesser aus der Pizzeria. Am liebsten hätte ich laut gelacht. Dann fühlte ich mich niedergeschlagen. Wann würde ich endlich herausfinden, worum es in seinen Arbeiten eigentlich ging? Ich hatte erwartet, irgendwann würde ich es kapieren – würde eines Tages sein Atelier betreten und plötzlich verstehen, was er meint. Aber das war noch nicht passiert.

»Als würde ich mit ihren Augen sehen«, sagte er.

»Sehen –?«

»Aber das stimmt natürlich nicht. Es sind ja meine Augen.«

»Natürlich.«

»Es sind meine Augen.«

»Klar. Selbstverständlich.«

»Da steckt sonst keiner drin, kein Stück von einem ... überhaupt kein anderer Mensch.«

»Ist ja *gut*, Jeremy.«

Ich ging nicht mehr aus. Ich ging nicht mehr ans Telefon. Die Post stapelte sich auf dem Büfett. Zu den Mahlzeiten gingen Jeremy und ich zusammen in die Küche hinunter und aßen eine ganze Schachtel Pralinen oder die Leberwurst von Miss Vinton oder gar nichts, es war gleichgültig. Während er arbeitete, lag ich auf der Couch im Atelier und ließ einen Fuß herunterbaumeln. Ich sah hinauf zu dem Oberlicht. Ich kannte alle Sprünge im Glas und alle welken Blätter darauf. Aber er arbeitete nicht besonders viel. Ich hatte gedacht, er sei schneller. An manchen Tagen kritzelte er bloß auf einem Fetzen Papier herum oder saß in seinem Sessel und kaute an den Fingernägeln oder lief immerzu um sein Objekt herum, ohne es auch nur ein einziges Mal anzusehen. Wenn ich etwas sagte, antwortete er nicht. Ich gab es auf. Ich lehnte mich zurück und sah zu, wie der Wind die braunen Blätter auf dem Oberlicht herumtrieb.

Die meiste Zeit verbrachten wir vor dem Fernseher im Eßzimmer. So hatte ich mir das natürlich nicht vorgestellt, aber ich versuchte ja schließlich, die Welt mit seinen Augen zu sehen. Ich saß neben ihm und glotzte von morgens bis abends. Ich hätte nie gedacht, wie sehr man sich in Fernsehsendungen vertiefen kann. Das Leben der Menschen in den Seifenopern wurde von irgendwelchen verwickelten Intrigen bestimmt, die dem Ganzen zugrunde lagen, aber wir waren ahnungslos und durchschauten sie nicht. Bei den Podiumsgesprächen waren die Leute so zuvorkommend, die Mienen so gelassen und konturlos. Wie da immer einer den anderen ausreden ließ! Wie sie, ohne je ins Stocken zu geraten, die Tonlage wählten – ein munterer Ton nach einem düsteren, eine Frage, ein kurzes Lachen, plötzlich ein Anflug von Entschiedenheit. Alles vollkommen abgestimmt. Und wie manierlich sie sich aufführten! Ich drehte mich zu Jeremy um und öffnete den Mund. Ich wollte feststellen, ob ich die gleiche Wirkung zu erzielen vermochte, wenn *ich* etwas sagte, aber leider fiel mir nichts ein, was ich hätte sagen können. Er hätte mir auch gar nicht zugehört.

Nachmittags lief *Sesamstraße*. Ich hatte Angst, die Sendung könnte ihn an seine Kinder erinnern, aber das tat sie anscheinend nicht. Er selbst sah sie sich wie ein Kind an. Wenn die Zahlen auf ihn losschossen, schreckte er zuerst zusammen und entspannte sich dann wieder. Er hoffte immer, daß heute eine hohe Zahl an der Reihe wäre, bei der viel gesungen wurde. Er lachte an allen witzigen Stellen und federte in seinem Sessel ein bißchen hoch. Na ja, irgendwie waren sie tatsächlich komisch. Vor allem eine Episode – ein kleines Püppchen beklagt sich, es habe außer einem aufgeschürften Finger heute überhaupt nichts erlebt. Aber dann stellt sich heraus, daß es sich den Finger aufgeschürft hat, weil es einem Hund davongelaufen ist, und der Hund ist vor einem Löwen davongelaufen, den ein Affe freigelassen hat, als die Feuerwehr gegen den Affenkäfig prallte … ganz genau kann ich mich an die Geschichte nicht mehr erinnern, aber Jeremy machte sie jedenfalls großen Spaß. Sie hatten dieses Stück bestimmt schon zwanzigmal gebracht, aber jedesmal beugte er sich gespannt vor und nickte, und wenn es zu Ende war, seufzte er und sah auf seine Knie hinab.

Abends kamen die Abenteuerfilme, jede Menge Verfolgungsjagden und Leute auf der Flucht. Jeremy sah sich alles an, außer Filmen, in denen unschuldige Leute irgendeines Verbrechens verdächtigt wurden. Da sagte er: »Nein, nein, das ist nichts« – er ängstigte sich nicht gern um Leute. Dann bat er mich, eine Komödie zu suchen oder eine Sendung über medizinische Fragen, wo es höchstens vorhersehbare Tote gab. Wenn die Reklamespots kamen, nutzten unsere älteren Mitbürger die Zeit oft, um sich eine Jacke zu holen oder einen Happen zu essen, aber Jeremy und ich blieben sitzen. Diese Filmchen können einem mit der Zeit richtig ans Herz wachsen. Man fängt an, die Gesichter der Schauspieler zu bewundern und die Hintergrundmusik zu lieben. Den komischen kleinen Kaugummitanz. Das Coca-Cola-Lied, bei dem es so aussieht, als würde jeder jeden mögen.

Wenn es Zeit zum Schlafen war, stand Jeremy auf, ohne Gute Nacht zu sagen. Als ob ich gar nicht dagewesen wäre. Zuerst zwinkerte er mit den Augen, dann rieb er sie sich und glitt hinaus, irgendwie ziellos, und etwas später hörte ich im unteren Badezimmer Wasser laufen. Dann ging auch ich ins Bett. Ich schlief nicht gut. Stundenlang lag ich zusammengerollt auf der Seite und horchte, wie das Haus langsam zur Ruhe kam, als würde es sich nach innen kehren und von der Außenwelt immer mehr abwenden. Und wenn ich schlief, dann wachte ich manchmal um zwei, um drei oder um vier Uhr früh plötzlich auf. In meine Bettücher verwickelt saß ich da, mit trockener Kehle, und mir war viel zu heiß. Es war jetzt September, und in manchen Nächten lief schon die Dampfheizung. Die erwärmten Heizkörper rochen staubig und bitter; das Haus glich einem alten Mann mit klapprigen Knochen und schalem Atem, der immerzu hustete.

Andere Maler haben blaue Perioden und rosa Perioden, Jeremy nicht. Bei ihm verändert sich die Tiefe, nicht die Farbe. Eine flache Periode, eine Reliefperiode. Eine dreidimensionale Periode. Was kommt nach dreidimensional? Vierdimensional. »Du baust eine Zeitmaschine«, sagte ich zu ihm.
»Hmm?«

»Das erklärt, warum du diesen ganzen verrückten Krempel da hineinstopfst.«

»Verrückt? Ich verstehe nicht, warum du das sagst.«

Aber da fing er schon wieder an, klebte eine Plastikbanane aus Pippis Einkaufsladen in das rechte untere Fach. Daneben einen Babylöffel mit einem gebogenen Griff. Die arme Rachel. In jede Kammer waren irgendwelche Sachen gezwängt, die meisten aus Metall. Das Ganze hatte etwas Provisorisches, wie das maßstabgetreue Modell eines verrückten Erfinders. War es da ein Wunder, wenn ich an Zeitmaschinen dachte?

»Zeit muß die Erklärung für alles sein«, sagte ich zu ihm. »Die Zeit bildet Schlaufen. Kleine verschlungene Zeitknoten, die vom Hauptstrang abzweigen. Du zum Beispiel«, sagte ich, und er sah auf. »Weißt du, warum du diese Objekte machst? Du bist in einer Zeitschlaufe.«

»Tatsächlich?«

»Du bist vom Hauptstrang abgeschnitten. Deshalb siehst du so klar; du hast mehr Abstand. Vielleicht ist diese Plastik so eine Art von Notiz, wie sie sich die Archäologen bei Ausgrabungen machen. Du bist nur zu Besuch da. Aber bist du dir dessen auch bewußt?«

Ich hatte nicht erwartet, daß er darauf eingehen würde, aber er tat es. Nicht *direkt*, doch er sagte: »Ich habe mir oft überlegt, wenn ich zurückgehen würde, weiter zurück in der Zeit, verstehst du, dann könnte ich niemandem erklären, wie man ein Radio baut.«

»Warum solltest du auch?« fragte ich ihn.

»Ich meine: An mir ist das zwanzigste Jahrhundert wirklich verschwendet worden, verstehst du?«

»Ja, natürlich. Du lebst in einer anderen Zeit.«

»Ich wollte, es wäre nicht so«, sagte Jeremy.

»Aber nein, Jeremy! Begreifst du denn nicht, was ich sagen will? Wenn du nicht in einer solchen Zeitschlaufe stecktest, würdest du solche Objekte gar nicht herstellen.«

»Trotzdem wäre es mir anders lieber«, sagte Jeremy.

Dann setzte er sich auf den Fußboden und fing an, sich den getrockneten Leim von den Fingern zu zupfen, wie ein Chirurg, der die Gummihandschuhe abstreift. Meistens bedeutete dies, daß er die

Arbeit für heute beendet hatte. Seine Zeiteinteilung war seltsam – drei Stunden lang umkreiste er das Objekt, warf ihm nur kurze, scheue Blicke zu, dann zehn Minuten Arbeit, und gleich darauf sank er wie eine teigige Masse zu Boden. Ich schob mich von der Couch herunter und ging vor ihm in die Hocke. »Und Geister«, sagte ich zu ihm. »Eben ist mir eingefallen, was Geister sind. Weißt du's?« »Nein.«

»Es sind Menschen aus der Vergangenheit, unsere Vorfahren, die uns in einer Zeitmaschine besuchen kommen. Aber klar doch! Vielleicht sind sie zufällig hier. Vielleicht wissen sie nicht mal, was ihnen widerfahren ist. Sie *schweifen* herein. Du lieber Himmel, sagen sie, was ist denn jetzt los? Wie bin ich denn hierhergeraten? Dann kehren sie in ihre Zeitschlaufe zurück und probieren eine andere Periode aus. Deshalb verblassen sie immer so. Ich wette, du hast schon an vielen Stellen gespukt, Jeremy.«

»Ich habe Hunger«, sagte Jeremy.

»Marsmenschen, denk an die Marsmenschen. Wieso stellen wir uns vor, sie kämen von einem anderen Planeten? Sie stammen von *unserem* Planeten, Jeremy, aus der Zukunft zwanzig Jahrhunderte weiter. Sie tragen Helme zum Schutz gegen unsere veraltete Atmosphäre und sehen wegen der Evolution auch etwas anders aus. Unsere Nachkommen kehren zurück, um historische Studien zu treiben.«

»Mag sein«, sagte Jeremy. »Vielleicht hast du recht.« Er schob die Klebstofffetzen, die er sich von den Fingern geschält hatte, auf dem Boden zu einem Häufchen zusammen und sagte: »Kannst du Waffeln backen?«

»Nein.« Ich nahm die Leimkrümel und rollte sie zwischen den Händen hin und her. Es gab so viel, was ich ihm sagen wollte, und es geschah nicht sehr oft, daß er mich so nah an sich heranließ. »Ist dir schon mal was auf völlig unerklärliche Weise einfach abhanden gekommen, das du dann nie wieder gefunden hast?«

»O ja.«

»Vielleicht haben deine Nachkommen es mitgenommen.«

»Wirklich?«

»Die sogenannten Marsmenschen. Vielleicht ist das eine Schwäche von ihnen, lange Finger. Manche unserer alltäglichen Gebrauchsgegenstände werden eines Tages Antiquitäten von unschätzbarem Wert sein, und die Marsmenschen wissen natürlich ganz genau, welche. Weißt du, was man tun sollte, wenn man feststellt, daß einem irgendwas einfach verlorengegangen ist? Zwanzig Stück davon kaufen. Als Investition. Jetzt gerade habe ich meinen Fransengürtel verloren. Überall habe ich nach ihm gesucht. Im vierzigsten Jahrhundert tragen sie vielleicht überhaupt keine Gürtel mehr. Sollte ich mir nicht einen ganzen Stapel davon kaufen und sie aufheben?«

»Ich habe solchen Hunger, Olivia«, sagte Jeremy. »Du nicht?«

»Ja, aber Moment noch, ich möchte dich was fragen.«

»Ich glaube, wir haben gar nicht gefrühstückt.«

»Hör zu. Was bist du, Jeremy? Ein Nachkömmling oder ein Vorfahre. Weißt du das?«

»Wie bitte?«

»Weißt du, aus welcher Zeit du stammst? Weißt du das? Denk nach, Jeremy. Ich möchte es herausfinden.«

Aber Jeremy sagte bloß: »Ich wollte, du könntest lernen, wie man Waffeln backt.«

Da schlug ich mit meiner Hand auf seine Hand, die auf seinem Knie lag. Er fuhr zusammen und beugte sich zurück. Aber er zog seine Hand nicht weg, sondern ließ sie da, und nach einem langen reglosen Augenblick sagte er mit einer Stimme, die von weither zu kommen schien: »Wie *cool* du bist.«

Ich dachte, es sollte flippig klingen.

Jetzt zog er seine Hand weg. Immer noch zurückgelehnt, streckte er sie aus und berührte eine Haarsträhne von mir mit einer Fingerspitze. »Du bist so kalt«, sagte er.

Da begriff ich. Es kam mir so vor, als würde ich ihn plötzlich ganz begreifen. »Mir ist immer kalt«, sagte ich. »Nie warm. Mary war warm.«

»*Du* bist das nicht«, sagte er.

Wir sahen uns an und lächelten kein bißchen.

Ich gefiel ihm in den Farben des Eises, in Blaßblau und Grau- und Weißtönen, in glatten und am liebsten in glänzenden Sachen. Er sagte es zwar nie, aber ich wußte es. Er brauchte jetzt überhaupt nichts mehr zu sagen. Manchmal vergingen ganze Tage, an denen wir nicht miteinander sprachen und uns nicht ansahen, und wir berührten uns nie, nicht einmal beiläufig. Wir bewegten uns einfach nebeneinander her, im gleichen Schritt. Wir saßen in identischen Sesseln, beide staubig und grün, und sahen zu, wie Hausfrauen Elektrogeräte gewannen. Wenn sie gewonnen hatten, schrien sie auf und fielen dem Quizmaster um den Hals, nahmen sein Gesicht fest zwischen die Hände und küßten ihn auf die Lippen. »Früher habe ich immer gewonnen«, sagte Jeremy. Eine Frau hüpfte ganz aufgeregt, landete mit ihrem Stöckelschuh unglücklich auf dem Boden und verknackste sich den Fuß. Jeremy und ich sahen zu, ohne eine Miene zu verziehen, wie zwei Goldfische, die aus einem Aquarium heraussehen.

Ich sah, daß andere Leute immerzu irgendwo hinhasteten, und neun Zehntel von dem, was sie taten, mußten sie am nächsten Tag wieder tun. Saubermachen, Waschen, Reden. Ich dachte lange darüber nach, aber Jeremy erzählte ich nichts davon. Es war nicht nötig. Zur Hälfte kam der Gedanke von ihm, durch Osmose, und auf die andere Hälfte kam ich von selbst und leitete sie genauso lautlos an ihn zurück. Er hörte auf, sich zu rasieren. Sein Bart wuchs einen Zentimeter und dann nicht weiter. Wieviel Zeit hätte er die ganzen Jahre über sparen können, wenn er das gewußt hätte! Wir gingen auch nicht mehr nach oben. Sein Atelier verschwand aus unserem Blickfeld, mein eigenes Zimmer ebenfalls. Diese Treppe! dachten wir beide, ohne etwas zu sagen: was für ein vollkommenes Beispiel von Zwecklosigkeit. Sie führt hinauf und hinunter. Wenn man hinaufgeht, muß man wieder herunterkommen. Alles macht man rückgängig und fängt wieder von vorn an. Wenn die National-hymne verklungen war, schliefen wir in unseren Sesseln ein, drüben im Wohnzimmer oder in dem Schlafzimmer im Erdgeschoß, nebeneinander, auf der Decke. Ich folgte ihm überallhin, aber ohne ihn jemals um etwas zu bitten, eine Nicht-Mary, die ihn an ihrem Kältevorrat teilhaben ließ. Ich brachte ihm bei, lange zu schlafen.

Wenn er aufwachte und mich neben sich fand, rappelte er sich hoch. »Bleib liegen«, sagte ich, und er legte sich wieder hin und starrte, wie ich, an die weiße Decke hoch über uns, während die Mittagszeit näherkam, über uns hinwegrollte und mit einem Grollen weiterzog. Auch ich war jetzt eine Künstlerin. In Gedanken bemalte ich die Decke mit den gezackten Lichtkeilen, die man sieht, wenn man die Augen fest zudrückt; Jeremy ebenfalls. Wir taten es gemeinsam. Nichts fesselte uns an die übrige Welt. »Herrgott noch mal!« sagte Mr. Somerset, der vorbeischlurfte und in der Zimmertür stehenblieb: »Also so was! Was macht ihr beiden da eigentlich?« Ich gab keine Antwort. Jeremy hörte nichts. Jeremy war weit voraus, schon fast außer Reichweite, aber ich holte ihn wieder ein, so schnell ich konnte.

Ich wollte nichts essen, aber Jeremy aß. Er verschlang all die Vorräte von Miss Vinton: ein Brot, ein Glas Mayonnaise, eine Packung Wiener. Wenn ich ihm beim Essen zusah, fühlte ich mich schon satt. Ich sah, wie meine Finger höckrig wurden und meine Jeans schlackerten, trotzdem kam ich mir so dick vor. Er hielt im Kauen inne und sah zu mir herüber. Ich schloß die Augen. Er aß weiter. Einmal sagte er: »Meine Mutter ist gestorben und meine beiden Schwestern auch.«

»Ach«, sagte ich.

»Und mein Vater.«

»Dein Vater.«

»Und dann sie. Alle haben mich verlassen.«

»Ich nicht.«

»Alle, die *draußen* sind, außerhalb von mir.«

So gab er mir zu verstehen, was ich für ihn war.

Ich lag auf dem Bett und horchte auf die Tauben, die am Efeu draußen an der Hauswand herumzupften. Es mußte Herbst sein. Beeren am Efeu. Neben mir schlief Jeremy, er schlief schon seit Stunden, während ich Wache hielt. Dann kam Miss Vinton. Sie trug Dunkelblau. Eine so strenge Farbe. Sie blieb einen Augenblick in der Tür stehen, trat dann ins Zimmer und beugte sich über mich. Sie packte mein Kinn und bog mein Gesicht zu sich hinüber. »Olivia«, sagte sie.

Ich sah sie bloß an.

»Olivia, hörst du mich?«

Jetzt seufzte Jeremy und murmelte etwas vor sich hin. Er träumte von Pferden, von Wildpferdherden in blassen Farben.

»Du sollst mir zuhören, Olivia. Du mußt dich zusammenreißen. Hörst du mich?«

Je älter man wird, desto stärker zensiert man, was einem so einfällt. Große leere Stellen dehnen sich aus, wo man irgendwas herausgeschnitten hat. Man wird so wie Miss Vinton und Mr. Somerset; man spricht sehr langsam, weil man all die Lücken überbrücken muß. »Ich möchte ... daß du dich ... mal genau ansiehst, Olivia.« Ich sah sie bloß weiter an.

»Antworte.«

Wie ein Schraubstock hielt ihre Hand mein Kinn umklammert, so zwingen einen die Erwachsenen zu Geständnissen. »Was soll ich denn sagen?« fragte ich, aber mit ausdrucksloser Stimme, um zu zeigen, daß ich keine Angst vor ihr hatte. Ihr Griff lockerte sich etwas.

»Ich habe mich entschieden, mit dir zu reden, weil ich glaube, daß du nicht ganz so weit weg bist wie er. Siehst du denn nicht, was du aus dir gemacht hast? Hast du in letzter Zeit mal gebadet? Sieh dir dein Haar an, dein schönes langes Haar! Deine Haut, deinen ganzen Körper, du siehst nicht gesund aus. Deine Augen sehen so komisch aus. Und was hast du da an?«

Wenn sie im wirklichen Leben doch auch mal unterbrechen und Werbespots bringen würden!

»Ich kann einfach nicht mit ansehen, wie du dir selbst schadest, Olivia. Und bei Jeremy machst du alles nur noch schlimmer, das weißt du doch, oder etwa nicht?«

Eine Lüge. Sehen Sie, wollte ich ihr sagen, wie ich zu ihm halte, wo alle anderen ihn verlassen haben? Der letzte Gläubige in der Kirche. Und *ich* soll alles noch schlimmer machen?

»Ich glaube, du verlierst langsam den Verstand, Olivia.«

Wieder der Schraubstock an meinem Kinn.

»Ja, kann sein«, sagte ich, »aber ich könnte mich auch wieder fangen.«

»Dann tu's. Fang dich.«

»Sie glauben nicht, daß ich es kann.«

»O doch. Das glaube ich. Deswegen rede ich ja mit dir.«

»Ich wüßte nicht, warum ich es tun sollte«, sagte ich, riß mich aus ihrem Griff los und wandte mich ab.

»Und was ist mit Jeremy, Olivia?«

»Was soll mit ihm sein?«

»Er hat seit Wochen nicht mehr gearbeitet. Du hast ihn zu weit abdriften lassen. Ist dir das denn egal?«

Ich antwortete nicht.

»Olivia?«

Sie ging. Ich hörte, wie sie seufzend in die Küche hinüberklapperte und dann wieder hinaus.

Als Jeremy erwachte, fragte ich ihn: »Warum arbeitest du nicht?«

»Arbeiten.«

»*Ich* habe dich nicht dazu gebracht, aufzuhören.«

Irgend etwas veranlaßte ihn, den Kopf zu heben, vielleicht der Ton meiner Stimme. Ich war so gekränkt. Ich konnte nicht verstehen, was geschehen war.

»Ich habe das Objekt fertig«, sagte er.

»Oh«, sagte ich. »Ach so.«

Er sagte nicht, wann er mit einem neuen anfangen wollte.

Es mußte ein Wochentag sein. Miss Vinton hatte das Haus verlassen, und auch von Mr. Somerset war nichts zu sehen. Die Katze kauerte auf dem Spülstein in der Küche und machte ihre ausdruckslosen Augen auf und zu. Mir war übel. »Ich möchte nicht frühstükken«, sagte ich zu Jeremy. »Komm, wir sehen uns dein Objekt an.«

Er aß gerade die letzte von den Toastkrusten, die Miss Vinton in ihrer Haferflockenschüssel übriggelassen hatte. »Ein andermal«, sagte er.

»Ich will es jetzt sehen.«

»Olivia?«

»Jetzt, Jeremy.«

Wir stiegen die Treppe hinauf. Es war, wie wenn man in das Haus zurückkehrt, in dem man seine Kindheit verbracht hat – alles wirkte kleiner und schmuddeliger. Aus einem Wäschekorb im Flur des ersten Stocks quollen Kleider hervor, und in einer Vase auf der Fensterbank stand eine einzelne völlig vertrocknete Blume. Die geschlossene Tür zu meinem Zimmer wirkte jämmerlich. Wir stiegen weiter hoch. Ich war außer Atem, und immer wieder drängte sich Dunkelheit in meinen Blick. Als wir das Atelier erreicht hatten, sagte ich: »Na denn«, aber Jeremy ging einfach zu seinem Sessel hinüber. Ich mußte mir sein Objekt allein ansehen.

Stellen Sie sich einen hölzernen Limonadenkasten vor, nur größer und auf eine Seite gestellt. Eine Reihe von Fächern, und in jedem Fach eine andere Kollektion von Gegenständen. Wie eine Zeitschriftenanzeige, die einen Querschnitt durch einen turbulenten Haushalt zeigt. War es die Telefongesellschaft, die diese Anzeige früher immer gebracht hatte? Ja, Bell Telephone, sie sollte anschaulich machen, warum man in jedem Zimmer einen Nebenanschluß braucht. Oder vielleicht irgendwelche anderen Geräte. Nachtspeicheröfen zum Beispiel. Ich müßte es eigentlich noch wissen; ich habe sie als Kind bestimmt lange genug studiert. In einem Zimmer saß der Junior mit seiner Briefmarkensammlung, in einem anderen zog sich die große Schwester gerade für eine Verabredung um, im Bad stand Daddy unter der Dusche, und Mutter beugte sich über den Herd in der Küche. Nur daß in Jeremys Objekt keine Menschen vorkamen. Es gab nur eine Ahnung von Menschen – von einem pulsierenden Leben, das plötzlich unterbrochen worden war, Gegenstände, die noch den Stempel ihrer verschwundenen Besitzer trugen. Dunkle Fächer oben, voller Spielsachen, Papierschnipsel, ein Puppenbett aus Plastik lag auf der Seite, als hätte es jemand in einem Anfall von Ausgelassenheit dorthin geschleudert und wäre dann einfach weitergegangen, und dabei hatte er eine Leere hinterlassen, die einem die Tränen in die Augen treiben konnte. Weiter unten Nahrungsmittel, Räder, Kreisel, ein quadratisches Stück von einem abgetretenen grünen Teppichboden. Andere Dinge waren so zerstückelt, daß man sie nicht mehr erkennen konnte. Ich mußte mich vorbeugen und blinzeln, aber schließlich ließ ich es sein, richtete mich wieder auf und schüttelte mir das Haar aus dem Gesicht. »Warum baust du nicht gleich ein Puppenhaus?« sagte ich.

Er schaukelte in seinem Sessel und starrte aus dem Fenster.
»Und wie nennst du es? ›Ode an die Vorstadt‹? ›Hymne für Mary‹?«
Er schaukelte weiter.
»›Lob des guten Lebens‹?«
Ich stellte mich vor seinen Schaukelstuhl, so daß er mich ansehen mußte. »Endlich fange ich an zu verstehen, und dann zeigst du mir *dieses* Objekt«, sagte ich. »Aber *dich* verstehe ich nicht. Niemals. Jeremy? Bin ich denn nicht das gewesen, was du brauchst? Du kannst doch nicht behaupten, daß *sie* es gewesen ist? Oder doch?« Aber auch als ich direkt vor ihm stand, kam es mir so vor, als sähe er mich nicht. Seine Augen waren ausdruckslos wie die Augen der Katze in der Küche. Er sah durch mich hindurch und mußte sich dazu nicht einmal anstrengen. In seinen Mundwinkeln zitterte ein verhaltenes Lächeln. So lächeln nur Verrückte.

Ich brauchte bloß die paar Sachen zu packen, die ich in meinem Rucksack mitgebracht hatte – zwei Jeans und zwei T-Shirts. Die eisblaue Bluse und das glänzend weiße mexikanische Kleid ließ ich zurück, auch den weißen Trenchcoat und den grauen Kittel mit der schimmernden Stickerei um den Halsausschnitt. Ich packte ein bißchen Obst und eine Packung Müsli ein. Ich war völlig ausgehungert. Ich schlüpfte in meine Sandalen und ging hinaus auf die Straße.
Wieso war es so kalt? Alle Blätter waren von den Bäumen gefallen. Der Wind blies mir einfach durchs Hemd, und ich mußte den Rucksack an die Brust drücken, um mich zu wärmen. Ich hatte vorgehabt, ein Stück zu laufen und dann auf einer größeren Straße einen Wagen anzuhalten. Richtung Süden. Ich wollte nicht zwei Blocks weit bis zum nächsten Einkaufszentrum mitgenommen werden. Aber es war so kalt, daß ich dann doch gleich den Daumen rausstreckte und dabei rückwärts an einer Reihe geparkter Autos entlangging. Leute sausten vorüber und sahen zur Seite, als würden sie nicht begreifen, was ich wollte. Dann schaltete die Ampel an der nächsten Kreuzung auf Rot, und die Wagen kamen jetzt langsamer, weil sie weiter vorn halten mußten. Ich sah einen Cadillac mit

getönten Scheiben, eine Dame saß am Steuer, ganz allein. Eine rundliche nette Dame mit Hut. Ich war sicher, daß sie anhalten würde. Ich reckte den Daumen höher, so daß alle Härchen auf meinem Arm in der kalten Luft kribbelten. Ich sah sie durch die Windschutzscheibe direkt an, während sie auf mich zurollte. Bitte, liebe Dame! Ich bin erst achtzehn und ein Mädchen dazu, und hier draußen ist es viel heller und kälter, als ich gedacht habe. Ich wußte nicht, daß der Himmel heute so *weit* sein würde. Wollen Sie mich nicht mitnehmen, bitte? Aber der Wagen rollte vorüber. Dabei war ich mir so sicher gewesen, daß sie anhalten würde. Ich hatte mich umgedreht und wollte schon die Hand nach dem Türgriff ausstrekken. Sie sah mich nicht mal an. Glitt einfach vorbei, ließ mich stehen, mit offenem Mund, zähneklappernd, und mein ganzer Mut war schon fast dahin. Warum konnte sie mich denn nicht einsteigen lassen? Sie hatte soviel Platz! Sie sah so freundlich aus! In ihrem Wagen schien es so warm zu sein! Was hätte es ihr ausgemacht, sich einfach herüberzubeugen, mich anzulächeln und die Tür zu öffnen? Warum ist sie davongefahren, ohne mich mitzunehmen?

9.

Herbst 1971: Jeremy

Zuerst versuchte er eine Frau, die vor einer Nähmaschine saß, aber immer kam die Rundung ihres Rückens falsch heraus, und nach einiger Zeit gab er auf. Dann ein Kind mit einer Katze, aber auf halber Strecke verlor er das Interesse daran. Dann ein Mädchen, das sich einen Zopf flocht. Dieses Mädchen wurde fertig, weil er sich dazu zwang, aber er wußte, daß es nicht gelungen war. Die Linien waren zu verworren, die Winkel stimmten nicht, glatte Flächen gerieten ihm unruhig und unregelmäßig. Immer wieder riß er irgendwelche Stücke herunter und vergaß dann, sie durch andere zu ersetzen, saß statt dessen auf einem Schemel neben dem Objekt und sah zu, wie sich seine Hände irgendwo nutzlos zu schaffen machten, an der Wange herumzupften oder den Stoff seiner Hose in Falten legten. Warum konnte ich nicht Musiker werden, fragte er sich, und spielen, was andere schon geschrieben haben? Warum nicht Schriftsteller, und Wörtern, die ich schon kenne, bloß eine neue Wendung geben? Aber Miss Vinton, die ihm einen Kakao brachte, betrachtete die Mädchenplastik und lächelte: »Aber das ist ja Darcy!« Ob er nur Menschen nachbilde, die er im wirklichen Leben gesehen habe? Nein. Menschen ließen sich nicht auf eine Formel bringen; er schuf neue. Eine imaginäre Familie. Mit einer federleichten Berührung strich er der imaginären Darcy über die Hand. Dann schüttelte er den Kopf. »Entschuldigung«, sagte Miss Vinton. »Ich dachte – hier, ich habe Kakao gebracht. Ich will Sie nicht von der Arbeit abhalten.« Sie ging auf Zehenspitzen hinaus und beschützte seine Konzentration. Sie sah von ihm nur das nahtlose Äußere – Bildhauer bei der Arbeit. Sie ahnte nichts von den Rissen in seinem Inneren, den abschweifenden Gedanken, den Schneisen aus Erinnerungen, den müßigen Stunden, den Tagen, die er damit zubrachte, in alten Illustrierten zu blättern oder Kreuzknoten an einem Stück roter Schnur zu üben oder leise vor sich hinsummend mit den Fingern auf die Fensterbank zu trommeln und nach den Leuten unten auf der Straße zu sehen. Den Morgen über im Halbschlaf auf der Couch, dann fünf Minuten, in denen er etwas an der Schräge der Augen seiner Plastik veränderte, den Nachmittag im Spiel mit einem Röhrchen voll Weihnachtsglimmer.

Er hatte gehört, aus Leiden erwachse große Kunst, aber in seinem Fall brachte es nur trostlose, unbeholfene Klötze hervor, die weit hinter seinem Können zurückblieben.

Im Schlaf arbeitete er so schwer, daß er vor lauter Erschöpfung aufwachte. Er träumte, er würde sich Stücke aus Mondlicht zurechtschneiden und Streifen aus regenglitzernder Luft und lange Windfäden. Sie richtig anzuordnen war so mühsam, daß er spürte, wie sich seine Hirnwindungen verknoteten. Es war, als hätte er es auf eine ganz bestimmte Lösung abgesehen, wie bei einem mathematischen Problem. »Ist es das? Oder das?« Keine Antwort. Nichts klickte in seinem Kopf, nichts zeigte an, daß er sie endlich gefunden hatte. Zerschlagen und naßgeschwitzt wachte er auf und hoffte, der Morgen sei da, aber er war noch fern. Immer fand er sich in undurchdringlicher Finsternis wieder, hinter heruntergezogenen Rollos und zugezogenen Vorhängen, eingewickelt in graue Bettdecken. Sein Leben, so überlegte er, hatte die Form eines Auges – von den schmalen, spitzen Augenwinkeln der Kindheit weiteten sich die Linien in den mittleren Jahren, umschlossen auch Mary und die Kinder, und liefen nun in diesem einsamen Zimmer wieder zusammen. Die Stille summte, und manchmal sprangen Stimmen aus ihr hervor und erschreckten ihn. Er wußte, sie waren nicht wirklich. Sie waren zufällig, wie Zellen, die sich aus dem Zusammenstoß und der Verbindung von Molekülen bildeten. Er hörte seine Schwester Laura die Handarbeit einer Freundin loben und wie Pippi zu einer Käferdame sprach und wie ein längst vergessener Medizinstudent um eine neue Lampe für seinen Schreibtisch bat – alle diese getrennten Sphären verwoben sich in seinem Kopf. Mary fragte, ob er einen neuen Schlafanzug brauche. Hatte ihre Stimme wirklich einmal so jung geklungen? Ja, als sie sich kennenlernten, muß sie kaum zweiundzwanzig gewesen sein. Darüber hatte er noch nie wirklich nachgedacht. Für ihn war sie immer ruhig und gelassen gewesen, alterslos und klassisch. Erst jetzt fielen ihm ihr aufblitzendes Lachen und ihre lauten Schritte auf der Treppe wieder ein und die drolligen Papierpüppchen mit den Zöpfen, die sie immer für Darcy gemacht hatte. Wie schnell sie in Tränen ausbrach, wie sie plötzlich zornig auf die Kinder werden konnte, und wie rasch dieser Zorn in kurzen, heftigen Umarmungen verflog, die ihn an das Wiedersehen nach einer Reise erinnerten. Wieso hatte er das alles nicht mehr gesehen? Er hatte sie wegen der falschen Vorzüge geliebt, die am wenigsten wichtig waren und die sie vielleicht nicht einmal wirklich besaß. Er hatte die übersehen, auf die es ankam. »Hast du eigentlich noch genug Socken?« fragte sie ihn. Hinter ihren Worten hörte er Funkenprasseln und Wellengeplätscher, vielleicht sogar Lachen, das der Absurdität des Themas galt, über das sie sich unterhielten.

Im Dunkeln tastete sich die Stimme seiner Mutter, dünner als ein Faden, durch ein Gewirr anderer Stimmen. »Oh, Jeremy, du warst immer so ... Wirklich und wahrhaftig, ich kann nicht ...« Das flüsternde Seufzen, mit dem sie sprach, bedeutete, daß er irgend etwas falsch gemacht hatte – ein Seufzer nicht des Zorns, sondern der Enttäuschung. Natürlich. Während er hier auf dem Rücken lag und zusah, wie oben an der Decke seine Fehler an ihm vorüberzogen, schien es ihm, als habe er alles *falsch* gemacht. »Warum, Jeremy?« sagte sie immer (wenn er seine Milch verschüttet oder seine Kleider zerknittert oder sein Bett nicht gemacht hatte). »Warum tust du mir das an? Ich war immer so lieb zu dir, wie ich nur konnte. Aber jetzt sehe ich, daß Liebsein nicht genügt.« Ihm kam der Gedanke, daß ihr wohl gar nicht klar gewesen war, wie recht sie hatte. Liebsein genügte nicht. Die Fehler, die er sich durch den Kopf gehen ließ, waren keine böswilligen Untaten, sondern Versehen aus Planlosigkeit, Untätigkeit, einer dröhnenden Stille in seinem Inneren. Und wenn er am Morgen aufstand (nachdem er die Nacht über ausgeharrt und zugesehen hatte, wie sich die Dunkelheit schmerzlich langsam Schicht um Schicht hob), spürte er ein verzweifeltes Verlangen, alles, was er getan hatte, wiedergutzumachen, aber die einzigen Wiedergutmachungen, die ihm einfielen, erwuchsen wiederum aus Planlosigkeit und Untätigkeit und Stille. Er empfand eine undeutliche Sehnsucht danach, irgendeine metaphysische Aufgabe zu übernehmen, eine Pilgerfahrt zu machen. In den Büchern führte eine Pilgerfahrt meist durch eine Märchenlandschaft mit grünen Bergkuppen, namenlosen Flüssen und unwegsamen Wäldern. In Amerika kannte er keine solche Landschaft. Andere Pilger in Leder und Sacktuch würden an seiner Seite wandeln, aber nur so lange, bis sie ihre Geschichten erzählt hatten – klare Erzählungen mit einem Anfang, einem Mittelstück und einem Ende und einer moralischen Botschaft, und nicht überlastet von Einzelheiten –, aber wo sollte er Leute dieser Art finden? Und was er in seinem Rucksack alles mitnehmen mußte! Sein Handwerkszeug: zwei Tuben Epoxy-Kleber, Lack in Sprühdosen, den Elektroschleifer, Einweg-Pinsel. Gab es denn nichts Großformatiges mehr auf der Welt? Gab es nichts, was ihn der Stille in seinem Innern entreißen konnte? Er tastete nach seinen Kleidern und suchte den Weg nach unten. Er machte sich seinen Frühstückstoast und aß ihn geistesabwesend, jeden Bissen zwanzigmal kauend, mit versonnenem Blick den Toaster betrachtend, während er versuchte, sich eine heldenhafte Unternehmung auszudenken, nur eine einzige, die seinem Leben ein Ziel geben würde.

An einem Samstagmorgen Anfang November betrat er das Zimmer der älteren Kinder im zweiten Stock. Er trotzte dem Tumult, der den Raum nach so langer Zeit noch immer mit Lärm und Getriebe zu erfüllen schien – Zirkusbilder und lachende Puppen und Plastikpferde und Kaffeebüchsen, aus denen zerbrochene Buntstifte hervorragten –, und fand Abbies rosa Nylonrucksack ganz unten im Schrank. In der Küche schmierte er zwei Käsebrote, machte sich eine Thermoskanne Kaffee und packte alles in den Rucksack, dazu noch einen Apfel, eine Taschenlampe und das ganze Mietgeld aus dem Kekstopf. Vorne im Telefonbuch fand er eine Karte mit den städtischen Buslinien, und nachdem er sie einen Augenblick studiert hatte, riß er die ganze Seite heraus, faltete sie mehrmals und steckte sie in seine Hemdtasche. Dann war er bereit zu gehen.

Draußen schlug ihm eine Kühle entgegen, auf die er nicht gefaßt war. Er trug leichte Kleidung und eine Windjacke aus Baumwolle, außerdem seine Golfmütze aus grauem Tweed. Um sich zu wärmen, hielt er die Arme fest vor sich verschränkt und ging mit kurzen, raschen Schritten voran, während der Rucksack hinter ihm raschelnd auf- und abhüpfte. Er marschierte mehrere Blocks weit, und an den Straßenkreuzungen zögerte er fast nicht. Ein sehr aufmerksamer Beobachter hätte vielleicht bemerkt, wie er schluckte oder die Schultern hochzog oder ein paarmal zu oft nach rechts und links sah, wenn eine Ampel auf Grün sprang, aber sonst unterschied er sich überhaupt nicht von allen anderen. An einer Ecke blieb er stehen und spähte einen Augenblick lang zu einem Straßenschild hoch, dann machte er einen Schwenk und ging weiter. Er war jetzt mitten im dichten Menschengewühl. Frauen mit Kleiderschachteln und Einkaufstüten hasteten vorüber und blickten zielbewußt drein. Ein Buggy, in dem zwei Kinder saßen, rollte Jeremy über den linken Fuß. Neben dem Eingang des Warenhauses standen Teenager herum, schubsten sich an, ließen ihre Kaugummiblasen platzen, kämmten sich das Haar und setzten zu Tanzschritten an, die sie nie zu Ende führten. »Entschuldigen Sie«, sagte Jeremy immer wieder. »Oh, es tut mir leid. Entschuldigen Sie bitte.« Sie hörten gar nicht hin. Die Arme eng an den Körper gelegt, schlängelte er sich zwischen ihnen hindurch und versuchte jede Berührung zu vermeiden. Drinnen roch es nach Holzfußböden und Popcorn. Er fand, daß sich in den Gängen viel zu viele Menschen drängelten. »Entschuldigen Sie«, sagte er, aber niemand achtete darauf, als wäre er durchsichtig. Auf Umwegen mußte er sich Zentimeter für Zentimeter zur Spielwarenabteilung durchkämpfen, und als er schließlich angekommen war, stand dort ein Mädchen in einem zerknitterten Kittel, das sich hinter der Theke die Fingernägel feilte. »Entschuldigen Sie, ich brauche sechs Spielsachen«, sagte er zu ihr. Sie blickte auf, ohne mit dem Feilen innezuhalten. »Ich brauche Spielsachen, die ich meinen Kindern mitbringen kann.«

»Nur zu!« sagte sie.

»Haben Sie sechs Spielsachen, die ich ihnen mitbringen kann?«

Sie deutete mit der Nagelfeile auf die Spielsachen, die nicht nur einen, sondern mehrere Tische füllten und aus viel zuviel verschiedenen Farben zusammengesetzt waren. Vor seinen Augen begannen sie zu verschwimmen. »Also, ich – hätten Sie vielleicht einen Vorschlag?« fragte er sie.

»Sehen Sie sich einfach um, das schlage *ich* Ihnen vor.« Gummi, Papier, bemaltes Blech, Plastik in phosphoreszierenden Rosa- und Grüntönen. Alles, was er sah, schien ihn hungrig zu machen. Er fühlte sich leer und schwach. »Vielleicht –«, sagte er. Seine Hand schwebte über einem kleinen aufziehbaren Blechdreirad, auf dem ein Blechjunge fuhr, aber als er zu der Verkäuferin aufblickte, da feilte sie nur an ihren Nägeln, sah an ihm vorbei und weigerte sich, auch nur den kleinsten ermutigenden Wink zu geben.

Er seufzte und wanderte weiter, an den Spielzeugauslagen entlang, ließ sie schließlich hinter sich und geriet in andere Abteilungen, blieb an einem Regal mit Malbüchern stehen und dann noch bei Kindermoden, kaufte aber immer noch nichts. Auf einem Frotteelätzchen war ein Baby aufgedruckt, das ihn an Rachel erinnerte, aber darunter stand »Ich bin Daddys kleiner Engel«, und keines seiner Kinder hatte jemals Daddy zu ihm gesagt. Er fragte sich, warum nicht. Er fragte sich, ob es jetzt zu spät für sie sei, noch damit anzufangen. Aber das Lätzchen kaufte er nicht. Er stellte sich vor, was für einen seltsamen, nachdenklichen Blick Mary ihm zuwerfen würde, wenn sie die Aufschrift las, und bei dem Gedanken an diesen Blick kam er sich albern vor.

In der Schreibwarenabteilung faszinierte ihn das Partyzubehör, die kleinen Geschenke und Scherzartikel. Sie hingen an Haken, in kleinen Zellophanpäckchen – Bündel von winzigen Papierschirmen, die man wirklich aufspannen konnte, Plastikwiegen, nicht größer als Walnußschalen, Blechtrompeten mit Quasten daran und winzige Kartenspiele, so groß wie sein Daumennagel. Mit offenem Mund beugte er sich über sie und befühlte ehrfürchtig erst ein Päckchen, dann ein zweites. »Kann ich Ihnen helfen?« fragte eine Frau, aber er schüttelte den Kopf. Er riß sich von den Partyartikeln los und dachte noch einmal über Sachen für die Kinder nach – eine Unmenge von Luftballons in einer Plastiktüte, gestreifte Papiermützen, Schreibpapier mit Bildern von kleinen Mädchen in der linken oberen Ecke. Schreibpapier? Er war sich nicht sicher, welche von seinen Kindern lesen und schreiben konnten. Er ging noch einmal zu den Partyartikeln zurück und fand weiter unten ein Fach, in dem lauter weiße kugelrunde Päckchen lagen, die mit einem blauen Band umwickelt waren. »Entschuldigen Sie«, sagte er zu der Frau. »Was ist denn in denen da drin?«

»In denen? Überraschungen!«

»Ich meine – könnten Sie mir sagen, was für Überraschungen?«

»Also wenn ich das wüßte«, sagte sie, »dann wären es doch keine Überraschungen mehr, oder?«

»Nein, wohl nicht.«

Sie wurden in Packungen zu je drei verkauft. Er konnte zwei Packungen kaufen, dann ging es genau auf. Er dachte, es würde aufregend sein, solche geheimnisvollen Geschenke dabeizuhaben. Wer konnte wissen, was sich darin verbarg? Vielleicht füllten sie zuweilen eines der Päckchen mit einem wirklichen Schatz, mit etwas, das viel mehr wert war als der Preis, den es kostete. Sobald er sich das überlegt hatte, wurde die Auswahl schwierig. Er wollte keinen Fehler machen. Er nahm eine Packung in die Hand und legte sie wieder zurück, griff nach einer anderen, fuhr mit der Hand tief hinein, um die unterste zu finden. Von Zeit zu Zeit sah er zu der Frau hinüber und setzte vorsichtig ein freundliches Lächeln auf, aber sie erwiderte sein Lächeln nie. Trotzdem hatte er das Gefühl, die richtige Entscheidung zu treffen. Als er bezahlt hatte, nahm er seinen Rucksack ab, um die Überraschungskugeln einzupacken, und als sie sich glatt zwischen seine Käsebrote schieben ließen, kam er sich sehr tüchtig und tatkräftig vor. Er hatte gut gewählt, mit unbeirrbarem, treffsicherem Instinkt. Als er das Kaufhaus verließ, lächelte er immer noch.

Jetzt zog er die Karte mit den Buslinien aus der Tasche und prüfte sie zum letzten Mal, obwohl er sich schon eingeprägt hatte, wohin er zu gehen hatte. Es kam darauf an, genau die Straßenecke zu finden, an der sein Bus hielt. Wenn er es vergaß oder irgend etwas falsch deutete, konnte er sich auf Tage hinaus verirren. Womöglich würde er nie wieder nach Hause finden. Vielleicht hätte er dies alles gar nicht versuchen sollen. Aber die Überraschungskugeln raschelten so aufmunternd in seinem Rucksack, und auf der Karte war die Bushaltestelle ganz deutlich zu erkennen, und er wußte, wenn er jetzt nach Hause zurückginge, würde er sich für immer verachten und für den Rest seines Lebens an der bitteren Erkenntnis zu beißen haben, daß er keinen Funken Mut in sich hatte. Er machte sich auf den Weg zur Bushaltestelle, dabei ging er jetzt langsamer, vor sich die Karte, die er gedankenverloren immer wieder zusammen- und auseinanderfaltete.

An der Ecke, zu der er wollte, warteten schon vier Leute, was ermutigend war. Sie standen unter einem blauen Schild, auf dem die Nummer seines Busses zu lesen war. Er verglich sie mit der Karte, überlegte einen Moment, und verglich sie noch einmal. Alles in Ordnung. Er lächelte den anderen Leuten zu. Sie sahen an ihm vorbei, durch ihn hindurch, über ihn hinweg. Eine Frau mit Gummistrümpfen, ein halbwüchsiger Junge, ein Soldat und ein kleiner Junge, der die Hände in die Hosentaschen gesteckt hatte. Aus irgendeinem Grund schienen sie alle den gleichen rauhen, trockenen rosa Teint zu haben, und alle hatten die gleichen braunen Haarsträhnen, obwohl sie offensichtlich nicht miteinander verwandt waren und jeder für sich stand. Ein Frösteln überkam Jeremy bei ihrem Anblick. Er dachte an seine Plastiken, die oft Leute wie diese darstellten – Allerweltsrepräsentanten dessen, was Brian die einfache Menschheit nannte, aber wenn Jeremy einmal ausging, mußte er immer wieder feststellen, daß die Menschheit in der Wirklichkeit weitaus komplizierter und schwerer faßbar und bedrückender war als in seinen Objekten. Die alten Damen waren unverschämt und wehleidig, den Männern mangelte es irgendwie an Festigkeit, und die Kinder hatten etwas bedrohlich Gewalttätiges an sich. Während der übrigen Wartezeit kehrte Jeremy ihnen die Seite zu – er sah sie nicht direkt an, kehrte sich aber auch nicht vollends ab, aus Angst, er könnte Anstoß erregen –, und wie sie heftete er seinen Blick auf einen leeren Fleck in der Ferne.

Als der Bus schließlich kam, wirkte er vertraut, fast häuslich. Jeremy kletterte in einen Geruch, den er sich, ohne es zu wissen, dreißig Jahre lang gemerkt hatte, seit der Zeit, als er zur Kunstakademie oder mit seiner Mutter zum Kleiderkaufen gefahren war. Die

Luft war warm und ein wenig stickig. Er mußte den Fahrer zwar fragen, wieviel ein Fahrschein heutzutage kostete, aber er erkannte, daß sich ihm die Sitze noch immer in dem gleichen unnatürlichen Winkel in den Rücken stemmten wie früher und daß sich die Türen immer noch auf- und zufalteten und daß der Nacken des Fahrers noch immer Freundlichkeit und Zuverlässigkeit ausstrahlte. Jeremy entspannte sich und sah aus dem Fenster. Er hatte Abbies Rucksack jetzt auf den Schoß genommen, um bequemer sitzen zu können, und während der Fahrt streichelte er immer wieder das glatte rosa Nylon, so wie er vor langer Zeit, als Kind, die Satinkante seiner Decke gestreichelt hatte, während er darauf wartete, daß ihn der Schlaf abholte.

Zwei Damen hinter ihm erörterten irgendwessen Alkoholprobleme. Der Soldat pfiff vor sich hin. Ein Ehepaar stritt sich über eine Frau namens LaRue, und ganz vorn unterhielt sich eine kleine schwarze Dame mit dem Busfahrer. »Den hätten Sie sehen sollen, als die es ihm gesagt haben«, erzählte sie. »Sprang hoch und schrie Wo ist meine Pistole? Wo ist meine Pistole? Wollte sich totschießen. Und später wollte er sich einfach ins Grab stürzen. An den Ellbogen mußten sie ihn festhalten.« – »Tatsächlich?« sagte der Fahrer. »Schätze, er fühlte sich ihr mächtig verbunden.« Jeremy nickte immer wieder, tief beeindruckt von der seltsamen Erzählung und von der gleichmütigen Art, in der der Fahrer sie aufnahm.

Die Landschaft draußen vor dem Fenster war jetzt offener und öder, und die Straßen waren weniger belebt. Er war sich nicht sicher, ob er schon einmal hier gewesen war. Die krüppeligen Bäume weit hinten am Horizont sahen trostlos aus, aber in seiner jetzigen Stimmung, da er so stolz auf seinen Ausflug war und so hoffnungsfroh bei dem Gedanken, Mary wiederzusehen, bestärkte sogar diese Trostlosigkeit das Glücksgefühl, das in ihm anschwoll und immer weiter wuchs. Er dachte an Dinge, die ihm seit Jahren nicht mehr eingefallen waren, und manche davon waren traurig. Er dachte an seine Großmutter Amory, die er so sehr geliebt hatte, und an das Bild in dem vergoldeten Rahmen, das in ihrem Salon hing. Eine Menschenmenge in einem verblaßten Wald. »Siehst du den Wald?« fragte seine Großmutter. »Jedes einzelne Stück ist echt. Er ist aus lauter getrockneten Pflanzen gemacht, die Kiefern sind getrocknete Farne, und die Blumen sind getrocknete Veilchen.« – »Und was ist mit den Menschen?« hatte Jeremy gedankenlos gefragt. »Sind sie auch getrocknet?« Er dachte an Mrs. Jarrett, Mutters alte Mieterin. Er hatte nie richtig getrauert, als Mrs. Jarrett gestorben war! Kummer durchfuhr ihn wie ein greller Blitz. Wie elegant sie gewesen war mit ihren Federhüten und ihren weißen Handschuhen! Wie sehr mußte sie sich angestrengt haben, um ihr Äußeres zu wahren! Er blickte sich im Bus um, nach den Leuten, die einander zunickten und miteinander einverstanden waren, und dem Soldaten, der ein Liedchen vor sich hin pfiff. Dann hinunter auf seine Hände, die auf Abbies Rucksack lagen. Sogar seine Hände kamen ihm liebenswert und traurig vor und waren ihm Anlaß zur Freude.

Hier war also der schmale zweispurige Weg zum Bootshafen, den der Fahrer ihm so geduldig gezeigt hatte. Wochenendhäuschen und Wohnwagen sprenkelten das struppige Gras an der Seite. Jeremy stapfte neben der Fischgrätenspur eines Lastwagens oder eines Traktors her und hielt den Kopf gesenkt, denn ein kalter Wind blies ihm entgegen. Der Boden war sehr tief, als hätte es kürzlich geregnet, und bald waren seine Schuhe und seine Hosenaufschläge feucht. Doch diese Feuchtigkeit war ihm angenehm – zwei kühle Hände, die seine Fußsohlen walkten. Hinter jeder Wegbiegung blickte er hoch, ob von dem Bootshafen schon etwas zu sehen wäre. Er hatte keine Ahnung, wie weit es bis dort war. Aber wenn er nichts entdeckte, machte es ihm nichts aus und er marschierte weiter. Es hatte sich ein Rhythmus eingestellt, ein beharrliches, schwingendes Ausgreifen der Beine, das ihn keine Anstrengung zu kosten schien. Er hatte das Gefühl, er könnte bis zum Abend so weitergehen, ohne müde zu werden.
Da tauchte plötzlich eine Ansammlung grauer Hütten vor ihm auf und dahinter eine Wasserfläche – still und unheimlich. Es war ihm, als hätte er aus dem Augenwinkel noch eben mitbekommen, wie sie an Ort und Stelle rückten. Über dem größten Gebäude, das unter Reklameschildern für alle möglichen Getränke fast verschwand,

schien ein Blechkamin an einem Rauchfaden herabzuhängen. Mehrere ziemlich heruntergekommene Autos standen herum und neben einem Schuppen ein rostiger Pritschenwagen. An den Stegen und draußen auf dem Wasser lagen Boote, aber nirgendwo war ein Mensch zu sehen. So langsam wie möglich ging er auf das größte Gebäude zu. Dennoch hatte er das Gefühl, mehr Lärm und Unruhe zu verbreiten, als an diesem Ort gestattet war.

»Al's Bedarfsartikel« stand auf dem Schild draußen, zwischen zwei Coca-Cola-Kreisen an beiden Enden, die wie riesige Heftzwecken aussahen. Jeremy stieg die hohl klingenden Holzstufen hinauf und trat ein. Neben einem Kanonenofen saß ein Mann und las eine Bildzeitung. Um ihn herum standen lauter Vitrinen mit seltsamen Gegenständen aus Messing, Holz und Leder. Sehr weiße Schnurknäuel hingen von den Deckenbalken herunter. Im Zwielicht weiter hinten sah er Konservendosen in Regalen, und er konnte Käse riechen. »Entschuldigen Sie«, sagte er. Der Mann faltete seine Zeitung sehr sorgfältig zusammen und fuhr noch einmal mit dem Daumennagel am Knick entlang, bevor er aufblickte. »Wissen Sie vielleicht, wo hier das Haus von Brian O'Donnell ist?« fragte Jeremy.

»O'Donnell. Gibt's hier nicht.«

»Aber – also, es muß ihn geben«, sagte Jeremy.

»Bestimmt nicht.«

»Ist denn hier nicht der Quamikut-Bootshafen?«

»Doch, aber den gibt's hier nicht.«

»Er hat ein Haus hier. Er heißt O'Donnell, ein Mann mit einem Bart.«

»Nie gesehen, und ich kenne hier in der Gegend jeden, Mister.«

»Aber bestimmt haben Sie – und jetzt ist eine Frau da, mit sechs Kindern, sie wohnt in seinem Haus.«

»Ach! Sie meinen Mary Pauling.«

»Ja, genau die.«

»Sie ist hier, aber von diesem O'Donnell habe ich noch nie was gehört.«

»Hm, ja, also können Sie mir sagen, wie ich sie finde?«

»Klar. Sie gehen einfach die Straße da runter, auf der Sie gekommen sind. Am Hafen vorbei, ganz zuletzt finden Sie ihr Haus. Sie und die Kinder müßten jetzt eigentlich da sein, es ist ja Samstag.«

»Verstehe«, sagte Jeremy. »Also, vielen Dank.«

»Sind Sie ein Freund von ihr?«

»Freund?«

»Ich will nicht, daß Sie hingehen, wenn Sie da nicht erwünscht sind.«

»Nein, bitte, das ist schon in Ordnung«, sagte Jeremy.

Er mußte eine lange, wortlose Prüfung über sich ergehen lassen. Der Mann lehnte sich zurück in seinen Sessel, sah ihn von oben bis unten an und kaute dabei auf seiner Unterlippe. Schließlich sagte er: »Gut, okay, dann gehen Sie mal los.«

Jeremy nahm seinen Rucksack höher auf die Schulter und ging hinaus. Seine Zuversicht war ein wenig geschrumpft. Das Haus, in dem Mary wohnte, war schon fest mit ihrem Namen verbunden, Leute, die Jeremy noch nie zu Gesicht bekommen hatte, kannten ihren Tageslauf, und wildfremde Menschen kümmerten sich um ihre Sicherheit. Und das alles in so kurzer Zeit, einer Zeitspanne, die ihm für einen kleinen Besuch vielleicht gerade ausreichend erschienen wäre. Worin bestand ihr Geheimnis?

Er setzte seinen Weg fort, an den Hütten vorbei, am Wasser entlang, über einen geschotterten Parkplatz. Er hielt Ausschau nach einem Ferienhaus, vielleicht einem von diesen mit Schindeln gedeckten großen A's, die er in den Anzeigen im Urlaubsteil der *Baltimore Sun* oft abgebildet gesehen hatte. Statt dessen stieß er auf eine wacklige Hütte mit Betonsteinen vor der Tür, die als Eingangsstufen dienten. Hier war es bestimmt nicht. Er ging um die Hütte herum und hoffte, dahinter etwas Passenderes zu entdecken. Auf der anderen Seite entdeckte er, unter einem Fenster auf einem hölzernen Getränkekasten stehend, Mary. Sie summte ein Lied vor sich hin und rollte dabei eine Zeitungsseite zusammen. Der Wind bauschte ihr den Rock um die Knie, und trotz der Kälte trug sie keinen Pullover. Während er zusah, schob sie die Papierröhre in den Spalt unter dem Fensterrahmen, griff nach einer Rolle Klebeband, die neben ihren Füßen lag, und befestigte die Röhre damit. Dann bückte sie sich und nahm ein neues Blatt von einem kleinen Zeitungsstoß, den sie mit einem Fuß festhielt. Als sie sich wieder aufrichtete, erblickte sie Jeremy. Sie hörte auf zu summen. Es kam ihm vor, als würde sie erbleichen, aber ihre Stimme blieb vollkommen ruhig. »Hallo, Jeremy«, sagte sie.

»Hallo.«

Er verlagerte sein Gewicht auf den anderen Fuß.

»Na so was!« sagte sie schließlich. »Kommst du uns besuchen?«

»Ja, ich – nein. Ich dachte –«

Vor lauter Verlegenheit war ihm ganz heiß. Er zog ein Taschentuch hervor, um sich die Stirn abzuwischen, und währenddessen stieg sie von dem Getränkekasten herunter und kam auf ihn zu. »Jeremy?« sagte sie. »Geht es dir gut?«

»Ja, bestimmt.«

»Wie bist du hergekommen?«

»Mit dem Bus, und dann gelaufen«, sagte er.

»Gelaufen! Du armer Kerl!«

Sie legte ihm eine Hand auf den Arm. »Wirklich, es war gar kein Problem«, sagte er. »Ich bin überhaupt nicht müde.« Dann tat es ihm leid, daß er dies gesagt hatte, denn sie ließ ihn los und trat einen Schritt zurück. Er hatte das Gefühl, eine Gelegenheit verpaßt zu haben, die er zu spät erkannt hatte. Dort, wo ihre Hand gelegen hatte, schien sein Arm jetzt empfindlicher zu sein. Er konzentrierte sich darauf, versuchte, in Gedanken den Druck ihrer Finger von neuem zu erzeugen, und wünschte sich, sein Arm würde magnetische Kraft besitzen. Jetzt sah er von ihr nur den Rücken, die wippenden Haarsträhnen, die aus ihrem Knoten herausfielen, und ihren Rock, der sich im Wind bauschte und wieder straffte. »Du willst bestimmt die Kinder sehen, nehme ich an«, rief sie ihm zu.

»Ja, schon, ich –«

Sie ging voraus, zur Vorderseite des Hauses. Er konnte immer noch nicht glauben, daß sie in einer solchen Behausung wohnte. Die Betonsteine knirschten unter seinen Füßen, der Türknauf war eine Kugel aus reinem Rost, und eine durchgelaufene Stelle im Linoleumfußboden hätte ihn beim Eintreten beinahe zu Fall gebracht. Zuerst sah er nur Vorhänge aus lauter Windeln, die kreuz und quer durch das ganze Zimmer hingen. »Tut mir leid«, sagte Mary, »wir hatten zuletzt ein paar Regentage, da mußte ich sie drinnen aufhängen.« Sie ging vor ihm her und schob dabei die Windeln auseinander. Er kam sich vor wie ein Blinder. Es war einfach nicht festzustellen, wie dieses Zimmer eigentlich aussah. Er roch Waschmittel und abgestandene, kalte Luft. Er hörte die Stimmen der Kinder, konnte aber nichts von ihnen sehen. »Herzsieben«, sagte eine. »Acht.« – »Neun.« – »Bube? Nimmt jemand den Haufen?« – »Kinder, Jeremy ist hier«, rief Mary. Dann durchstießen sie die letzte Windelbarriere und standen in der Tür zu einem winzigen Schlafzimmer. Die vier ältesten Mädchen spielten auf einem durchhängenden Doppelbett Karten. Edward saß daneben und wühlte in einem eigenen Kartenspiel, und drüben am Fenster stand Rachel – war das wirklich Rachel? stehend? –, hielt sich an der Fensterbank fest, wandte sich ihm lächelnd zu, in einem fremdartigen rosa Spielanzug, und zeigte mehrere Zähne, die er noch nie gesehen hatte. »Jeremy!« rief Darcy. Sie drängten vom Bett herunter, um ihn zu umarmen. Er spürte ein Wirrwarr fuchtelnder Arme um seinen Oberkörper, und zwei weitere Arme um seine Knie. Wohin er auch griff, überall stieß er auf Haarschöpfe, die so weich waren, als hätten seine Finger sie erfunden. »Was machst *du* denn hier?« fragten sie ihn. »Bleibst du jetzt bei uns?« – »Hast du uns vermißt?« Er war ganz überrascht, daß sie sich so freuten, ihn zu sehen. Sie hätten ihn ja auch vergessen haben oder seine Abwesenheit einfach nicht bemerken können. »Also so was«, sagte er immer wieder. »Meine Güte. Also so was!«

»Wieso hast du meinen Rucksack dabei?« fragte Abbie.

»Oh, ich hoffe, du hast nichts dagegen, daß ich ihn mir ausgeliehen habe, für meine Sachen.«

»Nein, ist schon okay.«

»Und ich glaube, es sind auch ein paar Geschenke drin«, sagte er.

»Wollen doch mal sehen.« Er wand sich aus dem Rucksack heraus und stellte ihn auf das Bett. Zwischen den beiden Käsebroten zog er die Überraschungskugeln hervor und brauchte dann ewig, um die Plastikverpackung zu öffnen. Am Ende mußte er mit den Zähnen ein Loch hineinbeißen, um sie aufzureißen. Hastig verteilte er die Kugeln, für jedes Kind eine, sogar Rachel bekam eine. »Macht sie auf«, sagte er. »Los. Es sind Überraschungen, keiner weiß, was drin ist.« Er war so gespannt, ob die Geschenke auch gut waren, daß ihn die vielen fummelnden Kinderfinger richtig nervös machten. Er nahm eins der Brote aus dem Rucksack, packte es aus und biß gierig hinein, und beharrlich kauend sah er zu, wie sich die Enden der weißen Kreppapierstreifen, die sie abwickelten, dem Boden näherten.

Als erste fand Pippi etwas. Vor ihren Füßen machte es Ping. »Oh!« sagte sie, bückte sich und hielt eine flache Blechpfeife von der Größe einer Briefmarke in der Hand. Sie drehte sie ein paarmal hin und her. »Das ist eine Pfeife«, sagte sie schließlich. Sie blies darauf, aber der Ton, den die Pfeife von sich gab, war ein klangloses Gefiepe. Sie drehte sie noch einmal in der Hand. »Mach dir nichts draus«, sagte Jeremy, »pack nur weiter aus. Es kommt bestimmt noch mehr.« Er nahm noch einen Bissen von seinem Brot. Er sah zu Darcy hinüber, die ihre Überraschung gerade gefunden hatte – ebenfalls eine Pfeife. Alle hatten Pfeifen. Manche hatten eine, andere zwei oder drei. Der einzige Unterschied bestand in der Farbe. Die Kugelform der Päckchen rührte von einem Mittelstück aus Karton. Diese Mittelstücke fielen nacheinander zu Boden und rollten mit einem dumpfen Geklapper herum. Um die Füße der Kinder häuften sich Kreppapierbänder wie Spaghettiberge. Eines nach dem anderen hoben sie die Pfeifen an den Mund, bliesen darauf, ließen sie wieder sinken und sahen Jeremy an. Sie schienen eher verdutzt als enttäuscht. Sie machten höfliche, aufmerksame Gesichter, als erwarteten sie eine Erklärung. Als Rachel anfing zu kreischen und ihre Kugel hochhielt, die noch nicht geöffnet war, aber feucht, wo sie an ihr gelutscht hatte, sagte Mary: »Komm, Rachel, ich helfe dir.« Im gleichen Augenblick wandten sich alle Gesichter Rachel zu, als glaubten sie, Mary würde das liefern, worauf sie warteten. Während Mary die Kugel auswickelte, streckte Rachel beide Hände aus und haschte nach den Papierenden. Ganz zuletzt fielen zwei Pfeifen auf den Boden – eine gelbe und eine blaue. Sie jubelte und bückte sich, um sie aufzuheben, aber Mary war schneller. »Nein, Liebling«, sagte sie. »Nachher verschluckst du die noch.« Über ihre Schulter hinweg rief sie: »Darcy, such doch mal etwas, das wir ihr geben können. Gib ihr meinen Schlüsselbund, ja?« Aber die Schlüssel waren nichts. Rachel schleuderte sie von sich, fing an zu schreien und wollte die Pfeifen, die ihre Mutter in der Hand hielt. »Rachel, die können dir *weh*tun!« sagte Mary zu ihr, und dann zu Jeremy: »Ich hebe sie einfach für später auf, ja?«

»Ja, sicher«, sagte er.

»Wenn sie alt genug ist, schenke ich sie ihr. Sie wird sich bestimmt sehr darüber freuen.«

Ach, laß doch, wollte er ihr sagen, *Takt* ist das letzte, was ich brauche. Ich weiß, daß sie sich aus den Pfeifen nichts machen. Und ich weiß auch, daß das *so* wichtig alles gar nicht ist. Ich bin ja schließlich kein Kind. Aber es gab keine Möglichkeit, das laut auszusprechen, ohne noch mehr Takt heraufzubeschwören – Beteuerungen, Proteste. »*Ich* finde diese Geschenke wunderbar«, sagte Mary. »Nicht wahr, Kinder? War das nicht nett von Jeremy, daß er sie mitgebracht hat?«

Zu rasch erhob sich auf dieses Stichwort Gemurmel. »Danke, Jeremy.« – »Mann, die sind wirklich schön, Jeremy.«

»Na ja«, sagte er.

»Du weißt ja, wie gern Kinder Sachen haben, mit denen man Krach machen kann«, sagte Mary zu ihm.

Er sah sie hilflos an, ihre freundlichen, beschützenden, verständnisvollen Augen, und weil er nicht wußte, was er sagen sollte, vertilgte er sein Sandwich mit einem einzigen Biß und wischte sich dann die Krümel vom Hemd. Das Kauen lieferte ihm einen guten Grund, nichts zu sagen. Angestrengt kauend, starrte er vor sich hin und wußte, daß sieben Gesichter in seine Richtung blickten und nicht lockerließen.

»Wie geht es mit deiner Arbeit?« fragte Mary.

Er kaute immer noch. Irgendwie wurde er nicht fertig damit. Es war, als hätten sich Brot und Käse verknetet, wie nasses Zeitungspapier.

»Jeremy?« sagte sie. »Arbeitest du denn gar nicht mehr?«

Ihre Miene war so *besorgt*. Sie ging so behutsam mit ihm um. Er schluckte heftig und räusperte sich. »Selbstverständlich arbeite ich«, sagte er.

»Tatsächlich?«

»Mit der Arbeit läuft es *sehr* gut. Sehr gut. Ich bin sehr zufrieden.«

»Oh«, sagte Mary. »Das ist ja wunderbar.«

»Es läuft sogar besser denn je«, sagte er.

»Das ist schön.«

Sie machte kehrt und verließ das Schlafzimmer. Um ihr zu folgen, mußte er sich seinen Weg wieder zwischen feuchten Windeln bahnen, hinter ihm die schlurfende, tuschelnde Karawane der Kinder. Als er Mary wiedergefunden hatte – sie machte es sich gerade auf einem schmuddeligen Sofagebirge bequem und rückte Rachel auf ihrem Schoß zurecht –, da setzte sich auch Jeremy, aber in einigem Abstand von ihr. Die Kinder ließen sich auf dem Boden nieder, die Gesichter den Eltern zugewandt und mucksmäuschenstill. Es versetzte ihm einen Stich, als er sie da auf diesem geschwärzten Linoleumfußboden sitzen sah – in abgerissenen Kleidern, mit geröteten Nasen, mit rissigen Händen und Lippen, die Ärmel so kurz, daß man die Handgelenke sehen konnte, mit matschigen, vorn aufgebogenen Schuhen. Und das Haus machte ihn ganz verzweifelt. Bei jedem Windstoß draußen stieß die Kälte wie mit kleinen Messern auf ihn herab, aus mehreren Richtungen gleichzeitig. Die Möbel waren wenig vertrauenerweckend – wahrscheinlich voll von Ungeziefer oder von Ansteckungsgefahr. Vorsichtig hatte er sich auf die Kante der Couch gesetzt und vermied es, nach der jämmerlichen Andeutung einer Küche hinüberzusehen, die er auf der anderen Seite des Zimmers erspäht hatte. Warum mußte sie sich ausgerechnet das allerschlechteste Haus aussuchen? Warum war sie diesmal ohne ihren Mann ins Krankenhaus gegangen, was ihr ohne Zweifel das Mitleid und die solidarische Entrüstung sämtlicher Krankenschwestern eingetragen hatte? Steckte eine Absicht dahinter? War es gegen ihn gerichtet? Aber als nächstes sagte sie: »Wir kommen hier auch sehr gut zurecht.«

Er starrte sie an.

»Wir kommen hier wunderbar zurecht«, sagte sie zu ihm.

Ja. Sie würde überall wunderbar zurechtkommen. Sie war unschlagbar. Der Gedanke an sie machte ihn müde.

»Ich habe jetzt eine Stelle, weißt du«, sagte sie. »Ich arbeite in einer

Kindertagesstätte, in einem der Häuser an der Straße oben. Du bist wahrscheinlich daran vorbeigekommen.«

»Schön – und was ist mit den Kindern?«

»Na ja, die kleinen nehme ich mit. Die anderen gehen zur Schule.«

»Zur Schule? Gibt es hier denn eine Schule?«

»Es gibt überall Schulen, Jeremy. Bis zur Landstraße können sie laufen, dort steigen sie in den Bus, und der bringt sie direkt bis vor die Schultür.«

Er stellte sich vor, wie sie in ihren dünnen, geflickten Kleidern dicht gedrängt an der Haltestelle standen, frierend, die nackten Beine wegen der Kälte von roten Flecken übersät. »Mary, ich glaube nicht – es klingt so –«

»Die Kindertagesstätte schließt um dieselbe Zeit wie die Schule. Ich bin vor ihnen wieder zu Hause. Und die Arbeit gefällt mir.«

Und was ist mit mir? fragte er sich. Soll das heißen, daß du gar nicht daran denkst, zurückzukommen? Habe ich den ganzen Weg umsonst gemacht?

»Weißt du, Jeremy«, sagte Mary. »Ich schaffe es jetzt allein. Ich bin auf niemanden mehr angewiesen. Ich komme zurecht.«

Natürlich schaffte sie es. Mary hatte es immer allein geschafft. Warum sagte sie das überhaupt? Die Antwort war einfach: sie wollte ihm zu verstehen geben, daß sie keinen Platz für ihn hatte. Er wandte sich zu ihr um und sah ihr in die Augen, sie strahlte zuversichtlich, so schön wie immer, nein, *schöner*. »Ich habe sogar angefangen, Miete an Brian zu zahlen«, sagte sie. »Ich will mich nicht von ihm aushalten lassen.«

»Mary, hast du denn nichts von dem Geld auf der Bank genommen?«

»Das ist *dein* Geld, Jeremy. Ich versuche, selbst zurechtzukommen.«

»Aber die Kinder. Also, ich meine –«

»Wie geht es denn zu Hause? Hilft Miss Vinton dir ein bißchen?«

»Ach, Miss Vinton, ja.«

»Wie geht es Olivia?«

»Sie ist fort«, sagte er, »sie hat sich nicht mal verabschiedet.«

»Fort? Wohin?«

»Ich weiß nicht. Aber am Schluß war sie anscheinend ziemlich durcheinander, ich hoffe bloß –«

»O je, ich habe oft an sie gedacht«, sagte Mary. »Ich hätte sie mitnehmen sollen.«

»Was, hierhin?«

»Ja, sicher.«

»Ich verstehe schon nicht, wie du alle die unterbringst, die jetzt hier sind«, sagte er und sah sich um.

»Oh, es ist wirklich sehr bequem. Und demnächst will ich einen Ölofen kaufen«, erklärte sie ihm. »Das hilft, wenn es kälter wird. Und hast du gesehen? Darcy und ich, wir isolieren gerade das Haus, ganz allein.«

»Hm –«

»Wir machen es winterfest, dichten die Fenster ab und alles.«

Er dachte an die zusammengerollten Zeitungen. »Aha«, sagte er.

»Nein, ich weiß, was Isolieren heißt, ich dachte nur gerade –«

»Das ist doch wirklich eine Leistung, findest du nicht?«

»Ja.«

»Die meisten Leute hätten einen Mann bitten müssen, das zu machen.«

»Oh. Also, ich glaube, darum sollte *ich* mich jetzt mal kümmern«, sagte er.

»Du?«

»Ich will gleich mal nachsehen.«

»Aber Jeremy«, sagte sie. »Willst du nicht erst –«

»Glaubst du, ich wüßte nicht, wie das geht?«

»Nein, natürlich nicht. Das glaube ich ganz und gar nicht. Ich bin sicher, daß du es weißt.«

»Na gut«, sagte er, »dann fange ich doch am besten gleich mal an.«

»Du meinst, jetzt sofort?«

»Na klar.«

»Willst du nicht lieber erst ein bißchen hier sitzen bleiben? Ich könnte dir einen Happen zu essen bringen.«

»Ich habe schon gegessen.«

»Wir könnten uns ein bißchen unterhalten. Oder willst du nicht?«

Wenn sie sich unterhielten, würde sie das sagen, wovor er sich am meisten fürchtete, und wenn es einmal gesagt wäre, könnte es nie mehr zurückgenommen werden. Er stand hastig auf und spürte im selben Augenblick die plötzliche Kühle einer Windel an der kahlen Stelle auf seinem Kopf. Es kam darauf an, sofort zur Tat zu schreiten. Sie mit Tatkraft und Sachverstand zu umzingeln. »Ich erledige das, kümmere du dich um die Kinder«, sagte er. Und bevor sie aufstehen konnte, hatte er sich die Kappe übergezogen und war zur Tür hinaus.

Er mußte es besser machen, als sie und Darcy es konnten. Das war entscheidend. Statt die Röhren nacheinander zu rollen, so wie er sie benötigte, machte er sie alle auf einmal und beschwerte sie dann mit einem Stein. Anschließend schnitt er sich mehrere Stücke von dem Kreppband zurecht und klebte sie mit den Enden an die verschiedenen Fensterbänke. Dann erst stieg er auf den Flaschenkasten und machte sich an die eigentliche Arbeit. Es schien ihm, als könnten seine Finger heute nichts falsch machen. Alles lief so glatt und ordentlich. Diese Art von Arbeit war ein Kinderspiel. Um so etwas hätte er sich schon die ganzen Jahre über kümmern können. Das Holz war verfault und bröckelte unter dem Klebeband, aber er schaffte es trotzdem, er fand die haltbarsten Stellen und empfand nun eine Art von Geduld mit dieser erbärmlichen Behausung, auf die Mary so große Stücke hielt. Er konnte Mary in kürzester Zeit zurückgewinnen, es war nicht unmöglich. Machte er das nicht sehr gut, hier an der Fensterbank? Hatte er die Sache etwa nicht im Griff?

Mary kam mit einem Becher Kaffee aus dem Haus und wiegte dabei Rachel auf der linken Hüfte. Der vertraute Anblick schmerzte ihn. Sie hatte immer noch keinen Pullover angezogen, und das Baby war barfuß. »Sie wird krank werden«, sagte er zu Mary.

»Warum meinst du?«

»Es ist viel zu kalt hier draußen.«

»Kalt?«

Sie sah zu ihm hoch, wie er da schwankend auf dem Flaschenkasten stand. »Jeremy, es ist nicht kalt«, sagte sie. »Das ist der wärmste November seit Menschengedenken. Es ist November, und die Leute haben noch immer ihre Boote draußen.«

»Aber der Wind«, sagte er.

Sie drehte sich um und sah zum Wasser hinüber, als wäre dort der

Wind zu sehen. Dann sah sie ihn wieder an. »Aber es ist kein *kalter* Wind, Jeremy«, sagte sie. »Es ist bloß eine kühle Brise. Ist *dir* denn kalt?«

»Nein, nein.« Er fühlte sich geschlagen. Er bedauerte schon, daß er überhaupt damit angefangen hatte. Mary lächelte zu ihm hinauf, mit strahlender Miene. Ihr Gesicht war von der Sonne gebräunt, ihre Augen blickten sehr sicher, und auf ihren nackten Armen war kein bißchen Gänsehaut zu sehen. Als sie ihm den Becher mit dem Kaffee reichte, berührte sie seine Hand, und sogar ihre Fingerspitzen waren warm. Sie ließ ihre Hand ein wenig auf der seinen ruhen, als wollte sie beweisen, daß sie warm sei, als empfände sie fast eine Art Schadenfreude darüber, aber Jeremy entzog sich ihrer Berührung sofort, und sie entfernte sich wieder.

Sobald er mit den Fenstern fertig war, kehrte er ins Haus zurück. Er trug den Stapel Zeitungen und die Rolle mit dem Klebeband. »Oh, gut, du hast es geschafft«, sagte Mary. »Wollen wir uns jetzt nicht hinsetzen und noch einen Kaffee trinken? Kinder, jetzt kriecht uns doch nicht dauernd zwischen den Füßen herum, bitte!« Aber Jeremy sagte: »Nein, nein, ich will das jetzt richtig machen. Ich muß sie auch von innen abdichten.«

»Du meinst, jetzt sofort?«

»Ich will das so hinbekommen, wie es sein soll«, sagte Jeremy zu ihr.

»Ich verstehe«, erwiderte Mary. »Meine Güte, du machst das so gut, daß wir den ganzen Winter über hierbleiben könnten.«

»Das schaffe ich alles. Darum sollst du dich gar nicht kümmern müssen.«

»Ich verstehe«, sagte Mary noch einmal, und dann setzte sie sich auf einen Küchenstuhl und ließ ihn weiterarbeiten.

»Und was jetzt?« fragte er, als er soweit war. Mary stand in der Küche und schnitt Möhren in Scheiben. Es wimmelten so viele Kinder um sie herum, daß er rufen mußte, um sich verständlich zu machen, aber sobald er gesprochen hatte, wurden sie still. Eine solche Stille hatte er noch nie erlebt. Er konnte nicht begreifen, worauf sie warteten. Mary drehte sich um und sah ihn an, aber mit verständnisloser Miene, und er überlegte, ob er die Frage wiederholen sollte. »Und was jetzt?« sagte er. »Was muß noch erledigt werden?«

»Also, ich wüßte nichts, danke.«

»Nichts? Aber da muß doch noch was sein.«

»Nein.«

»Du hast gesagt, du würdest das Haus isolieren.«

Sehr abrupt wandte sich wieder dem Tisch zu. Mit abgehackten, festen Bewegungen begann sie erneut, Möhren zu schneiden.

In die Stille hinein sagte eines der Kinder: »Wir wollten doch die Segel lüften, weißt du noch?«

»Das können wir später machen«, sagte Mary, ohne sich umzusehen.

»Was könnt ihr später machen?« fragte Jeremy.

»Die Segel lüften«, erklärte ihm Abbie.

»Ich verstehe nicht.«

»Wir tun es für Mr. O'Donnell. Wenn es länger geregnet hat, fahren wir raus, ziehen seine Segel auf und lassen sie trocknen. Ma haßt es.«

Er sah zu Mary hinüber, die ihm noch immer den Rücken zukehrte.

»Oh«, sagte er schließlich. »Also, das scheint doch etwas zu sein, worum *ich* mich vielleicht kümmern sollte.«

Jetzt wandte sie sich ihm zu und sagte: »Laß doch, Jeremy. Das kann ich später erledigen.«

»Aber ich – Abbie sagt, du haßt es.«

»Jeremy, bitte. Kannst du nicht mal einen Moment aufhören, dich zu *kümmern*?«

»Ich bin überhaupt nicht erschöpft«, sagte er.

»Ja, das weiß ich.«

»Worauf warten wir dann?«

Er war schon zur Tür hinaus und zwei Meter gegangen, als ihm einfiel, daß er nicht wußte, welches das Boot von Brian war. Als er sich wieder umdrehte, erblickte er einen ganzen Schwarm Kinder, die ihn von den Stufen aus beobachteten. Sie kamen auf ihn zu und redeten alle auf einmal. »Es ist das blaue, die Ketsch.« – »Da liegt sie.« – »Man muß in einem Boot hinausrudern.«

»In einem Boot. Oh«, sagte er.

»Da liegt das Boot.«

Er folgte Hannahs Zeigefinger und entdeckte, fast verborgen in einem Schilfgebüsch unten am Wasser, das Boot. Ein riesiges Ding. Er räusperte sich. »Aha«, sagte er. »Man zieht die Segel an den Masten auf und läßt sie ein bißchen trocknen.«

»Ich verstehe.«

»Können wir mitkommen?«

»Mitkommen – eure Mutter braucht euch bestimmt zu Hause«, sagte er.

»Nein, gar nicht.«

Der Gedanke, die Kinder dabei zu haben, die das Boot zum Schaukeln bringen, überall herumkriechen und über Bord fallen würden, so daß er ihnen am Ende womöglich nachspringen müßte, obwohl er gar nicht schwimmen konnte, war noch erschreckender als die Vorstellung, allein zu rudern. »Vielleicht ein andermal«, sagte er.

»Warum denn nicht? Ma läßt uns auch immer.«

»Wirklich?«

»*Sie* nimmt uns alle mit, und das Baby auch.«

»Also gut«, sagte Jeremy, »dann kommt eben mit.«

Die Kinder jubelten. Jeremy ging mit kurzen, festen Schritten zum Wasser hinunter, die Augen fest auf das Boot gerichtet und darum betend, daß es leichter zu handhaben sein würde, als es von weitem aussah. Aber das war es nicht. Es erschien ihm riesengroß. Die verwitterte Außenseite, von der die Farbe abblätterte, deprimierte ihn genauso, wie ihn grau gestrichene Maschinen oder Fabrikgebäude deprimierten. Über dem Kiel des Bootes stand eine schaumige Wasserlache. War das kein Anzeichen von Gefahr? Die Ruder schienen zu lang und sahen unhandlich aus. Selbst das Tau, mit dem es festgemacht war, stellte ein Problem dar; es war mit einem geheimnisvollen, ganz einfach aussehenden Knoten befestigt.

»Komm«, sagte Darcy, als er sich schon zu lange daran zu schaffen gemacht hatte, »laß mich mal.« Sie streifte es einfach ab und gab es ihm. Wie betäubt hielt er es in der Hand und wartete, während sie den Kindern half, sich in das Bott zu zwängen. »Pippi nicht, Pippi hat letztes Mal vorn gesessen. Jetzt ist Eddie dran. Wer soll neben Jeremy sitzen?«

»Wartet!« hörten sie. Jeremy drehte sich um und sah Mary den Abhang hinunter auf sie zustürzen, das Baby hüpfend auf der Hüfte, mit bleichem Gesicht, die Augen dunkel und weit aufgerissen. Es mußte etwas Schreckliches passiert sein. So angsterfüllt hatte er sie noch nie gesehen. Als sie bei ihnen ankam, war sie außer Atem. »Mary?« sagte er. »Was ist denn los?«

»Jeremy, ich – bitte, nimm die Kinder nicht mit.«

Es war, als hätte sie ihm einen Schlag in die Magengrube versetzt. So wie sie rang auch er nach Luft und hielt sein Seilende fest umklammert. »Entschuldige«, sagte Mary. »Es ist bloß, ich – also, ich wollte ihnen gerade etwas zu essen machen. Warum läßt du sie nicht bei mir? Du bist doch nur ganz kurz fort.«

Natürlich hätte er sie nicht mitnehmen sollen. Auch er wußte das. Aber daß sie sich hinstellte und es ihm sagte, ihm sagte, daß sie nichts dagegen habe, wenn er fuhr, aber daß er die Kinder dalassen sollte! Sie glaubte, er schwiege aus Eigensinn. »Oder, ich weiß was«, sagte sie und bemühte sich, einen anderen Ton zu finden. »Ich komme mit. Wie wäre denn das?« Sie lächelte ihm zu. Die Kinder stimmten ein beifälliges Gemurmel an. Sie legte ihm zärtlich eine Hand auf den Arm. »Wäre das nicht schön? Wäre es nicht schöner, wenn wir alle zusammen fahren würden?«

»Geh, laß mich«, sagte er.

Ihre Hand sank. Ihr Lächeln verschwand so plötzlich, als wäre es zerbrochen und in tausend Stücke gesplittert.

»Laß mich in Ruhe, laß mich«, rief er. »Und ihr«, sagte er zu den Kindern, »steigt aus!«

Ganz verwirrt stiegen sie aus, stolperten übereinander und blickten zu ihm hoch, statt vor sich auf die Füße. »Jeremy?« sagte Mary. Ihre Stimme klang dünn und gedämpft, aber er sah sie nicht an. Sobald das letzte Kind auf festem Boden stand, beugte er sich über das Boot, versetzte ihm einen kräftigen Stoß und sprang hinein, so gewandt, als hätte er sein Leben lang nichts anderes getan. Nur eine Blöße gab er sich: seine Knie zitterten heftig, als er sich bückte, um sich zu setzen. Und das ganze Boot zitterte mit. Er tat, als würde er nichts bemerken. Er griff nach den Riemen, schob sie in die Dollen, und nach ein paar trockenen Schlägen traf er das Wasser und ruderte. Mit einem Ruck setzte sich das Boot in Bewegung. Aber saß er eigentlich richtig herum? Er dachte an die Gemälde von Winslow Homer; er versuchte sich zu erinnern, wie auf ihnen die Männer in den Booten gesessen und gerudert hatten. Das sähe ihm ähnlich – diese ganze Aufgabe zu bewältigen und dabei verkehrtherum zu sitzen. Ein paarmal bespritzte er sich mit Wasser, dann tauchte er die Riemen zu tief ein und brauchte einige Zeit, bis er begriff, welchen Riemen er heben mußte, wenn er nach einer Seite abschwenkte. Das Boot stieß ruckartig nach vorn und verlor, bevor ihm der nächste Schlag gelang, wieder die Hälfte der Strecke, die es gewonnen hatte, doch als er sich umsah, stellte er fest, daß er Fortschritte machte. Er wußte, daß er schließlich ankommen würde. Er blickte noch einmal zurück und sah am Ufer Mary und die Kinder, sie standen nebeneinander und sahen ihm zu. Ihre Gesichter waren klein und weiß und ohne Konturen. Das einzige Geräusch, das von ihnen herüberdrang, war das Schrillen der Pfeife, die Edward gedankenverloren blies, während er auf das Wasser hinausblickte. Dann kam Hannahs Pfeife hinzu, die die von Edward nachahmte, aber sie klang weicher und ihr Ton ging im Knarren der Riemen fast unter.

Ihm war, als hätte er bis zu Brians Boot eine halbe Stunde gebraucht. Vielleicht noch mehr. Ein anderer würde es bestimmt in fünf Minuten geschafft haben. Er spürte, wie sein Boot an lackiertes Holz stieß und daran entlangscheuerte, er drehte sich um und griff nach der vorstehenden Leiste, die um das Deck lief. Aber wie sollte er das Ruderboot sichern? Langsam jetzt! Er durfte nichts übereilen. Er dachte lange nach, dann legte er das Tau des Ruderboots behutsam um ein Drahtseil, das vom Deck der Ketsch in die Höhe führte. Vor allem fürchtete er, in den Spalt zwischen den beiden Booten zu fallen. Er erhob sich nicht, um das Seil zu befestigen. Er blieb sitzen, griff nach oben und schlug einen Knoten nach dem anderen, bis er eine ganze Knotenkette hatte, die sich bestimmt nicht lösen würde, was auch geschehen mochte. Nun hielt er sich an der Bordwand der Ketsch fest und erhob sich ganz langsam. Er holte tief Luft, zog sich an ihr hoch und hatte es geschafft – kniend auf dem Deck eines Segelbootes, ganz allein, und es war nichts passiert, außer daß er seine Golfmütze an das schwarze, ölige Wasser verloren hatte und daß der Widerhall der Angst noch immer in seinen Handflächen und an den Fußsohlen prickelte.

Er stand auf und machte einen Schritt auf die Segel zu. Das Gehen auf einer Ketsch war überhaupt kein Problem, verglichen mit dem Stehen in einem Ruderboot. Er hatte das Gefühl, wieder frei atmen zu können. Er drehte sich noch immer nicht nach seiner Familie um. Der Ton der Pfeifen schrillte in seinen Ohren – vier oder fünf jetzt, daran erkannte er, daß sie noch da waren, aber er kehrte ihnen immerfort den Rücken zu und tat, als wären sie gegangen. Für ihn waren sie gegangen. Noch nie hatte er sich so allein gefühlt. Möwen glitten um ihn durch die Luft, weiß wie Flugasche, und das Wasser plätscherte sanft gegen die Seiten, während das Ruderboot rhythmisch gegen den Rumpf schrammte. Er fand Leinen, die um die zusammengelegten Segel geschlungen waren, und es fiel ihm nicht schwer, sie zu lösen und herauszufinden, wie man die Segel hochzog. Zuerst das größte, dann das mittlere, dann das kleine dreieckige ganz vorn. Sie flatterten und schlackerten und knatterten. Jeremy setzte sich auf eine Decksbank, um zu warten, bis sie trocken waren. Bei jedem Windstoß blähten sich die Segel und das Boot bewegte sich, aber es schien fest und sicher zu liegen, und Jeremy ängstigte sich nicht. Er war über die Angst hinaus. Immer weiter und schneller kreiselte das Boot um seinen Liegeplatz, und die Kinder am Ufer feuerten es mit ihren Blechpfeifen an, während Jeremy auf seiner Bank die Tränen wegblinzelte und zusah, wie seine Golfmütze über eine Welle hüpfte, immer dunkler und schwerer wurde und schließlich versank.

10.

Frühling 1973: Miss Vinton

Im Haus ist es jetzt wieder wie früher. In der Küche blättern einsame Mieter in Illustrierten und warten darauf, daß ihre Dosensuppen warm werden. Der Fernseher läuft fast die ganze Nacht, und sirrend zeigt er sein Testbild einem dicken Mann, der in einem Lehnstuhl eingeschlafen ist. Auf dem Fensterbrett stapeln sich vergilbte Zeitungen und in den Aschenbechern die Bonbonpapierchen, und als ich heute morgen zum Frühstück nach unten kam, habe ich auf der untersten Treppenstufe ein Paar schmutzige Socken gefunden und sie auf den Geländerpfosten gelegt, wo sie vermutlich für immer liegen bleiben werden. Das Haus ist immer noch dasselbe, aber die Straße verändert sich. Sie wird jünger. Die alten Leute verschwinden nach und nach. Wie Schatten tasten sich die wenigen, die noch da sind, auf dem Bürgersteig entlang, flüstern sich Mut zu und halten ihre mit Schätzen gefüllten Einkaufstaschen fest gepackt. Da humpelt die gehbehinderte Dame, die ihr Zimmer über dem Lebensmittelladen mit lauter Katzen, Vögeln und Goldfischen teilt. Da geht unser Mieter Mr. Houck, der zum Strich in der Landschaft wird, wenn er an einem schwarzen Mundharmonikaspieler vorübermuß. Miss Cohen mit ihrer verwitweten Mutter. Der glatzköpfige Mann, der sich auf einen Stock mit Elfenbeingriff stützt. Alle zucken sie zusammen unter dem kühlen Blick des Jungen in den Arbeitshosen, der auf einer Vorderveranda sitzt und mit seinen farbigen Perlenketten herumspielt.

Manchmal lade ich Jeremy ein, mit mir einkaufen zu gehen. Ich sage ihm, das würde ihm guttun. Ich rufe ihn aus seinem Atelier herunter, hole ihn von seinen schönen, hoch aufragenden Plastiken weg, helfe ihm in die Jacke und biete ihm meinen Arm zur Stütze. Wir gehen sehr langsam. Er ist das Gehen nicht gewöhnt. Er flüstert eher, als daß er spricht, und auch im Laden flüstert er mit Mrs. Dowd. Was es denn heute Gutes gebe? Ihre Pasteten von gestern? Alles ist ihm recht. Wir machen uns wieder auf den Heimweg, Arm in Arm. Wir zuckeln den Bürgersteig entlang wie zwei Enten aus Ton, und der Junge auf der Veranda gähnt und greift nach seinem Bier. Wenn er uns überhaupt sieht, dann sieht er nichts weiter als ein älteres Ehepaar, zwei Menschen, die seit ewigen Zeiten zusammensein müssen und nun am Ende ihres staubigen, uninteressanten Lebensweges ankommen. Die Strickjacke der Frau ist graubraun und verschlissen. Der Mann hat gehäkelte Schlafzimmerpantoffeln an den Füßen. Er wirkt friedlich, aber weit weg, wie herausgelöst aus seiner Umgebung. Der Junge beginnt, ein Lied zu pfeifen, und er pfeift noch lange, nachdem das ältere Paar in das Haus an der Ecke eingetreten ist, die Tür abgeschlossen und die Rollos heruntergelassen hat.